Âge tendre

DU MÊME AUTEUR

La Pouilleuse, Éditions Sarbacane, 2012.

Comme des images, Éditions Sarbacane, coll. « Exprim' », 2014.

Les petites reines, Éditions Sarbacane, coll. « Exprim' », 2015 ; J'ai lu, 2019.

Les petites reines, Éditions Sarbacane, coll. « Exprim' », 2015 ; J'ai lu, 2019.

Songe à la douceur, Éditions Sarbacane, coll. « Exprim' », 2016 ; Points, 2018.

Brexit Romance, Éditions Sarbacane, coll. « Exprim' », 2018 ; J'ai lu, 2020.

Sainte Marguerite-Marie et moi, Quasar Éditions, 2021.

CLÉMENTINE BEAUVAIS

Âge tendre

ROMAN

J'AI LU

Bande-son

- Françoise Hardy, *Message personnel*
- Jane Birkin, *Ex-fan des sixties*
- Sheila, *Vous les copains, je ne vous oublierai jamais*
- Jeanne Moreau, *J'ai la mémoire qui flanche*
- Brigitte Bardot, *La madrague*
- Françoise Hardy, *Soleil*
- Clothilde, *Saperlipopette*
- Alice Dona, *C'est ma fête*
- Isabelle de Funès, *Mon voisin*
- Anna Karina, *Sous le soleil exactement*
- Christine Delaroche, *La fille du soleil*
- Françoise Hardy, *Et si je m'en vais avant toi*
- Barbara, *Dis, quand reviendras-tu ?*
- Patricia, *Quand on est malheureux*
- Frida Boccara, *Les moulins de mon cœur*
- Claudine Meunier, Christiane Legrand (avec Romuald et José Bartel), *Marins, amis, amants ou maris*
- Françoise Hardy, *Only Friends*
- Marie Laforêt, *Mon amour mon ami*
- Sylvie Vartan, *La plus belle pour aller danser*
- Cora Vaucaire, *Trois petites notes de musique*
- Françoise Hardy, *La maison où j'ai grandi*

ministère éducation nationale

CIRCULAIRE

Service Civique Obligatoire

Tous les jeunes Français et toutes les jeunes Françaises seront tenu·e·s d'effectuer une année (10 mois) de service civique obligatoire (SCO) entre l'année de troisième et l'année de seconde,

ou une année (10 mois) de service de préparation aux métiers des armées.

Ceci afin de préparer chaque citoyen et chaque citoyenne de la nation à sa future orientation, son employabilité, son professionnalisme et ses compétences interpersonnelles.

Le service devra s'effectuer dans une région autre que celle où réside l'individu.

L'individu rédigera au fil de l'année un *Rapport de Service Civique Obligatoire* (RSCO), lequel sera noté par des professeurs du secondaire et constituera la première étape du baccalauréat (coefficient 6).

Ce rapport devra suivre le format réglementaire et sera évalué selon les critères suivants :

– Précision de l'analyse du lieu de travail et de ses exigences

– Justesse de la description des compétences développées

– Discipline dans la tenue du journal

– Flexibilité, initiative, et autres compétences professionnalisantes démontrées

– Pertinence de l'auto-évaluation

– Maîtrise de la grammaire, du vocabulaire et de l'orthographe

Le rapport ne devra pas dépasser trente pages dactylographiées.

Rapport de Service Civique Obligatoire

Valentin Lemonnier

Longueur : 378 pages

(J'ai dépassé.)

Section 1.
Étapes préliminaires au Service Civique

Dans les mois précédant la fin de l'année de troisième, le collégien est amené à exprimer un nombre de préférences quant au type de service civique qu'il effectuera et au lieu dans lequel il prendra place. Ces choix doivent faire l'objet d'une discussion préalable avec le professeur principal de la classe de l'individu.

(1) Auto-évaluation préliminaire à la recherche de stage

1.a. Notez les préférences de champs professionnels que vous avez entrées dans le logiciel StaGoFrance à l'occasion de la Recherche de Service Civique et expliquez les raisons de ces préférences en fournissant des exemples.

J'ai sélectionné « Culture », « Éducation » et « Social ».

Ces préférences ont été motivées par le fait que je n'aime pas du tout être dehors, alors déjà c'était hors de question que je choisisse par exemple « Voirie » et « Nature ». Lors de la discussion avec

Madame de Panafieu, il a en effet été déterminé que j'étais d'un tempérament plutôt adverse à l'environnement urbain, et aussi à l'environnement rural et à l'environnement naturel.

Selon Madame de Panafieu, il est manifeste que mon champ de compétences préférentiel s'exerce dans des lieux clos (exemple : maison).

J'aurais pu choisir les champs « Sécurité », « Justice », qui s'exercent aussi dans des lieux clos (exemple : prison, gendarmerie, tribunal), mais je suis quelqu'un qui selon Madame de Panafieu présente un certain nombre d'angoisses par rapport aux personnalités non conventionnelles (exemple : prisonniers, délinquants, criminels), et donc ce ne serait pas la sphère d'influence la mieux à même de m'aider à déployer mon potentiel.

J'aurais pu choisir « Santé », qui s'exerce aussi dans des lieux clos (exemple : hôpital) et qui n'abrite pas autant de profils de type « criminel », mais après discussion avec Madame de Panafieu, il a été établi que je présentais également des angoisses de type hypocondriaque – ce qui veut dire que j'ai peur, par exemple, des contaminations (exemple : Ebola, coronavirus, méningite) – et que l'hôpital ne constituait donc pas l'environnement le plus conductif à l'extension optimale de ma contribution en tant que citoyen.

La possibilité d'un service militaire a été écartée par rapport au fait que ce type de stage représentait un gros risque d'abriter des personnalités non conventionnelles ajouté à un gros risque de fournir des environnements urbains et naturels peu accommodants pour mes angoisses.

Madame de Panafieu a suggéré « Culture », champ qui m'a séduit par ses exemples principaux (musées, bibliothèques, ministère de la Culture), lesquels semblaient propices à l'exploration de ma subjectivité comme à la mise en œuvre de mes ressorts propres et à l'expression de ma sensibilité personnelle.

Comme il fallait sélectionner encore deux autres domaines, elle a suggéré « Éducation » et « Social » dont les exemples principaux (écoles, lieux d'éducation parascolaires pour l'un et Planning Familial, centres d'accueil sociaux pour l'autre) me séduisaient moins, par rapport au fait qu'ils présentaient des risques de présence de personnalités non conventionnelles.

Mais c'était déjà mieux que les autres champs, alors je les ai sélectionnés en espérant que le logiciel respecterait « Culture », qui était mon premier choix.

<u>1.b. Notez les préférences de régions que vous avez entrées dans le logiciel StaGoFrance et expliquez les raisons de ces préférences en fournissant des exemples.</u>

Après discussion avec Madame de Panafieu, il est apparu que je souffrais de difficultés à envisager l'hypothèse de trajets réguliers en voiture ou en transports en commun, car je suis victime d'angoisses liées aux déplacements de ce type, ce qui occasionne certains déséquilibres dans mon fonctionnement professionnel ainsi que personnel. Et donc Madame de Panafieu a suggéré que je pourrais effectuer mon service civique dans une ville de taille moyenne, qui me permettrait de marcher un peu partout et de me situer dans un environnement pas trop urbain ni trop rural ou trop naturel.

Ma ville d'origine, qui est Albi, aurait été parfaite car elle est moyenne, située au chaud dans le Sud-Ouest, chef-lieu du département du Tarn (81) et entre urbanité et ruralité. Mais comme on n'a pas le droit de rester dans la même région, Madame de Panafieu a suggéré que je choisisse « Bourgogne-Franche-Comté », « Auvergne-Rhônes-Alpes » et « Grand Est », car elle a trouvé que ce seraient les régions les plus à même de présenter des opportunités pour mon épanouissement.

1.c. Notez le résultat de votre candidature et vos impressions quant à la prise en compte de vos préférences.

Quand les résultats sont arrivés et que j'ai vu que j'avais eu « Santé » dans les « Hauts-de-France », mes impressions n'ont pas été positives.

Madame de Panafieu m'a dit que j'avais été un peu désarçonné par le fait que mes préférences avaient été prises en compte de façon seulement partielle, mais je crois qu'on peut parler d'une prise en compte d'absolument aucune de mes préférences, et donc j'étais très désarçonné. Mais il paraît que le nouveau logiciel a fait ça pour beaucoup de monde. Exemple : Laura B., une fille de ma classe, a été désarçonnée de recevoir « Voirie » en « Guadeloupe » alors qu'elle est handicapée moteur.

Après, ils ont dit à la radio que le nouveau logiciel avait occasionné de nombreux mécontentements, et des gens appelaient pour pousser des coups de gueule comme quoi leurs enfants, neveux, enfants des voisins (etc.) avaient aussi été désarçonnés.

Madame de Panafieu a dit que ces désarçonnements étaient constitutifs de toute expérience de participation à la vie active et qu'ils requéraient un effort pour recalibrer les paramètres de nos attentes, mais que nous étions tous et toutes absolument en mesure de nous montrer à la hauteur de cette nouvelle configuration.

Exemple : elle-même avait passé avec succès l'Agrégation, qui est une épreuve très difficile pour devenir professeur de lettres afin d'enseigner dans un lycée et des classes préparatoires dans une grande ville (exemple : Paris). Or, elle a finalement été envoyée au collège Maylis-de-Kerangal d'Albi (notre collège) et cela l'a d'abord désarçonnée. Mais depuis, elle a recalibré les paramètres de ses attentes et procédé à des ajustements dans ses méthodes pédagogiques, étant donné qu'on ne peut pas présenter à des élèves comme nous l'art du blason dans l'œuvre de Chrétien de Troyes comme elle l'aurait fait au lycée Henri-IV, à Paris, en classe préparatoire.

Comme Madame de Panafieu s'est montrée à la hauteur de cette nouvelle configuration, elle est vite devenue professeure principale et représentante des professeurs au syndicat régional, ce qui est plutôt un succès, et elle a épousé

Monsieur Longferrand, professeur d'anglais, et ils ont eu des jumelles, Cécile et Charlène.

Ainsi, a résumé Madame de Panafieu, on voit que la vie nous jette parfois au-devant de défis imprévus dont on s'accommode sur le long terme, de manière beaucoup plus favorable qu'il nous semblait en premier lieu.

Cela dit, Laura a eu une dérogation quand même, parce que ses parents n'étaient pas satisfaits des défis imprévus consistant à la laisser partir toute seule en fauteuil roulant faire la voirie en Guadeloupe. Moi, inversement, j'ai dû m'accommoder sur le long terme de faire « Santé » dans les « Hauts-de-France » car mes parents (ma mère) n'étaient pas prêts (prête) à entamer une procédure de dérogation.

(2) Préparatifs avant le départ

2.a. Décrivez la connaissance que vous aviez de la région qui vous a été assignée, et les recherches effectuées afin d'amplifier votre familiarité avec cette région avant votre départ. Verbalisez vos impressions suite à ces recherches.

J'avais une connaissance des Hauts-de-France assez faible, dans le sens où je n'étais pas vraiment sûr d'où cette région était sur la carte, parce que notre professeur de géographie de quatrième-troisième était souvent en congé maladie à cause d'un fond dépressif. En termes de programme, nous avions des lacunes (exemple : fleuves, massifs montagneux, noms des régions et noms des villes).

J'ai effectué des recherches en centre de documentation et d'information (CDI) avec Madame Mourao, que je connais très bien parce que je passe beaucoup de temps au CDI, du fait de mon aversion pour les espaces ouverts (exemple : cour, terrain de basket) et ma préférence pour la consultation d'ouvrages (livres, BD, etc.) et le développement de mes compétences numériques sur les postes informatiques mis à disposition des élèves.

Madame Mourao m'a montré l'emplacement de la région Hauts-de-France sur la carte. Mes premières impressions de cet emplacement ont été : une surprise que ce soit au nord comme ça. Madame Mourao a dit que j'aurais pu le deviner suite à l'utilisation de l'adjectif « Haut », mais il m'avait semblé que le « Haut » pouvait se référer, par exemple, à des hauteurs montagneuses (exemple : mont Blanc, 4 807 m). Cependant il est apparu que les Hauts-de-France tirent leur nom du fait qu'ils sont en haut sur la carte et pas hauts en altitude.

Madame Mourao m'a ensuite orienté vers des livres documentaires ainsi que vers des œuvres de fiction concernant la région Hauts-de-France.

La région s'appelle ainsi depuis la grande fusion des régions françaises de 2014. La région est constituée des départements du Nord, du Pas-de-Calais et de la Picardie. La région comprend plusieurs grandes villes, par exemple Lille, Calais, Boulogne-sur-Mer, Amiens, Beauvais et Roubaix. La région est bordée au nord par la mer du Nord et à l'ouest par la Manche. La région est frontalière de la Belgique, dont elle est souvent proche par ses traditions et ses habitudes culinaires. La région présente une certaine diversité linguistique, avec notamment la langue ch'ti. La région possède des paysages variés. La région possède une histoire longue et intéressante. La région est représentée dans de nombreuses œuvres littéraires, telles que : Émile Zola, *Germinal*. Édouard Louis, *En Finir avec Eddy Bellegueule*. Et dans des films et séries, tels que : *Le P'tit Quinquin*, *La vie est un long fleuve tranquille*, *Un singe en hiver*, *Bienvenue chez les Ch'tis*.

Mes impressions de la région suite à ces lectures et visionnages ont été d'abord : négatives.

Toutefois, le film *Bienvenue chez les Ch'tis* a ensuite changé mes premières impressions de : négatives à : plutôt positives.

J'ai effectué d'autres recherches à domicile en suivant les recommandations de Madame de Panafieu, qui étaient de poser des questions aux personnes de notre famille sur leurs connaissances de cette région.

Ma mère n'avait pas de connaissances sur cette région. Ma sœur et mon frère n'avaient pas de connaissances sur cette région.

Puis j'ai effectué une recherche sur Internet concernant le climat de cette région, et mon impression a été : négative.

Puis j'ai effectué une recherche sur Internet concernant les traditions de cette région, et mon impression a été : plutôt positive.

Puis j'ai effectué une recherche sur Internet concernant les habitudes culinaires de cette région, et mon impression a été : négative à neutre.

2.b. Insérez ici la description de votre stage reçue suite à la validation de votre choix. Notez vos impressions initiales quant à cette description, ainsi que vos connaissances préexistantes des éléments principaux de ce stage.

Stage de Service Civique Obligatoire

Valentin Lemonnier

Unité Mnémosyne des Hauts-de-France, Boulogne-sur-Mer.

Dans le cadre de votre SCO, vous évoluerez dans la section B de l'unité Mnémosyne de la région des Hauts-de-France. Cet établissement public de pointe, spécialisé dans la fin de vie des personnes atteintes de démence, reconstitue de manière minutieuse les environnements de jeunesse des patients.

Votre rôle au sein de cet établissement sera de contribuer aux soins directs aux patients, encadré par l'équipe médicale et d'infirmerie. Vous serez ainsi amené à participer au bien-être des patients, et à découvrir le monde médical. Développant vos compétences au travail d'équipe, à l'esprit d'initiative et à la compassion, vous saurez plus aisément vous destiner aux carrières médicales, d'aide à la personne et d'éducation spécialisée.

Votre stage débutera le 1er septembre à 8 h 00, dans les locaux du bloc B de l'unité Mnémosyne. Une navette au départ de Boulogne-sur-Mer assurera la liaison quotidienne entre la ville et le centre.

Nom de votre encadrante : Docteur Sola Perré

Nom de votre tuteur : Monsieur Serge Quéhen

Mes impressions à la lecture de cette description ont été : très négatives.

Au début, je n'ai rien compris. Ensuite j'ai relu et je n'ai toujours rien compris, mais certains des aspects évoqués dans le mail ont particulièrement activé en moi des impressions très négatives. Par exemple : « fin de vie », et « démence » (x 2), qui sont des mots qui n'ont pas un effet tranquillisant sur moi.

Heureusement, certains mots que j'ai bien aimés ont fait passer ces impressions de : très négatives à : plutôt négatives – par exemple, « bien-être » et « compassion ». Malheureusement, le texte disait que c'était moi qui devais faire preuve de compassion et participer au bien-être, donc il n'était pas clair que ces choses positives soient dirigées vers moi.

Ma connaissance préexistante des éléments principaux de ce stage était très faible, étant donné que je ne connais pas de personnes âgées atteintes de démence, ni d'ailleurs de personnes âgées, car mes grands-parents sont pour certains décédés avant ma naissance, et pour d'autres on a coupé les ponts avec.

J'ai effectué des recherches sur Internet et j'ai vu que ma connaissance du mot « démence » venait de l'utilisation du mot dans le langage familier, exemple : « Mais c'est dément, ça ! », qui veut dire fou, dingue (positif ou négatif). Or, dans le langage médical, « atteint de démence » se réfère à des capacités cognitives diminuées.

Mon professeur de Sciences de la Vie et de la Terre, Monsieur Bensadoun, m'a expliqué que c'était par exemple quand des personnes âgées ont des maladies comme Alzheimer, alors elles ne se souviennent plus de choses qu'elles viennent de faire, elles ne comprennent pas certaines informations, elles confondent les gens (exemple : appeler leur fille du nom de leur sœur), elles n'arrivent plus à écrire ou à parler ou à compter, au point qu'elles ne peuvent plus vivre seules et il faut les mettre dans des établissements spécialisés.

Mes impressions suite à ces recherches ont été : plutôt négatives (tristesse).

2.c. Insérez ici la description du logement qui vous a été assigné, et verbalisez vos impressions.

Type de logement : chambre dans une maisonnette partagée
Nombre de colocataires : 5
Emplacement : Boulogne-sur-Mer centre
Salle de bains indépendante : NON
Cuisine indépendante : NON
W-C indépendants : NON
Jardin : NON
Terrasse : NON
Lit : SIMPLE
Literie, vaisselle, nécessaire de toilette fournis : NON
Animaux de compagnie autorisés : NON

Mes impressions ont été : plutôt négatives (beaucoup de NON).

De plus, je n'aime pas l'idée de partager ma maison avec des personnes que je ne connais pas.

Cependant, je savais avant de recevoir la description du logement qu'il est rare d'avoir des maisons indépendantes dans le cadre du service civique, parce que mon frère et ma sœur l'ont déjà fait et qu'ils m'avaient prévenu. Eux, ils étaient respectivement dans des maisons de 7 et de 12 personnes, donc j'ai de la chance, d'un côté, que ce soit seulement 5 personnes.

Mon frère et ma sœur ont énormément aimé leur service civique, surtout grâce aux rencontres facilitées par ces logements communs. Cependant je ne suis pas tout à fait certain de pouvoir leur faire entièrement confiance : contrairement à moi, mon frère et ma sœur ont une attitude extrêmement positive envers le vivre-ensemble.

<u>2.d. Racontez vos préparatifs au déménagement et les achats réalisés en vue de ce déménagement grâce au chèque-SCO (« chèque-serci »).</u>

Avec le chèque-serci, j'ai d'abord acheté les billets de train : Albi-Paris, puis Paris-Boulogne-sur-Mer, pour mon frère et moi, et retour pour mon frère.

Ensuite je suis allé chez Auchan avec ma sœur, qui venait d'avoir son permis de conduire, et nous avons acheté des choses indispensables à la vie indépendante. Exemple : literie (1 drap de dessous, 1 couette, 1 oreiller, housse, taie) ; vaisselle (4 assiettes, bols et verres en mélamine, 8 couverts assortis).

Pour les affaires de toilette, j'ai emporté des choses que j'avais déjà, y compris une serviette rouge et une serviette bleue.

Nous avons acheté des articles de papeterie. Nous avons acheté des livres pertinents (exemple : *Réussir son Service Civique, Guide de Survie au Service Civique, Le Service Civique pour les Nuls*). Nous avons acheté des médicaments (exemple : ibuprofène, Imodium, trousse de secours). Nous avons acheté des nouvelles baskets, un nouveau manteau et une nouvelle écharpe et des gants. Nous avons acheté une grosse valise.

Puis nous avons mis ces articles dans cette grosse valise et dans mon sac à dos. Ma sœur nous a conduits à la gare d'Albi et je suis parti dans le train le 31 août avec mon frère.

À Paris, il fallait opérer un changement de Gare de Lyon à Gare du Nord. Nous avons utilisé un titre de transport Ticket T valide métro, bus, tramway, pour effectuer cette liaison. Il fallait aller à Châtelet par la ligne 1 puis à Gare du Nord par la ligne 4. À Gare du Nord, nous avons pris notre train à 18 h 01.

Nous sommes arrivés à Boulogne-sur-Mer. Mon frère m'a conduit à la maisonnette, puis il est reparti directement.

Mes impressions de ce déménagement ont été : très négatives. J'ai eu plusieurs problèmes (exemple : attaque de panique dans le train Albi-Paris ; attaque de panique dans le métro entre Saint-Paul et Hôtel de Ville, puis entre Étienne-Marcel et Réaumur-Sébastopol ; attaque de panique à l'entrée en gare à Boulogne-sur-Mer).

Conclusion de la Première Section

Synthétisez vos impressions préliminaires suite au processus de recherche de stage, à la découverte des résultats de votre recherche et au moment du départ.

Je dirais que mes impressions préliminaires tournent majoritairement autour de la déception.

Exemple des raisons de cette déception : obligation d'aller dans les Hauts-de-France ; obligation de travailler avec des personnes atteintes de démence en fin de vie ; obligation de vivre dans une maison partagée avec 5 personnes pendant un an.

Cependant, je suis conscient qu'il est nécessaire, afin de surmonter ces difficultés, de faire face aux défis, et je me réjouis que l'on m'en donne l'opportunité.

Section 2.
Déroulement du stage : journal et autonarration

À partir du 1er septembre, il est attendu que le stagiaire tienne régulièrement un Journal de Stage en vue de consigner ses impressions au fur et à mesure de l'avancée de son service civique. Seront consignées en priorité les descriptions et analyses des connaissances et compétences nouvelles développées lors du stage, ainsi que les réflexions sur les aspects sociaux, personnels et professionnels du stage. Des thèmes sont suggérés à titre indicatif au stagiaire, afin de stimuler l'écriture et d'orienter la pensée sur des éléments pouvant être considérés comme constitutifs de l'expérience fondamentale du service civique.

Certains éléments de ce journal pourront constituer pour partie le corps de la section 2, mais il est attendu que le stagiaire rédige également des notes rétrospectives, de manière à donner à son récit autonarratif une dimension réflexive.

Première partie

SEPTEMBRE

~~1er septembre~~

Dimanche 31 août

On est encore le 31 août, mais j'ai décidé de commencer à rédiger le journal, parce qu'il me semble important de cultiver dès le départ de bonnes habitudes.

Tout à l'heure, Colas est parti. Je suis seul dans ma chambre. Ma chambre n'est pas grande : en étirant les bras, j'arrive à toucher les deux murs à la fois. Elle est plus longue que large. On y trouve un lit simple : j'ai fait le lit avec la literie qu'on a achetée. Il y a un placard, qui était vide jusqu'à ce que je le remplisse. Il y a une petite étagère sur laquelle j'ai mis les livres, au-dessus du bureau. Tout est blanc ou beige, et les meubles sont faits de ce plastique lourd qui pèle avec des taches de rousseur.

Je n'ai encore rien vu de Boulogne-sur-Mer ; mais j'ai senti la mer et j'ai entendu les mouettes. La maisonnette est située juste derrière une grande brasserie rouge qui brille de l'intérieur.

La brasserie s'appelle : Hamiot. Spécialité : Welsh Rarebit.

Mes impressions de la maisonnette ont été : perplexes. En effet, ce n'est pas une maisonnette comme je comprends le mot « maisonnette ». Ce serait plutôt une maison collée à une autre maison de chaque côté. À l'extérieur c'est vieux et à l'intérieur c'est neuf. Il y a de la moquette marron et des murs beiges. Il n'y a pas de tableaux. Dans la cuisine, il y a des autocollants jaunes sur tous les équipements qui expliquent comment s'en servir. Exemple : sur le grille-pain, l'autocollant dit : *Mettre les tranches de pain à griller (PAS PLUS DE 1 TRANCHE PAR FENTE). Abaisser le levier jusqu'à entendre un clic. ATTENTION, le pain sera chaud à la sortie du grille-pain : utiliser pince ou manique.*

Comme prévu, la maison abrite quatre autres personnes, qui commencent aussi leur service civique demain. Deux filles et deux garçons. Les filles s'appellent : Constance (blonde) et Bouchra (brune). Les garçons s'appellent : Victor (blond) et Vadim (brun). Quand je suis arrivé avec Colas, ils étaient tous les quatre dans le salon, où ils regardaient un programme de téléréalité de survie en équipe dans un environnement hostile.

Colas m'a présenté. Constance a ri.

Constance : Tous les garçons commencent par un V dans cette maison !

C'était vrai. Là-dessus, Colas a dit que j'étais sans doute fatigué et que j'aurais envie d'aller me coucher. C'était vrai. J'avais aussi hâte de lire *Survivre au Service Civique*, et par ailleurs je ne voulais pas regarder ce programme de téléréalité, car je n'aime pas le spectacle de la violence.

Je n'ai pas encore appris beaucoup de choses sur les autres colocataires. Vers 21 h 40, je suis descendu boire un verre d'eau à la cuisine et j'ai rencontré Vadim qui était en train de manger un yaourt à la myrtille. Il a des cheveux en bataille, des yeux vairons et des fossettes. Nous avons eu une conversation.

Vadim : Tu le fais où, toi, ton serci ?

Moi : À l'unité Mnémosyne de Boulogne-sur-Mer. C'est un établissement hospitalier destiné aux personnes âgées atteintes de démence.

Vadim : Ah putain, la lose.

Moi : [je n'ai rien répondu]

Vadim : Moi, ils m'ont collé à la médiathèque Ginette-Garcin, dans le centre-ville. Je vais me taper des trucs genre remettre des bouquins sur les rayonnages. Ça va être chiant, je te raconte pas.

Moi : [je n'ai rien dit]

Vadim : Et tu viens d'où, sinon ?

Moi : D'Albi.

Vadim : C'est où, ça ?

Moi : Dans la région Occitanie.

Vadim : C'est où, ça ?

Moi : Dans le Sud.

Vadim : Ah putain, tu vas te geler le cul ici !

Moi : J'ai acheté une écharpe et un manteau.

Vadim : Moi je viens de Strasbourg donc à la limite, bon, c'est pas aussi terrible.

Suite à cette conversation, je suis remonté dans ma chambre. J'ai pensé que j'aurais sûrement dû relancer la conversation en posant les questions :

« Et toi ? », puis de nouveau « Et toi ? » Mais comme Vadim y avait répondu tout seul, ce n'était pas grave.

J'ai également rencontré notre tuteur, Serge Quéhen. Serge Quéhen habite au dernier étage de la maisonnette, dans un appartement indépendant qui comporte une salle de bains et une cuisine. Je ne sais pas s'il y a des autocollants similaires dans sa cuisine.

Dans *Le Guide de Survie au Service Civique*, il est écrit :

« Ton tuteur est responsable de ta sécurité et de ton bien-être. Au quotidien, il sera là pour t'aiguiller et t'épauler ! Il est LA personne vers qui te tourner si jamais tu te sens en détresse ou si tu as la moindre difficulté pratique. Tous les tuteurs sont formés aux premiers secours. En général, les anciens du serci disent que leur tuteur ou leur tutrice était comme un grand frère ou une grande sœur pour eux durant toute cette année. »

Serge Quéhen ne ressemble pas à ma sœur ni à mon frère, mais il est moyennement jeune (vers 35 ans). Il est corpulent, avec des lunettes et un pull en maille.

Nous avons eu une conversation.

Serge : Salut, beau gosse ! Dis donc, t'es fan de Muse ?

Moi : Non.

Serge : C'est ton T-shirt, du coup j'ai cru.

Moi : Il était à mon frère.

Serge : Cool ! Écoute, bonhomme, t'as vu la maison, c'est plutôt calme, plutôt clean, on essaie de garder ça plutôt calme, plutôt clean. C'est d'accord ?

Moi : D'accord.

Serge : La règle de base, c'est : tu me fais confiance, je te fais confiance, on se fait confiance.

Moi : [rien]

Serge : Super. Alors, voilà les clefs. La petite rose, c'est la porte du jardin. On sort les poubelles le lundi, à tour de rôle. La clef argentée, c'est celle de la porte d'entrée. Tu l'emportes quand tu sors, sinon t'es bloqué dehors ! C'est clair ?

Moi : C'est clair.

Serge : Je te file mon numéro de portable. Le moindre truc, tu m'appelles, OK ? Si t'as le cafard, si t'es stressé, si t'es malade, n'importe quoi, tu m'appelles.

J'ai entré le numéro de Serge dans mon téléphone portable.

Serge : Extinction des feux à minuit, mais on espère que tout le monde dorme avant, vu ? Et si tu dois t'absenter pour la nuit, il faut une autorisation spéciale. Vous êtes grands, mais pas si grands que ça quand même, pas vrai ? Et moi, je suis là pour m'assurer de votre sécurité.

Moi : [je n'ai rien dit]

Serge : Bref de bref, on se reparle de tout ça vendredi soir, pour le débrief de la première semaine. On se retrouve toutes les semaines pour faire le point, le vendredi de 4 à 5. OK ?

Moi : OK.

Serge : OK bonhomme. Bonne nuit !

Moi : Bonne nuit.

Mes impressions de Serge sont : très positives.

Maintenant il est 22 h 15 et il est l'heure de dormir.

NOTE RÉTROSPECTIVE

Je crois que c'est le dernier jour de l'année où je me suis couché à 22 h 15.

NOTE RÉTROSPECTIVE

Je trouve ça marrant de relire ce journal un an après. Je ne sais pas trop comment expliquer, mais j'ai l'impression que mon écriture est froide et toute carrée, comme si j'avais fabriqué les phrases avec du métal. J'étais tout raide d'angoisse, bien sûr, mais c'est pas seulement ça. Je vois que j'ai changé dans mon écriture.

Je crois que c'est Sola qui m'a « arrondi », si on peut dire. Et Françoise Hardy dans une certaine mesure.

J'en reparlerai plus tard pour ne pas mélanger les temps du récit.

Lundi 1er septembre

Je suis de retour de la première journée de service civique à l'unité Mnémosyne. Au cours de cette journée, mes impressions sont passées de : très négatives à : négatives à neutres.

La navette partait à 7 h 00 du matin de Boulogne, juste en face d'un grand bâtiment qui s'appelle : Nausicaá et qui dit : « La mer est sur terre. » Il s'agit du plus grand aquarium d'Europe.

Au petit déjeuner, Serge avait dit :

Serge : Samedi prochain, on va tous à Nausicaá pour commencer le week-end d'intégration. Vous verrez, ça va être trop top.

Mais à 7 h 00, tout était éteint. Les poissons, etc. étaient dans le noir. Avant de partir, j'ai eu le temps de prendre une douche rapide, de manger une biscotte et de boire une gorgée d'Ice Tea pêche. L'Ice Tea pêche n'était pas une bonne idée car j'ai dû attendre la navette avec les doigts gelés et l'œsophage engourdi.

Après, je suis monté dans la navette et je me suis assis.

À côté de moi, il y avait un garçon roux avec un bouc qui lisait un livre : *Pratique de la gériatrie en milieu Mnémosyne, niveau 3*.

En voyant cela, j'ai senti venir un début d'attaque de panique, qui fait comme des petits trains de picotements depuis mon coude gauche jusqu'à ma main gauche. J'ai fait les techniques de relaxation numéro 1, 2, 3 que l'on m'a enseignées et cela a marché plutôt bien : j'ai réussi à faire revenir les petits trains dans la gare (mon coude).

NOTE RÉTROSPECTIVE

L'attaque de panique était due au fait que j'ai cru, en voyant mon voisin, qu'il fallait préparer quelque chose ou réviser. Je ne gère pas bien les situations où je sens que les autres savent des choses que je ne sais pas. Mais maintenant, ça va beaucoup mieux.

Les techniques 1, 2, 3 sont :

(1) Expirer tout l'air de ses poumons profondément. Inspirer de nouveau (répéter 3x).

(2) Depuis les orteils jusqu'au sommet du crâne, contracter un à un chacun des muscles du corps, en se

concentrant uniquement sur le muscle concerné. Relâcher au maximum chacun des muscles.

(3) Imaginer les petits trains de panique revenir doucement à la gare.

J'avais appris ces techniques avec une psychothérapeute en thérapie comportementale en août d'avant. Aujourd'hui, je les maîtrise totalement (enfin, pas totalement mais presque), mais à l'époque de l'épisode du bus, j'étais encore un peu en phase d'apprivoisement.

Ensuite, mon voisin m'a parlé.

Mon voisin : Hey, salut, moi c'est Renzo. Tu t'appelles comment ?

Moi : Valentin.

Mon voisin : Enchanté. On va peut-être bosser ensemble, t'es en section quoi ?

Moi : Section B.

Mon voisin : Ah, dommage, moi section A. Mais t'as du bol : la section B c'est les années 1960-1970, c'est plus fun que dans ma section, où c'est la guerre et l'après-guerre.

(Je n'ai pas compris ces paroles.)

Moi : Il fallait réviser quelque chose ?

Mon voisin : Hein ? Ah non, t'inquiète pas [rires]. Je lis ça parce que je suis externe.

Sur le coup, j'ai cru que c'était quelque chose comme une identité qu'il revendiquait, parce que l'on a beaucoup de mots pour dire beaucoup de choses comme ça de nos jours. Mais il a précisé sa pensée.

Mon voisin : Ça veut dire que je suis en quatrième année de médecine.

Moi : Oh, pardon. J'ai cru que vous étiez en service civique.

Mon voisin : [rires] T'es pas obligé de me vouvoyer ! Nan, j'ai vingt et un ans. Je prends juste la navette aujourd'hui parce que ma moto est au garage. Mais je suis flatté : tu me rajeunis, t'as pas dû voir mes rides.

Moi : [rires]

Mon impression de Renzo était déjà : très positive, mais elle s'est encore améliorée quand il a dit :

Renzo : Tu veux des conseils ?

Moi : Oui, merci.

Renzo : Écoute, si tu veux pas qu'ils te mettent juste en corvée, il faut t'y connaître un peu et t'intéresser à ce qui se passe là-dedans. Sinon, ils te donneront des trucs ennuyeux à faire, au lieu de trucs intéressants.

Moi : Quels trucs ennuyeux ?

Renzo : Genre ménage, classement de dossiers, fichiers Excel et pots de chambre.

Ces mots ont suscité chez moi des impressions négatives.

Moi : Quels trucs intéressants ?

Renzo : Je sais pas, raconter des histoires ou vraiment s'occuper des patients.

Moi : [je n'ai rien dit]

Renzo : Et ça pourra te servir plus tard si tu veux faire des trucs en rapport avec la culture et les soins à la personne. Tu veux faire quoi, plus tard ?

Moi : Des trucs en rapport avec la culture et les soins à la personne.

Renzo : [rires] OK. Alors essaie de les convaincre de te donner des missions intéressantes.

Moi : Comment les convaincre ?

Renzo s'est gratté le bouc. On ne voyait rien du paysage car le crachin dehors gribouillait les vitres.

Renzo : Ce qu'il faut savoir, c'est que les unités Mnémosyne sont un développement récent – et d'ailleurs assez controversé – des centres de soin aux personnes atteintes de la maladie d'Alzheimer ou de démence, dont on estime le nombre en France aujourd'hui à plus de…

Je n'ai pas écouté ces paroles. J'ai hoché la tête, ce qui donne à mon interlocuteur l'impression que j'écoute ses paroles. Ensuite il a terminé.

Moi : D'accord.

Renzo : Et donc, ce qu'il faut à mon avis, c'est que tu leur dises que tu es fasciné par les années 1960-1970. Tu adores cette période de l'histoire ! Tu connais tout, c'est une obsession ! Et donc tu penses que tu vas leur être d'une grande aide pour l'équipe Authenticité et Reconstitution.

Moi : L'équipe quoi ?

Renzo : C'est ceux qui s'occupent de faire en sorte que le centre ressemble exactement à une ville de cette période-là. Si tu les convaincs, ils te feront faire des trucs cool, genre réparer des tourne-disques et trouver des fringues d'époque, et plein de trucs culturels. Et puis ils te laisseront vachement parler aux patients, qui sont quand même grave attachants.

Moi : D'accord.

Renzo : Tu connais un peu cette époque-là ?

Moi : Laquelle ?

Renzo : Les années 1960-1970.

Moi : Pas vraiment.

Renzo : Les Trente Glorieuses, les hippies, les yéyés, Mai 68, ça te dit quelque chose ?

Moi : Pas vraiment.

Le bus s'est arrêté dans un grincement. Ceux qui s'étaient endormis se sont réveillés comme des princesses. Ils bâillaient délicatement et se pinçaient les paupières. On devait descendre.

Renzo : Aïe. Bon, dans ce cas, je sais pas trop comment t'aider.

J'ai soupiré et j'ai fait une plaisanterie :

Moi : Je crois bien que je suis bon pour les pots de chambre.

Cette plaisanterie a fait rire Renzo. Il s'est retourné vers moi avant qu'on sorte et il a dit :

Renzo : Écoute, j'en sais rien, mon pote. Fais marcher ton imagination. Trouve-toi vite une grande passion bien sixties, bien vintage, bien fleurie !

Il a souri.

Renzo : T'as qu'à leur dire que t'es super fan de Françoise Hardy.

Puis il a fait un signe de la main et il est parti.

NOTE RÉTROSPECTIVE

Je n'ai jamais revu Renzo. Mais je pense que c'était utile de mentionner cette conversation. Après tout, c'est lui qui a évoqué Françoise Hardy pour la première fois. Je pense à Renzo parfois et à son bouc qui était taillé comme ça : W. Quand je revois son visage, je me demande comment j'ai pu croire, au début, qu'il avait 15 ans comme moi, alors qu'il en avait forcément au moins 20.

Je crois que l'année dernière, je ne regardais pas vraiment les gens.

***

Il est recommandé dans le guide du rapport de stage de « fournir une description des lieux du service civique ». Je livre donc ci-dessous une description du plan de l'unité Mnémosyne qu'on nous a montré à l'arrivée :

Sur le plan, on voit que l'unité Mnémosyne est composée de cinq bâtiments : Sections A, B, C. Bâtiment D (direction et administratif) et Bâtiment E (manutention). On voit que ces sections sont liées entre elles par des passerelles en hauteur ainsi que par des chemins couverts.

Sur le plan, on remarque qu'il y a un H dans un rond qui signale l'héliport, car il est parfois nécessaire d'emmener les patients en hélicoptère jusqu'au centre hospitalier le plus proche.

Sur le plan, on remarque aussi que la section C est plus petite, car il n'y a pas (encore) beaucoup de gens atteints de démence qui étaient jeunes dans les années 80-90. Cependant, il y en a quand même, et comme au fil des années il y en aura de plus en plus, on a créé une section pour eux ; et quand ils seront assez, on les déplacera en section A où il n'y aura *a priori* plus personne (de vivant).

Sur le plan, on peut aussi voir que l'unité est entourée d'un grand terrain. Ce terrain est surtout fait d'herbe qui n'est pas très verte mais plutôt vert-gris/jaune. Il n'y a pas d'activités sur ce terrain. On voit qu'il y a un parking.

C'est assez difficile de décrire les bâtiments. De dessus, on dirait qu'ils sont carrés ou rectangulaires. De l'extérieur, on voit que les bâtiments ont en fait une forme un peu comme un Flamby (un peu plus large en bas qu'en haut et aplatie en haut) et qu'ils sont d'un noir de charbon afin d'évoquer le passé minier de la région (source : plaque d'explication dans l'entrée).

De l'extérieur, les murs ont des décorations et des ouvertures en spirales ou en volutes, pour évoquer les circonvolutions du cerveau et les incertitudes de la mémoire (source : plaque d'explication dans l'entrée).

De l'intérieur, on s'aperçoit qu'il y a de nombreux espaces situés *entre* les murs extérieurs et intérieurs, afin de laisser la place aux docteurs de passer par ces interstices, et qu'il y a beaucoup de vraies fenêtres, mais fausses (j'expliquerai mieux après).

On nous a également montré un plan de la Section B, où l'on voit ce qui se passe à l'intérieur.

Sur le plan on voit que la Section B, comme chacune des sections, est construite comme un morceau de ville avec des maisons accolées les unes aux autres, une rue (rue Georges-Perec), un parc (parc Georges-Brassens) et un café (*Le Georges Pompidou*). Tous ces Georges sont des Georges célèbres.

Sur le plan on voit que les espaces extérieurs se trouvent dans un extérieur qui est en fait un intérieur. Exemple : Parc. Le Parc est fait pour ressembler à un parc. Ciel : le plafond est fait pour ressembler au ciel. Pareil pour Rue : la rue est faite pour ressembler à une rue. De même, les Magasins sont faits pour ressembler à des magasins.

Sur le plan on voit qu'il y a un arrêt de bus mais il n'y a pas de bus (j'expliquerai plus tard.)

Sur le plan on voit que les pièces (parc, rue, magasins etc.) dans lesquelles les patients évoluent sont disposées à côté d'autres pièces destinées aux employés de la section. Celles-ci sont de différentes natures, telles que : salle de soins ; salle d'examen ; cuisines ; salles de stockage et d'entretien ; bureaux ; archives, etc. Elles ne sont pas faites pour ressembler à d'autres choses que ce qu'elles sont.

Sur le plan, en revanche, on ne voit pas comment les pièces sont décorées (j'expliquerai plus tard). Et on ne voit pas le Soleil et la Lune, et tous les autres éléments de trompe-l'œil, etc. (Voir plus loin).

Le reste, j'expliquerai au fur et à mesure.

***

Quand je suis arrivé à l'unité Mnémosyne, j'ai constaté que j'étais le seul nouveau stagiaire en Section B. Il y a cinq stagiaires en section A (années 1930-1940-1950) et un stagiaire en section C (années 1980-1990).

Nous avons été conduits dans une salle d'attente oblongue et nous nous sommes alignés. À peu près quatorze employés de l'unité Mnémosyne étaient là aussi. On nous a servi du jus d'orange et du jus de pêche et des Palmitos.

Le directeur de l'unité Mnémosyne est venu nous voir. C'est une directrice. Elle s'appelle

Marianne Kasprovitch ; elle a les cheveux blonds frisés et des lunettes. Elle est extrêmement grande (on pourrait dire « c'est une grande gigue »).

Marianne Kasprovitch : Chers tous et toutes, vous êtes les bienvenus dans cette unité de pointe. Chaque année, nous accueillons une dizaine de jeunes concitoyens et concitoyennes comme vous. Nous sommes tous et toutes convaincus que vous apprendrez beaucoup de cette expérience, et que vous gagnerez en maturité cette année, bien plus que vous ne l'auriez cru. Cette année vous changera, et c'est un vrai plaisir pour nous que de contribuer à ce changement. Mais, plus important encore, nous savons que vous nous rendrez au centuple ce que nous vous donnerons. Chaque année, nous, tous et toutes, gagnons à être à vos côtés. Vous apportez de la fraîcheur et de la gaieté, de l'innovation et de l'initiative, à ces lieux. Aux pensionnaires, au personnel médical, au personnel administratif, au personnel d'entretien. À moi-même. Tous et toutes, nous bénéficierons de votre jeunesse tout comme, nous l'espérons, vous bénéficiez de notre expérience. Et nous savons que vous participerez grandement au bien-être et à la santé de nos pensionnaires.

Nous avons opiné.

Marianne Kasprovitch a ensuite établi des règles de base, qui étaient : ponctualité, respect de tous et toutes, recherche de l'excellence, bienveillance. Elle a insisté sur une orthographe impeccable dans nos communications écrites. Elle a insisté sur une courtoisie impeccable dans nos communications orales.

Pour « respect de tous et toutes », elle a donné des exemples :

Marianne Kasprovitch : Le vouvoiement est de rigueur envers tous les pensionnaires. Le tutoiement peut être établi entre vous-mêmes et des membres du personnel, moyennant un accord mutuel préalable.

Pour « bienveillance », elle a donné des exemples :

Marianne Kasprovitch : Nous sommes particulièrement fiers dans ces lieux de l'attention que nous portons à l'autre, dans une optique constructive de partage et d'échange. Nous pratiquons la tolérance zéro envers le harcèlement et l'intimidation. Chacun et chacune d'entre nous fait preuve de curiosité sincère envers l'autre, d'autant plus si l'autre est issu de la diversité ou présente un profil non neurotypique.

Pour « recherche de l'excellence », elle a donné des exemples :

Marianne Kasprovitch : Au cours de votre stage et en harmonie avec l'évolution de vos apprentissages, nous vous confierons des missions de recherche et de pratique de plus en plus pointues. Cette confiance, vous la mériterez en faisant preuve de rigueur et de discipline dans l'accomplissement de ces missions.

Mon impression de Marianne Kasprovitch a été : très positive.

Nous avons signé une charte afin de nous engager à respecter ces engagements, puis Marianne Kasprovitch nous a présenté les employés. Je ne vais pas redire tous les noms, mais il y avait un représentant de chaque profession de l'unité Mnémosyne, exemple : infirmier, docteur en gériatrie, agent d'entretien, réceptionniste, docteur en psychiatrie, agent en comptabilité, employé de l'équipe Authenticité et Reconstitution.

C'est ce dernier qui m'a le plus intéressé, étant donné ce que m'avait dit Renzo, mais nous n'avons pas pu leur parler, car il était l'heure de rencontrer nos encadrants.

Marianne Kasprovitch : Vous allez maintenant faire la connaissance de vos encadrants et encadrantes ; dans ce but, nous allons vous demander de vous répartir par section.

Les encadrants des autres stagiaires sont venus les chercher. Je me suis retrouvé seul dans la salle avec Marianne Kasprovitch.

Marianne Kasprovitch : Ah, vous êtes Valentin Lemonnier, le stagiaire de la Section B ?

Moi : Oui.

Marianne Kasprovitch : Je suis désolée, Valentin : votre encadrante, le docteur Perré, n'est pas présente aujourd'hui. Elle est souffrante.

Moi : [je n'ai rien dit]

Marianne Kasprovitch : N'hésitez pas à vous resservir de jus de fruits ou de biscuits.

Elle a regardé dans toutes les directions. J'ai compris qu'elle serait plus à l'aise si j'allais me resservir de jus de fruits ou de biscuits. Je suis allé me resservir.

Marianne Kasprovitch : Nous allons attendre que l'un des infirmiers, Octavio, vienne vous faire faire un petit tour de la section.

Nous avons attendu.

Marianne Kasprovitch : Il y a souvent des imprévus quand on s'occupe de personnes âgées. Octavio a sans doute été retenu quelque part.

Moi : [je n'ai rien dit]

Marianne Kasprovitch : Et donc vous, Valentin, qu'est-ce qui vous a plu, dans cette proposition de service civique ?

Moi : De participer à la santé et au bien-être des pensionnaires.

Marianne Kasprovitch : [rires] Parfait. Et vous venez d'où, Valentin ?

Moi : D'Albi.

Marianne Kasprovitch : Magnifique cathédrale !

Moi : [je n'ai rien dit]

Marianne Kasprovitch : Il ne devrait plus tarder, maintenant.

Elle a regardé sa montre.

Marianne Kasprovitch : Et vous avez des choses qui vous plaisent dans la vie, Valentin ? Des hobbies, des passions ?

Je me suis rappelé ce que m'avait dit Renzo et j'ai dit :

Moi : Je suis super fan de Françoise Hardy.

Marianne Kasprovitch : [rires] Françoise Hardy ? Mais ça tombe très bien…

Un jeune homme est entré dans la pièce. C'était Octavio. Il est noir et rondouillet avec des lunettes.

Octavio : Toutes mes excuses, on a eu une chute rue Jules Verne. Madame Mouchevent. C'était un fil électrique qui dépassait, il était mal gaffé, elle s'est pris le pied dedans. Mais ça va, elle n'a rien.

Marianne Kasprovitch : Et ça y est, c'est regaffé ?

Octavio : Oui, l'équipe d'entretien a regaffé.

Marianne Kasprovitch : Octavio, je vous confie Valentin. Sola n'est pas là aujourd'hui, elle [murmures]. Vous lui faites faire le tour du propriétaire ?

Octavio : Avec plaisir.

Marianne Kasprovitch : Figurez-vous qu'il est fan de Françoise Hardy.

Elle a fait des signes de sourcils.

Octavio : [rires] Mais non ?

Marianne Kasprovitch : Si.

Octavio : Eh ben dis, ça tombe très bien : on a déjà une mission pour toi !

Alors je suis parti avec Octavio et il m'a fait passer par une porte que je n'avais pas vue. La porte se fond dans le mur avec les mêmes motifs que le papier peint autour. Plus tard, j'ai vu qu'il y a des dizaines de portes comme ça partout dans l'unité Mnémosyne. Octavio m'a expliqué le fonctionnement. Pour les ouvrir, il faut trouver la poignée, qui est en général sur la gauche. Elle est ronde et plate, et camouflée dans la porte. Pour la faire sortir, il faut presser dessus assez fort ; alors, elle émerge de la porte. Ensuite on peut tourner la poignée.

Octavio m'a dit qu'il valait mieux ne pas ouvrir les portes trop souvent devant les pensionnaires, car ils sont déstabilisés quand ils voient que les murs s'ouvrent. Il vaut mieux attendre qu'ils aient tourné la tête.

Pour commencer, il m'a fait essayer d'ouvrir la porte jusqu'à ce que je maîtrise la technique. On est passés dans un couloir gris clair et vert clair avec des carreaux par terre et des néons en l'air.

Octavio : En général, je tutoie les stagiaires et ils me tutoient. Est-ce que ça te va ?

Moi : Oui.

Ainsi nous avons établi un accord mutuel préalable.

Au bout du couloir se trouvait l'entrée de la Section B. Sur la porte d'entrée il était écrit : *VOUS ENTREZ DANS LA SECTION B (Années 1960-1970). MERCI D'UTILISER LE JUDAS.*

Octavio : Tiens, tu regardes s'il y a quelqu'un derrière avant d'ouvrir.

J'ai vu que le judas était un petit disque de verre logé dans la porte. J'ai collé mon œil. La pièce derrière était arrondie par le judas comme si on l'avait courbée. C'était une pièce pleine de couleurs ; on pourrait même dire « bariolée ». J'ai remarqué qu'il y avait quelques personnes âgées atteintes de démence assises dans des fauteuils ou des canapés.

Octavio : Y a quelqu'un ?

Moi : Ils sont tous assis dans des fauteuils.

Octavio : Ils peuvent nous voir ?

Moi : [j'ai regardé à nouveau]

Moi : Non.

Octavio : OK. Ouvre et faufile-toi.

J'ai fait la technique de la poignée et j'ai ouvert la porte, qui n'a fait aucun bruit. Nous nous sommes faufilés. J'ai vu qu'une personne âgée atteinte de démence (une dame) nous avait repérés mais seulement vers la fin, quand la porte était déjà presque refermée. De toute façon, elle n'a pas fait de commentaire. Les pensionnaires regardaient la télévision.

Octavio : Bonjour bonjour, regardez qui je vous amène !

Les personnes âgées atteintes de démence (il y en avait six) m'ont regardé ; certaines se sont ensuite retournées vers la télévision et d'autres ont continué à me regarder.

Octavio : C'est Valentin et ce sera notre stagiaire de serci cette année. Vous vous souvenez comme vous vous étiez bien entendus avec Hakima, l'année dernière ? Eh bien, c'est notre nouveau Hakima.

Une dame en vert : Et qu'est-ce qu'elle devient, Hakima ?

Octavio : Elle est entrée en seconde, là. Au lycée.

La dame en vert : Ah ! C'est bien.

Octavio : Elle nous a envoyé une belle carte il y a quelques semaines, vous vous souvenez ?

La dame en vert : Oui, oui. Elle disait qu'elle partait faire du vélo en Italie.

Octavio : Voilà. Avec des copines.

La dame en vert a hoché la tête à la télé. C'était une énorme télé cubique, avec l'image en noir et blanc. Le programme était un journal télévisé.

Le présentateur : *Le président Valéry Giscard d'Estaing était aujourd'hui reçu par la reine d'Angleterre au palais de Buckingham.*

Sur l'écran, un homme avec un front parlait à une femme avec des dents. Les personnes âgées ont beaucoup réagi à cette image.

Un Monsieur en pull bleu : Y a pas à dire, elle est pas mignonne, leur reine !

Une dame en T-shirt blanc : On y était allés, nous, au couronnement de la reine.

Le Monsieur en pull bleu : Pas mignonne du tout !

La dame en vert : Mais c'est n'importe quoi.

La dame en T-shirt blanc : On était à Londres, en face du palais de Buckingham et on l'avait vue, la reine.

La dame en vert : Mais c'est n'importe quoi !

La dame en vert s'est tournée vers moi. Elle m'a fait un clin d'œil.

La dame en vert : Ils nous passent ces reportages, mais ça fait longtemps qu'il n'est plus président, Giscard, hein ?

Moi : Je sais pas.

(C'était vrai que je ne savais pas.)

La dame en vert : Ici, ils nous font toujours croire des trucs.

La dame en T-shirt blanc : *God save the Queen !*

La dame en vert : Il serait pas mort, Giscard, tant qu'on y est ?

Moi : [j'ai haussé les épaules]

Le Monsieur en pull bleu : Ah, ça ! Leur reine, je la vois toute nue sur le bord de la route, je la laisse là où elle est.

La dame en vert : C'est n'importe quoi. Nous, aujourd'hui, on a une présidente de la République en France, et on peut en être fiers. Pas vrai ? Je sais ça, moi. Octavio ! On a une présidente ou bien ?

Octavio : Oui, Madame Samama, on a une présidente.

Madame Samama : Alors pourquoi vous nous passez des programmes comme quoi Giscard est encore président ?

Octavio : Parce qu'il y a des pensionnaires qui aiment bien ces programmes, Madame Samama.

Le Monsieur en pull bleu : Vous me ferez pas changer d'avis. Elle est pas mignonne, leur reine !

Madame Samama : Ici, vous nous faites toujours croire des trucs.

Le Monsieur en pull bleu : Excuse me, Madame queen, you are not mignonne !

Octavio a toussoté en me regardant fixement. Ainsi j'ai su qu'il voulait attirer mon attention.

Octavio : Bon, Valentin, je te fais faire un petit tour.

Il s'est éloigné avec moi de quelques pas. Madame Samama nous guettait toujours et me faisait des clins d'œil.

Octavio : Donc la salle de télé, on l'appelle « salle C23 ». La bibliothèque là-bas pivote pour aller sur une passerelle au-dessus de la rue Georges-Perec. Il y a un petit ascenseur dans la cheminée pour faire monter des objets et des plats si nécessaire, mais on essaie de l'utiliser au minimum. Le tableau, là-bas, c'est une porte qui ouvre sur une salle de soins. Dans toutes les salles, tu verras un téléphone – s'il y a le moindre souci, tu composes le 0568 et tu tombes direct sur la réception.

Ce téléphone-là était rouge avec un cadran qui tourne. Plus tard, j'ai vu que les téléphones étaient tous de couleurs vives et certains de formes fantaisistes (exemple : en forme de bouche dans la salle à manger ; en forme de homard dans la pièce à vivre). Ils sont branchés tout le temps. Ce sont des téléphones extrêmement lourds.

Moi : Je peux poser une question ?

Octavio : Bien sûr.

Moi : On doit faire croire aux pensionnaires qu'ils vivent en quelle année ?

Octavio a repoussé ses lunettes sur son nez.

Octavio : C'est une question un peu compliquée. Disons que ça dépend des moments. Grosso modo, entre 1960 et 1979... mais parfois on se retrouve en 1958, et parfois en 1982.

Moi : Ça représente quand même une grosse fourchette.

Octavio : On s'y fait. Juste un truc : tu as utilisé l'expression « faire croire ». Ce n'est pas vraiment ça. On ne ment pas aux pensionnaires.

Moi : D'accord.

Octavio : Là, par exemple, Madame Samama a dit qu'on a une présidente, et je n'ai pas démenti. J'ai dit que c'était la vérité.

Moi : D'accord.

Octavio : Après, bon, parfois on ne dit pas entièrement la vérité.

Moi : [je n'ai rien dit]

Octavio : Par exemple, la mission que je vais te confier, ce n'est pas exactement la vérité totale.

Moi : Ce sera une mission de quel type ?

Octavio : Tu verras. [soupir] Je t'expliquerai. [soupir] Sola explique mieux que moi.

Moi : Madame Samama a l'air de ne pas être atteinte de démence.

Octavio : Oui : elle a l'air. Allez, viens, je te fais visiter le reste de la section. Au revoir, messieurs-dames, à tout à l'heure !

Le Monsieur en pull bleu, la dame en T-shirt blanc, d'autres personnes âgées : Au revoir !

Juste avant qu'on passe la porte (la seule vraie porte) pour retourner dans le couloir, Madame Samama a braqué son regard sur moi.

Madame Samama : C'est qui, lui ?

Octavio : C'est Valentin, Madame Samama. Je vous ai dit tout à l'heure, vous vous rappelez ? C'est notre nouveau stagiaire de serci. Comme Hakima l'année dernière.

Madame Samama : Ah ! Et qu'est-ce qu'elle devient, Hakima ?

Octavio : Elle est en seconde.

Madame Samama : C'est bien. Elle nous a envoyé une lettre il y a quelques semaines.

Octavio : Oui.

Madame Samama : Elle va faire du vélo en Italie.

NOTE RÉTROSPECTIVE

Au moment de compiler ces pages de journal et de décider lesquelles mettre et lesquelles enlever, et faire des commentaires rétrospectifs, etc., je trouve ça très compliqué de choisir, d'une part parce que j'ai l'impression que tout est important, et aussi parce que c'est bizarre d'enlever des conversations qui ont eu lieu. Je me dis que j'aimerais bien les préserver. Je veux pas les perdre ou risquer de les oublier.

En fait, c'est plus que ça : je me dis qu'il y a comme une responsabilité d'en garder la trace.

Du coup la limite de 30 pages, forcément ça dépasse.

Après, Octavio m'a emmené visiter d'autres endroits en restant à l'intérieur des bâtiments (je veux dire le dehors qui est à l'intérieur, mais qui ressemble au dehors).

À chaque fois qu'on allait dans un endroit, il expliquait ce que c'était. Par exemple, c'était une chambre, ou un couloir, ou une salle de bains et c'était décoré. Je n'ai pas eu le temps de tout bien voir mais je me souviens par exemple de : un portemanteau avec des boules de toutes les couleurs ; un lustre en verre qui faisait comme des coulis de couleurs.

À un moment, Octavio a dit :

Octavio : P'tit fauteuil crapaud !

Il parlait d'un fauteuil qu'il a caressé. À un autre moment il a dit :

Octavio : P'tit fauteuil œuf !

Il parlait d'un autre fauteuil qu'il a tapoté.

Quand on est allés dans le secteur où vivent les pensionnaires, il m'a soumis à d'autres tests de porte.

Octavio : Et là, vas-y, ouvre.

Au début, je ne voyais pas la porte, parce que c'était soit fondu dans le papier peint, soit dans un tableau ou une affiche de film (etc.). Après j'ai commencé à voir les portes. Je faisais le truc de la poignée.

Octavio : Regarde bien que personne regarde.

Au début j'oubliais de regarder, ensuite je n'oubliais plus. On est entrés dans des lieux de passage et des lieux médicalisés. J'ai vu qu'il y avait de petits ascenseurs. J'ai vu qu'il y avait des salles pour les injections. J'ai vu qu'il y avait des placards à objets d'entretien. J'ai vu qu'il y avait des salles de repos des équipes médicales et d'entretien.

Octavio : Bonjour !

La salle de repos : Bonjour !

Octavio : Je vous présente Valentin, qui est notre nouveau stagiaire de serci.

Moi : Bonjour !

La salle de repos : Bonjour !

Octavio : Figurez-vous qu'il est fan de Françoise Hardy…

La salle de repos : Mais ça tombe très bien !

Octavio : Oui, on va lui confier une mission, si vous voyez de quoi je veux parler.

Ensuite, la salle de repos a chanté : *Tous les garçons et les filles de mon âge se promènent les yeux dans les yeux.*

NOTE RÉTROSPECTIVE

!!!!!!!!!!!!

DANS LA RUE DEUX PAR DEUX

!!!!!!!!!!!

Octavio, après avoir chanté : Tu chantes pas ?

Moi : [j'ai fait non de la tête]

Octavio : Tu fais ton timide !

Moi : [je n'ai pas répondu]

Octavio : Attention, on compte sur toi pour nous faire un concert de fin de serci !

C'était une blague. Je ne me souviens pas bien des pièces. C'était un labyrinthe. C'était énormément de couleurs. On voyait des pensionnaires, Octavio me disait leur nom.

Octavio : Bon, et maintenant, tant qu'à faire, autant aller te présenter à Madame Laurel. C'est pour elle qu'on a une mission à te confier.

On est entrés dans une chambre qui était décorée comme une chambre, avec un lit, une armoire etc. Au mur, il y avait du papier peint avec des bouclettes qui faisaient parfois des sortes de fleurs.

NOTE RÉTROSPECTIVE
Une tenture paisley en camaïeu de bleu.

Sur le lit, il y avait une couette. J'ai remarqué que tous les tissus étaient décorés avec des zigouigouis, des spirales, etc. Ça donnait une impression de folie ou bien de joie.

NOTE RÉTROSPECTIVE
Psychédélique (dominante formes rayonnantes et cercles concentriques).

Dans le lit, il y avait une dame allongée sur la couette, les mains croisées sur le ventre. Cette dame avait des boucles blanches et des lunettes rouges circulaires.

Octavio : Madame Laurel, je vous amène Valentin, qui est notre nouveau stagiaire de service civique.

Madame Laurel : Ah ! C'est bien. Bien le bonjour.

Moi : Bien le bonjour.

Madame Laurel : Il est pas un peu chinois ?

Octavio : Je ne sais pas, demandez-lui.

Madame Laurel : Oh ! Je n'oserais pas.

Je n'ai pas été vexé car je suis un peu chinois (un quart).

Octavio : Et surtout, il est fan de Françoise Hardy. Comme vous, Madame Laurel !

Il m'a poussé du coude en me faisant un clin d'œil et un sourire.

Octavio : Madame Laurel, fan de Madame Hardy ! C'est pas marrant, ça, quand même ?

Moi : [je n'ai rien répondu]

NOTE RÉTROSPECTIVE

C'était une blague sur Laurel et Hardy.

Madame Laurel : Ah ! C'est bien ! Vous savez qu'elle a mon âge, Françoise Hardy.

Moi : Ah ! C'est bien.

Madame Laurel : Et c'est quoi votre chanson préférée ?

Là, j'ai senti que la situation était de nature à déclencher un inconfort chez moi car je n'aime pas être mis en position de découverte de mensonge. J'ai senti que les petits trains sortaient de la gare pour aller dans mon bras. J'ai fait la technique pour qu'ils remontent.

Octavio : Vous avez toute une année pour chanter ensemble toutes vos chansons préférées. Mais expliquez un peu votre problème à Valentin, Madame Laurel.

Madame Laurel : Mon problème ?

Octavio : Mais oui, vous avez un problème, vous savez ?

Madame Laurel : Ah, ça ! Je vois pas.

Octavio : Mais si, Madame Laurel, votre problème du moment avec Françoise Hardy.

Madame Laurel : Ah, ça ! Non, je vois pas.

Octavio : Vous vous souvenez pas ? Ça, c'est la meilleure ! Votre problème dont vous nous rebattez les oreilles tous les jours ?

Madame Laurel : Françoise Hardy, y a pas à dire... Depuis qu'elle est avec son gars, là...

Octavio : Madame Laurel, racontez à Valentin votre problème avec *Salut les copains*.

Madame Laurel : Ah ! Ça, je vois pas, là, non.

NOTE RÉTROSPECTIVE

Les premiers mois, j'ai noté des conversations comme cela de plusieurs pages. Je voulais tout noter de ces oublis parce que c'était la première fois que je les entendais. Après, je me suis habitué et j'ai arrêté de noter. Souvent, plus tard, j'écris « ne se souvient pas, etc. » à la place, mais du coup les trous paraissent plus petits et les conversations moins longues. C'est un peu dommage.

Les pensionnaires ont différentes manières de ne pas se souvenir. Madame Laurel c'est « ah ça je vois pas », Monsieur Fertain c'est « vous m'en demandez trop », Madame Chauchois c'est « va savoir va savoir ». D'autres changent de sujet. D'autres (beaucoup) se taisent.

Octavio : Bon, ben tant mieux alors. Ça veut dire qu'il n'y a plus de problème. On se revoit plus tard, Madame Laurel ?

Madame Laurel : Bien le bonjour !

Octavio : On vous laisse.

Et nous sommes presque ressortis. Mais :

Madame Laurel : Dites, et pour *Salut les copains* ?

Octavio a fait pivoter son corps et il m'a envoyé un sourire au passage.

Octavio : Nous y voilà.

Nous sommes retournés auprès du lit.

Madame Laurel : Ils m'ont toujours pas dit si j'ai gagné.

Octavio : Expliquez à Valentin.

Madame Laurel a sorti de sous son oreiller un magazine de format presque carré, qui était mou et assez épais.

Madame Laurel : Ça fait six mois que j'ai répondu à leur concours et j'ai toujours pas de réponse !

NOTE RÉTROSPECTIVE

Plus tard j'ai appris que ça faisait seulement deux semaines qu'elle avait répondu à leur concours. Les manières qu'ont les pensionnaires d'imaginer le temps sont « multiples et complexes », comme dit la recherche sur le sujet de la démence, c'est-à-dire qu'on ne sait pas trop comment ils imaginent le temps. Cela dépend des fois et des gens.

L'une des compétences que j'ai développées cette année, par conséquent, est d'adopter une flexibilité par rapport à certaines attentes qu'on associe généralement au temps, exemple : de s'écouler du passé vers le futur ; d'être calculable en secondes, minutes, années etc. ; d'être à peu près le même pour tout le monde.

Il faut abandonner toutes ces attentes dès qu'on entre dans ce lieu.

Madame Laurel m'a montré le magazine. Sur la couverture, il y avait une écriture d'abord à la main qui disait *salut les* et ensuite à l'ordinateur qui disait COPAINS. Sous le titre, on voyait une femme jusqu'aux épaules, visage petit cheveux énormes (blonds).

C'était une photo mais c'était aussi comme une peinture car c'était mieux coloré que la vie. Cette femme souriait les yeux en l'air. Cette femme était habillée en bleu ciel. Cette femme se tenait devant un mur vert pomme. Sur le côté droit de la couverture, il y avait cinq mots posés l'un sous l'autre, dans la même écriture sans majuscules. Ces cinq mots étaient

elvis

sylvie

françoise

belmondo

etc

Ces mots étaient en couleurs : elvis rouge, sylvie blanc, françoise vert foncé, belmondo bleu ciel, etc jaune.

Madame Laurel a ouvert le magazine. Les pages étaient jaunies. À l'intérieur de la page de couverture, il y avait la photo d'un jeune homme en orange sur une moto orange qui fait coucou (l'homme). À côté, il était écrit « *Il est là ! le cyclomoteur Ciao* », et près de l'homme on pouvait lire « La vie est belle ! »

Madame Laurel a tourné les pages très vite.

Madame Laurel : Regardez voir un peu.

Certaines pages étaient en noir et blanc (/jauni) et d'autres en couleurs. Il y avait des mots que je connaissais comme PEUGEOT et JOHNNY HALLYDAY et d'autres que je ne connaissais pas comme TWISTEUSES et CHAMFORT.

Madame Laurel : Ah ! C'est là.

Elle a montré une page du bout du doigt. J'ai vu que le bout du doigt était recourbé, et l'ongle était verni de rouge. J'ai regardé au bout du doigt ce qui était là. C'était une publicité qui disait

NOTE RÉTROSPECTIVE

Puisque j'ai récupéré le numéro de *Salut les copains* depuis, j'ai pris en photo la publicité et la voici ici.

Octavio : Dites à Valentin ce que vous avez répondu, Madame Laurel.

Madame Laurel : Ah, ben j'ai envoyé une carte, et j'ai dit que ma chanson préférée c'est *La maison où j'ai grandi*.

Octavio : Tu l'aimes bien, celle-là, Valentin ?

Moi : Oui.

Octavio : Toi, tu aurais dit quoi ?

Moi : [j'ai haussé les épaules]

Octavio : Y en a trop de belles pour choisir, hein ?

Moi : [je n'ai rien dit]

Madame Laurel : Ils vont me répondre quand, vous croyez ? Ça fait déjà plusieurs mois.

Octavio : Il faut leur laisser le temps de faire le tirage au sort…

Madame Laurel : C'est un fait que ça serait marrant qu'elle vienne chanter ici.

Octavio : Et elle chanterait où ? Dans votre chambre ?

ORANGINA

te propose

UN JEU-CONCOURS

EXTRA

Françoise

qui vient **CHANTER**

chez toi ça te dit ?

Envoie-nous le titre de ta chanson préférée
sur carte postale !

Tu gagneras peut-être

PREMIER PRIX :
Françoise Hardy en concert dans ton lycée !

DEUXIÈME PRIX :
Une lettre de Françoise qui t'est spécialement adressée

TROISIÈME PRIX :
Un disque de Françoise dédicacé !

Un chanceux sera tiré au sort le mois prochain !

Madame Laurel : C'est un fait qu'elle pourrait rester dormir, si ça se finissait trop tard.

Octavio : Bon, on vous laisse, d'accord ? Vous avez vu Sylvie pour les cachets ?

Madame Laurel : Sylvie ?

Octavio : Pas Sylvie Vartan, hein !

Madame Laurel : [a ri] Vous me faites tourner en bourrique.

Octavio : Sylvie, l'infirmière pour les cachets.

Madame Laurel : Voilà. Voilà. C'est bien.

Octavio : Vous l'avez vue ? Vous vous souvenez ?

Madame Laurel : C'est bien. Voilà.

Il y a eu un silence. Ensuite, Octavio a dit :

Octavio : OK. Bon, je vais lui demander si elle est passée.

Nous sommes ressortis de la chambre. J'ai ouvert une porte qui était dans un mur avec des rayures, un mur fait dans une sorte de plastique.

NOTE RÉTROSPECTIVE
Du vinyle.

Octavio : On va grignoter un peu ?

Nous étions dans une petite cantine. Cela sentait la cantine. Octavio m'a passé un plateau et nous avons fait la queue derrière trois personnes. Octavio m'a dit leurs noms (j'ai oublié). Nous avons pris des couverts, un verre chaud et une serviette. J'ai pris un demi-pamplemousse avec une demi-cerise confite. J'ai pris une quiche aux poireaux avec des frites. J'ai pris un laitage (tranche de fromage blanc dedans rose dessus). J'ai pris un flan.

Nous sommes allés nous asseoir.

Octavio : Tu te mets déjà au maroilles !

Ainsi j'ai appris que ce fromage s'appelait : maroilles. Justement, j'avais lu un article au sujet de ce fromage au cours de mes recherches préliminaires sur la gastronomie des Hauts-de-France. Par curiosité, j'ai mangé ce fromage avant le reste du repas. Mes impressions de ce fromage ont été : positives.

Octavio : Bon ! Eh bien voilà, Valentin. Ta première mission.

Moi : Ma première mission ?

Octavio : Depuis qu'on a laissé répondre Madame Laurel, elle nous demande quinze fois par jour quand *Salut les copains* donneront enfin les résultats du concours.

Moi : Et ils donneront les résultats quand ?

Il y a eu un silence, puis Octavio a rigolé.

Octavio : T'as mangé un clown ?

Moi : Non.

Octavio : Évidemment, on n'a envoyé la carte nulle part, vu que le magazine n'existe plus depuis longtemps.

Ainsi j'ai compris que le magazine n'existait plus depuis longtemps.

Octavio : J'ai un peu honte de l'avouer, mais on croyait que Madame Laurel allait vite oublier. Sauf que non, elle nous tanne avec ! Et il faudrait qu'on ait quelque chose à lui montrer qui l'apaise.

Moi : Quelque chose à lui montrer ?

Octavio : Au début, on se disait qu'on lui enverrait juste une petite carte qui dise « Dommage, tu as perdu ! » Mais maintenant, on pense qu'il faudrait carrément que… tu vois ?

Moi : Je vois.

Je ne voyais pas. Heureusement, Octavio a vu que je ne voyais pas.

Octavio : Que quelqu'un prenne le temps de lui écrire une lettre de la part de Françoise Hardy.

Moi : [je n'ai pas répondu]

Octavio : Donc, agent Valentin : votre mission, si vous l'acceptez, est d'écrire une lettre à Madame Laurel de la part de Françoise Hardy, lui disant... Ben écoute, je sais pas, tu connais Françoise Hardy mieux que moi ! Dis-lui qu'elle est heureuse d'apprendre que Suzanne – c'est le nom de Madame Laurel, Suzanne – adore *La maison où j'ai grandi*. Raconte un peu l'histoire de la chanson, etc. Elle sera ravie, Madame Laurel, ça lui fera tellement plaisir.

Moi : Mais ce ne sera pas une lettre de la vraie Françoise Hardy.

Octavio m'a regardé fixement. À ce moment, j'ai eu extrêmement peur que Françoise Hardy n'existe plus depuis longtemps. Mais Octavio a dit :

Octavio : À un moment, on a même pensé à contacter Françoise Hardy, figure-toi, et à la faire venir, mais on s'est dit que ce serait bizarre que Madame Laurel voie Françoise Hardy telle qu'elle est aujourd'hui, alors qu'elle a répondu à un concours pour faire venir Françoise Hardy telle qu'elle était il y a plus de soixante ans.

Moi : Elle serait désarçonnée.

Octavio : Voilà.

Moi : Alors il faut écrire la lettre comme Françoise Hardy l'aurait écrite il y a plus de soixante ans ?

Octavio : Exactement.

J'ai réfléchi pendant le temps de la quiche.

Moi : Mais tu as dit qu'on ne mentait pas aux pensionnaires.

Octavio : Ah, c'est compliqué.

J'ai vu qu'il regardait autour de lui et touillait longuement son yaourt.

Octavio : Sola t'expliquera mieux que moi. Vivement qu'elle revienne.

Moi : Je dois rendre la lettre pour quand ?

Octavio a ri.

Octavio : C'est pas l'école ici, mon grand. Tu es au travail. Tu te mets tes propres deadlines, OK ?

Je ne savais pas ce que voulait dire « deadline ». Maintenant je sais, car j'ai cherché et cela veut dire : date limite à laquelle il faut avoir fait quelque chose ; de l'anglais « *dead* », mort, et « *line* », « ligne ». Du fait de cette étymologie, ce n'est pas un mot qui a un effet tranquillisant sur moi.

Moi : OK.

Octavio : On va finir de manger et ensuite je te fais visiter les bureaux.

Nous avons fini de manger. Octavio m'a emmené dans un couloir qui allait sur une passerelle pour changer de bâtiment.

Dans ce bâtiment, la décoration était normale (d'aujourd'hui). Les gens étaient des employés. Ils étaient assis ou debout dans des bureaux qui disaient par exemple : *Administration. Juridique. Finance. Authenticité et Reconstitution. Archives.*

Je ne me souviens plus de cet après-midi dans les détails. Je me souviens que j'ai rencontré des gens qui m'ont demandé mon nom et d'où je venais. Je me souviens que beaucoup de gens aimaient la cathédrale d'Albi. Je me souviens qu'Octavio a dit à tout le monde que j'étais fan de Françoise Hardy. Je me souviens que les gens chantaient souvent quand il leur disait ça, par exemple :

Sous aucun prétexte, je ne veux... la la la
Tous les garçons et les filles de mon âge se promènent dans la rue, la la la
On est bien peu de chose, et mon amie la rose, la la la

J'ai senti qu'ils voulaient que je chante avec eux. J'étais très mal à l'aise car je m'enfonçais dans le mensonge.

Octavio et les gens m'ont raconté ce qu'ils faisaient. Je ne me souviens pas du détail car j'étais inquiet du fait que je vais devoir apprendre à être fan de Françoise Hardy, alors que je ne sais pas du tout qui c'est. Pour l'instant, je sais qu'elle est chanteuse et qu'elle a soixante ans de plus qu'il y a soixante ans. C'est une situation qui me met face à des défis imprévus.

Tout à coup c'était 16 heures et la navette repartait.

Moi : Merci de m'avoir fait visiter.

Octavio : Rentre bien, bonhomme.

Je suis remonté dans la navette. Je ne me souviens plus du trajet car j'ai dormi. Je suis rentré dans la maisonnette. Je ne me souviens plus de la soirée car j'ai dormi.

Je me suis réveillé à 20 h 36 et j'ai écrit ce journal du jour, car je ne voulais pas perdre les souvenirs. À minuit, les feux ont été éteints. J'ai continué à écrire, cependant, car mon écran est lumineux.

Là il est 2 h 18, et je dois dormir à nouveau car demain, qui est maintenant aujourd'hui, je retourne au travail, ce qui est une constante du monde du travail.

Cependant, à cause du journal, je n'ai pas eu le temps de commencer à apprendre des choses sur Françoise Hardy et cette situation est angoissante. J'évaluerais cette angoisse à 7/10.

Mardi 2 septembre

NOTE RÉTROSPECTIVE

Ici, je vais accélérer l'histoire parce que c'est la page 31 dactylographiée (document Word) donc j'ai déjà dépassé la limite.

Pour le mardi 2 septembre, j'ai fait des dizaines de pages de notes. Pour le mercredi 3 septembre aussi. Pour le jeudi 4 septembre aussi. Et je ne sais pas quoi choisir. J'ai écrit des heures et des heures, le soir, cette semaine-là. Je me souviens vaguement que je rentrais, je disais à peine bonsoir à Serge, aux filles, à Victor et à Vadim et je m'effondrais sur le lit avec un bol de ramen. J'écrivais et j'écrivais, tout ce que j'avais fait et vu. Puis je m'endormais immédiatement.

Je crois que j'ai fait cela pour éviter quatre choses :

– Faire des recherches sur Françoise Hardy.

– Rester seul dans ma tête avec ce que j'avais vu pendant la journée.

– Parler à mes colocs ou à Serge.
– Visiter un peu Boulogne.

Pendant ce temps, le docteur Sola Perré, mon encadrante, n'était pas encore là. Chaque jour, elle ne venait pas.

Marianne et Octavio disaient : « Désolé, bonhomme, Sola n'est pas encore là. » C'était un peu comme si j'étais encore en visa tourisme et pas en mode boulot, puisque mon encadrante n'était pas présente pour m'encadrer. Je me baladais dans l'unité et je regardais les objets et les pensionnaires. Je ne bossais pas : j'étais comme de passage.

Ci-dessous, je vais mettre des petits morceaux de ces quatre jours, pour montrer ce que je voyais et ce dont je me souvenais le soir. Il va falloir faire l'effort d'imaginer les liens et comment tout ça se tient ensemble.

***

Aujourd'hui il n'a pas plu dehors.

***

Ce matin j'ai rencontré Arthur Vasseur, qui est le chef de l'équipe Authenticité et Reconstitution. Il est chauve et il a des sourcils. Il m'a dit :

Arthur : On s'intéresse pas vraiment à l'exactitude, plutôt à… disons à la justesse.

J'ai demandé des précisions. Il a précisé :

Arthur : En gros, si un mec des sixties débarque ici avec une machine à avancer dans le temps, il va pas dire, waouh, c'est exactement comme chez moi. Mais ça, c'est pas grave. L'idée, c'est pas de recréer le monde d'une personne en particulier dans un lieu en particulier. C'est de créer un monde auquel on peut croire.

***

Le mercredi, certaines familles viennent rendre visite aux pensionnaires. Ces familles viennent de toute la région, voire plus. Ces familles se garent en voiture sur le parking. Marianne Kasprovitch les accueille.

Cet après-midi, j'ai accompagné la sœur et la nièce de Monsieur Venti. La sœur est bouclée avec des lunettes rondes, la nièce est raide avec des lunettes carrées. Marianne Kasprovitch marchait devant elles, et moi derrière.

Sœur : Et comment il va, cette semaine ?

Marianne Kasprovitch : Malheureusement, cette semaine il nous couve un petit rhume.

Nous avons toqué à la chambre de Monsieur Venti.

Marianne Kasprovitch : Monsieur Venti, regardez qui est là.

Monsieur Venti : Ah ! Comme ça fait plaisir !

Parfois, j'ai l'impression que les pensionnaires parlent comme des acteurs. Ils ont des textes derrière les yeux, que leurs bouches disent. Mais là, Monsieur Venti avait l'air de vraiment dire que cela lui faisait plaisir.

Monsieur Venti : Alors, vous êtes venues toutes seules, alors.

Nièce : Eh oui, Tonton. Martial travaille, tu sais.

Monsieur Venti : C'est bien, ça ! Il a trouvé un nouveau travail, alors.

Nièce : Eh oui, tu sais. Eh oui.

Monsieur Venti : Il travaille où, alors ?

Nièce : À Saint-Omer, tu sais.

Monsieur Venti : Ah ! Mais c'est bien, c'est bien.

Nièce : Eh oui.

Plus tard, j'ai appris que Martial, le mari de la nièce, a trouvé un nouveau travail l'année dernière. Monsieur Venti se souvient de Martial, il se souvient de la nièce et de la sœur, il se souvient que Martial cherchait un travail l'année dernière, mais il ne se souvient jamais que Martial a trouvé un travail l'année dernière.

Ainsi, on peut voir que la mémoire est un mécanisme dont les circonvolutions restent en grande partie impénétrables et qui constitue un enjeu majeur pour les sciences du cerveau contemporaines.

NOTE RÉTROSPECTIVE

Il me semble que la dernière phrase ci-dessus est en grande partie pompée d'un livre que j'avais pioché dans la bibliothèque de la salle de repos.

***

La rue Georges-Perec est la seule rue de la Ville. Dans la rue, il y a une bouche d'incendie verte. Il y a un sens interdit devant une ruelle ; si on va dans la ruelle, elle s'arrête vite. Il y a une colonne avec des affiches de films, d'opéras, de concerts, de récitals et de pièces de théâtre.

En ce moment, c'est : *Château en Suède*, de Françoise Sagan. Mise en scène : André Barsacq. Théâtre de l'Atelier. Arthur m'a expliqué comment ça marche.

Arthur : On fait faire des fac-similés des affiches d'origine et on les change toutes les deux semaines.

(Un fac-similé est un document qui ressemble exactement à un ancien, mais nouveau. Beaucoup de choses dans l'unité sont des fac-similés.)

Arthur est toujours couvert de poussière, de taches d'encre, de gouttes de peinture, etc., car il utilise des matériaux et techniques d'impression de l'époque des années 1960-1970 et elles sont extrêmement salissantes.

Rue Georges-Perec, il y a un lampadaire avec dessus une horloge. Un vélo est enchaîné à ce lampadaire. Ce vélo est beau : rose framboise. Ses lampes ressortent comme des yeux de crevette. Personne ne l'utilise.

Il y a un passage piéton avec des clous à la place des rayures.

Il y a une voiture blanche garée devant la (façade de la) boulangerie et une camionnette bleue garée devant la (façade de la) Poste. Les deux ont des bonnes têtes et des sièges en cuir couleur de glace à la vanille. Personne n'utilise cette voiture ni cette camionnette.

Il y a un arrêt de bus. J'expliquerai plus tard.

***

Parfois les pensionnaires me font rire et parfois ce n'est pas drôle. Il y a eu un exemple aujourd'hui mais je n'ai pas le temps de l'écrire.

NOTE RÉTROSPECTIVE

J'ai écrit cela, mais ensuite il y a dix pages de rédaction concernant ce jour-là. Donc, ce n'est pas que je n'avais pas le temps de l'écrire, c'est que je ne voulais pas. Je vais l'écrire maintenant car je m'en souviens.

C'était un moment simple et triste. Je suis entré dans la bibliothèque. J'ai vu une pensionnaire, Madame Chauchois. C'est l'une des pensionnaires qui font bien attention à elles ; elle veut que ses ongles soient rouges, ses vêtements repassés, ses bijoux coordonnés et ses cheveux bien frisés.

Je revois ce matin-là. La bibliothèque était éclairée par le Soleil, qui était à peu près à la hauteur de la fenêtre. Madame Chauchois était assise dans un fauteuil près d'une table qui avait des volutes en fer, et ses cheveux étaient comme des volutes en fer. Elle était courbée vers l'avant au-dessus la table, sur laquelle il y avait un vase dans lequel il y avait de fausses pivoines rose pâle.

D'abord je n'ai pas compris pourquoi elle était dans cette position, très immobile. Ensuite je me suis approché et j'ai vu qu'elle était penchée au-dessus de sa paume ouverte. J'ai cru qu'elle regardait quelque chose dans sa paume ; peut-être un bijou ou une photo. Ensuite je me suis encore approché et j'ai vu qu'il n'y avait rien dans sa paume, sauf quelques larmes, car elle pleurait silencieusement dedans.

Comme je ne savais pas quoi faire, je suis reparti et elle ne m'a pas remarqué.

***

Magali, qui travaille pour l'équipe Authenticité et Reconstitution, m'a emmené voir l'endroit où on stocke les tissus, les objets d'époque, etc. C'est un grand entrepôt. Magali a dit :

Magali : C'est beau, hein ?

C'était vrai. Magali porte un bracelet avec un coussinet avec des épingles.

Magali : Il faut que ça soit beau, c'est très important.

Moi : Mais Arthur a dit qu'il faut créer un monde auquel on peut croire.

Magali : Oui.

Moi : Tout était beau dans les années 1960 ?

Magali a haussé les épaules. Elle était près d'un mannequin en bois qui portait un mètre de couturière autour du cou.

Magali : J'étais pas née.

***

Une chose qui me fait une impression très positive ici, c'est que personne ne parle de guerre ou de crise climatique ni de choses angoissantes (exemple : épidémies, gouvernements fascistes).

Octavio : On évite aussi les sujets comme les guerres de l'époque, type Algérie et Vietnam. La guerre froide, on mentionne vaguement, c'est difficile de complètement passer à côté.

Ainsi les guerres du passé comme celles du présent n'existent pas ici.

***

Dans *Rapport de Serci Mention Très Bien*, on peut lire :

Idée maline : La Biographie de Carrière

Impressionne le correcteur de ton rapport de serci en écrivant une Biographie de Carrière de ton encadrant de stage !

C'est tout simple : pose des questions à ton encadrant sur la manière dont il a géré sa carrière. Prends des notes ou enregistre-le sur ton portable. Puis, demande à ton encadrant son autorisation de rédiger ces notes au propre en y apportant ta touche personnelle. Ce parcours professionnel est peut-être exemplaire, ou peut-être chaotique, ou probablement un peu des deux ! À toi d'en démêler les fils, d'en trouver la cohérence, d'en analyser les accidents et les choix.

Exemples de questions à poser :

(1) Quel a été votre parcours ? Diplômes, qualifications, etc.

(2) De quel milieu venez-vous ?

(3) Comment est née votre envie de travailler dans ce milieu ?

(4) Comment avez-vous stratégisé votre carrière ?

(5) Avez-vous des regrets ou des motifs de fierté en particulier ?

(6) Racontez-nous une anecdote liée au milieu professionnel.

(7) Comment ce milieu a-t-il changé depuis que vous y êtes entré ?

(8) Quels sont vos projets pour l'avenir ?

Avec une Biographie de Carrière bien rédigée, ton rapport de serci gagnera direct deux ou trois points supplémentaires, c'est juré !

J'ai absolument l'intention d'écrire une Biographie de Carrière de Sola Perré, mais pour cela il faudrait déjà qu'elle fasse son apparition.

***

À la télévision ce matin, on voyait un astronaute marcher sur la lune. Les pensionnaires buvaient des canettes de Cacolac, qui est une boisson ancienne (pas mauvaise).

Madame Samama : C'est Neil Armstrong. C'est le premier homme à avoir marché sur la lune. C'était en 1969.

Monsieur Venti : Ah ! Pas de blagues.

Madame Samama : Ça fait dix fois qu'on voit cette vidéo. Valentin ! Ça fait dix fois qu'on voit cette vidéo ou bien ?

Moi : Je ne sais pas.

C'était vrai.

Madame Hatem : C'est les Russes.

Madame Samama : Non, non, non. Valentin ! C'est les Russes, ou bien ?

Moi : Non, c'est les Américains.

Madame Samama : Ah, voilà. C'est fini, l'URSS. Hein, Valentin ? C'est fini, l'URSS, ou bien ?

Moi : Je crois que oui.

***

Je n'ai pas encore eu le temps ce soir d'effectuer des recherches sur Françoise Hardy.

***

Aujourd'hui nous sommes allés au Cinéma pour voir le film : *Le sport favori de l'homme*, de Howard Hawks.

Le Cinéma, qui se trouve juste derrière le Café et sert aussi de Théâtre, est reconstitué pour ressembler à un cinéma des années 1960-1970, mais avec tout un tas d'ajustements pour permettre à des personnes diminuées de s'y déplacer. Ainsi, les sièges sont d'origine dans les premiers rangs, et derrière ils sont plus confortables. Il y a aussi un rang avec des trous, comme une bouche d'enfant qui a perdu des dents, pour permettre aux fauteuils roulants de s'y ranger. Et il y a un petit monte-charge pour faire monter les pensionnaires au tout dernier rang.

Les films et les pubs (on dit : « les réclames ») sont d'époque. Les films arrivent dans de grandes bobines, lourdissimes, énormes, qu'un projectionniste (Jérôme) insère dans un projecteur. Tout cela fait du bruit ; du bruit qui n'appartient pas au film, qui vient en bonus. Alors ces films croustillent, crissent, crépitent. Les images se tordent parfois ou se plissent au milieu, ou bien on voit apparaître au centre d'un visage un petit picot noir, qui disparaît ensuite.

NOTE RÉTROSPECTIVE

Ces défauts me gênaient effroyablement au début. Maintenant, j'ai envie d'eux quand je vais au cinéma normal.

Madame Chauchois : Le premier rang, c'est pour les blousons noirs.

Elle dit ça parce que les premiers rangs au cinéma étaient moins chers, à l'époque, avec des sièges moins confortables. Alors ils avaient la réputation d'être pour les racailles. On n'appelait pas ça des racailles, on disait des blousons noirs, mais c'était ça.

En fait de blousons noirs, au premier rang il y a des employé·e·s de l'unité. Tout le monde grignote des pop-corns (à l'époque, il y avait déjà des pop-corns).

Quand le film commence, les pensionnaires disent plein de « chut ! » tout excités, pendant plus de temps que nécessaire, peut-être parce qu'ils oublient qu'ils ont déjà dit « chut ». J'ai adoré les réclames, parce qu'elles parlent très tendrement de bonheur, exemple : bonheur d'un plat qu'on sort du four avec un tablier, bonheur d'un appareil photo Kodak. Les familles sont heureuses, comme elles l'étaient avant. Ensuite, il y a eu les nouvelles du monde.

Regarder un film avec les pensionnaires est une expérience intéressante car ils sont vraiment nuls comme compagnons de cinéma ; ils savent pas du tout se tenir, ils parlent sans cesse, et Monsieur Venti dit qu'il veut baiser toutes les femmes.

***

Cet après-midi, j'ai trouvé Arthur en train de repasser une robe. Cette robe apparaissait de temps à autre entre les nuages du fer à repasser.

Moi : C'est pour qui ?

Cette robe semblait trop courte pour être portée par une pensionnaire du lieu (même si je suis d'accord pour permettre aux femmes de porter ce qu'elles veulent à tout âge, car je ne suis pas en faveur du *slut-shaming*).

Magali : C'est juste pour pendre dans une penderie, pour l'atmosphère.

Cette robe est presque rectangulaire. Elle est décorée d'une sorte de quadrillage, mais irrégulier, et les carreaux sont très grands. Certains de ces carreaux sont jaunes et d'autres sont rouges ; l'un est bleu marine. Le reste est blanc.

Moi : Je la trouve très belle.

Arthur : C'est une robe monde riant.

NOTE RÉTROSPECTIVE
Mondrian.
(C'est un peintre.)

***

Dans la bibliothèque, Octavio faisait la lecture aux pensionnaires après le déjeuner. Beaucoup dormaient. Il lisait le livre : *Paris au mois d'août*, de René Fallet.

Octavio : [lisant] *À la lueur de la lampe de chevet, il la contemplait, nue, à lui quand il en aurait le désir, incapable physiquement d'en détacher son regard. Comme c'était simple, l'amour : il suffisait d'aimer. Simple comme l'amour, comme « Bonjour Patricia », car c'est déjà le jour, et vous dormez, paupières battues, paupières de lilas, et je vous vois dormir, et c'est encore faire l'amour avec vous.*

J'ai recopié ces mots du livre après la séance de lecture car ces mots datent de 1964. Ainsi ces mots contribuent-ils à ma connaissance des années 1960.

***

Cela fait deux jours et deux nuits que je suis là et malheureusement je n'ai pas encore pu effectuer des recherches sur Françoise Hardy.

***

<u>Comment fonctionnent le Ciel, le Soleil et la Lune</u>

<u>Le Ciel</u>

Le Ciel est une tenture bleue, collée au plafond, où sont peints des nuages. Le Ciel a été peint par un artiste local. Il a fallu six mois pour peindre le Ciel.

<u>Le Soleil</u>

Le Soleil est un phare de 1,50 m de diamètre. Il est monté sur un rail placé derrière le Ciel, qui affadit son éclat pour éviter qu'il aveugle les patients. Sur ce rail, le Soleil coulisse tout le long d'un arc de cercle qui suit exactement la rue Georges-Perec.

La rue Georges-Perec n'est pas orientée Est-Ouest mais Nord-Nord-Ouest/Sud-Sud-Est, ce qui fait que le Soleil dedans n'est pas coordonné avec le soleil dehors. Cependant, contrairement au soleil dehors, le Soleil dedans brille tous les jours.

On allume le Soleil dedans suivant, grosso modo, les horaires du soleil dehors. Au début et à la fin du rail, la tenture est rosée/bleutée/violacée afin de créer un lever et un coucher de Soleil de la couleur de l'aube et du crépuscule.

Le Soleil a également été conçu de manière à pouvoir servir de luminothérapie ; ainsi les pensionnaires qui se promènent rue Georges-Perec reçoivent les bénéfices du soleil (vitamine D) sans avoir à se protéger de ses dangers.

Le soir, on éteint le Soleil ; il coulisse sur un autre rail où il se met en place et se rallume pour son travail de nuit, qui est d'éclairer la Lune.

<u>La Lune</u>

La Lune est un miroir de 35 m de diamètre. Contrairement au Soleil, elle est fixe. Elle est située à peu près à 45 degrés au-dessus de la rue Georges-Perec, dans un angle qui permet de la voir depuis 70 % des fenêtres des chambres des pensionnaires, et depuis la bibliothèque, la salle de télévision et la salle à manger.

La Lune sort, le soir, d'une petite fente dans le Ciel, sur un bras articulé. Elle est orientée de manière à renvoyer la lumière du Soleil durant la nuit.

Le Soleil, la nuit, diffuse une lumière plus blanche ; ainsi la lumière de la Lune est laiteuse. L'équipe de manutention s'occupe de placer des caches devant la Lune ; il y en a un différent pour chaque semaine, afin de créer des croissants, des demi-lunes ou des pleines lunes.

<u>Les Étoiles</u>

L'équipe de manutention est actuellement en train de travailler à l'installation d'Étoiles. Date prévue pour l'inauguration des Étoiles : mars prochain.

***

Monsieur Davrec aime beaucoup faire des coloriages. Entre 15 h 15 et 15 h 45, aujourd'hui, je l'ai observé dans la bibliothèque. Il a un grand cahier qui s'appelle : *Yellow Submarine ! L'album de coloriages des Beatles*. Les dessins dedans sont des voitures, des personnages, des fleurs, des arcs-en-ciel. Monsieur Davrec colorie à l'aide de feutres.

Monsieur Davrec : [coloriant] Fleurs fleurs fleurs.

Quand Monsieur Davrec commence une nouvelle page, il commence quelque part au milieu. Il trouve un tout petit motif, exemple : un cœur de fleur. Il colorie le petit motif. Ensuite il change de couleur. Il change toujours de couleur quand il change de forme. Il colorie un motif qui est exactement à côté du premier (contigu). Exemple : un pétale.

Monsieur Davrec : Bleu bleu bleu.

Et il continue en s'éloignant de plus en plus du motif du centre. Au bout d'un moment, il atteint le bord de la page.

Monsieur Davrec : Bord ! Héhé.

Ensuite il colorie tous les motifs qui sont le long de ce bord, sans laisser de trous. Il change de couleur à chaque fois. Il ne semble pas avoir de raison de choisir une couleur plutôt qu'une autre.

Moi : Comment vous choisissez les couleurs ?

Monsieur Davrec : Mauve mauve mauve.

Il serre très fort le feutre en le tenant presque à la pointe. Parfois la pointe touche le bout de son doigt, et alors ça lui fait une tache colorée.

Monsieur Davrec : Tache ! Héhé.

Les mains de Monsieur Davrec ont d'autres taches, pas de feutre mais de vieillesse. Il porte une alliance à l'annulaire gauche. Il porte une autre grosse bague à l'auriculaire gauche, avec un motif dessus comme sur un bouclier de chevalier.

Il ne recapuchonne jamais les feutres (ce sont les infirmièr.es ou moi qui le faisons). Au bout d'un moment, tous les feutres sont décapuchonnés sur la table. Les feutres roulent, mais la table a des petits rebords, et ainsi ils ne tombent pas.

Monsieur Davrec ne tremble pas du tout quand il colorie. Mais parfois (rarement), il ne fait pas attention et il dépasse un peu. Alors il s'énerve.

Monsieur Davrec : C'est pas Dieu possible !

Il s'arrête. Il pose le feutre et il souffle fort par le nez. Il regarde autour. Il laisse passer sa colère. Ensuite il reprend.

Monsieur Davrec : Rose rose rose.

***

Octavio : Alors, cette lettre de Françoise, ça avance ?

Moi : Oui.

Ce n'est pas vrai.

***

(Mercredi.) Sola Perré n'étant toujours pas là, je ne peux pas commencer la Biographie de

Carrière, et cela me freine dans l'avancée de mes projets.

***

Madame Samama : Ils vont arrêter de nous passer ces archives, là ? Hé, oh ! Octavio !

Octavio : Oui ?

Madame Samama : Vous allez arrêter de nous passer ces archives ?

Octavio : Il y a des pensionnaires qui aiment bien, Madame Samama.

Madame Samama : Mais on peut voir des nouvelles d'aujourd'hui, parfois ? C'était en 1968, ça. Octavio ! Je me trompe ? C'était en 1968, ça, ou bien ?

Octavio : Vous avez raison, Madame Samama.

Madame Samama : Voilà ! Alors c'est une archive ! Ça fait longtemps.

Octavio : Eh oui.

Madame Samama : [marmonne] Ça fait une bonne dizaine d'années déjà.

***

Demain, il faut vraiment que je commence à effectuer des recherches sur Françoise Hardy.

***

Le soir, Serge Quéhen m'attendait. Nous avons eu une conversation.

Serge : Tu t'en sors, bonhomme ?

Moi : Oui.

Serge : C'est bien, le boulot ?

Moi : Oui.

Serge : On va se faire un Pictionary, tu nous rejoins ?

Moi : J'ai beaucoup de travail.

Serge : Pigé. Mais ne te tue pas à la tâche, hein ?

Je vois que Serge s'inquiète pour moi car ses fossettes, celles qui font un « », ont disparu de son sourire.

***

« N'hésite pas à noter les petites choses embarrassantes qui peuvent se passer pendant ton serci ! Tout ça, ça fait partie de la vraie expérience du service civique. Le milieu professionnel demande des ajustements constants et c'est normal ! En notant ces moments désagréables, tu contribues à ton propre apprentissage de la vie au travail. » (Guide de survie au service civique, p. 45)

Une chose embarrassante aujourd'hui : j'ai uriné dans des toilettes qui n'étaient pas raccordées au réseau des canalisations ; elles servent uniquement à ajouter à la justesse de la reconstitution des lieux.

***

Octavio : [lisant] *Un pli de détresse vieillit le visage d'Henri. Il ne la reverrait jamais. Elle passerait dans sa vie comme la foudre dans la vigne. Il le savait pourtant depuis le premier jour, mais il n'y avait pas eu entre eux cet astre éclaté, ce monde ouvert tel un fruit.*

Les pensionnaires s'endorment et se réveillent, se raccrochent à l'histoire en silence et la quittent à nouveau.

***

La semaine touche à sa fin et je n'ai toujours pas rencontré mon encadrante, Sola Perré. Il me semble difficile de faire confiance, à l'avenir, à quelqu'un qui manque de professionnalisme.

***

<u>La Pluie</u>

Il Pleut une fois par mois. La Pluie est de l'eau de pluie récupérée du dehors et filtrée, que l'on fait passer par des tuyaux peints de la couleur du ciel (on peut les voir à l'œil nu si on regarde bien).

Quand il Pleut, il Pleut pendant une heure exactement. On emmène les pensionnaires dehors avec des parapluies. Cela demande ensuite beaucoup d'entretien et de nettoyage. Depuis que je suis arrivé, il n'a pas encore Plu. Date prévue de la prochaine Pluie : mardi, pas celui-là ni celui d'après, celui encore d'après.

***

J'ai une relation de confiance mutuelle avec Octavio, et maintenant, au déjeuner, nous avons des conversations.

Moi : Est-ce que tu es originaire des Hauts-de-France ?

Octavio : Non, je viens de Quimper, en Bretagne.

Moi : D'accord.

Octavio : Tu te demandes pourquoi je suis noir si je suis breton, pas vrai ?

Moi : Non.

C'était vrai.

Octavio : Et toi, tu es d'Albi à la base ?

Moi : Oui.

Octavio : Ton père et ta mère habitent toujours là-bas ?

Moi : Oui.

C'était à moitié vrai. Maintenant c'était à mon tour de poser une question.

Moi : Tu as toujours voulu être infirmier ?

Octavio : Tu sais quoi ? Même pas. Devine comment j'ai décidé d'être infirmier.

Moi : [je n'ai pas deviné]

Octavio : J'ai fait mon serci en unité Mnémosyne !

Moi : Ici ?

Octavio : Eh oui ! J'ai été envoyé dans cet endroit, c'était à l'époque où on ne pouvait même pas exprimer de préférence, et j'étais dégoûté parce que j'avais aucune envie d'être dans les Hauts-de-France à m'occuper de vieillards séniles. C'était ce que je disais, au départ. Et me voilà, six ans plus tard, un petit appart à Boulogne, une copine à Lille et des journées à courir d'un côté à l'autre d'une fausse ville modélisée flower power.

Moi : Tu as suivi un chemin de vie imprévu.

Octavio : [a ri] On peut dire ça comme ça. Il y a un truc ici, non ? On arrive, on est bien. On n'a pas envie de repartir. Tu trouves pas ?

Moi : [je n'ai pas répondu]

***

Monsieur Fertain a une collection de cochons en porcelaine. Ça va de la taille d'un petit haricot à la taille d'un pamplemousse. Ils sont épouvantables d'un côté et mignons d'un autre. Ils ont des sourires. Certains ont des dessins sur le dos et d'autres sont juste roses. Certains sont très réalistes (exemple : on les croiserait dans la rue, on croirait que c'est vraiment des cochons). D'autres sont peu réalistes, exemple : on n'y croirait pas.

Monsieur Fertain les essuie tous les jours. Il ne les casse jamais, alors qu'il arrive bof à prendre dans ses mains un verre, une tasse, etc. Mais il arrive à essuyer ses cochons, ce qui est quand même un gros mystère.

Moi : Ils ont des noms, vos cochons ?

Monsieur Fertain : [silence]

Moi : Vous en avez combien ?

Monsieur Fertain : Huit.

Alors qu'on voit bien qu'il y en a au moins quinze. Tout dans ces cochons et dans Monsieur Fertain (et dans la démence, etc.) est un gros mystère.

***

J'ai emprunté *Paris au mois d'août* pour le lire, afin de contribuer à ma connaissance des années 1960.

***

L'arrêt de bus :

Je n'ai pas le temps d'expliquer ce à quoi sert l'arrêt de bus.

***

Cauchemars

Ces deux dernières nuits, j'ai fait des cauchemars.

D'abord j'ai rêvé que l'unité Mnémosyne brûlait. J'essayais de sauver Madame Laurel en la mettant dans ma poche, mais je trébuchais et elle tombait de ma poche dans un vase. Elle me parlait de l'intérieur du vase qui faisait comme un haut-parleur. Elle me disait des choses sur Françoise Hardy, et je comprenais que seule Françoise Hardy pouvait venir la sauver. Hélas, je ne connaissais rien sur Françoise Hardy.

Ensuite j'ai rêvé que Maman était pensionnaire dans l'unité Mnémosyne, et qu'elle ne se souvenait plus de moi. Elle m'appelait Colas et parfois Octavio. Par contre, elle parlait de Papa. Je n'ai pas du tout aimé ce rêve.

***

Je ne sais pas si demain je vais enfin rencontrer mon encadrante, le docteur Sola Perré.

***

Vendredi 5 septembre

Aujourd'hui, j'ai rencontré mon encadrante, le docteur Sola Perré.

Mes impressions ont été : très négatives.

NOTE RÉTROSPECTIVE

Relire tout cela, c'est un peu dur. C'est comme relire des mots qu'on ne se souvient pas, non seulement d'avoir écrits, mais même d'avoir pensés. Pourtant c'était il y a même pas un an !

J'ai vu quelqu'un entrer dans la salle de repos. C'était une femme brune avec un grain de beauté sous un œil, une longue écharpe et un air mélancolique. Elle a retiré son écharpe mais pas son air mélancolique, et Octavio a levé les bras en la voyant.

Octavio : Sola ! Te revoilà !

Ainsi j'ai su que c'était le docteur Sola Perré, mon encadrante. Tout de suite je n'ai pas été mis en confiance, car même quand elle s'est assise auprès de nous pour manger des Petits Écoliers et boire un café, elle avait les sourcils froncés et un langage corporel négatif. Elle a dit :

Le docteur Perré : Bon, quelles sont les nouvelles ? Y en a un qui nous a claqué entre les doigts ?

Octavio : Pas cette semaine.

Le docteur Perré : Ils survivent mieux quand je suis pas là, on dirait.

Je ne savais pas si le docteur Sola Perré faisait de l'humour, et cette incertitude m'a mis mal à l'aise.

NOTE RÉTROSPECTIVE

J'ai envie de revenir en fantôme il y a un an et de secouer le moi du fauteuil de la salle de repos pour qu'il se redresse sur sa chaise, qu'il regarde mieux ce moment, le revive entièrement.

Mais d'une certaine manière, c'est ce que ce rapport de serci me permet de faire : rectifier un peu les souvenirs pour qu'ils soient plus réels.

Enfin, pas forcément plus réels, mais plus justes.

Octavio : Sola, c'est Valentin, ton nouveau stagiaire serci.

Le docteur Sola Perré s'est aperçue que j'étais là.

Le docteur Perré : Ah oui, tiens ! Bonjour.

Moi : Bonjour.

Le docteur Perré : Tu t'amuses bien ?

J'ai eu une impression négative, car nous n'avions pas établi d'accord mutuel préalable quant au tutoiement.

NOTE RÉTROSPECTIVE

Si je me rencontrais il y a un an, je pense que je ne m'aimerais pas beaucoup.

Moi : [je n'ai pas répondu]

Octavio : On lui a donné la mission d'écrire une lettre à Madame Laurel de la part de Françoise Hardy.

Le docteur Perré : Ah oui, bien vu. [à moi] Tu dois te dire qu'on est chez les fous, non ?

Moi : Non.

Le docteur Perré : Et alors, tu l'as écrite, cette lettre ?

Moi : Pas encore.

Le docteur Sola Perré a encore plus froncé les sourcils.

Le docteur Perré : Ça fait une semaine que t'es là et t'as pas encore rempli ta première mission ?

Moi : [je n'ai pas répondu]

Le docteur Perré : T'as fait quoi, à la place ?

Moi : Je me suis familiarisé avec les lieux et j'ai accumulé des connaissances.

NOTE RÉTROSPECTIVE

Guide du service civique, p. 14 : « La première semaine sera sans doute surtout l'occasion pour toi de te familiariser avec les lieux et d'accumuler des connaissances. »

Le docteur Perré : Elle en dit quoi, Madame Laurel ?

Octavio : Elle réclame tous les jours, tu te doutes bien.

Le docteur Perré : [à moi] Eh bien, mon chou, je vais t'asseoir dans la petite salle d'écriture avec la machine à écrire, et t'en sors pas tant que tu m'as pas écrit cette lettre. On est d'accord ?

Moi : On est d'accord.

Je n'étais pas vraiment d'accord, mais j'avais senti que ce n'était pas une vraie question.

Le docteur Perré : Il est 9 h 24, tu nous rejoins pour déjeuner à treize heures. Si t'as fini. Compris ?

Moi : Compris.

Le docteur Perré : Allez, hop.

Elle a roulé son café dans ses joues comme pour un bain de bouche et l'a avalé. Puis elle s'est levée ; j'ai compris que je devais la suivre. J'avais une crise de panique qui sortait de la gare. J'ai fait la méthode pour arrêter la crise de panique mais je sentais que je ne pourrais que la reculer, pas l'annuler.

J'ai suivi le docteur Perré dans les escaliers. Elle marchait vite, avec des jambes musclées. Les escaliers semblaient tout de guingois. Je ne voulais pas faire de crise de panique devant le docteur Perré, car je sentais bien qu'elle ne ferait pas preuve de compassion. Je l'ai suivie jusqu'au premier étage. Nous avons traversé une grande partie du bâtiment, en passant rapidement à travers les salles et à travers les murs. Elle ouvrait les portes cachées sans même utiliser le judas. Il m'a semblé que de nombreux pensionnaires nous voyaient ainsi débarquer et que cela pourrait leur causer de la perplexité et de l'inquiétude. Cette attitude m'a paru irresponsable.

NOTE RÉTROSPECTIVE

Je m'aimerais pas du tout.

En nous voyant, les pensionnaires disaient parfois des choses comme :

Monsieur Venti : Ah ! Voilà le docteur Perré qui revient nous voir ! Vous étiez passée où, dites donc ?

Madame Chauchois : Tiens, mais c'est la mignonne, là...

Madame Samama : Docteur ! On s'inquiétait pour vous, on croyait qu'il vous était arrivé une mésaventure.

Ainsi, j'ai vu que les pensionnaires appréciaient le docteur Perré et se souvenaient souvent d'elle. Il m'est apparu, cependant, que le docteur Perré ne faisait pas preuve de la plus grande délicatesse à leur égard.

Le docteur Perré : Vous me laissez me poser trois secondes, Monsieur Venti, et je vous réponds, OK ?

Le docteur Perré : La mignonne a un nom, Madame Chauchois.

Le docteur Perré : Si seulement il ne m'en était arrivé qu'une seule, de mésaventure, Madame Samama.

Cela ne m'a pas inspiré beaucoup de confiance pour ses méthodes médicales. Il me semble qu'étant gériatre, on ne devrait jamais montrer de signes d'impatience envers ses patients (sinon il est toujours possible de choisir une autre spécialité, exemple : podologie, dermatologie).

NOTE RÉTROSPECTIVE

C'est une auto-torture de laisser parler cette antique version de moi. Mais enterrer ces mots et les remplacer maintenant complètement par quelque chose d'écrit, ça me semblerait tricher. Il faut qu'ils soient là, car c'était une version de Sola qui a existé dans mon esprit, même si ça me scie le cœur en tranches.

Je me dois tout de même de préciser ici que Sola était une excellente gériatre, et qu'avec elle j'ai appris que les pensionnaires ne doivent certainement pas être traités comme des petits cochons en porcelaine.

D'ailleurs ils riaient quand elle répondait ces choses-là, mais je ne le voyais pas, car j'étais occupé à avoir peur de la tâche qui s'annonçait.

J'étais terrifié par la tâche qui s'annonçait ; j'avais reculé la crise de panique jusqu'au maximum. Finalement, le docteur Perré a ouvert une porte normale et nous nous sommes retrouvés dans une petite pièce aux murs avec du tissu blanc plein de petits bonshommes et bonnes femmes, et aussi des fleurs et des plantes bleu foncé

De la toile de Jouy.

et dans cette petite pièce se trouvait un bureau en bois un peu pentu (je ne sais pas trop comment expliquer) ; le bureau s'ouvre comme un placard, mais vers le haut (je ne sais pas trop comment expliquer) et il y a un petit banc comme incrusté dans le bureau, qu'on ne peut pas bouger

Un pupitre d'écolier, t'es bête ou quoi.

et sur le haut de la pente, sur une partie horizontale, un trou

Un encrier.

et une fente avec des sortes de baguettes chinoises qui se terminent par un trou.

Des plumiers.

À côté du bureau pentu, il y avait une fenêtre qui donnait sur l'arbre du parc Georges-Brassens. Il y avait aussi, posé sur un petit placard, un tourne-disque.

Le docteur Perré a ouvert le petit placard. Ses bras cliquetaient de bracelets. J'ai vu que le petit placard contenait quelques disques, et également un autre objet.

Le docteur Perré : Hop.

Elle a sorti du placard une machine à écrire avec une feuille déjà dedans, et elle l'a posée sur le petit bureau pentu. Puis elle a pris un disque dans le placard et elle l'a posé sur le tourne-disque.

Le docteur Perré : Hop.

Puis elle a soulevé le petit bras qui vient mettre le doigt sur le disque pour le faire jouer (je sais pas trop comment expliquer).

Le docteur Perré : Pour l'inspiration. Allez, à plus tard.

Elle a appliqué le petit doigt du petit bras sur le disque et elle est partie presque immédiatement en fermant la porte.

Le disque a fait : « Crrkzz ». Le disque a commencé à tourner.

J'étais seul dans la toute petite pièce et ce n'est pas une situation qui est propice à un état d'esprit tranquillisé, étant donné que je suis occasionnellement victime de claustrophobie. De plus, j'étais, depuis une dizaine de minutes, occupé à retarder ma crise de panique, mais les trains maintenant parcouraient mon bras gauche. J'entendais tout mon cœur qui sonnait comme des cloches.

Le disque ne chantait pas ; il parlait.

Je me suis assis par terre sous la fenêtre. La petite pièce rapetissait. J'avais l'impression d'être emprisonné dans du papier plié. C'était une crise de panique, moins forte d'une certaine façon que dans des endroits publics parce qu'elle ne s'aggravait pas d'une humiliation, mais plus forte aussi, d'une autre façon, parce qu'il n'y avait autour de moi aucune personne et donc aucune humanité.

Je l'ai vécue pendant une minute et quelques, mais cela m'a paru durer beaucoup plus longtemps. J'avais un cordage de sang dans la gorge. Le disque continuait à parler mais je n'écoutais pas. J'ai fait toutes les stratégies mais ça ne marchait pas.

Et puis tout à coup, il s'est passé quelque chose, qui m'a fait sonner le cœur.

NOTE RÉTROSPECTIVE

C'est drôle : je sais ce qui va se passer, et pourtant moi aussi j'ai le cœur qui sonne de ce souvenir.

J'ai peur de ne pas bien savoir l'expliquer.

Fais de ton mieux.

J'ai entendu une voix.

Et pas n'importe laquelle !

Une voix qui chantait.

Voix : *Mais si tu crois un jour que tu m'aimes,*
Ne crois pas que tes souvenirs me gênent
Et cours, cours jusqu'à perdre haleine,
Viens me retrouver.

Elle a chanté cela, et puis un autre couplet que j'ai oublié.

NOTE RÉTROSPECTIVE

Je connais le deuxième couplet et vous pouvez le trouver facilement aussi. Je ne le mets pas ici car je suis respectueux du droit d'auteur, lequel m'autorise seulement un « droit de citation courte ». Ainsi vous avez juste droit à des extraits, comme un teaser.

Mais que cela ne vous décourage pas d'aller mener de plus amples recherches.

Ensuite il y avait un refrain.

Voix : *Si le dégoût de la vie vient en toi*
Si la paresse de la vie s'installe en toi
Pense à moi.

Pense à moi.

Cette voix était celle qui avait parlé au début du disque, et qui maintenant chantait ; et autant au début du disque je n'avais pas remarqué cette voix, autant là je remarquais cette voix.

Cette voix, je ne sais pas pourquoi, glissait à l'intérieur de moi comme de l'eau, et j'étais tout rincé par cette voix ; elle ramenait à la gare les petits trains de terreur doucement. Il y avait une pureté dans cette voix. Pas de dureté dans cette voix. Rien de râpeux dans cette voix.

La chanson était triste car la musique descendait (je sais pas bien expliquer parce que je ne connais pas la terminologie du solfège), mais en même temps il y avait ces « Viens me retrouver » qui remontaient (je sais pas comment dire autrement) et ces « Pense à moi » où le *pense* était appuyé pour aller vers le haut (je sais pas comment dire autrement). Ainsi je n'étais pas triste en l'écoutant, mais j'étais calme et rempli d'une sorte d'espérance.

Bientôt, c'était fini.

Je me suis aperçu que j'étais debout devant le tourne-disque. J'avais soulevé le petit mécanisme noir, qui était léger comme une patte d'oiseau. Je ne sais pas ce que j'ai fait exactement, mais à ce moment-là le disque ne tournait plus.

J'avais dû soulever le levier comme un gros bourrin et éteindre la platine, je sais même plus.

Ce n'était pas un grand disque mais un petit, mais plus grand qu'un CD. Je dirais un disque de la taille d'une crêpe au sucre normale (mais noire).

Un 45 tours.

Au cœur du disque, il y avait un trou entouré d'une étiquette disant « Françoise Hardy » et « Message personnel ».

Ainsi j'ai compris que c'était la voix de Françoise Hardy.

Alléluia !

J'ai voulu réécouter le disque mais je ne savais pas faire. Je ne savais pas comment mettre en marche le tourne-disque et j'avais peur de le casser, ou de casser le disque. J'avais vu des gens faire, mais je n'avais pas demandé comment, car j'avais peur qu'ils se moquent de moi.

Mais là c'était une urgence, car ce disque contenait la voix qui avait rangé les petits trains de la crise de panique. Je regardais cette surface plate dans laquelle il y avait cette voix.

J'ai regardé la pochette du disque, que le docteur Perré avait posée à côté du tourne-disque. C'était une photographie, pas tout à fait en noir et blanc, plutôt en marron et jaunâtre.

Sépia.

La pochette représentait un immense visage de femme, qui dépassait le paysage. Ce visage ne souriait pas. Le paysage était une maison et un arbre, mais juste en silhouette. Il y avait écrit ces mots :

MESSAGE PERSONNEL
FRANÇOISE
HARDY

PREMIÈRE RENCONTRE

J'ai trouvé cela intéressant car c'était vrai que c'était notre première rencontre et pas faux que c'était un message personnel. J'ai retourné la pochette. Je ne me souviens pas bien de ce que j'ai lu. Mon cœur battait au bout de mes doigts.

Là je me suis dit des choses comme :

- Je comprends Madame Laurel qui veut que Françoise Hardy vienne chanter.
- Je vais pouvoir réécouter cette chanson ce soir.
- Je vais pouvoir écouter d'autres chansons de Françoise Hardy.
- Il faut que j'écrive une lettre à Madame Laurel disant que Françoise Hardy ne va pas pouvoir venir chanter.
- Je voudrais réécouter cette chanson tout de suite et encore une fois après.
- Est-ce que Françoise Hardy chante encore ?
- Si j'écris cette lettre maintenant, je vais pouvoir sortir et aller écouter plus de Françoise Hardy.

Je me suis assis sur l'espèce de banc de l'espèce de bureau, qui était très inconfortable et très bas, et j'ai pris la machine à écrire. Je ne m'étais jamais servi d'une machine à écrire, mais j'ai pensé que ce serait un peu comme un ordinateur. J'ai commencé à taper. Les touches étaient dures et pleines de vacarme et j'ai vu qu'on ne pouvait pas corriger. J'ai tapé (j'inclus dans ce journal les pages que j'ai tapées que j'ai récupérées).

Chère Madame. laurel;, ja'i appris que vous aviez réponduau turage au sort de sal

Je n'ai pas tout de suite compris comment aller à la ligne, car je croyais que c'était automatique. Mais ça ne descendait pas et j'étais tout au bout de la feuille. J'ai tripoté un peu et la feuille est sortie de la machine. Je me retrouvais donc sans feuille, avec juste une sorte de rouleau devant moi. J'étais embêté. J'ai essayé de remettre la feuille en la coinçant mais ça ne marchait pas.

J'ai alors remarqué que le rouleau roulait. J'ai pris une autre feuille. Finalement, j'ai compris que si on mettait la feuille et qu'on l'enroulait sur le rouleau, ça la mettait en place comme la précédente. Je suis très content d'avoir compris cela de moi-même car cela montre un esprit d'initiative.

J'ai recommencé une nouvelle lettre et j'ai compris qu'il fallait baisser l'espèce de levier et pousser pour aller à la ligne. Par contre, il faut viser pour positionner pour que ça commence bien au début de la ligne, au début je n'allais pas assez loin.

Chère MmeLaurel

Jj'ai appris que vous aviez répond u au tirage au

sort de Salut Les copains.je suis désol'e de vous faire savoirque je

ne pourrais pas venri à l"uniét Mnméso syne;(cepe,dant je

voulais vous remercire et vous dire qe moi -aussi j'aime beuacoup "la maison ou j'ai grandi»»

Madame Laurel j'espere que vous apssez une bonne jourée

Amitiés

FranCoise HARDY

Cette lettre n'était pas aboutie. Mais après tout, toute maîtrise des compétences exige un apprentissage, lequel est le fruit d'un processus qui n'est pas forcément immédiat. Ainsi j'ai appris que sur une machine à écrire, il faut aller très lentement, car la moindre erreur peut être fatale. Les majuscules sont extrêmement difficiles car la touche fait parfois semblant d'être enfoncée. Les accents sont particulièrement dangereux. J'ai écrit plusieurs lettres (je ne vais pas toutes les mettre là) jusqu'à ce que j'arrive à une qui n'avait presque aucune faute :

Chère Madame Laurel ,

J'ai appris que vous aviez répondu au tirage au sort de Salut Les Copains.

Je suis désolée devous faire savoir que

je ne pourrai pas venir à L'unité mmnémosyne :(cependant,

je voulais vous remercier et vous dire que

moi aussi j'aime beaucoup : «La maison ou' j'ai grandi».

Au revoir, Madame Laurel ,j'espère que vous allez bien.

Amitiés,

FRANCOISE HARDY

À ce moment-là, il était 10 h 53, ce qui veut dire que j'étais là depuis plus d'une heure. Alors le docteur Perré est rentrée dans la pièce par surprise. Elle m'a fait un sourire.

Le docteur Perré : Alors, Monsieur l'épistolier, ça avance ?

Moi : Oui.

Le docteur Perré a pris ma lettre pour la lire. Elle a rigolé.

Le docteur Perré : J'espère que tu comptes pas faire une fac de lettres.

Moi : Non.

Le docteur Perré : C'était une blague.

Moi : [je n'ai pas répondu]

Le docteur Perré : Écoute, déjà, *Salut les copains*, ça tutoie ses lecteurs ; c'est la base. Deuxièmement, on ne parle pas de l'unité Mnémosyne aux pensionnaires ; on dit qu'ils habitent rue Georges-Perec, sinon ça les perplexifie infiniment. Troisièmement, on dirait que ta Françoise Hardy est à moitié analphabète, en plus d'avoir le talent de prosatrice d'une gamine de CP en vacances à Vesoul écrivant à sa grand-mère. Quatrièmement, il n'y avait pas de smileys à l'époque. Tu nous retravailles ça et je repasse dans une heure, d'accord ?

Moi : D'accord.

Je n'étais pas vraiment d'accord, mais ce n'était pas vraiment une question.

Le docteur Perré : T'as besoin de quelque chose ? Un café ? Un jus d'orange ? Du LSD ?

Moi : Non.

Le docteur Perré : À tout à l'heure, alors.

Elle a pivoté comme une girouette pour ressortir. J'ai compris que j'avais une fenêtre de quelques fractions de seconde pour obtenir ce que je voulais absolument, alors j'ai pris la parole.

Moi : Excusez-moi ?

Le docteur Perré : T'as changé d'avis pour le LSD ?

Moi : Non. Est-ce que vous avez d'autres disques de Françoise Hardy ?

Le docteur Perré a ouvert le placard. Il y avait beaucoup d'autres disques.

Le docteur Perré : Tu veux lequel ?

J'en ai montré un au hasard.

J'avais très peur que le docteur Perré ne fasse pas ce que j'avais prévu dans ma stratégie, qui était qu'elle le mette elle-même en route. Heureusement, elle a fait ce que j'avais prévu dans ma stratégie. Donc quand le docteur Perré est repartie, j'étais de nouveau seul avec cette voix.

Je ne me souviens plus des chansons exactes, car elles se mélangent, et à vrai dire j'ai remarqué ces chansons sans les remarquer, comme quand on prend un bain et qu'on remarque l'eau sans la remarquer, mais qu'elle nous apporte quand même énormément de bonheur.

J'ai à nouveau écrit plusieurs versions, en essayant de respecter les consignes du docteur Perré. Finalement, j'ai obtenu celle-ci : (là, c'est l'avant-dernier brouillon) :

Chère Suzanne,

J'ai appris que tu as répondu au tirage au sort de

Salut Les Copains. J'aurais vraiment aimé venir chanter près de chez toi mais c'est quelqu'un d'autre qui a gagné !.

Cependant, tu sais, moi aussi j'aime beaucoup « La maison où j'ai grandi ». C'est une chanson qui me tient à c œur. Elle parle de choses qui me semblnt importante .

Bises, Suzanne, j'espère que tu vas comme tu veux.

Bises,

FRANCOISE HARDY

Mais plus j'écrivais ces versions en écoutant la musique, et plus il me semblait vraiment horrible de répondre cela à Madame Laurel. Plus ça m'a semblé difficile de dire à quelqu'un que Françoise Hardy n'allait pas venir.

Je crois qu'il y a peu de pires lettres qu'une lettre qui dit que Françoise Hardy ne va pas venir.

J'ai écrit la lettre ci-dessus au propre, et ensuite, presque juste pour moi, j'ai écrit une autre lettre qui disait : (là, c'est le brouillon) :

Chère Suzanne,

J'ai appris que tu as répondu au tirage au sort de

Salut les Copains ! Moi aussi j'aime beaucoup

« La maison où j'ai grandi ». C'est une chanson qui me tient à cour. Elle parle de choses importantes.

Je vais venir chanter chez toi pour venir te la chanter.

A bient^ot Suzanne,

Bises,

FRANCOISE HARDY

Ensuite j'ai rédigé cette lettre au propre avec presque pas de fautes. À ce moment-là, le disque s'est arrêté. Je tenais les deux lettres mises au propre, celle qui disait Françoise Hardy ne viendra pas et celle qui disait Françoise Hardy viendra.

Le docteur Perré est re-rentrée.

Le docteur Perré : Alors, c'est fait ?

Moi : Oui.

J'ai donné au docteur Perré la lettre qui disait que Françoise Hardy ne viendrait pas.

Le docteur Perré : *Di-dam-bla-bla... qu'un d'autre qui a gagné... choses importantes... blabla signé Françoise Hardy.*

Le docteur Perré a souri comme pour elle-même d'abord, puis pour moi ensuite. Son grain de beauté sous l'œil monte d'un cran quand elle sourit.

Le docteur Perré : Allez, c'est pas trop mal. Tu nous mets ça dans une jolie enveloppe et tu le donnes à Madame Laurel avant d'aller déjeuner ?

Moi : D'accord.

Le docteur Perré a désigné une pile d'enveloppes dans le placard et elle est sortie. J'ai pris une enveloppe et j'ai vu que c'était possible de la rouler sur le rouleau de la machine à écrire en faisant attention. J'ai tapé : *Suzanne Laurel, Rue Georges-Perec, Boulogne-sur-Mer, Hauts-de-France.*

Dans l'enveloppe, j'ai mis la lettre.

Mais je dois avouer ici, car il me semble que c'est important pour comprendre la suite, que je n'ai pas mis la lettre qui disait que Françoise Hardy ne viendrait pas. J'ai mis la lettre qui disait que Françoise Hardy viendrait.

Ensuite, je suis sorti du cabinet d'écriture. L'autre lettre, je l'ai déchirée et jetée à la poubelle. Celle dans l'enveloppe, je suis allée la mettre dans la chambre de Madame Laurel. Comme Madame Laurel dormait, toute tranquille, je l'ai posée près d'elle sur son oreiller.

Je n'ai pas le temps d'écrire ce qui s'est passé après, car il est déjà terriblement tard et j'écris à la lumière de mon portable, ce qui est mauvais pour les yeux.

Je vais quand même dire brièvement que j'ai une impression très négative du docteur Perré suite à cette prise d'initiative de ma part. Car sa première réaction, lorsqu'elle a appris ce que j'avais fait, a été très peu encourageante ; elle n'a pas du tout approuvé mon comportement et, après m'avoir dit « Mais t'as quoi dans le crâne ? », elle a qualifié mon geste de « totalement irresponsable ».

Il me semble cependant que mon idée était totalement responsable au contraire, puisqu'il est vraiment difficile voire impossible d'annoncer à quelqu'un que Françoise Hardy ne va pas venir. Je pense qu'on peut dire, par ailleurs, que ma décision prenait en compte la santé mentale de notre pensionnaire.

Cependant, le docteur Perré n'a pas su entendre mes arguments.

Après, il n'est pas faux d'affirmer (comme l'a fait le docteur Perré) que cette prise d'initiative – et la réaction extrêmement positive de Madame Laurel à cette initiative – nous met maintenant dans la situation de devoir faire venir Françoise Hardy, ou plus précisément la Françoise Hardy d'entre 1965 et 1975, pour qu'elle chante à l'unité Mnémosyne.

Je comprends que ce soit une situation pas évidente, étant donné que cette Françoise Hardy-là n'existe plus du tout.

Il va falloir en effet trouver une solution à ce problème.

J'écrirai davantage demain si j'ai le temps, car demain nous allons à Nausicaá dans le cadre du week-end d'intégration (je n'ai pas hâte).

Samedi 6 septembre

Nausicaá : plus intéressant que je ne l'imaginais.

J'ai aimé beaucoup de choses :

Poissons de la taille de confettis, voire de pelures de gomme.

Grand bocal de toutes petites méduses qui ressemblent à des cloques aux pieds et palpitent.

Plafond d'otaries.

Poissons Pinocchio pleins de maladresse.

Raie manta comme un tapis volant.

Poulpes flous dévalés de couleurs (je sais pas trop comment expliquer).

Raies (pas manta) qu'on peut caresser. Doux dessous, dessus comme un mur de crépi. Adorent les gratouilles sous le menton. L'eau pince car elle est glaciale, après on a les doigts rouges salés comme des Knacki.

C'est moi qui ai repéré la rascasse dans la rocaille.

Conversation avec Vadim près de la murène. Son serci se passe bien.

Conversation avec Bouchra près du mérou. Son serci se passe bien.

Conversation avec Serge Quéhen dans le magasin (sur pourquoi je ne voulais pas de magnet pingouin). Il trouve que je semble « épanoui » ; tant mieux si je le semble.

Journée étonnamment sereine. Beaucoup de monde mais pas d'attaque de panique. Beaucoup d'enfermement mais pas d'anxiété. Même quand j'ai mis ma tête dans la bulle de verre, où on est comme sous l'eau mais pas sous l'eau, et entouré d'eau et de ses choses (ex. anémones ; écrevisses ; oursins), pas de phobie.

Impressions très positives. Envie de revenir.

Pas aimé : là où ils disent que la mer meurt, et la crise climatique, etc.

Ensuite, gaufres sur la plage (ciel gris).

Conversation avec Victor près d'un restaurant. Sujet : Qu'est-ce qu'un potjevleesh (écrit sur l'ardoise). Google dit : un potjevleesch est un plat de quatre viandes en gelée (lapin, porc, veau, poulet). À manger avec des frites et de la salade et de la moutarde. Son serci se passe bien (à Victor). Ne sait pas comment ça se prononce (potjevleesch).

Ensuite, promenade sur le marché du port. Encore des poissons – mais morts, ceux-là. Soles, flétans, crabes, homards, bigorneaux, moules. Mouettes (vivantes autour).

Ensuite, promenade dans l'autre marché en ville. Pain. Gâteaux. Fleurs.

Conversation avec Constance près d'un opticien.

Constance : C'est incroyable ce qu'il y a comme opticiens dans cette ville.

Son serci se passe bien.

D'autres gens du serci de la région étaient là aussi. Pas de conversations. Nous les reverrons demain.

Ensuite, ceux qui voulaient sont partis se promener en ville. Moi je ne voulais pas, alors je suis rentré à la maison.

Dimanche 7 septembre

Pour le dimanche du week-end d'intégration, afin de passer un bon moment, nous sommes allés faire du char à voile. Je n'ai pas passé un bon moment.

Lundi 8 septembre

Le docteur Perré est toujours très mécontente envers moi.

Le docteur Perré : C'est toi qui nous as mis dans cette galère, c'est toi qui dois trouver une solution.

Mes impressions à son égard sont toujours : très négatives. Elle a un style de management qui ne convient pas à mes besoins et ne réalise pas mes potentialités.

Plus tard, quand je suis allé voir Madame Laurel dans sa chambre, elle s'est brusquement redressée, comme si elle attendait mon retour depuis trois jours sans dormir.

Madame Laurel : Dis donc, mon petit gars ! Tu sais pas la dernière ?

Moi : Non ?

Madame Laurel : Françoise Hardy va venir chanter !

Moi : Ah ? Mais en voilà une bonne nouvelle !

Madame Laurel a sorti la lettre que j'avais tapée à la machine, afin de me prouver ses affirmations. Je l'ai écoutée la lire. Ses mains grelottaient en tenant la lettre, soit parce qu'elle était fébrilement heureuse, soit parce qu'elles tremblent de toute façon dans la vie de tous les jours.

Madame Laurel : Par contre, elle dit pas quand. Peut-être qu'elle va nous faire la surprise.

Les petits trains sortaient de la gare et s'acheminaient dans mon avant-bras. Il m'a paru important de m'accorder une large marge de manœuvre pour la date.

Moi : Alors, elle va venir, mais pas du tout, du tout tout de suite.

Madame Laurel : C'est un fait qu'elle a un emploi du temps bien rempli.

Moi : Elle va venir plutôt vers fin juin. Voire début juillet.

Madame Laurel : Début juillet ! Le petit Jésus serait bien gentil que ça tombe le jour de mon anniversaire !

Moi : C'est quand, votre anniversaire ?

Madame Laurel : Le 4 juillet, là où les Américains ils font les feux d'artifice.

Moi : Eh ben vous savez quoi, je crois que c'est le 4 juillet, justement.

Madame Laurel : Pif, paf !

Moi : Voilà, c'est ce jour-là qu'elle vient, Françoise Hardy.

Madame Laurel : Alors ça ! Quand je vais le dire aux copains.

Moi : Je vérifierai, mais je suis sûr à 99 %.

Madame Laurel : C'est un fait que ce serait un sacré cadeau.

Ainsi j'ai établi un accord avec moi-même que je dois trouver une solution avant le 4 juillet.

Pas le temps d'écrire plus.

Mardi 9, mercredi 10

Pas le temps d'écrire.

Jeudi 11 septembre

Commémoration des attentats terroristes du World Trade Center, mais pas dans l'unité Mnémosyne. Les pensionnaires ne sont pas censés s'en souvenir, puisque ça se passe en théorie dans leur futur.

Le 11 septembre 2001, moi je n'étais pas né mais je m'en souviens, alors qu'eux étaient nés mais ne s'en souviennent pas (paradoxe).

Pas le temps d'écrire plus.

Vendredi 12 septembre

Pas le temps d'écrire.

NOTE RÉTROSPECTIVE

Je reprends la main pour expliquer cet étrange et soudain « manque de temps », alors que la première semaine j'écrivais dix pages par jour. Ce n'est pas que je n'avais plus le temps d'écrire, en vérité : c'est que j'utilisais désormais tout le temps que j'avais en rentrant le soir pour écouter Françoise Hardy.

Et ne faire que ça, que ça.

Le week-end venu, je n'ai vraiment fait que ça.

D'un certain côté, je ne sais pas comment c'est d'être amoureux, car je ne suis pas encore tombé amoureux ; mais d'un autre côté, maintenant que je sais ce que je sais (grâce à Sola qui m'a raconté), je me dis que peut-être, ce qui s'est passé entre Françoise et moi, c'est de l'ordre de l'amour.

Je vais dire ce dont je me souviens de ces journées-là, de ce week-end.

Je me souviens de mon lit que je ne quittais pas, avec autour des tasses de chocolat chaud (une pleine, plusieurs vides, où les croûtes de chocolat chaud sec avaient fait des couronnes). J'étais en pyjama-sweat à capuche. Odeur d'aisselles et de chocolat tiède.

Mon ordinateur avec les touches graissées par les chips que je mangeais.

Je me souviens que plusieurs fois, en bas dans la cuisine ou sur le chemin des toilettes, pour me recharger en chocolat-chips, j'ai croisé Serge ou l'un des deux autres V. qui me disait « Tu fous quoi toute la journée dans ta chambre ? », et je répondais évasivement, « Je regarde des séries », « Je regarde des vidéos ».

Maintenant ce qui me fait peur, c'est qu'ils ont dû croire que je passais mes journées à regarder du porno.

C'était vrai en quelque sorte. Du porno très très soft.

Excusez-moi, Madame ou Monsieur la ou le professeur·e qui lit ces lignes. En général, les rapports de serci ne parlent pas de porno ni de Françoise Hardy d'ailleurs, mais je crois que j'ai dépassé la consigne dans tous les sens du terme et c'est pourquoi je me permets de tester un peu votre patience.

Et puis c'est important, je pense, parce que ce qui s'est passé ces jours-là, quand je suis tombé amoureux de Françoise Hardy, a eu des répercussions sur mon stage et aussi sur les compétences que j'ai développées – pour certaines un peu inattendues, comme on le verra à un stade plus avancé de ce rapport.

Je me souviens que j'ai commencé par re-regarder, en boucle, la chanson avec le vers « Viens me retrouver », celle que j'avais écoutée dans le petit cabinet, et qui s'intitule *Message personnel*. Je l'ai écoutée jusqu'à la connaître intégralement par cœur, même la partie parlée du début qui commence par « Au bout du téléphone, il y a votre voix ; et il y a ces mots que je ne dirai pas. » Et derrière il y a un la-la-la-la-la-la-laaa qui fait une marée descendante, c'est comme ça que je le qualifie maintenant, après avoir vécu la mer pendant toute une année. Ça annonce le refrain.

Ensuite je suis passé de *Message personnel* aux autres Vidéos Recommandées sur YouTube, et peu à peu ça a fait toboggan. Je crois que la deuxième, c'était *Tous les garçons et les filles de mon âge* et ensuite *Comment te dire adieu*, qui sont très célèbres.

Sur ces vidéos, on voyait une photo fixe, celle de la pochette du vinyle, et toujours ce visage sérieux, beau et harmonieux. Je me souviens du calme que ça faisait dans mon corps quand je fixais ce visage dans ce carré. Je fixais ce visage en écoutant cette voix, parfois flûtée parfois soufflée, mais absolument claire toujours. Qui me tenait.

Et puis je me souviens, trois ou quatre vidéos plus tard, de la première fois où une vidéo m'a montré Françoise vivante, chantant et bougeant. C'était *Mon amie la rose* (1965). Ça commence par une rose, en noir et blanc, qui émerge du noir ; et en noir et blanc, cette rose semble plus bien blanche qu'une vraie rose blanche, sa blancheur pleine d'ombres bien plus noires que les vraies ombres. La lumière change sur ses pétales, et les épaissit et les amaigrit rien que par le jeu du jour et de la nuit.

Pendant ce temps, la voix de Françoise derrière chante quelques vers sur une guitare, « On est bien peu de chose, et mon amie la rose me l'a dit ce matin. À l'aurore je suis née, baptisée de rosée. » Tout à coup elle dit, « Je me suis épanouie, heureuse et amoureuse », et là, le choc, car cette rose brutalement disparaît et c'est le visage de Françoise qui apparaît.

En noir et blanc aussi, et il bouge.

J'ai sursauté comme quand on rêve de fantôme. Bizarrement, je n'avais pas cherché de vidéos d'elle avant, pas cherché à la voir s'animer, ni même de photos. Et là elle était face à face avec moi, très près, son visage plein de sombre et de lumière comme la rose d'avant, les yeux quasi cachés par sa frange qui part vers la gauche, et une bouche gris pâle un tout petit peu pentue vers la droite. Elle sourit si rarement, alors chaque fossette compte...

Tout le long de la chanson, elle reste près de nous comme ça. Elle marque un peu le rythme de la tête ; parfois, son regard se jette de côté. Sa bouche sur les P et les M part en pointe, et alors la peau de son visage se tend et fait saillir ses pommettes, sa mâchoire. Elle devient presque un garçon quand elle fait ça, un garçon qui serait parfait, et rien que d'y penser j'ai mal au ventre.

Et elle chante cette chanson qui est encore aujourd'hui l'une de mes préférées. Il est question d'une rose qui meurt, tout simplement.

C'est triste et mélancolique comme beaucoup de ses chansons, mais sa voix est égale et pure alors ce n'est pas grave.

J'ai écouté et regardé *Mon amie la rose* jusqu'à la savoir, elle aussi, par cœur, et que les mots se forment sur mes lèvres à moi.

Je me souviens de ces heures à sillonner tout YouTube pour trouver de nouvelles vidéos et de nouvelles chansons. Mes préférées, celles où on voit son visage tout près. *Voilà*, pas noir et blanc mais or et ocre. Et puis la voir en pied pour la première fois : dans des émissions de variété des années 1960-1970. Une interview où elle parlait – où elle parlait ! – avec son air sérieux et buté et légèrement gêné.

Je me souviens que le wifi de la maisonnette était pourri et il fallait laisser charger un peu longtemps les vidéos sur YouTube. Un peu longtemps, je veux dire une dizaine de secondes – il fallait juste que la petite barre grise devienne rouge. C'était atroce cette attente, cette envie du rouge.

Dessous les premiers commentaires s'affichaient déjà, « trop belle cette chanson je l'adore je l'écoute en boucle », « la plus merveilleuse », « merci d'avoir mis cette chanson en ligne », « *que preciosa, que bonita* », « Françoise *forever* », et moi je n'avais toujours pas accès à sa voix car la barre rechignait à rougir. C'était une petite torture-délice pinçante.

J'ai évidemment écouté *La maison où j'ai grandi*, et c'est la première sur laquelle j'ai pleuré, pour des raisons personnelles. Il est question d'une fille qui part de sa maison d'enfance, voyage, revient et ne retrouve plus jamais sa maison.

Pour m'accorder des pauses, j'ai aussi regardé des tutos YouTube sur comment mettre des vinyles sur une platine, comment composer un numéro sur les téléphones à cadran qui tourne, comment taper sur une machine à écrire. Je développais des compétences théoriques que j'appliquais le lendemain à l'unité Mnémosyne. Premiers compliments des collègues.

Je me souviens que je me suis mis à chantonner du Françoise Hardy en m'occupant des pensionnaires, surtout de Madame Laurel, et on s'est mis à chantonner ensemble. Octavio a dit quelque part cette semaine-là ou la suivante que je « sortais de ma coquille ».

En revanche, Sola me détestait toujours et moi aussi. J'étais donc peu avec elle ; je traînais avec Arthur et Magali, du service Authenticité et Reconstitution, et ils me faisaient faire des installations, des ouvertures de paquets achetés sur Ebay, même parfois des commandes. Je voyais les pensionnaires sans vraiment les voir, ils étaient surtout des gens autour de qui j'allais fixer des abat-jour et accrocher des peintures. Je leur parlais comme on parle aux gens dont on sent qu'ils ne sont pas tout à fait dans notre réalité, alors on fabrique un dialogue qui fonctionne dans la leur.

(Plus tard j'ai changé d'attitude, mais on n'en est pas encore là.)

Mon journal recommence sérieusement deux semaines après, quand j'ai eu tout mangé de Françoise sur YouTube et que je pouvais me permettre de la mettre en fond sonore tout en écrivant, sans avoir besoin de regarder l'écran en même temps.

Lundi 22 septembre

J'ai fait le compte des tâches sur ma *to-do list* :

(1) Trouver un moyen de faire venir Françoise Hardy (jeune) le 4 juillet prochain à l'unité Mnémosyne.

(2) Me réconcilier avec le docteur Sola Perré afin de réaliser (enfin) la Biographie de Carrière qui me fera gagner des points au rapport de serci.

En termes de faisabilité, le point (2) me semble plus atteignable sur le court terme.

Mardi 23 septembre

Aujourd'hui il a Plu et je me suis réconcilié (je crois ?) avec Sola. Ainsi l'objectif (2) se rapproche à grandes enjambées.

Autant je n'aime pas quand il pleut dehors (pluie normale), autant quand il Pleut ici, c'est la fête générale. Nous avons sorti les pensionnaires dehors pour la Pluie et nous leur avons donné des parapluies de toutes les couleurs. Toute la rue Georges-Perec était transformée par la Pluie. Elle brillait.

Les pensionnaires étaient pour certains à pied, pour certains en fauteuil, pour certains en déambulateur, pour certains en cannes.

Monsieur Davrec : Pluie pluie pluie.

Madame Chauchois : Avec ce déluge, on va attraper la mort. [Mais elle riait]

Monsieur Venti : Venez donc sous mon parapluie !

Madame Chauchois : Oh, vous ! Je ne vous fais pas confiance.

Monsieur Venti : [chantonnant] *Un p'tit coin d'parapluie, contre un coin d'paradis*.

Madame Laurel : Il ne faut pas ouvrir les parapluies à l'intérieur, ça porte malheur.

Madame Chauchois : Mais on est dehors !

Madame Laurel : Alors ça va.

Tout le monde était dehors – tous les gens qui travaillent ici et ceux qui y vivent. Tout le monde riait et plaisantait. Tout le monde faisait attention à ne pas glisser. C'était une fête mouillée. Les projectionnistes avaient mis une couleur gris-bleu dans le Ciel. Pour rigoler, ils ont même diffusé un ou deux éclairs et un roulement de tonnerre, mais pas très fort, afin de ne pas déclencher des crises cardiaques chez les pensionnaires (source : Arthur, mais je ne sais pas si c'était une blague).

J'ai remarqué que le docteur Perré n'était pas là.

Moi : Elle est où, le docteur Perré ?

Magali : Elle n'aime pas la Pluie. Elle reste toujours à l'intérieur avec Madame Léthey.

La Pluie allait durer encore 41 minutes (19 minutes avaient passé). Les gens avaient commencé à s'installer dans le Café, où on avait déroulé un auvent, ainsi on était assis au sec en entendant la Pluie tambouriner sur l'auvent.

J'ai pris l'initiative de remonter dans l'immeuble principal afin d'aller parler au docteur Perré, car cela me semblait un bon contexte pour aborder cette question de Biographie de Carrière. Je suis allé dans le couloir qui mène aux chambres des pensionnaires, et je suis passé par une armoire dans le mur qui est une porte dissimulée, qui mène à un escalier en fer, qui passe juste derrière le mur de la chambre de Madame Léthey. Il y a un judas, donc on voit très bien ce qui s'y déroule (mais en arrondi), et on entend très bien ce qui s'y déroule (mais en étouffé).

Comme je ne voulais pas déranger, mais aussi pour des questions de curiosité, j'ai décidé de rester un peu voir ce qui s'y déroulait.

Le docteur Perré était en train de remplir une piqûre. Elle a fait *ting, ting,* avec l'ongle sur la seringue pour annuler les bulles. Madame Léthey n'a presque plus de cheveux et elle a des yeux très verts. Elle était en combinaison blanche, allongée sur le lit. Ses jambes étaient découvertes jusqu'en haut des cuisses. Ses jambes étaient d'un blanc bleuté. Ses jambes avaient des veines racineuses.

Le docteur Perré : Je vous laisse faire ?

Madame Léthey : [n'a rien répondu]

Le docteur Perré lui a donné la piqûre et Madame Léthey se l'est vite faite dans la cuisse.

Le docteur Perré : [a ri] Si seulement tous mes patients étaient d'anciennes infirmières, ça me simplifierait la vie.

Madame Léthey a rendu la seringue. Le docteur Perré a jeté la seringue dans une petite poubelle en plastique jaune.

Madame Léthey : Aïe, ouille. Allons, ma petite, pas pleurer, pas pleurer. Grande fille. Ça fait pas si mal. Pas si mal. Aïe. Ouille. Grande fille.

Ainsi j'ai compris que Madame Léthey croit qu'elle est à la fois le docteur car elle pique, et le patient car elle est piquée.

Le docteur Perré a désinfecté la cuisse de Madame Léthey avec un carré de coton. Il y avait de la fermeté dans ces gestes mais une fermeté qui voulait le bien. Ensuite elle a parlé et j'ai noté une petite douceur dans sa voix.

Le docteur Perré : Vous vous rappelez quand vous faisiez des piqûres ?

Madame Léthey : Pas pleurer.

Le docteur Perré : À l'hôpital d'Angers ?

Madame Léthey : Aïe aïe aïe.

Le docteur Perré : Votre mari a dit que vous aviez tout le service à votre botte. Et que comme vous étiez très belle, tous les docteurs vous couraient après. C'est vrai, ça ?

Madame Léthey : [n'a pas répondu]

À cet instant, je me suis dit que n'avais jamais pensé auparavant à *très belle* en même temps qu'à *pensionnaire de l'unité Mnémosyne*, mais bien entendu que certains d'entre eux avaient dû porter un visage très beau auparavant.

Le docteur Perré : Mais au final, c'est votre mari qui vous a eue. Pourquoi lui ?

Madame Léthey : Pas pleurer. Allons, allons.

Le docteur Perré : Racontez-moi pourquoi.

Là j'ai été choqué, parce que le docteur Perré a sorti une cigarette électronique et s'est mise à la fumer. Déjà, il est interdit de fumer dans l'enceinte de l'unité Mnémosyne, pour le respect de la santé des pensionnaires comme des employés. Deuxièmement, la cigarette électronique est une invention récente et il me semble qu'il peut être perturbant pour les pensionnaires de voir des gens censés être en 1960-1979 fumer des choses robotiques qui font de la vapeur aux odeurs variées.

Cependant Madame Léthey n'a pas réagi ; ainsi j'ai déduit que le docteur Perré devait souvent fumer devant elle sa cigarette électronique, ou alors que Madame Léthey ne réagit vraiment à rien.

Le docteur Perré : [dans un nuage] Votre mari m'a dit que vous étiez tombés amoureux entre le service de cardiologie et le service de réa.

Madame Léthey : Dis donc ! Une grande fille comme toi.

Le docteur Perré : [disparaissant dans le nuage] Il vient demain, votre mari. [silence] Vous savez que vous avez de la chance d'avoir un mari qui vient vous voir toutes les semaines. [silence] Vous savez que c'est poignant pour nous, de voir ces couples qui s'aiment envers et contre tout.

Alors il s'est passé quelque chose de très étonnant. Madame Léthey a dit plusieurs phrases et mots de suite, et je vais essayer de restituer ce que cela a donné car tout ceci, je l'écris de mémoire, et j'ai la mémoire des mots récents mais ces suites de phrases, elles étaient en vrac mais disaient un peu une histoire.

Je ne veux pas réorganiser leur pagaille en forme de récit. Elles étaient aussi en nuage, pour ainsi dire.

Madame Léthey :

Pas pleurer   non   elle était très belle ma femme
très belle   hein chérie
        Ouille   tout   tout le
service à sa botte.
                docteur docteur
        aïe ! dis donc
  non pas qu'elle soit pas belle aujourd'hui
grande grande fille   ici c'est comme
        ici c'est comme si   mais on est où
comprends pas. Comprends pas. Comprends pas.
            NON
  pas pleurer dites donc ma petite vous êtes une
grande fille
  on passe toutes par là   grande fille pas pleurer
aïe ! toujours mal
  ma chérie aujourd'hui   comment
vas-tu   toujours mal la première fois
        Maman, Tantine, les filles c'est comme ça
plif plof   voilà c'est fini

pique pique mal sur le coup ensuite on n'y pense plus j'étais amoureuse moi ? moi ?

j'étais amoureuse moi ? on est tombés amoureux entre le cardio et la réa NON non j'ai dit

NON

pas là c'était à la buvette à la buvette mais non chérie mais si chéri

à la buvette Guy à la buvette c'est qui Guy c'est qui Guy

réponds chérie c'est qui Guy c'est quelqu'un de votre établissement ? AH NON

il est pas là c'est qui Guy aïe ! arrête de me forcer

il faut c'est normal

pique pique grande fille allons allons il est pas là Guy

ça doit être une de ses conquêtes de l'époque

comprends pas. On est où

on est à Boulogne on est où on est à Boulogne on est où on est à Boulogne on est où

je reviens te voir la semaine prochaine chérie NON je reviens te voir NON

arrête de me forcer c'est normal

toujours mal c'est comme ça pique pique

ouille pas pleurer grande fille

dis donc ! grande fille ça pleure comme ça

je reviens NON je reviens te voir NON tiens-toi bien hein NON

ne séduis pas tous les beaux infirmiers NON je la connais ma femme

allez au revoir chérie pas de bisou aujourd'hui j'ai pas droit à mon bisou

allez au revoir chérie NON

Juste après, Madame Léthey s'est roulée en boule sur un côté du lit et elle a marmonné toute serrée dans ce petit coin :

pas pleurer aïe ouille pas pleurer aïe ouille pas pleurer aïe ouille pas pleurer aïe ouille pas pleurer aïe ouille pas pleurer aïe ouille pas pleurer aïe ouille pas pleurer aïe ouille pas pleurer aïe ouille pas pleurer aïe ouille pas pleurer aïe ouille pas pleurer aïe ouille pas pleurer aïe ouille pas pleurer aïe ouille pas pleurer aïe ouille

Et c'était fini.

J'ai trouvé cela déroutant qu'elle parle autant de piqûres, et qu'elle fasse à la fois sa voix et celle de son mari. Je pense que cela veut dire sans doute qu'elle est devenue lui au fil des années, comme il est devenu elle. Ce sont des choses dont les couples mariés parfois font l'expérience, à ce que l'on dit, mais je n'ai pas pu observer cela à titre personnel, car mes parents n'en ont pas fait l'expérience.

Cependant on voit aussi dans ce presque-récit que Madame Léthey ne ressasse pas des souvenirs complètement agréables (présence de *pique*, de *ouille*, de pleurs et de *NON*).

J'ai remarqué que le docteur Perré, qui réapparaissait peu à peu dans son nuage, passait pensivement la main dans le peu de cheveux de Madame Léthey. Par la fenêtre, la lumière était devenue jaune, pour signaler aux pensionnaires que le Soleil revenait. Quand le nuage s'est entièrement dissipé, j'ai vu que les yeux du docteur Perré étaient rouges, mais sans doute pas à cause de la cigarette électronique.

J'ai vu qu'elle avait les joues rayées de larmes. Ainsi j'ai compris que le docteur Perré a le cœur tendre, nonobstant son abord fier et rugueux.

« Nonobstant leur abord fier et rugueux, les falaises du Cap Blanc-Nez et du Cap Gris-Nez ont le cœur tendre. Principalement constituées de calcaire, elles sont sujettes à l'érosion. Aidez-nous à protéger ce site naturel exceptionnel en respectant les sentiers balisés. »

C'est une phrase que j'ai lue dans la brochure touristique *La Côte d'Opale : Le Site des Deux Caps*, qui se trouve dans l'entrée de notre maisonnette à Boulogne-sur-Mer, et qui m'a paru bien convenir à la situation.

Tandis que je réfléchissais au sujet des falaises, j'avais cessé d'utiliser le judas (car il est fatigant de fermer un seul œil tout le temps) et j'avais déplacé mon regard sur le petit extincteur de l'escalier qui disait NE PEUT ÊTRE UTILISÉ QUE PAR UN MEMBRE DU PERSONNEL FORMÉ, de sorte que je n'avais pas remarqué quelque chose d'important, à savoir que le docteur Perré s'était levée et avait traversé la chambre de Madame Léthey et ouvert la porte cachée ; et qu'elle était désormais devant moi dans l'escalier.

Le docteur Perré : Valentin ? Qu'est-ce que tu fais là ?

Moi : Je sais pas.

C'était vrai.

Le docteur Perré : T'écoutais à la porte ? C'est un truc que t'aimes faire dans la vie ?

Moi : Non.

C'était la vraie réponse à la deuxième question seulement. Le docteur Perré avait un pied sur une marche vers le bas, et l'autre encore sur le palier. Elle semblait hésitante. Elle avait encore les joues brillantes des larmes de son cœur tendre, mais elle avait retrouvé ses abords fiers et rugueux côté sourcils.

Moi : Ne vous inquiétez pas, docteur Perré, je vais pas dénoncer que vous fumiez.

Ça l'a fait rire et je dirais que ça a tranché son hésitation. Elle s'est assise sur la marche de l'escalier. Elle me regardait d'en bas, puisque j'étais encore debout. Pour remédier à cette différence de hauteur, je me suis assis à côté d'elle sur l'escalier près de l'extincteur restreint quant à son utilisation.

Le docteur Perré : Tu veux pas m'appeler Sola et me tutoyer, comme tout le monde ?

J'ai hoché la tête. Ainsi nous avons établi un accord mutuel préalable.

Sola : Alors, dis-moi. Qu'est-ce que tu faisais là ?

Moi : Dans *Le Service Civique pour les Nuls*, il est écrit qu'il faut profiter de toute opportunité pour glaner les savoirs indispensables à la réussite de notre formation.

Sola : Y compris par l'œil thon ?

Moi : Je sais pas ce que c'est un œil thon.

Sola : Le judas, là.

NOTE RÉTROSPECTIVE

Ça s'écrit « œilleton ».

Moi : Je voulais vous trouver, te trouver, parce que je voudrais réaliser une Biographie de Carrière de votre carrière, enfin de ta carrière.

Sola : T'aurais pu frapper et entrer. Pourquoi t'as choisi de rester dehors et de jouer à l'écoute-aux-portes ?

Moi : Je voulais pas déranger.

Sola : D'accord. Ça t'arrive souvent de pas vouloir déranger ?

Moi : [je n'ai pas répondu]

Sola : J'ai l'impression que tu aimes bien passer inaperçu.

Moi : [je n'ai pas répondu]

Sola : Dis-moi un peu ce que tu penses de cet endroit. Ça fait déjà un petit moment que tu es là. Presque un mois. Tu te plais, ici ?

Moi : Oui, beaucoup.

Sola : Pourquoi ?

J'ai haussé les épaules.

Sola : Non, non, dis-moi. Ça m'intéresse. Qu'est-ce qui te plaît ici ?

Sola était très près de moi. J'ai vu qu'elle avait un collier en or en forme d'oursin. J'ai vu qu'elle avait des rides d'expression autour des yeux et une à la bouche à gauche ; toutefois elle n'en avait pas énormément, juste assez pour avoir trente ans ou peut-être quelques années de plus.

Moi : Les gens sont gentils. C'est assez parfait pour moi.

Sola : C'est un peu Disneyland, non ?

Moi : Je ne suis jamais allé à Disneyland.

Sola : Tout ce mensonge.

Moi : C'est un bon mensonge.

Sola : Ça reste un mensonge.

Je n'aimais pas ce portrait de l'unité Mnémosyne, aussi ai-je avancé des arguments.

Moi : Moi, je crois que ça ne ferait pas de mal au monde de dehors d'apprendre à être comme ici. Ici, il n'y a pas de choses fondamentalement mauvaises, et les gens s'occupent les uns des autres. Chaque objet est beau et bien à sa place. On ment aux pensionnaires, mais parfois ils s'aperçoivent qu'on ment et finalement ils ne nous en veulent pas. Tout se fait avec douceur et attention. Rien ici n'est vraiment faux, dans le sens où les meubles sont vrais, les gens sont vrais, la nourriture est vraie. La seule chose qui est fausse, c'est par rapport au dehors.

J'ai pris une inspiration.

Moi : Mais peut-être que c'est le dehors qui est faux par rapport au dedans, même s'il est plus grand.

J'ai doucement tapoté l'extincteur pour montrer qu'il était vrai. J'ai senti que je m'emmêlais un peu dans mon explication du dehors et du dedans mais Sola a ri.

Sola : Tu sais quoi, je commence de plus en plus à penser comme toi. De temps en temps, je me prends à fantasmer de vivre ici à plein temps.

Moi : [je n'ai pas répondu]

Sola : Une petite chambre tranquille avec vue sur la rue Georges-Perec. Plus de réveils avec les nouvelles déprimantes de *La Matinale* de France Inter. Plus de catastrophe climatique, plus de présidents fous, plus de meurtres, plus de viols, plus de guerres, plus de réfugiés, plus de drogues. Juste les Beatles en boucle et des robes à jolis imprimés. Ça te dirait ?

Moi : Oui.

J'ai été surpris de découvrir à quel point cette idée me disait, car en réalité je n'y avais jamais réfléchi avant, mais soudain cela semblait une excellente idée et tout à fait conductive à l'apaisement d'un grand nombre de mes anxiétés.

Sola : Le prix à payer étant, bien sûr, ta mémoire. Comme nos patients. Fini, les souvenirs.

Moi : Ils sont heureux quand même, ça va.

Sola : Tu serais heureux sans mémoire ?

J'ai haussé les épaules.

Sola : Non, non, dis-moi. Réfléchis.

J'ai réfléchi.

Moi : Je sais pas si on peut dire qu'ils sont vraiment sans mémoire. Par exemple, Madame Léthey, là, elle a dit plein de choses qui étaient dans sa mémoire. C'est juste qu'elles n'y sont pas tout le temps. Il y a des moments où ça revient d'un coup.

Sola : C'est vrai.

Moi : On la garde où, la mémoire ?

Sola : Dans le placard sous l'escalier.

Par réflexe, j'ai regardé vers le bas des escaliers, mais j'ai compris immédiatement que c'était une plaisanterie alors j'ai rigolé.

Sola : C'est complexe, comme question. Regarde, si je te fais ça – [elle a essayé de me mettre un doigt dans l'œil] – voilà, tu m'as esquivée, et t'as fermé tes paupières. Pourquoi ?

Moi : C'est juste un réflexe.

Sola : Yes. Tu l'as appris comment ?

Moi : Je sais pas.

Sola : Tu l'as acquis tellement tôt que tu t'en souviens pas. Celui-là, il part jamais, ou presque.

Maintenant, si je te mets sur un vélo, tu vas réussir à en faire ou pas ?

Moi : Oui.

Sola : T'as appris comment ?

J'ai fait l'effort de mémoire.

Moi : C'est mon père qui m'a appris quand j'étais petit.

Sola : Et tu te souviens de ce moment-là ?

J'ai haussé les épaules.

Sola : Tu penses qu'il y a plus de risques que tu oublies comment faire du vélo, ou que tu oublies la scène de ton père t'apprenant à faire du vélo ?

J'ai haussé les épaules.

Sola : Bon : maintenant, pense à un moment récent où tu as fait du vélo. Tu l'as en tête ?

Moi : En juillet, j'ai fait du vélo avec mon frère et ma sœur dans la campagne.

Sola : À ton avis, qu'est-ce qui est le plus à risque, comme souvenir ? Ta capacité de faire du vélo ? La scène où ton père t'apprend à en faire ? Ou la scène récente avec ton frère et ta sœur ?

J'ai haussé les épaules.

Sola : La vérité, c'est qu'il y a peu de chances que tu oublies comment faire du vélo. Cette aptitude-là, elle s'est imprimée dans ton corps. Les deux autres souvenirs sont plus fragiles. Ils ne sont pas quelque part en particulier – il n'y a pas un endroit de ton cerveau où c'est tout bien aligné. C'est plutôt qu'il y a des images qui vont se raviver quand tu fais appel à elles. Et les chemins que tu empruntes pour aller retrouver ces images ne sont pas tous aussi bien entretenus. Cette scène avec ton frère et ta sœur, s'il ne s'est rien passé de spécial, elle risque de s'enfuir assez vite. Celle de ton apprentissage, en revanche, c'est comme si tu étais passé dessus plusieurs fois, si tu vois ce que je veux dire. Tu as dû y repenser depuis, peut-être même l'embellir, l'ensoleiller encore. Le chemin est devenu familier. Tu pourrais la perdre un jour, bien sûr, mais si quelque chose te la rappelle, peut-être qu'elle resurgira. Parfois, il suffit d'un mot magique, d'un détail infime. Une parole, une odeur, un bruit de sonnette de vélo. Voire juste le mot « Papa ».

Je me suis levé à ce moment-là car il me semblait que cette conversation n'était pas un contexte propice à un exposé de connaissances relevant d'un domaine scientifique. Les trains trépignaient.

Moi : Je dois aller voir s'il s'est arrêté de Pleuvoir.

Sola : Attends, j'ai pas fini de t'expliquer.

J'ai commencé à descendre les escaliers rapidement.

Moi : J'ai compris, merci beaucoup de m'avoir expliqué.

Sola : Dans le cas de nos patients, c'est encore différent, car ils présentent des lésions au cerveau telles que leurs souvenirs…

J'allais passer la porte donnant sur la rue Georges-Perec cachée dans une affiche *Dubo Dubon Dubonnet* quand Sola m'a rattrapé par le bras.

Sola : Dis donc, c'est quoi ces manières ?

Je n'ai pas répondu.

Sola : Ah là là. Pleure pas.

Je ne pleurais pas.

Sola : Je n'ai pas le droit de te serrer dans mes bras.

Moi : D'accord.

Sola : Je le ferais si t'étais mon petit cousin qui a ton âge, mais tu risques de m'accuser d'agression sexuelle et on rigole pas avec ça.

Moi : Non.

Sola : Ça va ?

Moi : Oui oui.

À cause de la possible accusation, Sola ne me serrait pas dans ses bras, mais elle m'avait repris le bras avec sa main.

Sola : Si ça t'intéresse, tu devrais lire quelques bouquins sur la mémoire. Ça serait utile à ton serci.

Moi : D'accord.

Sola : On en reparle la semaine prochaine, si tu veux ?

Moi : D'accord.

Sola : OK. Bon. Et sinon, tu voulais quoi ? Une Biographie de quoi ?

Moi : De Carrière.

Sola : Ça implique quoi ?

Cette fois, j'ai réussi à relever la tête. Le calme revenait et les trains à la gare.

Moi : De cartographier ton parcours professionnel, exemple : comment as-tu stratégisé ta carrière ?

Sola a éclaté de rire. Je n'ai rien dit.

Sola : On va bien s'amuser.

Moi : D'accord.

Sola : Allez, je te laisse filer.

Elle m'a laissé filer. J'ai poussé la porte. Il s'était arrêté de Pleuvoir. Le sol était mouillé, noir de pavés et jaune de lumière. Mais Sola m'a encore rattrapé (pas physiquement, mais avec sa voix).

Sola : Mais un truc que t'oublies pas, par contre.

Elle m'a re-rattrapé le bras.

Sola : Tu te grouilles de décider comment Françoise Hardy va venir chanter *La maison où j'ai grandi* à ses hordes de fans en délire, OK ?

J'ai hoché la tête.

Ce moment était important parce que j'ai découvert Sola comme être humain au lieu de seulement falaise.

NOTE RÉTROSPECTIVE

Après ça, j'ai des pages et des pages de nettoyage de la rue Georges-Perec après la Pluie, et puis le retour à la maison, et deux heures d'écoute de Françoise Hardy. Le jour suivant, qui était un mercredi : visites des proches, etc. – le mari de Madame Léthey, devant lequel elle n'a rien dit du tout, et je me tenais là pendant qu'il lui répétait qu'ils étaient tombés amoureux entre le service cardio et le service réa. Il voulait vraiment l'en (/s'en) persuader.

Le jeudi et le vendredi, j'ai traîné un peu plus avec Sola. Ç'a été le début de mon attachement à Sola. Le long de la Côte d'Opale, plus tard, j'ai vu ces petits coquillages en forme de cônes qu'on appelle ici des lampotes et qui s'accrochent aux rochers. Quand j'ai découvert les lampotes et les rochers, j'ai pensé à moi avec Sola.

Samedi 27 septembre

Aujourd'hui j'ai eu une interaction inattendue avec Vadim et, par conséquent, avec tous les autres de la maisonnette. L'élément déclencheur a eu lieu dans le salon vers 9 h 32 du matin. Nous prenions notre petit-déjeuner en silence, avec nos téléphones portables. Vadim a dit :

Vadim : Tain, comme je vous envie trop de pas bosser aujourd'hui, sérieux.

Vadim bossait aujourd'hui car la médiathèque Ginette-Garcin est ouverte tous les samedis de 11 heures à 19 heures et tous les dimanches de 11 heures à 15 heures et ce sont des journées de forte affluence. Cependant, il ne travaille pas tous les week-ends, seulement un week-end par mois, et lorsque c'est le cas, il ne travaille ni lundi ni mardi ; ainsi, il faut relativiser les difficultés de Vadim.

Constance : La haine, j'avoue.

Bouchra : J'avoue.

Constance est blonde avec une queue-de-cheval et fait du clavecin et Bouchra a des cheveux bruns courts en brosse et fait de la guitare (sèche et électrique). Elles viennent de deux côtés de la France entièrement différents. Cependant, elles utilisent souvent le même type de vocabulaire. Elles taquinent mais jamais méchamment. Je me suis bien habitué à leur présence, qui m'est légère.

Victor : Si ça se trouve, y aura une meuf trop bonne qui va venir emprunter un livre en mode, « Monsieur, Monsieur, vous avez pas un livre sur le PIB de la Chine pour mon cours de géo ? »

Il a fait la voix et l'attitude d'une femme qui voudrait du sexe, mais ce n'était pas convaincant. Victor est blond et se rase mal. Je ne me suis pas encore habitué à la présence de Victor, qui est plus lourde que celles des trois autres. D'ailleurs Constance a dit :

Constance : [a fait pff] T'es lourd, Victor, tu penses qu'à ça, putain.

Victor : En vrai Vadim aussi, je suis sûr qu'il pense qu'à ça.

Vadim n'avait pas l'air sûr. Je pense qu'il est possible que Victor n'ait pas remarqué que Vadim (je crois) n'est peut-être pas nécessairement hétérosexuel (comme on dit) ou du moins pas de manière absolument prioritaire. Vadim est une autre présence légère. Il est soigneux et il écoute les gens, avec des sourcils qui montrent qu'il écoute.

Victor : En vrai même Valentin, il y pense aussi.

Bouchra : [rigolant] À mon avis, Valentin ça l'excite plus de penser à la médiathèque qu'aux meufs dedans.

C'était vrai. Et en effet, tout à coup il m'est venu à l'esprit que c'était dans une médiathèque que Vadim travaillait. Je le savais auparavant, mais ce savoir n'avait pas, pour ainsi dire, créé dans mon esprit l'image d'une médiathèque. Or il m'est apparu que la médiathèque à Boulogne-sur-Mer avait des chances de ressembler à ma médiathèque à Albi, qui est un endroit tout à fait propice à mon épanouissement, contenant ouvrages documentaires, œuvres de fiction, bédéthèque et espace multimédia.

Moi : C'est possible d'aller voir ta médiathèque, Vadim ?

Vadim : Ah non, déso, c'est une médiathèque juste pour les beaux gosses.

Moi : [j'ai rigolé] Mais en vrai je peux venir avec toi ?

Vadim : Ben carrément, gros, fais-toi plaisir.

Victor : Y a des livres de cul dans ta médiathèque ?

Vadim : Y a *Le Guide du zizi sexuel*, ça doit être à peu près ton niveau.

Victor : OK, je viens.

Constance : Mais what ! C'est quoi ce plan de samedi à la médiathèque ?

Bouchra : On a tellement rien d'autre à faire dans les Hauts-de-France, t'as vu.

Ensuite il y a eu encore de la conversation avec des blagues et puis nous sommes tous partis.

Pour aller à la médiathèque Ginette-Garcin de Boulogne-sur-Mer, il ne faut pas prendre la navette comme pour l'unité Mnémosyne, mais juste ses pieds. Ça démarre avec la rue qui longe le port. Puis, presque en face de Nausicaá, on tourne à droite dans une rue-escalier qui est soudain là très brusquement. Cette rue s'appelle rue Mâchicoulis. Dans *Le Boulonnais sans peine* (brochure dans l'entrée de notre maisonnette), il est écrit que la montée de la rue Mâchicoulis fait partie des curiosités historiques de la ville de Boulogne. Cette montée, cependant, n'est pas sans peine.

Bouchra : Putain les cuisses.

L'escalier est creusé dans la falaise. Il est très long. On continue par une autre rue en courbe. Ensuite, on arrive à une vue sur la mer. J'ai été surpris par cette vue sur la mer, qui attrape aux poumons. Surtout par ce ciel qui était entre le bleu et le vert, et un vent gigantesque qui sonnait des cymbales.

Nous avons continué à marcher le long de cette vue. Le port de Boulogne-sur-Mer possède deux longues jetées qui viennent presque fermer un triangle de mer. Par le bout de ce triangle, des bateaux sortent et entrent, rouges et blancs. Ils traînent derrière eux leur écume. Lorsqu'on est près du port, ils semblent longs et lourds, mais lorsqu'on est tout en haut, ils semblent rien ou presque.

Nous avons continué à marcher. Nous nous sommes retrouvés près d'un blockhaus. Il existe dans le Pas-de-Calais, tout le long de la Côte d'Opale, de nombreux blockhaus datant de la Seconde Guerre mondiale. Un blockhaus est un abri de béton armé qui servait à contenir des Allemands. Depuis les fenêtres, ils observaient l'Angleterre qui est idéalement placée de l'autre côté de la mer. Depuis que les Allemands s'en sont allés, les blockhaus s'en vont aussi mais plus lentement, emportés par l'érosion qui fait s'écrouler les falaises dans la mer. J'ai déjà vu quelques blockhaus sur la route lors des voyages en voiture, ces dernières semaines. Certains sont entiers avec le haut du crâne hors de l'herbe. D'autres sont en morceaux, et parfois il dépasse du béton une tige de métal comme un poil de barbe. Certains sont tagués, et d'autres non. Certains ont des panneaux *Ne pas s'approcher* et *Danger* ainsi que des têtes de mort.

Nous avons continué à marcher, et nous sommes arrivés à un bâtiment extraordinaire. Ce bâtiment était invisible jusqu'à ce qu'on le voie, car il est principalement en verre. Cependant, une fois qu'on le voit, ce bâtiment est très visible car le verre renvoie vivement mille reflets.

Ce bâtiment est de forme arrondie. Ce bâtiment fait face à la mer. Ce bâtiment est la médiathèque de Boulogne-sur-Mer. Ce bâtiment a été construit suite à un investissement de l'Union Européenne combiné avec des aides débloquées par le gouvernement dans le cadre du plan Donnons à Nos Régions les Moyens de leurs Ambitions (source : brochure dans l'entrée). L'architecte de ce bâtiment a choisi d'évoquer, par le verre, les écailles, et par la forme, un ventre de poisson. Ceci afin de rendre hommage à l'art de la pêche, qui constitue l'une des plus grandes richesses des zones côtières du Pas-de-Calais et se perpétue dans le souci du respect de l'environnement et des méthodes ancestrales.

Constance : C'est grave beau, ta médiathèque ! Comme je suis trop jalouse ! Moi, mon école, on dirait que c'est les CE1 qui l'ont découpée dans des rouleaux de papier toilette.

Vadim ne disait rien, mais il me semble qu'il était fier que nous appréciions sa médiathèque. Nous sommes entrés (les portes coulissaient sans un bruit). J'ai vu que derrière le grand comptoir blanc il y avait des bibliothécaires. J'ai vu, par les grandes baies vitrées, que la mer continuait à s'étirer et dedans, un peu loin, des éoliennes légères qui tournaient lentement. J'ai vu que la médiathèque était si immense que les livres dedans faisaient tout petits, serrés sur des présentoirs blancs. Il y avait plein de poufs joyeux, de couleurs vives, verts comme des petits pois ou rouge groseille. Certains avaient des gens dessus et d'autres non.

Vadim connaissait beaucoup de gens. Il leur parlait, plaisantait avec eux ; ce n'est pas une médiathèque où on doit faire chut. Ces gens lui répondaient avec un accent (ils étaient du Pas-de-Calais, contrairement à nous).

Nous avons visité. Vadim était décidément fier de nous faire visiter. Il disait des choses anodines mais pleines de cœur.

Vadim : L'arbre à livres, pour que les mômes grimpent dedans et tout.

Cet arbre est en bois comme un vrai arbre mais il est faux, et dedans se trouvent des nids rembourrés. Aux branches sont suspendus des albums qui planent comme des oiseaux. Des prises en plastique comme sur un mur d'escalade permettent aux enfants de monter dessus. Dans l'arbre se trouvaient nichés deux enfants qui lisaient : *L'Arrache-Mots*, pour l'une, et *L'Arbre sans fin*, pour l'autre.

Vadim : L'espace multimédia, y a Internet gratuit, tu peux jouer aux jeux vidéo et tout.

Là se trouvaient des gens plutôt jeunes qui étaient sur les postes informatiques et qui faisaient des choses comme : être sur YouTube ; être sur impots.gouv ; être sur voyagessncf.fr ; être sur Gmail ; être sur Wikipédia.

Vadim : Ça c'est les fatboys, t'as le droit de dormir et tout.

Les fatboys sont de longs poufs confortables. Des gens lisaient dessus ou y dormaient. J'étais surpris de voir que, partout dans la médiathèque, il y avait des personnes de couleur (exemple de couleur : noire). Vadim a dit en murmurant :

Vadim : Il y a pas mal de réfugiés climatiques qui viennent ici, ils essaient de passer en Irlande avec les bateaux et tout.

Ainsi, sans vouloir catégoriser toute une catégorie de personnes, il était possible que certaines personnes de cette catégorie soient des réfugiés climatiques, et cela s'expliquait. En attendant, ils lisaient des livres. Moi, en me déplaçant dans la médiathèque, j'ai eu l'impression d'être dans un espace vaste avec de la clarté et de la pureté qui me tenait à l'intérieur de lui. J'étais comme à l'unité Mnémosyne dans cet espace, ou comme dans la voix de Françoise Hardy. Il y a dans tous ces endroits la même non-violence.

Vadim : Étudiants.

Les étudiants avaient des boules Quies ou des écouteurs et travaillaient sur des ordinateurs portables.

Vadim : Dans certaines sections, on a le droit d'amener des animaux et tout.

On était dans une section avec ce droit, et donc nous avons vu un chien de taille moyenne de type cocker et sa propriétaire qui lisait *Je mets K-O les Kilos !*

Là, j'ai remarqué que nous étions arrivés près de rayonnages intitulés, entre autres : Sport ; Régime ; Bien-Être. J'ai bifurqué à ce moment-là et Vadim a continué la visite sans moi.

Je suis passé à Santé ; Médecine. J'ai bifurqué de nouveau.

Ces étalages-là étaient moins fréquentés que pour Régime. J'ai trouvé Cancer ; SIDA ; Sclérose (j'ai cherché à éviter ces mots) ; j'ai trouvé Vaccins ; Homéopathie ; Automédication. Puis tout à coup Dépression, et juste à côté Vieillesse, et juste à côté Alzheimer.

Il y avait des livres qui s'appelaient *Quand Mamie oublie* ; *Démence et Alzheimer* ; *Trous de mémoire* ; *Que sais-je ?* : *Le Cerveau et la Mémoire*, et puis aussi un livre qui s'appelait *Le Livre noir des unités Mnémosyne*. J'ai été intrigué par ce titre, alors j'ai pris le livre. Il était en effet noir. Il disait derrière :

« Méthode révolutionnaire pour le bien-être des patients... ou pour la poche des fournisseurs ? « Disneyland de la démence », l'unité Mnémosyne transforme le passé disparu des patients en bel avenir pour les labos. Des milliards de dollars à travers le monde sont dépensés chaque année par les gouvernements et les grandes entreprises pour conquérir le juteux marché de la perte de mémoire. En France, trois unités de pointe »

Je n'ai pas pu lire le reste, car je me suis aperçu que derrière le trou rectangulaire formé, sur l'étagère, par le livre que je venais de prendre, il y avait Sola Perré.

Sola ne me voyait pas. Mais moi, je la voyais, elle (découpée sur les contours par les livres), et je voyais qu'elle transportait trois livres :

Anna Karénine
150 recettes sans viande
Ces deuils impossibles

Je n'étais pas intrigué par *Anna Karénine* puisque je savais qu'il s'agissait d'un roman de Léon Tolstoï (c'était écrit sur la quatrième de couverture), ni par *150 recettes sans viande* – Sola m'avait dit une fois qu'elle était flexitarienne, qui veut dire manger de la viande par-ci par-là, si nécessaire, mais pas de manière très motivée.

Par contre j'étais intrigué par le livre *Ces deuils impossibles*, qui ressemblait à un livre de développement personnel comme ceux que lit ma mère. De fait, Sola se tenait dans le rayonnage Développement Personnel, plus précisément pile poil entre Dépression et Reconstruction de Soi. Bientôt, j'ai vu qu'elle ajoutait à sa pile l'ouvrage suivant :

Et ce jour-là les amours mortes en auront fini de mourir : Surmonter un deuil conjugal

Ainsi j'ai conclu que Sola avait perdu son mari ou sa femme. Et puis l'ouvrage suivant :

L'enterrement de mon meilleur ami : Surmonter un deuil amical

Ainsi j'ai conclu que Sola avait perdu un ami ou une amie. Et puis l'ouvrage suivant :

Toi le frère que je n'aurai (plus) jamais : Surmonter un deuil adelphique

Ainsi j'ai conclu que Sola avait perdu un frère ou une sœur.

Cela commençait à faire un nombre de deuils non négligeables, aussi j'ai conclu que, si ça se trouvait, elle n'avait perdu personne, mais qu'elle se renseignait peut-être sur l'éventail des possibilités. Et puis l'ouvrage suivant :

Fais ton deuil et tais-toi ? Le travail de deuil dans un monde trop pressé

Ce qui semblait plus généraliste et applicable en toutes circonstances. À ce moment-là, comme elle avait retiré beaucoup de livres des rayonnages, elle m'a vu.

Sola : [geste de surprise] Ah !

Moi : Ah, bonjour !

Sola : Valentin !?

Elle a voulu recaler les livres, mais ils sont tous tombés par terre, comme dans un film. Je suis donc venu l'aider à les ramasser.

Sola : T'es partout où on ne t'attend pas, ça commence à bien faire !

Moi : Pardon.

Elle était rouge comme la devanture de la brasserie Hamiot.

Sola : C'est samedi ! Tu devrais être dehors à folâtrer dans les champs, bordel !

Moi : Je suis venu visiter la médiathèque.

Sola : Eh bien voilà. Elle est belle, hein ?

Elle a levé le nez et moi aussi, et nous avons contemplé le plafond qui donnait tout droit sur le ciel.

Moi : Elle est très belle.

Sola : Voilà voilà. Bon. Drôle de te trouver ici ! Je fais des recherches.

Moi : Moi aussi, je fais des recherches.

J'ai montré *Le Livre noir des unités Mnémosyne*. Mais Sola a eu l'air trop distraite pour regarder le livre ; elle regardait les siens. Elle a mis *Anna Karénine* au sommet de la pile et *150 recettes sans viande* en bas, mais on voyait quand même les tranches des autres livres dans ce sandwich.

Sola : D'accord. Je dois filer, j'ai rendez-vous avec.

Je crois que la phrase était incomplète parce qu'elle a voulu inventer un rendez-vous mais a manqué d'imagination. Elle est partie avec ses livres de deuil mal camouflés. Dessus, Anna Karénine portait une robe bleue. Dessous, des steaks de tofu dépassaient. Au milieu, les couvertures étaient sombres. J'ai regardé Sola disparaître près du grand comptoir blanc.

Je me demande quel deuil était le sien dans tout ce tas. Il me semble plausible qu'elle en cache un vrai dans plusieurs faux, afin de brouiller les pistes.

Je l'ai regardée sortir de la médiathèque et s'avancer sur le promontoire, devant lequel il y avait la mer, avec dedans les éoliennes. Elle avait enfermé les livres dans un sac à dos. Elle marchait vite. Elle s'est effacée près du blockhaus.

Je suis resté là très perplexe, dans la grande médiathèque Ginette-Garcin aspergée de soleil.

NOTE RÉTROSPECTIVE

Il va sans doute vous venir à l'esprit, Monsieur ou Madame le/la professeur·e, que (1) ce n'est peut-être pas tout à fait moral de vous livrer des choses sur Sola Perré qui relèvent de l'ordre de la vie privée. Cependant, Sola Perré a donné son accord (j'expliquerai plus tard). Et (2) que cela n'a rien à voir avec le serci. Or, je pense que ça a beaucoup à voir.

J'essaierai d'expliquer au fur et à mesure pourquoi, mais je compte aussi sur vous pour comprendre, en étant attentif aux petites connexions et aux liens thématiques.

Bouchra : T'étais où, Valou ?

Moi : J'ai vu quelqu'un que je connais.

Puis on est tous, sauf Vadim qui travaillait, allés manger des frites.

Dimanche 28 septembre

Aujourd'hui nous nous sommes baignés. Tous : Vadim, Victor, Constance, Bouchra et moi et Serge Quéhen.

Normalement, je déteste l'eau. L'eau ici, en plus, est pleine d'algues et de souvenirs de Nausicaá, murènes à dents sciantes, homards pinçants, requins marteaux. Mais là je me suis baigné quand même, en hurlant de froid.

Je suis heureux (je crois). Je suis fatigué. Après, j'ai écouté Françoise Hardy toute la soirée. Je n'ai pas eu le temps de commencer *Le Livre noir des unités Mnémosyne*.

***

Malheureusement, en rentrant, j'ai eu une très mauvaise surprise, qui est que mon père est venu me rendre visite. Je savais qu'il viendrait, parce qu'il m'avait envoyé des messages à ce sujet, et j'avais répondu « non merci » mais il est venu quand même ; et en plus, de surcroît, il avait apporté dans sa voiture « M La Marâtre », comme dit Colas, qui est la nouvelle (soi-disant)

« femme » (permettez-moi de dire : « lol ») de mon père.

C'est cette « femme » à cause de qui tout est arrivé. Car malgré ce qu'il dit, comme quoi ça n'allait déjà plus avec Maman quand il a rencontré M La Marâtre, etc., c'est bien avec M La Marâtre qu'il est parti et comme par hasard elle est plus jeune, etc., enfin bref on la déteste.

M La Marâtre apportait l'autre très mauvaise surprise d'être enceinte.

Je ne les ai pas laissés entrer dans la maisonnette quand j'ai vu que M La Marâtre enceinte était là. Je me suis enfermé dans la cuisine. Heureusement, les autres n'ont rien vu (ils étaient dans leur chambre), mais Serge Quéhen a vu, parce qu'il est chargé de s'intéresser à ces choses-là.

Il a essayé de me convaincre, ce qui était gentil mais inutile. Au bout d'un moment, il a arrêté d'essayer de me convaincre et il est sorti parler à mon père et à M La Marâtre. Ensuite, Serge est re-rentré et il m'a dit que quand même, Valentin, ils avaient fait tout ce chemin pour me voir et je ne voulais même pas leur dire bonjour ?

J'ai dit que je ne voulais pas la voir *elle*. Serge Quéhen a dit que mon père lui avait dit qu'il m'avait prévenu par message qu'elle serait là. J'ai dit à Serge de dire à mon père qu'il ne me l'avait pas dit. Serge a dit que je faisais ce que je voulais, de toute façon.

Au bout d'un moment, comme il faisait froid dehors, j'ai accepté de laisser entrer juste mon père pendant que M La Marâtre allait prendre une tisane dans un café du coin avec Serge Quéhen, et mon père et moi nous avons parlé dix minutes.

Par « Nous avons parlé », je veux dire qu'il a parlé ; moi, je n'ai rien dit en regardant le grille-pain. Mon père était reflété dans le grille-pain à côté de mon reflet. Je me disais : on se ressemble mais il a des lunettes et il est un quart plus chinois. Mon père a dit qu'il m'avait annoncé sur WhatsApp que M La Marâtre était enceinte mais que je n'avais pas répondu. En effet, je n'ai pas répondu. Je me souviens vaguement avoir vu un message de ce genre, mais je n'en ai rien à faire de sa vie, de toute façon, alors je ne voyais pas pourquoi je m'en souviendrais. Il m'a dit que sa porte m'était toujours ouverte à Antibes, mais j'en ai rien à faire, d'Antibes, de toute façon.

Après il m'a donné un cadeau que M La Marâtre avait fait pour moi, car elle est potière, et c'était un soliflore, qui est un tout petit vase minuscule où on ne peut mettre qu'une seule fleur, ce qui est quand même bête comme principe car qui voudrait seulement une seule fleur unique ?

Ensuite, mon père m'a dit qu'ils allaient passer quelques jours sur la côte avant d'aller rendre visite aux parents de M la Marâtre en Normandie et que je pouvais le rappeler quand je voulais. Je ne vais évidemment pas le rappeler.

Ensuite mon père m'a dit qu'il ne fallait pas en vouloir à M La Marâtre ni au bébé, étant donné que ni l'un ni l'autre n'auraient pu empêcher la séparation qui était inéluctable, etc. – enfin, tout ce qu'il répète depuis trois ans. Mais moi j'en ai rien à faire de sa vie, donc juste : la ferme.

La ferme la ferme.

Et encore je reste poli, je pourrais dire « t… g… »

Ensuite, il a dit qu'il espérait qu'un jour je comprendrais ce qui s'est passé et je lui pardonnerais, à lui et à M La Marâtre (lol).

Là, je suis au lit et extrêmement énervé (larmes d'énervement). J'écoute Françoise Hardy pour m'aider à être moins énervé et j'écris ce journal, je sais pas pourquoi car ça n'a rien à voir avec le milieu professionnel.

Les petits trains sont maintenant partout dans mon corps, malgré toutes les stratégies de pilotage des trains mises en œuvre.

Niveau d'angoisse : 9/10.

NOTE RÉTROSPECTIVE

Après réflexion, j'ai décidé de conserver cet incident dans mon rapport : même s'il est d'ordre personnel, il a quand même quelque chose à voir avec le reste du rapport, mais le lien arrive plus tard donc il va falloir attendre.

Le soir.

Niveau d'angoisse : 7/10.

Je ne suis pas sorti de ma chambre de la soirée, mais à 21 h 43 Victor m'a apporté des crêpes qu'ils ont faites en bas, avec de la vergeoise qui est du sucre spécial du nord de la France, comme du sucre roux normal mais plus poudreux et jaune-ocre et un peu caramélisé.

Alors ça va mieux ce soir, grâce à Françoise Hardy et aux crêpes à la vergeoise.

Deuxième partie

OCTOBRE-MARS

OCTOBRE

Dimanche 5 octobre

Le site Dacobac recommande la chose suivante, dans la rubrique « Rédiger un rapport de serci de la mort qui tue » :

« ***ASTUCE ! Le tableau des compétences***
Impressionne ton correcteur de rapport de serci en présentant un tableau des compétences que tu as acquises, en expliquant par quel processus, sur quoi tu te bases pour affirmer que la compétence a été développée, et quelles sont tes ambitions futures. Exemple :

Compétence développée	Contexte du développement	Fondement de l'auto-évaluation	Projections et ambitions futures
Capacité de travail en équipe, compétences organisationnelles, compréhension d'enjeux financiers, compétences mécaniques	J'ai coordonné la traite de 108 vaches pendant une semaine en organisant l'application des trayeuses par 6 employés	Le dernier jour, le rendement laitier a été égal au rendement obtenu en moyenne par l'agriculteur	Mon objectif est d'atteindre un rendement laitier supérieur à celui obtenu en moyenne par l'agriculteur

Voir Appendice pour toute une liste de compétences professionnelles à développer ! »

Mon serci en unité Mnémosyne ne me permet pas d'appliquer des trayeuses à cent-huit vaches, mais j'ai élaboré le tableau suivant pour rendre compte de certaines compétences développées durant le mois de septembre :

Compétence développée	Contexte du développement	Fondement de l'auto-évaluation	Projections et ambitions futures
Capacité de travail en équipe	J'ai coordonné l'après-midi lecture à voix haute dans la bibliothèque (organisation des biscuits/thé, décision de qui lit quoi, acheminement des pensionnaires)	Les pensionnaires étaient très content·e·s de la nourriture et aussi des lectures	Coordonner un après-midi théâtre avec des gâteaux commandés à l'extérieur
Compétences en mécanique	J'ai appris comment déclencher la prochaine Pluie et c'est moi qui gérerai l'intensité du flux	J'ai testé la Pluie sur une petite portion de la rue (au-dessus de l'arrêt de bus) et ça a marché	Déclencher la Pluie sur toute la rue avec une intensité régulière
Compréhension des enjeux financiers	J'ai été initié au budget de l'unité Mnémosyne au département comptabilité	J'ai vu qu'il y avait énormément de rentrées d'argent du gouvernement et de quelques partenaires privés	Comprendre encore mieux d'où vient l'argent
Mobilisation du capital humain	J'ai réconforté une dame qui était triste à cause de son mari qui ne l'avait pas reconnue	La dame a arrêté de pleurer	Continuer à trouver des stratégies de réconfort

Compétences orales et de communication	J'ai parlé au téléphone avec des fournisseurs belges de meubles « vintage » et décoration ancienne de la part d'Arthur Vasseur	Les fournisseurs m'ont invité à venir avec Arthur chercher les objets la semaine prochaine	Faire preuve de professionnalisme en présence des fournisseurs

Lundi 6 octobre

Aujourd'hui, Arthur Vasseur n'était pas là car il a un gros problème, qui est une angine blanche. C'est un gros problème, puisque nous sommes censés aller demain et après-demain en camionnette en Belgique pour aller chercher les meubles et la décoration chez nos fournisseurs (pour savoir de quoi il s'agit, voir dernière rangée du tableau ci-dessus, au cas où vous aviez lu trop rapidement, ce que je comprends, car lire des tableaux est souvent ennuyeux). Magali avait l'air embêtée.

Magali : Je suis embêtée, bonhomme. Je vais pas pouvoir y aller non plus, vu que quand Arthur est pas là, faut que je gère le bureau. Je suis désolée, va falloir annuler.

Moi : Mais j'ai établi avec ces fournisseurs une relation de confiance et j'avais l'intention de faire preuve de professionnalisme à leur égard ! Si on annule maintenant, ils vont avoir une mauvaise image de nous en tant que clients potentiels à l'avenir.

Magali : [haussant les épaules] C'est la vie.

Je n'étais pas du tout satisfait de cette réponse, le fait que ce soit la vie n'excusant rien. Je suis allé parler à Sola, qui était en train de mettre des liquides dans des piqûres.

Moi : J'ai quelque chose à te demander en tant que directrice de stage chargée de mon suivi.

Sola : [me regardant à travers une seringue] OK, no stress.

Moi : La semaine dernière, Arthur m'a demandé d'appeler au téléphone des magasins d'antiquités de Bruxelles spécialisés en…

Sola : Brucelles.

Moi : Pardon ?

Sola : On dit « Brucelles », comme pucelle.

Moi : D'accord.

Sola : Pardon, je t'ai interrompu.

Moi : D'antiquités de Brucelles spécialisés en meubles et décoration vintage. Il fallait leur commander des articles précis que j'avais repérés sur leurs sites Internet référencés avec un code individuel dont j'avais analysé qu'ils iraient bien avec…

Sola : Accouche.

Moi : Dans le respect du budget élaboré par…

Sola : Et donc Arthur était censé [casant une seringue dans sa bouche] honduire la hoiture husqu'à Hrucelles, et là h'est hlus hossible. H'est ha ?

Moi : Ehactement.

Sola a rangé les seringues dans sa trousse.

Moi : Et je pense que ce serait faire preuve d'un manque de professionnalisme grave que de…

Sola : [zippant la trousse] On part demain à 8 h 30. Je passe te chercher en centre-ville. Devant Hamiot.

Ainsi nous avons établi par un accord mutuel que nous allons en Belgique demain. Nous partons deux jours. Je l'ai dit ce soir à Serge Quéhen.

Serge : Il faut l'autorisation de tes parents pour passer la nuit hors de la maisonnette. Est-ce que je peux appeler ta mère ?

Moi : Oui, bien sûr.

Cependant j'étais sûr à 90 % que Maman ne répondrait pas, étant donné son état normal qui est de ne pas répondre au téléphone. Mais je n'ai pas voulu dire à Serge qu'il était improbable qu'il lui parle.

Moi : [j'ai fait le numéro sur mon téléphone] Tiens.

Serge : [ça a fait des sonneries, puis] Allô, Monsieur Lemonnier ?...

(Je n'ai pas été étonné que ce soit Colas qui réponde.)

Serge : Ah, vous – vous êtes le grand frère ? Ah. Est-ce que votre mère ou votre père est là ?... D'accord. Est-ce vous savez quand elle rentre ? Ah. D'accord. Alors voilà, Valentin a une mission en Belgique, et il doit passer la nuit là-bas... Oui, voilà. Dans le cadre du... Oui, il est d'accord. Non non, avec son encadrante. Mais si, il est d'accord. Il me faudrait l'autorisation du responsable légal. Oui oui, il a l'air content ! Si, si. Je...

Serge m'a tendu le téléphone.

Moi : Salut, Colas.

Colas : *Salut frangin. Dis donc, ça t'arracherait la face de nous donner des nouvelles de temps en temps ?*

Moi : Non.

Colas : *Le groupe WhatsApp famille, c'est pour les chiens ?*

Moi : Non.

Colas : *Tu passes ton temps à fumer, boire et te taper toutes les petites meufs du Pas-de-Calais ?*

Moi : Non.

Colas : *Alors, raconte ! Bien ou bien ?*

Moi : Bien !

Colas : *Ça fait plaisir. Alors tu pars en Belgique ?*

Moi : Oui, deux jours.

Colas : *Avec ton encadrante ?*

Moi : Oui.

Colas : *Et t'es content ?*

Moi : Oui !

Colas : *Elle est mignonne ?*

Moi : Pff.

Colas : *Quoi, « pff » ?*

Moi : Elle a trente ans voire plus.

Colas : *Ah, merde, dommage.*

Moi : J'ai le droit de partir ?

Colas : *Ben je sais pas, je suis pas ton responsable légal. Je vais essayer d'attraper Maman quand ça ira un peu mieux.*

Moi : Mieux que quoi ?

Colas : [silence] *C'est juste que là elle est pas tout à fait.*

Moi : [rien]

Colas : *Bah, tu sais.*

Moi : [rien]

Colas : *Eh oui.*

Moi : [rien]

Colas : *Mais tu sais quoi, l'autre jour on est sortis tous les trois, on est allés au théâtre, ça lui a plu et tout. Ensuite on est allés manger en terrasse, elle était toute contente.*

Moi : Ah, c'est bien.

Colas : *Y a des hauts et des bas.*

Moi : « Haut, bas, fragile. »

Colas : *Tu me repasses le Sergio ?*

J'ai repassé Serge Quéhen.

Serge : Oui, rebonsoir ! Alors... Écoutez, du moment qu'il y a un... oui oui, envoyez-moi juste une autorisation signée de sa main... En photo, oui, pas de problème. *Je soussignée, Madame Lemonnier,* etc etc. Juste pour dire, on autorise notre fils à faire une virée en Belgique ! On a conscience qu'il risque de faire une indigestion de frites ! Haha. Hein, Valentin ?

Moi : Oui.

Serge : D'accord. Au revoir, hein. Et vous inquiétez pas pour lui, il va très bien ! Hein Valentin.

Moi : Oui.

C'était vrai.

Deux heures plus tard, Serge a reçu une photo d'un mot qui disait : *Je soussignée, Delphine Lemonnier, autorise mon fils Valentin à aller deux jours en Belgique dans le cadre de son service civique [signature].* Tout ceci était écrit de l'écriture de Colas et signé en zigouigouis. J'ai conclu que Colas n'avait pas voulu la déranger pour si peu.

Ce soir avant de me mettre au lit, j'ai essayé de trouver des vêtements pour la Belgique. J'ai regardé le climat de la Belgique prévu pour les deux prochains jours. Il va faire : gris. Avec : petit risque de pluie. J'ai fait un sac suffisant pour une nuit avec un changement de tenue. Là, je vais me coucher en lisant *Le Livre noir des unités Mnémosyne* : je pense que cela fournira de l'énergie à la conversation dans la voiture.

Je voudrais aussi trouver un moyen de commencer cette Biographie de Carrière afin de ne pas prendre de retard sur l'avancée de mes projets.

Mardi 7 octobre

Nous sommes en Belgique, où nous avons eu une journée que je pense pouvoir dire : inoubliable (sauf cas de démence plus tard dans la vie).

Quand Sola est arrivée ce matin pour me récupérer près d'Hamiot, j'ai été surpris de voir qu'elle était au volant de la camionnette bleue qui est normalement dans la rue Georges-Perec. Cette camionnette ressemble à une grosse chenille. Cette camionnette a comme un sourire et de gros yeux.

Moi : Je ne savais pas que cette camionnette roulait encore !

Sola : [rires] *Camionnette* ! Mon pauvre ami ! Un authentique combi Volkswagen !

Moi : Je ne sais pas ce que ça veut dire.

Sola : Grimpe.

J'ai grimpé. Sola a démarré et on a commencé à avancer dans les rues où on était très regardés par les passants. L'authentique combi Volkswagen crisse de partout. Les portières claquent de manière pas douce, les ceintures coupent un peu les gorges, et tout vibre et ronflote.

Moi : Elle n'est pas électrique.

Sola : Non, ça risque pas.

Moi : Alors nous sommes dans l'illégalité.

Sola : Y a une autorisation spéciale pour les voitures anciennes.

NOTE RÉTROSPECTIVE

J'ai vérifié, et c'est techniquement vrai qu'il y a une autorisation spéciale pour les voitures anciennes de collection d'être encore à essence, mais ils précisent : « Toutefois, l'usage professionnel en est interdit, sauf véhicules de tourisme. » Ainsi nous étions en effet dans l'illégalité.

Sola entretient avec tout ce qui est légal, légitime et licite un rapport un peu fluctuant.

Sola fumait une vraie cigarette qu'elle écrasait dans un cendrier qui était près du volant. Normalement, c'est une situation pas tranquillisante pour moi ; cependant, j'allais bien.

Moi : C'est la première fois que je vais dans un endroit qui n'est pas la France.

Sola : Mais non ?

Moi : Si.

Sola : Tu vas être grave dépaysé.

Moi : Ah bon ?

Sola : La Belgique, c'est un autre monde. Tu parles belge un peu, ou pas ?

Moi : Non.

Sola : Aïe aïe aïe.

Moi : Mais ils parlent français... Le Monsieur au téléphone à qui j'ai parlé parlait français.

Sola : Ça devait être un expat. Ah là là, on n'est pas sortis de l'auberge si tu parles pas belge.

Bon, pendant qu'on traversera les montagnes, je t'apprendrai quelques mots.

Moi : Faut qu'on traverse des *montagnes* ?

Sola : Une chaîne. De volcans. Pas en activité, t'inquiète. Enfin, pas cette semaine.

Moi : Tu te moques de moi.

Sola : Jamais. Tiens, pendant qu'on est sur la route, raconte-moi quelque chose, sinon je vais m'endormir.

Moi : La somnolence au volant est l'une des causes principales de mortalité sur les routes.

Sola : Raison de plus pour me raconter des trucs intéressants, parce que je sens que ça vient.

Elle a bâillé sa fumée de cigarette, ce qui en a fait une boule grise, et s'est mise à papillonner des yeux.

Moi : Hier, j'ai lu le début du *Livre noir des unités Mnémosyne*. C'est un ouvrage qui, sans chercher à réfuter entièrement la méthode, s'interroge sur le mode de fonctionnement des unités de ce type, surtout au niveau managérial, et pose des questions fondamentales et potentiellement un peu inconfortables quant à leur financement.

Sola : Valentin ?

Moi : Oui ?

Sola : Ta mémoire des mots est assez hors du commun, non ?

Moi : Je sais pas.

Sola a écrasé sa cigarette dans le cendrier, car cette voiture en était équipée.

Sola : Tu as une mémoire photographique ?

Moi : Je sais pas ce que ça veut dire.

Sola : Quand tu vois un truc, tu t'en souviens comme si tu l'avais devant les yeux, comme une photo ?

Moi : Je sais pas.

Sola : Il ressemble à quoi, le café Georges Pompidou ?

Moi : Le sol est carrelé blanc et noir, il y a des chaises en bois noir avec du rotin blanc et des tables en fer forgé noires, des nappes en papier rouges, à l'intérieur six miroirs et trois affiches, à l'extérieur un store déroulant vert foncé avec une écriture blanche qui dit *Au Pompidou*, et une ardoise qui change toutes les semaines...

Sola : En ce moment, elle dit quoi ?

Moi : Menu à 120 francs, fromage de tête, blanquette de veau aux morilles, crème brûlée...

Sola : Elle est toute noire, ou un peu rayée, l'ardoise ?

Moi : Pas mal rayée au niveau du plat du jour.

Sola : D'accord. C'est bon, j'ai ma réponse. Et donc, le *Livre noir* ?

Moi : Ils défendent la thèse selon laquelle les unités Mnémosyne, bien que n'étant pas activement nuisibles au bien-être ou à la santé des patients, représentent pour le contribuable un investissement impossible à amortir, dans la mesure où...

Sola : Valentin ?

Moi : Oui ?

Sola : Le livre, il dit quoi avec des mots que t'utiliserais normalement ?

Moi : Il dit rien avec des mots que j'utiliserais normalement.

Sola : Mais si tu essayais de prendre ses mots et de les traduire dans ta langue, ça ferait quoi ?

Moi : Je sais pas.

Sola : Essaie.

Moi : [rien]

L'authentique combi Volkswagen filait sur des routes qui étaient un peu vides. C'était étrange d'être dans le vrai dehors avec Sola, plutôt que dans le dehors de la rue Georges-Perec. C'était un dehors plus terne, moins bien lavé, et avec de l'odeur, et le ciel plus haut.

Sola : T'en as pensé quoi, du livre ?

Moi : [je n'ai rien dit]

Sola faisait de grands gestes en conduisant, probablement parce qu'il n'y a pas la direction assistée dans ces voitures anciennes, et on aurait dit que c'était un grand bateau à voile qu'elle pilotait avec un gouvernail.

Sola : [soupir] Désolée, je voulais pas te stresser.

Moi : Je suis pas stressé.

C'était vrai. J'avais une angoisse de : 3/10.

Sola : Raconte-moi comment ça se passe avec tes colocs de serci.

Moi : Bien.

Sola : Y a qui ?

Moi : Y a Vadim qui est sympa, qui travaille à la médiathèque où on s'est vus l'autre jour.

J'ai vu que les doigts de Sola blanchissaient sur le volant.

Moi : Y a Bouchra qui est sympa, qui travaille à la piscine municipale. Y a Constance qui est sympa aussi, qui travaille dans une école primaire. Et y a Victor, qui travaille dans un centre de réinsertion pour jeunes délinquants.

Sola : Il est pas sympa ?

Moi : Il est moins sympa. Et y a Serge Quéhen, mais lui c'est notre tuteur.

Sola : Il est cool, Serge, je le connais bien.

À chaque fois qu'elle passait les vitesses, l'authentique combi Volkswagen faisait comme ça : <clac< , et puis >> *vroum*.

Je me suis demandé si Sola connaissait bien Serge au point d'envisager une relation, car ni l'un ni l'autre n'a l'air d'être marié.

Moi : Il a pas l'air d'être marié.

Sola : Ce sont des choses qui arrivent.

Je l'ai regardée en coin, elle regardait aussi en coin, mais pas moi (une Twingo verte qui lui cédait le passage avec un petit coucou de la main). Sola portait des boucles d'oreilles avec des coquilles de bois qui faisaient un peu des maracas. Comme il y avait une sorte de chapelet en perles de bois suspendu au rétroviseur, ça faisait *crssh crssh* pareil.

Moi : Toi, t'es pas mariée ?

Sola : Hmm ?

Elle a fait un coucou-merci à la Twingo verte et elle est passée. Elle m'a semblé vouloir abandonner le sujet, mais moi je voulais plutôt l'inverse.

Moi : T'es pas mariée ?

Sola : Nhh-nhh.

Moi : Mais on n'est pas obligés d'être marié, au jour d'aujourd'hui.

Sola : Tu peux essayer de voir si tu captes la radio ?

Elle a désigné une machine au milieu du tableau de bord.

Moi : Je sais pas comment on fait avec les trucs qui tournent.

Sola : Ah oui.

Elle a tripoté et ça a fait *uoouuuiooooouip* jusqu'à ce que ça capte *Nos-tal-giiiie la légende*.

Moi : T'as un petit ami, voire même une petite amie ? Parce qu'à notre époque ça peut être l'un ou l'autre.

Sola : [rigolant] Non.

Moi : C'est pas obligé.

Sola : [chantant avec la radio en yaourt] *Bang bang,* [yaourt] *Bang bang,* [yaourt] *Bang bang* [yaourt] *my baby* [yaourt]

NOTE RÉTROSPECTIVE

C'était Nancy Sinatra, au cas où vous n'auriez pas deviné.

Moi : Est-ce que tu as déjà eu un ou une...

Sola : [m'interrompant] Bon écoute, Valentin, je ne suis pas quelqu'un de très secret en général, et je t'aime bien, alors fais-moi confiance : si je ne te raconte rien, c'est qu'il n'y a plus rien à raconter.

Moi : D'accord.

Sola : *Bang bang*... tidoumtidoum *bang bang*... Alors... Toutes directions, Lille. Hop [clignotant. Tic tac tic tac]. Tu me laisses passer ? Elle me laisse passer. Merci, M'dame.

J'ai remarqué que Sola, quand elle veut éviter un sujet, l'évite en parlant de ce qu'elle voit autour, ce qui est une stratégie courante.

Moi : Je t'ai vue avec les livres de deuil, c'est pour ça que je m'inquiétais pour ton bien-être.

Sola : Hmm ?

Moi : À la médiathèque Ginette-Garcin.

Sola : Ah oui. C'étaient des recherches pour quelqu'un d'autre, mais c'est chou de ta part.

Moi : Pour qui ?

Je n'étais pas sûr qu'elle soit sincère, comme quand les gens demandent un conseil pour un ami ; et c'est en réalité pour eux, cependant ils masquent ce besoin sous un mensonge.

Sola : Tu peux regarder dans la boîte à gants ? Il doit y avoir une vieille carte Michelin, tu me dis quelle sortie serait la plus rapide une fois qu'on est à Lille ?

Moi : Je sais pas lire les cartes.

Sola : Rhâ, ta génération.

Moi : C'était pour qui d'autre, tes recherches ?

NOTE RÉTROSPECTIVE

J'en reviens pas à quel point j'étais un bourrin. Mais enfin, rétrospectivement, ce n'est pas forcément une mauvaise chose.

Sola : Si je te réponds, on peut passer à autre chose ?

Moi : Oui.

Sola : [silence] [a regardé dans le rétroviseur]

Sola : J'avais un amoureux pendant trois ans et un jour il est mort. C'était il y a trois ans. Donc tu vois, ça fait longtemps et c'est derrière nous tout ça. D'accord ?

Moi : D'accord.

Sola : Valentin, là, je te parle sérieusement ; personne, je dis bien *personne*, n'est au courant de cette histoire au travail, alors tu fermes ta boîte à camembert, OK ?

Moi : Ma *quoi* ?

Sola : Ta BOUCHE !

Moi : D'accord.

Sola : [silence]

Moi : [silence]

Moi : Ma boîte à maroilles, plutôt.

Sola a ri.

J'ai observé le silence mais j'avais un peu plus d'angoisse que tout à l'heure (5/10) pour diverses raisons ; d'abord le fait que j'étais triste que Sola ait eu un « amoureux » (je trouve ce mot niais, on dirait que c'était un amoureux de maternelle) qui soit mort, et surtout qu'elle ne s'en soit pas remise au bout de trois ans, puisque malgré ce qu'elle disait, quand on emprunte des livres de deuil ça veut dire que tout n'est pas « derrière nous » ; et trois ans ça commence à faire beaucoup, on a d'autres choses à faire dans la vie.

En plus j'étais angoissé parce que j'avais répondu « D'accord » et je savais que ce n'était pas la bonne réponse, sauf que je n'avais pas eu le réflexe de dire « Je suis vraiment désolé, je suis de tout cœur avec toi, mes pensées t'accompagnent et je te garderai dans mes prières », etc., qui sont des phrases qui font mieux quand on annonce un mort. Et là c'était trop tard pour dire tout ça, ça aurait sonné bizarre sur l'autoroute.

On est restés silencieux. Enfin, Sola chantait avec Nostalgie, mais elle chantait de la manière dont on chante quand on est silencieux à l'intérieur.

Sola : Bon, on va s'arrêter à Lille prendre un petit brunch.

Je n'avais jamais vu Lille ni pris un petit brunch. Nous nous sommes garés dans un parking souterrain où nous avons à nouveau attiré les regards.

Homme avec un chien : Salut les hippies !

Femme avec un enfant avec un tricycle : Regarde, c'était comme ça les voitures dans l'ancien temps.

Généralement, les regards étaient tractés par des sourires. Même à l'extérieur des unités Mnémosyne, il semble que les gens aiment les années 1960-1970 comme du bon pain.

Nous sommes montés à la surface et avons atteint une grande place pavée. C'est une ville historique et belle, quoique pas du même genre d'histoire ni de beauté qu'Albi. C'est moins orangé comme couleur de pierre et de ciel.

On s'est mis en terrasse pour que Sola puisse fumer. Le petit brunch était composé de pain avec de l'avocat en purée dessus et des œufs pochés.

Sola : Pff, c'est partout pareil.

Mais moi, je n'avais jamais vu ça nulle part. C'était bon en goût, l'avocat et l'œuf, doux comme de la nourriture pour bébé mais avec des petits flocons de piment dessus pour donner un peu d'adulte. Sola a bu un grand café et moi un verre de jus d'orange. On n'a pas beaucoup parlé, mais ce n'était pas dérangeant. Elle avait mis ses lunettes de soleil alors qu'il y avait peu ou pas de soleil. Dans ce peu de soleil, j'ai vu que ses cheveux ont des reflets rouges dans le noir. J'ai vu qu'elle a le long du nez des taches de rousseur typiques des gens de trente ans et plus, c'est-à-dire un peu étalées et pas très précises.

Un homme est parti de la table à côté en laissant derrière *La Voix du Nord*, qui est comme *Le Tarn Libre* mais pour le nord. Sola l'a attrapé pour le lire et elle a disparu derrière.

Je voyais les doigts de Sola avec des ongles rongés et la cigarette qui dépassaient. La Une disait « Pas de centrales, pas d'aides sociales ? » et un encadré disait « Roubaix : Il gagne 14 millions d'euros à l'EuroMillions » et un autre disait « Insolite : Dunkerque : Quinze ans après avoir perdu sa bague de fiançailles sur la plage, elle la retrouve dans une morue » et je voyais aussi la météo de la région sur la dernière page qui disait : « Pluie/ nuages ».

Sola : Ah mais parfait, Madame notre Présidente vient raconter à Saint-Omer que le nucléaire est au service du peuple !

Moi : [je n'avais pas d'opinion]

Sola : On vit une époque bizarre. On n'a jamais eu autant de financements publics, et on n'a jamais autant nucléarisé pour.

Moi : Ah bon.

Sola : Ils disent ça, dans ton livre noir ? Que tout l'argent qu'on pompe pour les vieux, les bébés et les malades, il vient directement de l'uranium ? Ah, je te jure, c'est un *mindfuck* pas possible d'avoir un gouvernement de gauche qui fait des politiques de gauche mais en utilisant de l'argent de droite.

Je n'ai pas continué à écouter car la politique a sur moi un effet soporifique, mais surtout parce que mon attention avait été attirée par un autre encadré sur le dos du journal sous la météo, qui disait :

« AMBLETEUSE : Armand Bailly est (encore !) le meilleur sosie de Claude François »

Avec dessous une photo d'un homme qui ressemblait un peu à Claude François et tenait un trophée en forme de tête de Claude François, près d'une grande photo de Claude François.

Sur RapportdeSerciSansSouci.fr, ils disent de contextualiser certains des termes utilisés afin de montrer aux professeurs que nous avons effectué des recherches supplémentaires, alors je contextualise Claude François :

Claude François est un chanteur des années 1960-1970, qui apparaît souvent dans *Salut les copains*. J'ai écouté beaucoup de chansons de Claude François par la faute de mon travail. Parmi ces chansons, on peut mentionner *Comme d'habitude* et *Le lundi au soleil* ainsi que *Alexandrie, Alexandra* qui sont des chansons devenues culte, et ont donné lieu à de nombreuses reprises. Claude François est célèbre pour ses Claudettes et sa mort (électrocution). On surnommait Claude François : Cloclo.

Donc bref, cet Armand Bailly avait gagné ce concours. J'ai plissé les yeux pour mieux voir pendant que Sola parlait du nucléaire, et j'ai lu le reste de l'article qui était tout petit (je le colle ici vu que je l'ai récupéré ensuite en le découpant avec mes doigts) :

Plus de trente Cloclo étaient en lice cette année pour le grand concours de sosies organisé à Ambleteuse en marge du festival Opale en Chansons. Armand Bailly, de Wimille, déjà lauréat l'année dernière et sosie professionnel de Claude François, a ravi la foule avec une reprise du *Téléphone pleure*. Son impresario, Rico Quasi, déclare que l'agenda de la star est désormais clos pour l'année à venir. Son catalogue propose cependant de nombreux autres sosies, d'Édith Piaf à Booba, pour égayer mariages et soirées.

Moi : Sola, j'ai trouvé une solution.

Sola : Pour nous débarrasser de tous les déchets nucléaires ?

Moi : Non, pour Françoise Hardy.

Sola : Ouh là. Encore plus toxique.

Moi : Je n'aime pas que tu te moques de Françoise Hardy.

Sola : Pardon.

Moi : J'ai une solution à notre problème actuel avec Françoise Hardy. On va trouver un sosie.

Ce plan s'était élaboré dans mon esprit très rapidement. J'ai expliqué ce plan à Sola. On allait contacter Monsieur Rico Quasi afin de savoir si, sur sa liste de clients, il y avait des sosies de Françoise Hardy. Ensuite, on allait payer ce sosie avec le budget Authenticité et Reconstitution alloué à ce problème spécifique (500 euros). Ensuite, ce sosie allait venir à l'unité Mnémosyne en juillet chanter pour les pensionnaires.

Ce plan était très simple. Sola a été très séduite.

Sola : C'est une super idée.

Sola a cherché le site Internet de Monsieur Quasi sur son téléphone. C'était un site qui clignotait et n'était pas très fonctionnel sur mobile. Il y avait des liens qui s'échappaient quand on essayait de cliquer ou qui disparaissaient. Le catalogue s'est affiché une seconde ou deux, mais ensuite il a disparu. Finalement, Sola a trouvé un numéro de téléphone et a appelé.

Sola : Tiens.

Elle m'a passé le portable. Ainsi j'étais au téléphone pour parler à cet impresario.

Voix : *Oui, allô ?*

Moi : Bonjour, c'est Monsieur Quasi ?

Voix : *C'est ça, c'est moi.*

Cette voix était typique de la région, c'est-à-dire avec des « oi » et des « a » qui se penchent vers le « o ». Normalement je n'aime pas trop parler au téléphone, mais récemment j'ai eu de l'entraînement en parlant aux magasins à Bruxelles, ainsi je n'ai pas eu de panique (juste un petit picotement). De plus, cette voix était sympathique.

Moi : Bonjour, Monsieur Quasi. Je voudrais savoir si vous aviez un sosie de Françoise Hardy.

Monsieur Quasi : *Hein ?*

Moi : Si dans votre catalogue il y a une Françoise Hardy.

Monsieur Quasi : *Alors là vous me posez une colle. Un sosie de Françoise Hardy. Oh là là. Je crois pas. Je crois pas du tout. Pourquoi vous voulez ça ?*

Moi : J'ai besoin de Françoise Hardy pour des raisons médicales.

Il y a eu un silence.

Monsieur Quasi : *Ah oui, mais mes clients, c'est juste pour chanter, tout ça, on est d'accord ?*

Moi : Oui oui.

J'ai appris par la suite qu'il avait cru que je voulais un sosie de Françoise Hardy pour faire l'amour avec. C'est Sola qui m'a expliqué (pendant que je téléphonais, elle rigolait beaucoup, pas discrètement, et fumait une autre cigarette).

Moi : [j'ai expliqué la situation]

Monsieur Quasi : *Oh làlàlàlà. C'est compliqué, votre truc. Faut que ça soit cette chanson-là, en plus ? Vous avez quoi, comme budget ?*

Sola : [murmure] 400 euros.

Moi : 400 euros.

Sola : [murmure] Plus si besoin.

Moi : Plus si besoin.

Il y a eu un silence.

Monsieur Quasi : *Bon, on va trouver ça. On va trouver ça, Monsieur...*

Moi : Lemonnier.

Monsieur Quasi : *Monsieur Lemonnier. Je regarde ce que je peux faire et je vous rappelle, hein ?*

Moi : D'accord, merci.

Monsieur Quasi : *Tendez, je note. Françoise Hardy. Et la chanson. La maison où j'ai quoi ?*

Moi : Grandi.

Monsieur Quasi : *Grandi. Connais pas, celle-là.*

Moi : [j'ai chanté les premières lignes de La maison où j'ai grandi]

Quand je me tourne vers mes souvenirs
Je revois la maison où j'ai grandi

Monsieur Quasi : *Connais pas. Bon, je vous rappelle, OK ?*

Moi : Merci, au revoir !

Monsieur Quasi : *Allez, bien le bonjour !*

J'ai raccroché. Sola riait toujours par petits pouffements de fumée.

Elle m'a souri.

Sola : T'es trop.

Moi : Trop quoi ?

Sola : Rien, laisse.

Moi : D'accord.

Sola : Et tu chantes bien, dis donc.

Moi : C'était juste pour qu'il reconnaisse la chanson si jamais.

Ensuite on est repartis dans l'authentique combi Volkswagen. J'étais vraiment très heureux, parce que cette conversation avec Monsieur Quasi m'avait allégé énormément. Je n'avais pas pris conscience jusqu'alors que j'avais été alourdi par cette responsabilité, mais parfois cela arrive qu'on s'aperçoive de ces alourdissements seulement au moment de l'allègement. En fait, j'étais tellement allégé qu'on a chanté tous les deux à pleins poumons jusqu'à Bruxelles. La plupart du temps, je ne connaissais pas les paroles mais je suivais Sola et ça allait.

Pour passer en Belgique, il ne faut rien faire de spécial, juste continuer à avancer.

Au bout d'un moment, il y a eu Bruxelles. Nous avons garé l'authentique combi Volkswagen dans le parking de l'hôtel Ibis où nous allions dormir. Nous avons déposé nos affaires dans nos chambres.

Sola : Ces chambres d'hôtel pareil partout...

Mais je suis très rarement allé à l'hôtel, alors pour moi c'était intéressant. On apprend que l'hôtel est *engagé pour la protection de l'environnement*. On apprend que laisser nos serviettes par terre est un message pour dire : « Lavez-les, je me fiche des conséquences. » On apprend que laisser un morceau de papier avec des ZZzz accroché sur la poignée à l'extérieur est un message pour dire : « Chut, je me repose. » On apprend que pour notre sécurité, les fenêtres ne s'ouvrent pas.

Nous sommes allés dans le quartier des antiquaires.

Je ne peux même pas décrire les antiquaires, parce que c'est l'une des plus belles choses que j'aie vues de ma vie. Je vais essayer de décrire cependant (dans *Rédiger son rapport de service civique*, il y a écrit : « Mobilise tes compétences d'expression personnelle et de rédaction pour décrire les situations belles et drolatiques avec lesquelles tu entres en contact ! »).

Les antiquaires

Les antiquaires ne sont pas comme des magasins ordinaires, petits et bien rangés. Chaque magasin est presque un immeuble entier et complètement dérangé.

Les choses

Les choses sont partout. Les choses sont dans les couloirs, dans les escaliers, et sur, sous et dans d'autres choses. Exemple : une table avec dessus un service à thé avec dedans des poupées. Les choses ont des prix parfois accrochés sur de petites étiquettes, parfois écrits directement dessus ou dedans au marqueur effaçable. Les choses sont de toutes les époques. Parfois c'est un peu classé, exemple : au rez-de-chaussée il y a des choses de l'antiquité et du Moyen-Âge, au premier étage des choses des années 1960 à 2000, au second étage des choses du XIXe siècle. Parfois ce n'est pas classé par époque mais par type de choses, exemple : rez-de-chaussée *livres et jouets et jeux*, premier étage *ameublement*, deuxième étage *vêtements*, etc. Parfois les choses sont toutes ensemble pas du tout classées, exemple : proue de bateau en bois (sirène) avec dessous une chaise en plastique de designer contemporain sur laquelle il y a une machine à coudre Singer parfait état de fonctionnement années 1950 et une petite boîte de médailles militaires du début du vingtième siècle et à cheval sur la machine à coudre, une figurine de Buzz l'Éclair de *Toy Story*.

Je n'ai jamais vu autant de choses.

La beauté

Chaque antiquaire est comme un musée, mais sans le côté organisé pour les visites et sans but de beauté, mais c'est beau quand même, d'une beauté de perte (j'arrive pas à expliquer), car à la fois on a peur de se perdre dans ces choses qui font comme un labyrinthe, et on a peur aussi de perdre ces choses elles-mêmes, vu qu'on ne comprend pas comment quelqu'un pourrait décider d'acheter, par exemple, juste un bras de poupée dans une boîte en métal rouillée qui contient au moins une centaine de bras de poupées. Ou alors (parce qu'à la limite, un bras de poupée ce n'est pas très grave si on l'abandonne pour toujours), une bague ou un bracelet en or dans une vitrine qui contient déjà des centaines voire des milliers de choses. Et peut-être que cette bague ou ce bracelet en or ont été portés par des gens pour qui ils avaient de l'importance.

J'étais heureux d'un côté qu'on vienne acheter certaines de ces choses, et en même temps désespéré de la responsabilité impossible que c'était de sauver toutes ces choses.

Sola parlait avec les antiquaires qui avaient préparé nos paquets à l'avance pour ce qu'on avait commandé, ainsi nous avions des ballots en papier-bulle et scotch qui rendaient les choses invisibles (sauf les trois gros meubles : une chaise longue, un guéridon et un miroir, dont les contours étaient devinables).

Sola : Il nous reste 1 000 euros de budget pour d'autres choses, donc fais-toi plaisir.

Je n'avais jamais eu 1 000 euros de budget (loin de là). Sélectionner ces choses a été à la fois un plaisir et une douleur.

On se demandait à quoi certaines choses servaient et à quoi elles pourraient nous servir aujourd'hui. Par exemple il y avait des petits cyclistes en plomb qui tenaient debout (enfin, sur leurs vélos) (certains tenaient mal) et il y en avait des centaines en vrac dans un carton, certains bien peints et certains mal, certains à la peinture écaillée et certains vifs.

Moi : Je pense que quand on était petit au milieu du siècle dernier, on jouait avec ça comme avec des Playmobil, en les poussant. Donc il faut les prendre, ça rappellera plein de choses aux pensionnaires.

Sola : Mais à quoi ça leur servirait aujourd'hui, Valentin ? Tu penses qu'ils y joueraient ?

Moi : Bien sûr.

J'étais moi-même en train d'y jouer sur le bord d'une table de billard couverte de velours vert sur lequel je poussais les cyclistes comme le long d'un grand gazon doux. J'ai dit bien sûr, mais en vérité j'avais l'impression d'être revenu dans un souvenir qui est celui-ci : un jour, quand j'étais petit, Papa m'avait donné un budget de 5 euros pour acheter un cadeau de fête des Mères à Maman au marché. Je lui avais acheté un masque de Spiderman parce que j'étais sûr que ça allait lui plaire. Elle avait fait semblant que ça lui avait plu, mais maintenant que je suis adulte, enfin adolescent, je sais bien que c'était pour me faire plaisir à moi.

Ce que j'essaie de dire, c'est qu'à l'époque j'avais vraiment cru que ce cadeau allait lui plaire, alors que c'était à moi qu'il plaisait, mais je n'avais pas conscience de ce distinguo. J'ai raconté à Sola ce souvenir.

Sola : En psychologie, on appelle ça la Théorie de l'Esprit, cette capacité qu'on a, ou pas, à deviner ce qui se passe dans la tête des autres gens. C'est très compliqué pour les tout petits enfants, ça se développe lentement.

Ainsi je crois qu'en insistant pour qu'on rapporte les petits cyclistes, j'ai temporairement fait preuve d'une Théorie de l'Esprit de tout petit enfant. Je l'ai dit à Sola.

Sola : Je crois que parfois, on peut suspendre notre Théorie de l'Esprit, s'il est question de choses qui vont un peu enchanter notre existence.

Nous avons acheté d'autres choses pas forcément utiles mais un peu enchanteresses pour l'existence. Par exemple, un beau buvard dans un porte-buvard en bois en forme de balancelle.

Nous avons aussi acheté des posters et des affiches, certaines imprimées sur du métal. C'étaient souvent des pubs pour de l'alcool, maintenant on n'a plus le droit de faire ces pubs, mais à l'unité Mnémosyne on a encore le droit de décorer avec. De toute façon, c'est de l'alcool du terroir alors ça va.

Nous avons acheté des poupées. Nous avons acheté des livres de la Bibliothèque Verte et Rose et Rouge et Or, par exemple : *Fantômette contre Fantômette* ; *Bennett et ses grenouilles* ; *Le Capitaine Fracasse*. Nous avons acheté des albums pour enfants. Nous avons acheté une grande boîte à chapeau rayée et ovale (sans chapeau). Nous avons acheté des bijoux, exemple : boucles d'oreilles à clips.

Sola : C'est tellement moche que ça devient drôle, et tellement drôle que ça devient beau.

Les boucles d'oreilles à clips étaient vendues par dizaines, sens dessus dessous dans une boîte, comme des gros phasmes morts. Elles étaient souvent faites dans une espèce de plastique coloré et massif, avec des formes géométriques. Parfois elles étaient plus petites avec comme des strass.

Parfois elles étaient avec des petites formes incrustées (je sais pas comment expliquer)

NOTE RÉTROSPECTIVE
Des émaux.

et parfois elles avaient des petits visages.

Des camées.

Sola les essayait et rigolait. J'ai aussi essayé une paire bleue très belle, avec un triangle et une boule qui pend.

Sola : Oh dis donc, c'est fou ! Ça te va trop bien.

Ça pinçait les lobes. On se regardait dans un miroir rectangulaire accroché en bas d'une sorte de peinture ancienne où des dames à fanfreluches se balançaient sur une balançoire.

NOTE RÉTROSPECTIVE
Un trumeau.

J'ai pris la paire bleue (enfin, on l'a prise pour les pensionnaires) (même si les pensionnaires ne peuvent pas trop porter de boucles d'oreilles sinon ils les perdent).

Nous avons ensuite essayé des vêtements pour les acheter. Il y a deux types d'achats de vêtements à l'unité Mnémosyne :

<u>(1) Achat de vêtements à l'usage des pensionnaires</u>

Ces vêtements doivent être durables, faciles à laver, faciles à mettre et à retirer, et pas forcément *authentiquement vintage*, exemple : chemise avec des motifs à fleurs mais fabriquée aujourd'hui.

(2) Achat de vêtements pour des questions d'authenticité et d'atmosphère

Ces vêtements sont occasionnellement portés par le personnel, mais la plupart du temps ils sont juste pendus dans les chambres ou dans les espaces de vie afin d'aider à la reconstitution d'une ambiance. Ils doivent être très beaux et évoquer des choses.

Nous avons acheté très vite quelques vêtements correspondant au numéro (1). Puis nous avons passé beaucoup plus de temps à acheter les vêtements correspondant au numéro (2), car nous les essayions à chaque fois. Nous étions dans des cabines d'essayage qui étaient (pour celle de Sola) un ancien Photomaton et (pour moi) une boîte de magicien où on scie des gens en deux, posée à la verticale.

Tout était poussiéreux, ainsi nous éternuions beaucoup tout en nous changeant, mais nous riions aussi beaucoup.

NOTE RÉTROSPECTIVE

J'attire votre attention sur comment je maîtrise l'imparfait de la première personne du pluriel avec le truc du double i.

Nous avons trouvé une trouvaille : une boîte entière de collants Dim multicolores.

Sola : Waouh, c'est le truc dont Madame Hatem parle tout le temps ! Elle arrête pas de nous raconter le jour où les collants Dim multicolores sont arrivés, et tout le monde en voulait, et elle en avait des rose framboise, le style ultime – elle dit tout le temps, « Mais où j'ai bien pu les mettre ? »

Moi : Alors on est obligés de les prendre.

Évidemment, nous savions que Madame Hatem ne pourrait pas vraiment les porter (à cause des bas de contention), mais nous les avons essayés.

Nous avons acheté de nombreuses belles choses.

NOTE RÉTROSPECTIVE

Je trouve cela intéressant de voir que j'ai décrit sans décrire cette séance d'essayage. Ça a duré plus de deux heures. On sortait de nos cabines, on se regardait, on rigolait, on faisait des défilés. C'est là que j'ai essayé pour la première fois une salopette (jaune poussin, pattes d'éléphant), des santiags, et aussi une robe.

C'était une robe Courrèges, blanche, toute simple, mini et manches trois quarts. Comme vous ne me voyez pas, je me décris : je suis moyen en taille (1 m 75) et maigre, alors je suis parfait pour rentrer dans des robes Courrèges ou plus généralement des fringues de cette époque. Je l'ai essayée un peu pour rire au départ, mais Sola a été d'accord avec moi que ça m'allait très bien.

Je me suis regardé dans le trumeau et j'étais plutôt satisfait. Ce qui m'a plu, c'est ce sérieux de la robe et ce pas-sérieux d'être dedans, puisqu'on n'a pas l'habitude de voir un garçon dans une robe. Je faisais osseux dedans. Je faisais mélancolique dedans. Mes genoux ressortaient.

Cette histoire de robe, j'y reviendrai plus tard afin de ne pas mélanger les temps du récit.

Nous avons aussi acheté un lance-pierres, une petite canne à pêche, des cartes postales avec des choses écrites derrière, un cendrier en forme de racine (ou une racine en forme de cendrier), des vases en cristal taillé, un réveille-matin et un petit train électrique.

Moi : On achète plein de trucs pour enfants.

Sola : C'est vrai, mais après tout, c'est leur enfance, aux pensionnaires.

Moi : Oui, c'est vrai.

Nous étions un peu jaloux de cette enfance.

Sola : C'était une cool enfance quand même, à base de lance-pierres et de trains électriques.

Moi : Il faudra que l'on comprenne comment le brancher, et tout. (J'avais hâte.)

NOTE RÉTROSPECTIVE

Qu'est-ce que j'ai pu jouer avec ce train électrique ensuite. Pendant toute l'année. Je regrette tellement d'avoir dû le laisser aux pensionnaires. Ils arrêtaient pas de le faire dérailler, en plus.

Nous avons acheté des dominos. Nous avons acheté un kit de petit chimiste. Nous avons acheté un tricotin (c'est pour faire du tricot mais facilement, avec un objet en bois qui tourne, je n'ai pas essayé). Nous avons acheté des poupées russes avec les dirigeants de l'URSS dessus.

Je vais contextualiser en expliquant l'URSS.

L'URSS est l'Union des Républiques Socialistes Soviétiques, qui était un groupe de pays un peu comme la Russie, avec par exemple : la Russie ; la Biélorussie ; d'autres pays un peu comme la Russie. Cette Union a commencé en 1917. Cette Union était l'un des deux pôles de la guerre froide, qui a fait que les États-Unis (l'autre pôle) et l'URSS se battaient mais pas avec des tranchées, etc., mais par exemple en construisant des fusées (exemple : l'URSS avait mis en orbite une chienne, alors pour se venger les États-Unis ont envoyé un homme sur la Lune), ou des menaces nucléaires ou alors par le truchement d'autres pays (exemple : l'Afghanistan, Cuba), ou alors avec des films qui montraient, d'un côté, les États-Unis comme forts et libres, et pareil de l'autre côté pour l'URSS.

À la fin, l'URSS a perdu car le mur de Berlin qu'ils avaient construit au milieu du rideau de fer qu'ils avaient construit entre eux et les autres pays du monde a fini par être détruit des deux côtés (1989), mettant fin à un monde bipolaire (1991) et saluant l'avènement d'un autre monde, celui dominé par les États-Unis, et je n'ai pas d'information sur ce qui s'est passé ensuite.

Ce savoir est important, dans la mesure où les pensionnaires de l'unité Mnémosyne ont beaucoup vécu pendant la guerre froide, ce qui veut dire que leur monde était divisé en deux. À cause de ce monde divisé, il y avait constamment à l'époque une peur de mourir nucléairement. Cependant, les gens étaient en même temps très heureux ; c'était une période où il y avait beaucoup d'argent, de travail, et plein de nouvelles choses (exemple : toutes les choses qui sont maintenant en vrac chez les antiquaires de Bruxelles).

Grâce à cela, on a appelé cette période les Trente Glorieuses. Trente se réfère aux années 1950, 1960 et 1970. Les pensionnaires de l'unité n'appellent pas leur époque « les Trente Glorieuses », puisqu'ils ne savent pas que c'est juste trente ans que ça dure (puisqu'ils sont encore en plein dedans). Cela dit, certains se rappellent qu'on a appelé ça comme ça ensuite, donc c'est un peu différent selon chaque pensionnaire, et ce n'est pas très grave si par accident on parle des Trente Glorieuses : ceux qui ne savent pas ce que c'est ne réagissent pas, et ceux qui savent ce que c'est, pour eux ce n'est pas un spoiler, pour ainsi dire.

Sources : Wikipédia, conversations avec les employés et les pensionnaires de l'unité Mnémosyne, autres recherches.

Nous avons acheté les poupées russes pour rappeler l'URSS aux pensionnaires (mais gentiment/de manière rigolote, car ça reste un jouet).

Nous avons acheté un cochon en porcelaine pour Monsieur Fertain. Je suis très content de l'avoir trouvé. Il a un bon sourire de bon copain.

Moi : Je vais le mettre en papier cadeau et le lui donner, il sera très content.

Nous avons chargé ces choses, bien emballées, dans l'authentique combi Volkswagen. Nous avons payé pour ces choses et la facture s'est élevée à 945,69 euros. Nous avons donc été économes par rapport au budget.

Ensuite, nous sommes rentrés à l'hôtel et je me suis immédiatement endormi – et puis réveillé vers minuit.

Et là j'ai écrit tout cela et il faut que je me rendorme, car ces insomnies, bien que très productives pour l'écriture de ce rapport de serci, ne le sont pas pour la vie professionnelle ni pour la vie sociale, or je dois faire un travail sur moi-même (exemple : méditation de pleine conscience) afin de ne pas entrer dans un cercle vicieux qui est le lot de nombreux insomniaques (source : Doctissimo).

J'ai adoré aujourd'hui.

Mercredi 8 octobre

J'ai détesté aujourd'hui.

Sola n'a pas fait preuve de professionnalisme.

Nous sommes rentrés en France. J'ai écouté Françoise Hardy toute la soirée.

NOTE RÉTROSPECTIVE

Ce qui s'est passé cette journée-là, et que je n'étais pas d'humeur à raconter, je suis d'humeur aujourd'hui à le raconter.

On s'était arrêtés dans une station-service pour prendre un café (Sola) et un chocolat (moi). J'ai trouvé que c'était un excellent contexte pour parler de la Biographie de Carrière.

Mais Sola, elle, n'a pas trouvé.

Sola : C'est chiant, ton histoire de Biographie de Carrière. Je t'enverrai mon CV si ça t'éclate vraiment. Non, raconte-moi plutôt ta vie à toi.

Moi : Je n'ai pas eu de carrière.

Sola : Ta vie ! T'as une petite amie, toi ? Ou un petit copain ?

J'ai dit que non, ni l'un ni l'autre, mais que ce n'était pas grave. Elle m'a demandé comment était ma famille, si je m'entendais bien avec eux, etc.

Au début, ça se passait bien, j'étais de bonne humeur. Et puis tout à coup c'est parti totalement en vrille.

Je reconstitue la scène un an après, donc forcément ça a dû se déformer au fil du temps, mais dans mon souvenir ça s'est passé un peu comme ça.

Moi : Mon frère Colas, il travaille dans un garage. Plutôt dans les bureaux, mais parfois il descend filer un coup de main. Et ma sœur, elle fait des études d'infirmière pour être infirmière.

Sola : Et ta mère ?

Moi : Ma mère, elle est actuellement en recherche d'emploi.

Sola : Et ton père ?

Moi : Mon père, il est professeur de chinois à Antibes.

Sola a eu l'air un peu étonnée. Comme je ne parlais jamais de mon père, je pense qu'elle s'attendait à ce que je dise qu'il était mort ou parti pour toujours.

Sola : Il est prof de chinois ? Comment ça se fait ?

Moi : Au départ il était prof d'anglais, mais quand il a déménagé à Antibes, comme il est à moitié chinois c'est plus lucratif, parce qu'il y a plein de gens qui veulent apprendre le chinois à Antibes à cause de l'industrie aéronautique en plein essor, laquelle entretient avec certains partenaires chinois une relation de collaboration, bien que néanmoins un peu méfiante.

(Je sais que j'ai dit très précisément ça, parce que c'était la réponse que je donnais à quiconque m'interrogeait sur le sujet à l'époque.)

Sola : Et toi, tu parles chinois ?

Moi : Non.

Sola : Et tu vas souvent à Antibes ?

Moi : Non.

Sola : Pourquoi ?

Moi : [rien]

Sola : Pourquoi il est à Antibes, ton père ?

Moi : Parce qu'il y a plein de gens qui veulent apprendre le chinois à Antibes, à cause de l'industrie aéronautique en plein essor.

Sola a levé les yeux au plafond.

Sola : Mais tu m'as dit tout à l'heure que c'est une fois arrivé à Antibes qu'il était devenu prof de chinois à cause de la demande, pas l'inverse.

Moi : [rien]

Sola : Il est remarié ?

J'ai fait un bruit de bouche pour exprimer de grosses réserves sur la question.

Moi : Soi-disant.

Sola : Soi-disant ?

Moi : On n'est pas venus au mariage.

Sola : Il vous a pas invités ?

Moi : Si, mais on n'est pas venus.

Sola : Pourquoi ?

Moi : Parce que c'est une femme horrible.

Sola : Pourquoi horrible ?

Moi : [en boucle] C'est une femme horrible, elle est potière, elle est horrible.

Sola : [rigolant encore, à ce stade] Mais pourquoi horrible ?

Moi : Juste horrible, c'est tout !

C'était difficile pour moi à ce moment-là, je me souviens, de mettre des mots sur l'horreur de M la Marâtre. Elle faisait sortir tous les trains à la fois. Elle me mettait dans les veines une volée d'épingles. Et pourtant il était impossible de préciser exactement pourquoi. J'avais conscience que potière n'est pas une justification raisonnable.

Ça, c'était le début. Ensuite, j'ai des images du genre : Sola mangeant très lentement ses spéculoos en buvant son café. Ses sourcils se fronçant.

Sola : [d'un ton de plus en plus lent] Qu'est-ce qu'elle a fait de si horrible ?

Moi : Si tu trouves pas ça horrible de casser une famille avec trois enfants, j'ai pas à t'expliquer ce qui est horrible.

Sola : Je vois. Donc elle n'est pas horrible du tout : elle a juste le tort d'être tombée amoureuse de ton papa, et vice-versa.

Là, c'est comme si ma mémoire avait pris un gros couteau à beurre pour tartiner tout le souvenir en noir. Je revois la station-service noire noire noire, alors qu'il devait être à peine dix heures du matin. Il me semble que j'ai dit des gros mots que je ne dirais pas d'habitude, qui clairement visaient M La Marâtre (dont le vrai nom est Mélissa).

J'ai dit des choses comme : n'importe quelle femme de dix ans et dix kilos de moins peut mettre un homme dans son lit. J'ai dit des choses comme : c'est une p. (au moins trois mots commençant par p) et j'ai dit que mon père était lâche, faible, traître et avait trahi ses engagements.

Sola : Je vois. Et ton père, il en dit quoi ?

Moi : Il fait son gros mytho, en mode « ça allait déjà trop mal avec ma mère quand il a rencontré cette femme » (horrible), etc.

Sola : D'accord. Donc, je reprends le diagnostic : elle n'est pas horrible du tout, et lui non plus, c'est juste des gens qui sont tombés amoureux alors que tes parents ne s'entendaient plus, et qu'ils allaient soit se séparer, soit mener une existence abominablement longue et aride l'un à côté de l'autre pour toujours en s'en voulant terriblement de ne pas avoir le courage de tout terminer.

(Il est possible que j'aie rétrospectivement ajouté des trucs dans la réplique au-dessus, c'est parce que j'ai pas mal réfléchi à ça depuis un an, et puis de toute façon la mémoire joue toujours des tours pour ce genre de conversations dramatiques.)

Moi : Ils sont pas tombés amoureux ! (J'ai répété ça plein de fois.)

Sola : Ils sont ensemble depuis plus de trois ans. Ça fait longtemps, tu trouves pas, quand on n'est pas amoureux ?

Moi : C'est parce qu'elle l'a coincé en ayant un bébé avec !

(Là je braillais, j'ai le souvenir d'un client qui me dévisageait à la machine à café.)

Sola : Ah, il y a un bébé dans l'histoire ?

Il me semble que j'ai alors raconté en détail l'incident de mon père se ramenant à Boulogne avec la femme enceinte et le soliflore, et moi refusant de leur ouvrir. C'est là, je crois, que Sola s'est fissurée. Elle m'a regardé avec cette espèce de mélange de déception et de colère qui me glace la gorge quand une prof, ou Maman, l'exprime.

Sola (a pris une grande inspiration) : OK, donc elle traverse toute la France, enceinte, avec lui, pour venir te voir et t'offrir un cadeau ; ton père te répète pour la millième fois que tu es le bienvenu à Antibes chez lui ; et toi tu la laisses, elle, prendre une tisane toute seule, et lui, tu lui parles pas, et tu continues à prétendre qu'elle est horrible, que personne n'est amoureux de personne, et que tu es un pauvre bout de chou abandonné. T'as quel âge, sept ans ? Ah non, pardon, t'es presque lycéen. Excuse-moi de ne pas avoir des bouffées d'empathie.

Là, il me semble que j'ai dit à Sola des choses plus-que-laissant-entendre qu'elle était sans cœur, immorale et méchante.

Il me semble que j'ai dit un truc du genre : « Je vois pas ce que tu comprendrais vu que tu n'as pas d'enfants toi-même » (ce qui est un argument vraiment très intelligent)

« ni de mari. » (J'étais clairement champion du monde de Théorie de l'Esprit.)

Tout le long, Sola gardait un calme assez terrifiant et mangeait ses spéculoos incroyablement lentement. Au bout d'un moment, elle a dit :

Sola : Je crois que tu es un sale petit con.

Comme j'étais muet de stupeur (j'aime bien l'expression *muet de stupeur*), elle a dit :

Sola : Mais c'est pas ta faute. Allez, on y va.

Elle avait mangé son dernier spéculoos, alors on est partis. C'était une crise gigantesque.

Quand on est rentrés, j'ai passé le reste de la journée calé dans mon lit à écouter Françoise Hardy. J'ai jeté mon soliflore contre le mur, il s'est cassé en trois morceaux.

Jeudi 9 octobre

Pas reparlé à S.P.

Vendredi 10 octobre

Toujours pas reparlé à S.P.

J'ai donné le cochon en porcelaine à Monsieur Fertain. D'abord il a fallu le déballer pour lui, parce qu'il a perdu ses capacités de motricité fine.

Moi : Regardez ça, Monsieur Fertain ! Un nouveau cochon en porcelaine !

Monsieur Fertain n'a pas répondu.

Moi : Tenez.

Monsieur Fertain a pris le cochon et a directement commencé à l'essuyer.

Moi : Il vous plaît ?

Monsieur Fertain n'a pas répondu.

Moi : Je suis allé vous le chercher parmi mille choses tout au fond de la Belgique !

Monsieur Fertain a fini de l'essuyer et l'a mis près des autres.

Moi : Il a l'air sympa, vous trouvez pas ?

Monsieur Fertain : [marmonnant] C'est ma sœur qui me l'a offert.

Moi : Ah ben non, c'est moi.

Monsieur Fertain : Ma sœur me l'a offert !

Moi : Mais non, je viens de vous l'offrir, je l'ai choisi moi-même, emballé moi-même et déballé moi-même, votre sœur a rien eu à faire dans cette histoire !

Monsieur Fertain n'a pas répondu.

Je sais bien que ce n'est pas leur faute s'ils sont atteints de démence, mais c'est un peu vexant parfois.

Samedi 11 et dimanche 12 octobre

Ce samedi, il a fait un soleil inattendu, alors Serge Quéhen nous a emmenés faire une balade en barque à fond plat sur les marais de Saint-Omer.

Nous avons fait semblant d'essayer de nous pousser les uns les autres à la flotte.

J'ai eu du temps pour méditer sur les événements et les enseignements de la semaine en observant les plantes et oiseaux des marais, et les poissons qui étaient caressés sous l'eau par les algues. J'ai conclu des événements de la semaine que Sola Perré n'est pas un être fondamentalement mauvais, mais simplement quelqu'un qui fait régulièrement preuve de manque de professionnalisme et ne fait pas toujours les meilleurs choix de vie. Ma conclusion : il vaut mieux éviter de fréquenter des personnes comme cela, mais vouloir qu'elles disparaissent de la surface de la planète, comme je l'ai objectivement souhaité entre mercredi et vendredi, n'est pas une solution constructive.

J'ai donc résolu de passer la semaine prochaine à être cordial avec Sola, surtout qu'elle ne m'a pas envoyé son CV comme elle s'y était engagée.

NOTE RÉTROSPECTIVE.

Mon. Dieu.

Ce dimanche, il a fait une pluie pas inattendue, alors nous sommes restés à la maisonnette et Serge Quéhen a acheté des soles au marché. On a formé une chaîne le long du plan de travail pour les faire cuire. Il faut : les sortir du papier (Bouchra) ; les passer d'un côté, puis de l'autre, dans une assiette de farine (Vadim) ; les faire dorer dans une poêle avec du beurre et de l'huile (Serge Quéhen) ; les mettre dans une assiette avec un pschitt de citron (moi) ; ajouter une cuillère de rattes du Touquet et une cuillère de haricots verts (Victor).

La ratte du Touquet est une mignonne variété de mini- pommes de terre un peu allongées, à peu près de la taille d'un petit pouce.

Constance est végétarienne, alors elle a dit :

Constance : Je vais me faire une p'tite salade de feta salakis.

Serge nous a appris à manger les soles. Il faut d'abord retirer les petites arêtes à l'extérieur, en appuyant avec le plat du couteau : elles partent toutes seules, bien ensemble, une de chaque côté, comme deux peignes. Alors les quatre filets du milieu sont libérés et on peut les faire coulisser. Ils se détachent gentiment. L'ossement qui reste ressemble exactement aux squelettes de poisson dans les dessins animés, avec la queue.

C'était la première fois que je mangeais de la sole. J'ai adoré. La mienne avait aussi une surprise : quelque chose comme une pochette rose-grise, lisse dehors et granuleuse dedans. C'étaient des œufs de sole, tout comprimés ensemble.

Serge : Ça s'appelle de la laitance.

J'ai mangé toute cette laitance. C'était une nouvelle expérience.

Ensuite, nous avons joué à des jeux de plateau complexes (Pandemic) et puis pas complexes (Cranium) et puis marrants (Blanc Manger Coco ; je n'ai pas rigolé à tout car il y avait quelques blagues qui étaient de l'ordre d'une volonté de choquer et rien d'autre).

Demain, je retourne à l'unité Mnémosyne reposé et serein (3/10).

Lundi 13 octobre

Je suis extrêmement stressé et angoissé (8/10), car aujourd'hui j'ai vu Octavio et nous avons discuté d'une chose à laquelle je n'étais pas préparé.

Octavio : Alors, plus qu'une semaine et c'est la quille ?

Moi : Je ne sais pas ce que ça veut dire.

Octavio : Ben, les vacances !

Moi : Quelles vacances ?

Octavio a interrompu ce qu'il faisait, qui était : verser de la compote de poires dans des petits bols, et il a levé les sourcils effroyablement haut.

Octavio : Ben, les vacances de la Toussaint ! C'est ce vendredi.

Moi : Ah bon ? Mais ça ne s'applique pas à moi.

Octavio : Comment ça ?

Moi : Je suis pas à l'école.

Octavio : Mais tu as droit à des congés pendant ton serci, mon grand. On t'a pas dit ?

On ne m'avait pas dit.

Ensuite, j'ai déambulé dans les couloirs de l'unité Mnémosyne en passant à travers les murs sans faire assez attention, car j'étais chamboulé et perplexe. J'ai fini par trouver Marianne Kasprovitch (je ne voulais pas parler à S.P.) et elle m'a expliqué que oui bien sûr, j'avais des congés qui sont spécialement mis en place pour tous les stagiaires de serci, afin de les laisser souffler :

Toussaint (fin octobre-début novembre : 1 semaine)

Noël (fin décembre-mi-janvier : 2 semaines)

Hiver (mars : 1 semaine)

Printemps (mi-mai-fin mai : 2 semaines)

Été (début juillet-fin août : 8 semaines)

Ce soir, j'ai regardé dans tous mes livres de service civique et j'ai vu que c'était vrai. Je n'avais pas du tout vu cela avant, étant donné que nous avons tous des points aveugles et une mémoire sélective.

Je suis extrêmement angoissé, parce que je ne sais pas si je vais pouvoir tenir deux semaines sans aller à l'unité Mnémosyne, qui est l'endroit où je suis le plus tranquille au monde.

Je n'ai absolument pas besoin de souffler. Bien au contraire, je souffle très bien ici et pas parfaitement ailleurs.

Mardi 14 octobre

J'ai eu une conversation avec Marianne Kasprovitch.

Moi : Je peux sauter les vacances de la Toussaint et continuer à travailler ici ?

Marianne Kasprovitch : Valentin, tu es vraiment un élément positif et j'apprécie énormément ta force de travail et ta motivation à la fois intrinsèque et extrinsèque.

Moi : Alors je peux rester travailler ?

Marianne Kasprovitch : Non !

Moi : Mais pourquoi ?

Marianne Kasprovitch : Parce que tu es en serci, on peut pas t'exploiter toute l'année !

Elle agitait de tous côtés, par incompréhension, ses boucles blondes.

Moi : Mais je veux bien être exploité.

Marianne Kasprovitch : C'est non, Valentin.

J'ai eu une conversation avec Serge Quéhen.

Moi : Je peux rester dans la maisonnette pendant les vacances ?

Serge : Ah ben non, parce que moi je pars, et puis de toute façon, on n'a pas d'assurance pour que tu restes tout seul, et puis de toute façon, t'es pas content de retrouver ta famille et de te reposer un peu ?

Moi : Si.

C'est vrai que je suis content de revoir ma famille, mais le degré de content que je suis de la revoir est loin d'être aussi grand que le degré de désemparé que je suis d'être obligé de partir, ainsi cela ne s'équilibre pas de manière harmonieuse.

J'ai eu une conversation avec Octavio.

Moi : Je pourrais m'installer à l'unité Mnémosyne pendant les vacances, au cas où ?

Octavio : [rires] Ça va pas ou quoi ?

Moi : Mais je dérange pas beaucoup.

Octavio : Valentin, tu dois retourner chez toi.

Moi : C'est ici chez moi.

Octavio : [a levé les yeux au ciel] C'est un lieu de travail, ici, c'est pas fait pour vivre.

Moi : Les pensionnaires y vivent.

Octavio : Allez, arrête de faire ton bébé.

Ce soir, il semblerait que j'ai épuisé toutes les options. Niveau d'angoisse : 7/10.

Mercredi 15 octobre

Aujourd'hui j'ai réservé mes trains pour revenir à Albi. J'essaie de ne pas penser à ce retour à Albi, qui n'est pas du tout favorable à ma tranquillité d'esprit.

Jeudi 16 octobre

Je me promène dans toute l'unité en me disant que c'est mon avant-dernier jour et je suis extrêmement mélancolique.

Vendredi 17 octobre

J'ai dit au revoir à tous les pensionnaires et employés. J'étais tellement triste qu'Octavio est venu me voir.

Octavio : Mais enfin, arrête avec cette tête d'enterrement, tu vas paniquer les pensionnaires ! Ils vont croire qu'on leur cache que le Japon a envahi la Mandchourie ou un truc du genre.

Il m'a rapidement serré dans ses bras.

Pas reparlé à S.P. ni dit au revoir. Je suis très désespéré de ne pas avoir pris le temps cette semaine de me réconcilier avec elle. Il faut dire que je n'avais pas compris qu'il nous restait si peu de temps avant que tout soit terminé.

Et elle ne m'a pas envoyé son CV, alors je ne peux pas avancer dans la Biographie de Carrière.

Samedi 18 octobre

Je suis rentré à Albi. J'ai retrouvé Colas, Élise et Maman.

Je ne vais plus écrire ce journal pendant une semaine : ça ne sert à rien vu que je ne fais rien.

NOTE RÉTROSPECTIVE

Alors laissons-moi écouter Françoise Hardy et manger de la purée Mousline et des Babybel pendant une semaine.

NOVEMBRE

Samedi 1er novembre

Trop heureux : je suis enfin de retour à Boulogne. Et à l'unité lundi. Pendant toutes les vacances, où j'étais emprisonné dehors, j'ai pensé à notre ville (je veux dire l'unité Mnémosyne) et aux pensionnaires et au personnel. Je peux enfin souffler, comme ils disent (mais le contraire).

Je suis le premier des stagiaires à être de retour à la maisonnette. J'étais content de revoir Serge Quéhen et son pull en laine qui sent la cigarette. On s'est serrés dans les bras et puis on a mangé des barquettes de lasagne ricotta-épinards en regardant un documentaire sur les mammifères marins. Serge était heureux de me voir mais malheureux du reste de sa vie.

Serge : Pff, j'ai encore rencontré une petite nana épatante qui m'a dit, après deux trois rendez-vous, que finalement, j'étais gentil, mais c'était pas assez de feu d'artifice, ou je ne sais quoi.

Moi : Tu es tuteur de serci et non pyrotechnicien.

Serge : Voilà ! J'aurais dû lui dire ça.

Moi : Un jour tu rencontreras la bonne personne, et alors ce sera comme une évidence.

C'est ce qu'on dit à ceux qui sont seuls quand tout le monde autour est en couple.

Serge : Mouais ! J'attends de voir. Et toi, alors ? Pas de coup de foudre à Albi ?

Moi : Je préfère me concentrer sur mon travail, cette année.

Serge : [prenant un ton précautionneux] Et tu as revu ton papa ?

Moi : Non, pas spécialement.

Serge : Parce que depuis, tu sais, l'incident avec sa femme, je me demandais si tu l'avais revu.

Moi : Non, pas spécialement.

Serge : Parce que je ne veux pas te dire quoi faire, etc., mais tu sais, il y a des gens qui aimeraient bien que leur père traverse toute la France pour aller leur rendre visite.

Moi : [je n'ai rien répondu]

Serge : Moi, mon père, il aurait même pas fait le trajet depuis Hazebrouck.

Moi : [je n'ai rien répondu]

Serge faisait semblant d'être léger sur le sujet mais ses gestes en raclant le fond de sa barquette trahissaient sa nervosité.

Serge : Elle est pas si naze que ça, sa meuf, tu sais ! Quand j'ai pris un café avec elle, je l'ai trouvée très gentille.

Je n'ai pas répondu, parce que je me concentrais sur les mammifères marins. C'est intéressant de voir que les tuteurs de serci (exemple : Serge Quéhen) pensent qu'ils ont un devoir de soutien psychologique des stagiaires, et donc on arrive à des conversations comme ça, qui font partie de leur travail mais sonnent un peu comme de l'amitié et doivent représenter un gros effort pour eux. Cela s'appelle un acte surérogatoire.

Acte surérogatoire

Un acte surérogatoire (que l'on peut définir familièrement comme l'acte de « faire un excès de zèle ») qualifie toute initiative personnelle allant au-delà des actes normalement attendus dans le cadre des fonctions de l'employé. Il implique un effort supplémentaire de la part du travailleur, non compensé par une rémunération immédiate (bien que l'accumulation d'actes surérogatoires ait été souvent identifiée comme l'un des moteurs majeurs de promotion professionnelle).

(*Bien dans sa peau au boulot*, p. 102)

Je reconnais la nature surérogatoire de beaucoup d'actes de Serge Quéhen.

À 22 h 40 j'ai envoyé un message à Octavio.

Message de moi : Je suis rentré !!!

Message d'Octavio : Alléluia ! Tu veux pas venir avec moi au cimetière demain ? C'est la Toussaint, faut fleurir les tombes des pensionnaires morts.

Message de moi : Trop bien ! Merci !

Dimanche 2 novembre

Alors, aujourd'hui, nous sommes allés au cimetière avec Octavio. On a mis des fleurs sur les tombes des pensionnaires qui étaient morts les années précédentes. Certains de nos vivants, quand ils meurent, se font enterrer chez eux dans leur ville/région natale, etc., mais d'autres sont enterrés là, dans un cimetière en banlieue de Boulogne.

C'est la Toussaint et donc, apparemment, c'est la tradition d'aller honorer ces morts. Je n'ai pas connu ces morts vivants car ils sont morts avant que j'arrive, donc j'étais moyennement triste pour eux. Cependant j'étais triste par camaraderie pour les autres de l'unité, et aussi parce qu'aller dans un cimetière (j'étais rarement allé dans des cimetières) me faisait penser à des choses qui ne sont pas propices à ma sérénité, exemple : mort.

J'ai surtout compris une pensée importante, qui est : nos vivants, à l'unité, risquent de mourir pendant mon stage. C'est le côté « fin de vie » de la description de l'unité Mnémosyne « pour patients en fin de vie ».

Moi : En général, dans notre section, il meurt des gens ?

Octavio : Ils ont une fâcheuse tendance à nous laisser tomber, oui.

Moi : Mais tous les deux, trois ans en moyenne ?

Octavio : [rires] Si seulement ! Non, plusieurs par an, plutôt.

Ainsi donc il est statistiquement plus que probable que cette année, je doive vivre des morts, et je n'aime pas du tout cette idée, étant donné qu'il est difficile de ne pas s'attacher aux pensionnaires. Je me suis dit à ce moment-là (même si je ne suis pas content de cette pensée qui indique un certain égoïsme) que je préférerais largement que certains meurent plutôt que d'autres.

J'ai fait un classement du top 5 des vivants dont je ne voudrais vraiment pas qu'ils meurent :

(1) Madame Laurel
(2) Madame Samama
(3) Madame Chauchois
(4) Monsieur Venti
(5) Monsieur Davrec

Ensuite, j'ai fait un top 5 des vivants à propos desquels je serais le moins triste qu'ils meurent (je ne vais pas l'écrire là, car cela trahit mon éthique). Ces vivants-là ont en commun de ne pas du tout parler et de ne faire que regarder dans le vide ; ainsi, je me dis que s'ils ne sont plus là, on verra moins la différence que si, par exemple, Madame Samama n'est plus là, puisqu'elle fait de nombreuses plaisanteries et elle a des éclairs de joie.

Par contre, je sais que *tous* les vivants, même ceux qui regardent dans le vide etc., ont des amis, parents, enfants qui estiment qu'il vaut mieux qu'ils soient un peu là que pas du tout, aussi je me suis senti coupable d'avoir de telles pensées.

Près d'une tombe, j'ai eu brutalement la vision de Madame Laurel morte, et j'ai eu un serrement de tout le corps. J'ai continué à débobiner cette pensée, je me suis dit, « Et si elle mourait avant que Françoise Hardy (/le sosie de) vienne chanter ? » Le serrement s'est encore serré. Cela m'a fait penser aussi que Monsieur Quasi n'avait pas encore rappelé, qu'il faudrait que je le rappelle, sauf que c'était Sola qui avait son numéro.

Tout à coup il m'était crucial de mettre tout cela en place au plus tôt, car Madame Laurel, quand je l'imaginais tandis que je marchais entre ces tombes, m'a semblé saugrenument fragile, comme les petites feuilles de monnaie-du-pape parmi les bouquets que nous déposions sur les tombes avec Octavio, et qu'une épine de rose suffisait à déchirer.

NOTE RÉTROSPECTIVE

Pendant le serci et après, j'ai lu pas mal de livres et vu pas mal de films sur la maladie d'Alzheimer et la démence, etc., et en général j'ai remarqué que ça se passe comme ça :

– Un personnage jeune rencontre un vieux monsieur ou une vieille dame qui a Alzheimer.

/ OU ALORS, c'est son grand-père ou sa grand-mère, mais ils se sont pas vus depuis longtemps.

– Au début ils s'entendent bof. Il y a des clashs générationnels, exemple : l'un écoute sa musique trop fort, l'autre parle trop de ses souvenirs de guerre, etc.

– Ensuite ils font une aventure ensemble, exemple : vivre ensemble un peu, remplir une mission, faire un road-trip, etc.

– La personne jeune apprend beaucoup de sagesse de la personne âgée.

– La personne âgée est toute joyeuse au contact de la personne jeune.

-> Les deux y trouvent donc leur compte.

– La personne âgée meurt. FIN.

– On ferme le livre ou on éteint le film les yeux pleins de larmes gentilles. On a appris que la mort d'une personne âgée, bien que triste, peut être une très jolie chose.

Je n'aime pas du tout cette formule. Je ne veux pas tout dire à l'avance de ce qui s'est passé avec Françoise Hardy, etc., afin de respecter l'évolution chronologique de ce rapport de stage, mais je tiens à vous garantir d'ores et déjà, Monsieur ou Madame le/la professeur·e qui lisez ces lignes, que Madame Laurel ne va pas mourir à la fin de l'année.

Madame Laurel va très bien, elle vous embrasse. Vous n'aurez pas les yeux pleins de larmes gentilles à la fin, et le but de ce rapport n'est pas de faire une grande leçon sur les générations qui se tiennent les coudes, ou de faire pleurer dans les chaumières, mais plutôt de montrer la manière dont j'ai développé des compétences transversales, acquis des savoirs nouveaux et démontré un esprit d'initiative congruent avec les tâches qui m'étaient allouées.

Nous avons fleuri les tombes.

Nous avions acheté des bouquets contenant des lys, des azalées, des myosotis, des roses blanches et de la monnaie-du-pape.

Lundi 3 novembre

Aujourd'hui je suis enfin retourné à l'unité.

Je me suis réveillé avant six heures du matin, avec comme une boule dorée dans le ventre. Le petit déjeuner avec le percolateur qui crachote avait l'odeur, le son, le goût, etc. d'une matinée de semaine. Le port le matin avait son odeur de d'habitude, avec des hurlements dans le ciel de d'habitude (les mouettes). La navette avait le balancement, les visages, la chaleur sous les fesses, etc., de d'habitude.

Et enfin j'ai vu l'unité, et enfin je suis entré dans la section B à nouveau et la porte a cliqué derrière moi. J'ai eu une impression très forte de « retour à la maison », que je n'ai pas quand je retourne dans ce qui est techniquement « ma maison », c'est-à-dire le petit appartement meublé à Albi.

J'ai fait le tour de « la maison », pour le dire ironiquement (l'unité), j'ai dit bonjour au personnel et aux pensionnaires, et tout le monde avait l'air content de me revoir et me faisait de petites blagues. J'avais rapporté des sachets de lavande pour tout le monde, car je sais que dans les Hauts-de-France on imagine que tout le sud de la France est un immense champ de lavande, et ça fait toujours plaisir d'en mettre dans ses placards.

Je passais par la bibliothèque quand j'ai entendu Madame Samama.

Madame Samama : Ah ! Voilà votre petit stagiaire. Attrapez-le donc par la boutonnière !

Sola était là, et elle m'a attrapée par la boutonnière, en faisant un hameçon avec son doigt qui est venu se ficher dans mon trou de bouton, une manière efficace de m'attraper, mais peu respectueuse du vêtement.

Sola : Salut, mon grand.

Je ne suis pas si grand. On s'est fait la bise. J'ai remarqué qu'elle avait son parfum habituel, qui allait avec son corps, sa voix, qui étaient aussi habituels, et que j'étais aussi content de retrouver.

J'ai embrassé les pensionnaires, qui avaient leurs choses habituelles que j'avais oubliées pendant les vacances, exemple : Madame Samama qui penche toujours sur la gauche ; Madame Chauchois avec ses lobes d'oreille tout étirés ; Madame Hatem avec les cheveux très doux ; Monsieur Venti qui a des miettes coincées dans les commissures.

Je note que ces choses sont importantes puisqu'elles m'attachent à l'unité Mnémosyne, comme si c'était toute l'unité Mnémosyne qui m'attrapait par la boutonnière.

NOTE RÉTROSPECTIVE

Je ne sais pas si d'autres personnes écrivent des choses comme ça dans leur rapport de serci, Madame/Monsieur le/la professeur·e, mais je le laisse parce que ça fait partie énormément de ce que ça veut dire, à mon avis, de travailler : être avec des gens qui ont des corps qui ont des détails qu'on connaît par cœur. Je ne vois jamais de choses à ce sujet dans les guides de travail, aussi je me demande si je suis totalement normal.

Sola finissait d'examiner une sorte de furoncle vert-noir sur le cou de Monsieur Lioret, qui avait apparemment « poussé comme un cèpe » la semaine dernière. La conclusion était : pas grave.

Après, elle s'est lavé les mains et elle m'a dit :

Sola : Tu viens, on va se prendre un café ?

Moi : D'accord.

Nous sommes sortis dans la rue Georges-Perec avec un café pour elle et un chocolat chaud pour moi et nous nous sommes assis sur le banc de l'arrêt de bus.

Nous nous sommes donné des nouvelles de nous deux. Tout va bien. La dispute a été gommée par la Toussaint.

Puis Sola a tapé dans ses mains.

Sola : Figure-toi que j'ai des nouvelles de Rico Quasi !

Moi : Ah, j'allais te demander !

Sola : Il m'a téléphoné vendredi. Il nous a trouvé trois candidates, il nous les amène à Boulogne vendredi en huit, apparemment.

Moi : C'est une excellente nouvelle.

Sola : Il m'a même envoyé des photos, regarde.

Elle a allumé son portable. J'ai vu que l'image de fond d'écran était : un oursin. Elle a ouvert son application de galerie d'images. Toutes les images étaient petites. Elle a scrollé vers le haut pour trouver les photos des peut-être Françoise Hardy.

Mais arrivée en haut, l'appli a bloqué, et un message a surgi, qui a dit en énormes lettres :

SOUVENIR ! [smiley d'horloge]

VOTRE 3 NOVEMBRE IL Y A 4 ANS [smiley de fête]

SOLA, NOUS AVONS PENSÉ QUE VOUS VOUDRIEZ REVIVRE CE MOMENT 😉

Et alors a éclos une grande photo d'elle et d'un homme, elle dans les bras de l'homme, prise en selfie, les deux souriant et au fond, la mer.

Sola a fait disparaître cette photo très vite, en enfonçant le bouton qui aspire l'appli vers le centre et ne laisse que l'écran d'accueil.

Sola : C'est putain de con, leur bordel de fonction machine à voyager dans le temps de merde, et je sais pas comment le désactiver, putain de merde.

Je n'ai rien dit, étant donné qu'il m'arrive parfois aussi d'avoir de tels agacements envers les logiciels. Et je n'ai aussi rien dit car j'avais compris que c'était l'amoureux de Sola qui était mort, et que ce n'était pas très malin de la part de l'appli de lui faire ce coup-là. Cependant, l'appli n'est pas forcément au courant, donc c'est la faute à personne.

Je n'ai pas réussi à ne pas enregistrer dans ma tête l'apparence de cet homme, qui était :

plutôt beau, avec des cheveux brun foncé un peu gris à la marge, des yeux bleu-gris et un pull bleu. Ce qui m'a frappé aussi, c'est que Sola avait l'air extrêmement heureuse, exemple : plus souriante ; plus rose ; plus ronde. (Je ne crois pas qu'il y avait un filtre sur la photo, alors l'explication est nécessairement à chercher dans la réalité.)

Sola : Ah, voilà, enfin ces photos, bordel de chiasse.

Elle avait ouvert sa boîte mail pour re-télécharger les photos du message de Rico Quasi, afin de ne pas avoir à rouvrir la galerie, qui aurait pu lui rouvrir des photos d'il y a quatre ans, par manque de tact.

Sola : Voilà. T'en penses quoi ?

J'ai regardé les photos.

J'ai été un peu désarçonné : les Françoise Hardy possibles n'étaient pas tout à fait comme dans mon imagination de Françoise Hardy, dans le sens où elles étaient très différentes de Françoise Hardy.

L'une était très enrobée, ce qui n'est pas un problème en soi car je ne suis pas grossophobe, mais Françoise Hardy est très mince, alors, sans être grossophobe, on pourrait penser qu'un sosie de Françoise Hardy ne peut pas être enrobé à tendance embonpoint.

L'autre était un peu âgée ; encore une fois ce n'est pas un problème en soi puisque toute personne vieillit (ou sinon elle meurt), mais là on cherchait vraiment une Françoise Hardy des années 1960-1970, c'est-à-dire : âgée entre 20 et 35 ans.

La troisième était plus proche de Françoise Hardy, dans la mesure où elle avait un visage régulier, des cheveux lisses et une frange, mais elle n'avait pas les mêmes pommettes, yeux, bouche etc., et donc finalement elle aurait pu être n'importe qui avec des cheveux lisses et une frange.

Je n'ai pas fait part à Sola de mon désarçonnement ; toutefois elle a dû le percevoir.

Sola : Peut-être que quand elles se mettent à chanter, elles lui ressemblent davantage.

Moi : Peut-être.

Je ne pense pas que ce sera le cas, mais il faut garder l'esprit ouvert et ne pas préjuger des choses sans les avoir au préalable expérimentées.

Jeudi 6 novembre

J'ai reçu mes évaluations de mi-trimestre de stage de serci. Je colle ci-dessous l'évaluation de Marianne Kasprovitch et ensuite celle de Sola :

Valentin Lemonnier est, d'après les rapports de mes confrères et consœurs, un excellent élément, faisant preuve d'une remarquable adaptabilité, et se distinguant par des apprentissages rapides, un esprit d'initiative hors du commun et une grande indépendance dans le recours à ses propres ressources. Il ressort de mes entretiens avec sa directrice de stage qu'il est doté d'une sensibilité particulière ; cependant, cela ne lui est pas un obstacle dans un milieu professionnel comme le nôtre, ouvert à la neurodiversité, où tous les profils sont valorisés et où nous savons tirer profit de la variété des compétences cognitives et des visions du monde hétéroclites qui souvent les accompagnent.

Pour toutes ces raisons, je me félicite de ce que l'équipe de la section B ait si bien compris le potentiel d'un sujet comme Valentin Lemonnier, et ait fait fructifier ces bénéfices avec brio.

Dr M. Kasprovitch.

Valentin s'est intégré nickel. On a parfois un peu peur qu'il ne veuille plus jamais repartir. Il a un côté tique, mais on est attachés à lui au moins autant que l'inverse. On dirait qu'il est fait pour ça. Quand je dis « ça », je ne suis pas trop sûre de savoir ce que ça veut dire. « Ça », les Trente Glorieuses, ou « ça », s'occuper de personnes âgées, ou « ça », redécorer tout une pièce avec des meubles anciens, ou « ça », vivre dans le Pas-de-Calais ? Ou autre chose encore ? Je sais pas. Enfin, il a l'air épanoui.

Bon, il nous a créé une petite embrouille, je le glisse quand même, et on attend toujours qu'il s'en sorte avec cette histoire de Madame Laurel et Françoise Hardy. La suite au prochain numéro.

Dr S. Perré.

Ainsi l'on voit que malgré deux personnalités différentes et styles d'écriture divergents, Sola Perré et Marianne Kasprovitch sont peu ou prou d'accord pour dire que je réussis mon serci jusqu'à maintenant.

Néanmoins, je ne me repose pas sur mes lauriers : je sais qu'il faut toujours persévérer dans ses efforts afin de ne pas céder à la facilité et rester sur ses acquis, mais au contraire viser toujours plus haut et avoir envers soi-même les plus grandes exigences.

Mardi 11 novembre

Aujourd'hui je tenais le bras à Monsieur Davrec qui regarde chaque détail. On était dans le square, soudain il attrape avec ses doigts en pince une petite fleur blanche et il dit :

Monsieur Davrec : Jasmin jasmin jasmin.

Il la regarde tout près. Je la regarde aussi. La fleur a les doigts écartés, au bout d'une trompette aisément détachable. Au milieu, des filins minuscules brandissent de petits paquets de pollen. Les pétales sont blancs de loin mais de près, leur peau a des veines. Monsieur Davrec, par son attitude, oblige à regarder tout cela. Le temps passe très lentement.

Compétences développées : patience, observation. Mais Monsieur Davrec ne transmet pas de sagesse ou de savoir dans cette activité, puisqu'il ne parle pas.

(À part le savoir du nom de la fleur qui est : jasmin.)

Vendredi 14 novembre

Ça y est, le grand jour est arrivé.

Aujourd'hui, enfin, je vais rencontrer les peut-être-Françoise-Hardy de juillet.

Je suis encore dans mon lit et j'ai trop de stress pour boire le lait du fond de mon bol de muesli. Niveau d'angoisse : 7/10.

Mise à jour ce soir.
C'est parti.

***

Plus tard (je suis rentré à la maisonnette.)

Je suis très déçu car aucune de ces chanteuses n'est même un peu comme Françoise Hardy. Elles ont chanté avec une voix qui n'a rien de Françoise Hardy. Même la jeune qui a la même frange ne chante pas pareil ; même pas un peu pareil.

Pourtant elles étaient habillées plus ou moins en années 1960-1970, elles chantaient la même chanson, elles faisaient même un peu les gestes, alors pourquoi ?

C'est très difficile d'expliquer pourquoi. En fait c'était encore plus nul que pas pareil, parce qu'à la limite si elles n'avaient eu rien à voir avec Françoise Hardy, elles auraient moins incroyablement raté. Je sais pas comment dire. Elles rataient de près, ce qui était pire que rater de loin.

Moi : Merci pour le temps que vous avez pris à prendre le temps de venir nous voir.

Monsieur Quasi : Alors, elles valent le détour mes minettes ?

Moi : [je n'ai pas répondu]

Sola : On vous rappellera.

Ils sont partis.

Moi : Mais je ne veux pas qu'on les rappelle.

Sola : C'était juste une manière de dire qu'on les rappellera pas.

Moi : D'accord.

Sola s'est levée. Elle portait une jupe-tulipe bleu pâle tourbillonnante aujourd'hui, qu'on a achetée ensemble en Belgique. Et des bottines rouges. Elle était pleine d'entrain.

Sola : Écoute, il va falloir trouver une autre solution, élargir notre champ de recherches. Il doit bien y avoir des sosies officiels de Françoise Hardy quelque part en France ou ailleurs. J'y réfléchirai. Arrête de faire la tronche.

Moi : C'est perdu d'avance.

Sola : Mais non ! C'est quoi ce défaitisme ?

Moi : Françoise Hardy ne viendra pas et puis c'est tout.

Sola : [rigolant] Je crois comprendre. Tu t'attendais quand même un peu à la retrouver en vrai, je me trompe ?

Moi : C'est pas du tout ça.

NOTE RÉTROSPECTIVE

C'était totalement ça.

Dimanche 16 novembre

J'ai eu une conversation avec Vadim.

Vadim : J'y crois pas, y a ma mère et ma tante qui débarquent pour m'embarquer chépaou, là, à Amiens ou chépaou, je viens à peine de rentrer de vacances et tout et elles veulent encore me voir, c'est la honte, en plus c'est le week-end en Angleterre, je rate le week-end en Angleterre !

(On va aller passer un week-end en Angleterre avec les autres du serci des Hauts-de-France.)

Moi : Pas de chance.

Vadim : Toi au moins, ta famille ils ont pas l'air de te coller.

Moi : Non.

Vadim : Ils vont pas venir te voir du tout, cette année ?

Moi : Je crois pas.

Vadim : Le bol.

Moi : Enfin, mon père est passé mais je l'ai pas laissé entrer.

Vadim a arrêté de faire ce qu'il était en train de faire, qui était : tartiner du beurre de cacahuètes sur un biscuit Gerblé petit-déjeuner pomme chocolat.

Vadim : T'as un père ?

Moi : Ben oui.

Vadim : Ah excuse-moi, comme t'en parlais jamais je croyais qu'il était mort ou alors parti.

Moi : Non mais oui.

Vadim : Non mais oui quoi ?

Moi : Non mort mais oui parti.

Vadim : Mais vous êtes toujours en contact ?

Moi : Oui, parce qu'il a mon numéro de téléphone et moi le sien.

Vadim : OK.

Je n'ai rien dit. Vadim tartinait lentement, comme un peintre. Ses cheveux cachaient ses yeux vairons.

Vadim : Et tu le vois souvent ?

Moi : Non.

Vadim : Mais il est venu ici ?

Moi : Oui.

Vadim : Quand ?

Moi : En septembre.

Vadim : Mais tu l'as pas laissé entrer ?

Moi : Non.

Il y a eu un silence.

Vadim : Mec, si tu veux pas en parler, t'es pas obligé hein.

Moi : C'est juste que le sujet correspondait à la conversation qu'on avait.

Vadim : OK.

Il y a eu un silence.

Vadim : C'est chaud de parler avec toi, mec, je veux dire, je t'aime bien et tout mais faut vraiment te tirer les vers du nez, comme dit ma tante. Tu veux des Gerblé ?

Moi : Oui.

Vadim : Tu veux qu'on aille s'installer dans le salon ?

Moi : D'accord.

Ainsi nous nous sommes installés dans le salon avec du chocolat chaud et des Gerblé et j'ai bien parlé avec Vadim sans trop qu'il ait à me tirer les vers du nez. Notamment, je lui ai raconté le moment où mon père est venu avec M la Marâtre et où j'avais dit *hors de question*, et ensuite j'ai raconté ce qui s'est passé avec Sola quand elle avait énormément manqué de professionnalisme à mon égard, en réaction à cet événement.

Vadim a hoché la tête d'un air pensif. Il a pris son temps pour évacuer le Gerblé qu'il avait dans la bouche.

Vadim : Sincèrement, mec, je te comprends et tout, mais je pense que quelque part elle avait un peu raison, t'as pas gagné la Coupe du monde de gentillesse, ce jour-là.

Ainsi je ne sais plus trop quoi penser. Il semblerait que beaucoup de gens autour de moi (exemple : Sola, Serge Quéhen, Vadim, mon père) trouvent que la situation de notre famille est le genre de choses auquel il faut s'habituer et dire : OK, c'est comme ça. Et faire contre mauvaise fortune bon cœur.

Je ne sais pas si c'est eux qui ont oublié des valeurs comme : fidélité, stabilité, confiance et être cohérent avec les engagements qu'on s'est donnés dans la vie, ou alors si c'est moi qui ne vois pas quelque chose (exemple : c'est difficile de se tenir à ces valeurs tout le temps).

Cependant je vois qu'à l'unité Mnémosyne, il y a des personnes dont le mari/la femme vient leur rendre visite chaque semaine, alors qu'ils ne les reconnaissent même plus, et ces gens-là ne se sont pas remariés, ils n'ont pas abandonné leur femme/mari malgré tout.

Bien sûr, pour certains ce serait difficile de se remarier, étant donné qu'ils sont quand même assez vieux eux-mêmes et pas forcément en top condition physique/esthétique, mais je ne crois pas que ce soit la seule raison.

Par exemple, le mari de Madame Mouchevent.

Monsieur Mouchevent : Je l'aime toujours malgré tout, ma femme.

Alors que Madame Mouchevent ne dit strictement plus rien, et quand je dis plus rien c'est : plus rien du tout. Elle marche, elle marche assez vite même, elle mange, etc. mais elle ne remarque pas les gens, ne dit rien, ne se souvient de personne. Elle regarde à peine son mari. Et pourtant, il vient toutes les semaines et il lui parle.

Monsieur Mouchevent : Je l'aime comme au premier jour.

D'un côté, je n'arrive pas à comprendre cet amour-là, de l'autre côté je me dis : si Monsieur Mouchevent aime toujours Madame Mouchevent comme au premier jour, malgré le fait qu'elle ne fait rien à part marcher vite, alors comment comprendre mon père qui dit :

Mon père : Il faut que tu comprennes, Valou, c'était devenu invivable avec ta mère et nos conflits à répétition... Tu dois forcément te rappeler comment c'était.

Je me rappelle, mais je me rappelle aussi : des week-ends en famille marrants (exemple : dune du Pilat, Futuroscope), des soirées séries et des anniversaires, et plein de choses qui n'étaient pas du tout du conflit à répétition. Par ailleurs, mon père avait pris le même engagement que Monsieur Mouchevent avec Madame Mouchevent (mariage). Je ne sais pas pourquoi lui, il a échoué et Monsieur Mouchevent réussi.

Monsieur Mouchevent était contremaître dans les travaux publics, donc même pas particulièrement expert en amour. Pourtant il a développé une expertise. Donc cela doit être possible, même si tout le monde semble me dire que c'est normal que non.

Lundi 24 novembre

Avec les gens du serci, nous sommes allés passer le week-end en Angleterre. C'était une idée facilement réalisable géographiquement et économiquement, car il suffit de prendre un car qui monte dans un ferry à Calais.

Nous étions une bonne quarantaine, tous des stagiaires de serci dans les Hauts-de-France avec nos tuteurs et tutrices. Nous avons eu des conversations qui étaient souvent faites sur le même modèle.

Conversation : Tu t'appelles comment ? Et tu le fais où, ton serci ? Et tu viens d'où, à l'origine ?

Exemple de réponse : Mahmoud. À Roubaix, dans les archives d'une municipalité. De Saint-Étienne.

Autre exemple de réponse : Clarisse. À Audinghen, dans la voirie pour les espaces verts. De Biarritz.

J'ai trouvé une autre personne d'Albi (je ne la connaissais pas), et une autre personne en unité Mnémosyne, section A (années 1930-1940-1950) (non plus). Cette deuxième personne s'appelle Camille (garçon). Il est blond pâle avec des yeux bleus pénibles à regarder, parce qu'ils ont un cercle noir autour de l'iris.

Nous avons échangé nos expériences sur le pont du ferry, qui partait de Calais.

Camille : C'est pas que je n'aime pas, non, je sais que c'est un travail important et tout, mais je trouve ça personnellement très difficile, je veux dire parfois je trouve ça frustrant et parfois je trouve ça triste tu vois.

Moi : Oui, parfois moi aussi. Mais les pensionnaires sont quand même grave attachants.

Camille : Tu trouves ? Moi j'ai du mal à m'attacher, vu qu'ils disent rien du tout, ou presque.

Moi : Il y en a des comme ça et il y en a qui sont plutôt actifs.

Camille : En plus ils meurent tout le temps.

Moi : Hein ? Mais c'est horrible ! Moi pour l'instant, j'ai jamais eu de morts, je touche du bois.

Je suis vite allé toucher une pancarte en bois (elle disait *DANGER RISK OF DEATH* avec une tête de mort, alors je ne suis pas sûr que ce soit le meilleur bois à toucher pour conjurer le mauvais sort).

Camille : Non mais tu sais, je suis en section A : les miens, ils ont parfois plus de cent ans. Les tiens, c'est des petits jeunes à côté.

Moi : Ah mais oui, je suis bête, j'avais oublié de me souvenir de ça [c'était pourtant évident à cause des années].

Camille (s'accoudant au bastingage) : Bye bye la France !

Moi (faisant pareil) : Bye bye !

La mer était plate et d'un bleu-vert crémeux. Les fermes d'éoliennes tournicotaient gentiment tout autour de nous. J'entendais des Anglais, qui devaient être en train de rentrer chez eux. Camille et moi avons continué notre conversation.

Camille : Et toi, tu bosses sur quel genre de trucs surtout ?

Moi : Je fais un peu de tout, mais je dirais que la partie la plus importante de mon champ de compétences s'exerce dans le domaine de la garantie Authenticité et Reconstitution.

Camille : Mais non ? Dis donc, t'as géré. Faut être calé de ouf en histoire.

Moi (souriant) : J'étais nul en histoire avant, mais j'ai lu des livres et des *Salut les copains* et des *Mademoiselle Âge Tendre*.

Camille : Donc t'as fait quoi, par exemple ?

Moi : Je suis en train de chercher un sosie de Françoise Hardy pour la faire venir chanter.

Camille : Ah ouais dis donc.

Moi : Et j'ai fait un voyage en Belgique pour aller acheter des choses vintage.

Camille : Ah ouais.

Moi : Toi, tu as des projets en garantie Authenticité et Reconstitution ?

Camille : Ben écoute, en fait c'est compliqué vu que les années 1930-1940-1950, c'était beaucoup la guerre, avec les nazis, là.

Moi : Ah mais oui, j'avais oublié ce truc-là.

Camille : Donc on peut faire de la déco, mais culturellement c'est tendu, on peut pas mentionner la guerre.

Moi : Du tout ?

Camille : Non, faut vraiment éviter. En plus, on a des pensionnaires qui étaient dans des camps.

Dans la mer, il y avait de longs porte-containers colorés comme les longs Legos quand on met les plus petits Legos carrés dessus.

Moi : Ah oui, tu dois marcher sur des œufs.

Camille : Trop. En plus, il y en a qui étaient par exemple, pas des collabos, mais bon, pas non plus des résistants, tu vois.

Moi : Donc si t'amènes le sujet de la guerre, forcément ils vont pas être trop d'accord, y en a qui sont totalement contre, d'autres qui se tâtent.

Camille : Bah, de toute façon, je te dis, ils disent presque rien. Je pense qu'ils ont total oublié, en fait. Sauf parfois, ils se réveillent et ils disent un truc qui laisse à penser qu'il y a encore la guerre quelque part dans leur tête.

Moi : Mais alors, vous avez le droit de parler de quoi ?

Camille : C'est compliqué, on va chercher un peu dans les trucs cool de cette époque-là, par exemple *Tintin* et Charles Trenet ou Édith Piaf. Donc la garantie Authenticité et Reconstitution, pour nous c'est assez calme, tu vois... C'est juste mettre un peu de musique classique ou d'accordéon dans des phonos, et les meubles, c'est très genre des trucs en bois avec des sortes de petits coins sculptés, là, et des machins en dentelle et des vieux de guerre au type [je n'ai pas compris ce mot mais c'était trop tard pour faire répéter].

NOTE RÉTROSPECTIVE

Des daguerréotypes.

Moi : Ah oui, c'est pas genre vous recréez une ambiance de guerre, avec par exemple...

Camille : Des bruits de bombardement et des tickets de rationnement ? Non, on évite. [rires]

On a rigolé et on a eu une conversation en imaginant que pour faire une bonne ambiance de guerre, il faudrait des nazis avec de grandes bottes qui entrent par surprise en disant *Schnell !* et des longues queues pour aller s'acheter de la farine. C'était de l'humour noir.

NOTE RÉTROSPECTIVE

Je ne sais pas si c'est une bonne idée de mettre cela dans le rapport de serci car c'est offensant d'un côté, mais en même temps je ne veux pas laisser penser qu'on n'a fait que parler des compétences développées, et puis c'est difficile d'évoquer la guerre sans faire de blagues (je trouve).

Camille : En même temps t'as vu, tu peux pas aller sur la côte sans croiser des blockhaus et des trous de bombe, y a encore des mines pas explosées dans les champs, et genre la moitié de Boulogne a été reconstruite à cause des bombardements.

Moi : Boulogne a été bombardée par les Allemands ?

Camille : Grave bombardée ! Mais pas par les Allemands, par les Alliés, genre les Anglais etc., parce qu'ils voulaient tuer les nazis, ce qui reste compréhensible, mais du coup tout le front de mer a dû être refait après la guerre. J'ai des pensionnaires dans mon unité, ils ont bossé quarante ans dans le bâtiment pour reconstruire et tout !

Moi : Et donc maintenant, vous, vous devez faire genre ils ont jamais rien reconstruit, vu que rien n'a jamais été détruit.

Camille : Oui, c'est un peu bizarre... Moi, j'aurais du mal si on me faisait croire à cent dix ans qu'en fait, j'ai jamais travaillé toute ma vie à être, je sais pas, par exemple coiffeur, parce que les cheveux n'auraient jamais existé. Enfin, c'est un exemple absurde.

Nous avons rigolé car oui, c'était un exemple absurde.

Camille : En fin de compte, le seul endroit du coin où la guerre a laissé aucune trace, c'est dans l'unité Mnémosyne.

Je me suis senti étrangement mélancolique pour Boulogne, comme si c'était une vraie personne qui avait été détruite puis reconstruite. Je n'avais jamais pensé au passé des villes, avant.

Camille : On arrive.

L'Angleterre était de plus en plus visible avec ses falaises. Ce qui m'a paru amusant, c'était que depuis l'Angleterre, on ne voyait pas la France, alors que depuis la France on voit toujours l'Angleterre. Je l'ai dit à Camille.

Camille : C'est parce que les falaises de Douvres sont beaucoup plus hautes, alors on les voit de beaucoup plus loin.

C'était vrai. Ces falaises étaient incroyablement hautes.

Moi : Donc les Anglais ne nous voient pas alors que nous on les voit.

Camille : Oui, c'est pour ça qu'ils en ont rien à foutre de nous.

Nous sommes descendus du ferry et ils ont vérifié nos passeports et ensuite nous avons pris le car pour aller à Canterbury. C'était la deuxième fois de ma vie, en seulement deux mois, que j'étais dans un pays autre que la France.

Dans le car, le guide nous a appris des choses sur l'Angleterre. Je vais faire un résumé.

<u>L'Angleterre</u>, qui s'appelait avant le Royaume-Uni et/ou la Grande-Bretagne, s'appelle juste l'Angleterre aujourd'hui car, il y a dix ans, elle a rompu avec les autres nations avec lesquelles elle était unie et/ou grande, c'est-à-dire le Pays de Galles, l'Écosse et l'Irlande du Nord.

Elle existe toute seule maintenant et c'est très mignon, il y a des champs, des villages, etc. La capitale s'appelle Londres, elle est à peu près de la taille de Lyon. Le pays est plutôt pauvre (par rapport à la France) car le taux de chômage est important et il n'y a pas beaucoup de ressources naturelles. Le gouvernement est : conservateur. La religion est : anglicanisme. La nourriture du pays est : entièrement végétarienne. C'est un royaume dans la mesure où il y a un roi, qui a beaucoup plus de pouvoir maintenant qu'avant et qui siège au parlement et a le droit de dire oui, d'accord ou non, pas d'accord à toutes les décisions.

Le guide : Le gouvernement dépense des sommes considérables pour la sauvegarde de son patrimoine et la mise en valeur de son histoire, ce qui est une chance pour les touristes.

Ainsi, nous avons mesuré notre chance.

Mes impressions de l'Angleterre ont été : positives. Certes c'est un pays pauvre, mais il n'y avait pas de détritus dans les rues ou de pauvreté trop évidente, et les gens n'ont pas l'air malheureux sur leur visage.

Surtout, ce que j'ai préféré dans ce week-end ça a été : être avec les autres gens du serci. Le soir, à Brighton, nous avons bavardé, mangé des frites sur la plage, Bouchra avait apporté sa guitare et a chanté des chansons. J'ai trouvé ça assez magique que ce soit possible de faire de la guitare et que tout à coup, toute une musique existe sur laquelle poser une chanson.

À un moment c'était une chanson que je connaissais des Beatles (qui, d'ailleurs, étaient anglais, ce qui montre que l'Angleterre a eu une histoire glorieuse). Je l'ai chantée en même temps que les autres et les autres ont dit :

Les autres : Wow, Valentin, tu chantes trop bien ?!

Vadim : Il chante tout le temps, genre dans sa douche le mec il chante, dans la cuisine il chante, aux toilettes il chante. Et il est bon, hein !

J'étais surpris, parce que je n'avais pas remarqué que je chantais tout le temps, que Vadim l'avait remarqué, et encore plus surtout, qu'il trouvait que je chantais bien.

Les autres : Il chante quoi ?

Victor : Ben, c'est un peu la honte, il chante surtout du Françoise Hardy.

Les autres : C'est quoi ?

Moi : Haha, raté, Victor, c'est pas la honte vu que personne connaît.

Bouchra m'a donné un coup de coude et a levé son sourcil gauche, qui a un piercing jaune pâle à piques en forme de virus.

Bouchra : Ben chante-leur, pour voir ! J'essaie de faire des accords pour aller avec.

Alors j'ai chanté : *Tous les garçons et les filles de mon âge*, et *Peut-être que je t'aime*, et il y a eu un grand silence ; et ensuite, comme ils m'ont demandé de continuer, j'ai chanté *Partir quand même* et *Ma jeunesse fout le camp*.

Bouchra a très bien fait les accords.

Là, les gens ont tellement applaudi que Constance a fini par imposer le silence.

Constance : Si vous en voulez encore, venez à la maison à Boulogne et payez votre billet d'entrée !

C'était une très bonne soirée. Les deux soirs, nous avons dormi dans une auberge de jeunesse. Normalement c'est une situation très difficile pour moi (être à dix dans une chambre), mais là j'ai réussi à dormir quatre heures.

Bouchra m'a laissé essayer sa guitare un petit peu. C'était très intéressant.

NOTE RÉTROSPECTIVE

Il faut que vous vous souveniez de ce moment de la guitare : il sera important plus tard.

Nous sommes rentrés dimanche soir tard. Je suis très content, parce que j'ai fait des choses qui m'ont « sorti de ma zone de confort », c'est-à-dire : aller dans un autre pays, chanter devant des gens, parler travail avec un collègue.

Mercredi 26 novembre

Maintenant, tous les jours, au lieu de manger à la cantine, je déjeune avec Sola sur le banc de l'arrêt de bus.

J'ai la flemme d'essayer d'écrire de quoi on se parle chaque jour, etc., vu que ce ne sont pas des transmissions directes de connaissances ni de sagesse, alors le contenu s'envole vite.

Mais le banc de l'arrêt de bus, la cigarette électronique de Sola, les fourchettes dans les Tupperware, tout ça reste.

Aujourd'hui j'ai enfin reparlé à Sola de sa Biographie de Carrière.

Moi : Tu m'avais dit que tu m'enverrais ton CV et que tu me donnerais l'autorisation de rédiger ta Biographie de Carrière pour mon rapport de serci.

Sola : [a rigolé] Ah oui, c'est vrai. Qu'est-ce que c'est encore que cette invention de management d'entreprise corporate à la con ?

Moi : C'est pour gagner des points au bac.

Sola : Alors d'accord. Il faut que je fasse quoi ?

Moi : Juste tu réponds à des questions.

Sola : Sur quoi ?

Moi : Sur ta vie.

Sola : Ouh là. Les ennuis commencent.

Moi : Professionnelle.

Sola : Ouf.

Moi : Question 1 : Quel a été votre parcours ? Diplômes, qualifications, etc.

Sola : J'ai fait un bac S, et ensuite des études de médecine à la fac de Lille et puis mon internat à Paris et puis j'ai été embauchée ici directement après mon internat.

Moi : D'accord. Question 2 : De quel milieu venez-vous ?

Sola : [silence]

Sola : Tu sais, mon chou, je suis pas convaincue qu'on ait le temps de faire ça à l'arrêt de bus à midi.

Moi : Mais t'es pas obligée d'aller très en profondeur.

Sola : Alors d'accord.

Elle a commencé à me raconter, mais on a eu seulement dix minutes. C'était sympa, il était beaucoup question du village près de la mer où elle est née. Maintenant, elle s'est totalement acclimatée à la vie d'une moyenne ville comme Boulogne, mais en vérité elle vient du bord de mer.

J'ai pris des notes dans ma tête.

Jeudi 27 novembre

Aujourd'hui Sola a continué à me raconter sa Biographie de Carrière.

Mais je dois dire que ce n'est pas exactement comme ça que j'imagine une Biographie de Carrière, dans la mesure où elle parle beaucoup de choses qui ne sont pas forcément liées à sa carrière.

NOTE RÉTROSPECTIVE

C'est aussi qu'il y avait des liens que je ne voyais pas.

Vendredi 29 novembre

Alors finalement Sola a fini de me raconter comment elle a atterri dans ce travail.

Vraiment je ne m'attendais pas à entendre ce genre de choses-là pour la Biographie de Carrière. Je suis un peu embêté car c'est à la fois intéressant, et pas tout à fait (voire pas du tout) ce que je demandais.

La Biographie de Carrière de Sola Perré

(1) D'où venez-vous ?

Sola Perré est née dans le Pas-de-Calais, dans le petit village de Diguemer. Ses parents sont de petits employés. Sola Perré n'était pas prédestinée aux métiers de la santé.

(2) Comment est née l'envie de travailler dans ce métier ?

Sola Perré lie son envie de travailler dans ce métier à son amitié pour un garçon plus âgé qui l'a soignée un jour sur la plage. Ainsi l'on voit que les vocations peuvent naître de beaucoup de choses différentes.

(3) Comment avez-vous stratégisé votre carrière ?

Sola Perré a fait un bac S à Boulogne-sur-Mer. Ensuite elle a suivi des études stratégiques pour être médecin, qui sont : médecine. Elle a fait cela à la faculté de Lille puis a été interne à Paris. Ensuite, Sola Perré n'a pas stratégisé, mais il s'est passé des incidents de vie qui ont fait qu'elle a eu ce poste.

(4) Avez-vous des regrets ou des fiertés en particulier ?

[pas eu l'occasion de poser cette question]

(5) Racontez-nous une anecdote liée au milieu professionnel.

J'ai des difficultés à écrire une seule anecdote car elle en a raconté beaucoup. Mais assez peu, finalement, liées au milieu professionnel.

(6) Comment ce milieu a-t-il changé depuis que vous y êtes entré ?

Sola Perré a dit : « Ça change pas massivement, c'est plutôt bloqué aux années 1960-1970. » (Blague ?)

(7) Quels sont vos projets pour l'avenir ?

Sola Perré n'a pas de projets pour l'avenir.

Je ne suis pas très satisfait de cette Biographie de Carrière. Elle me semble sèche, sélective et elle ne capture pas tout ce que m'a dit Sola. Il va falloir que je la retravaille.

Ce qui fait que l'écriture de cette Biographie de Carrière est difficile, c'est qu'il est beaucoup question dans le récit de Sola d'un garçon qui s'appelle Marin, et je ne comprends pas totalement ce qu'il vient faire là.

NOTE RÉTROSPECTIVE

À partir de là, Marin est parmi nous. Il va falloir lui faire une petite place au fond de notre bulle.

DÉCEMBRE

Mercredi 3 décembre

Aujourd'hui, j'ai accidentellement fait une erreur : j'ai montré aux pensionnaires une vidéo que j'avais trouvée sur le site de l'INA (Institut National de l'Audiovisuel), et qui aurait dû être des « interviews d'enfants de l'école communale » (vieux mot pour école primaire) au sujet des vacances à la plage, sauf qu'en fait ça avait été mal étiqueté par les gens de l'INA et c'était un reportage sur la guerre d'Algérie.

C'est une grosse gaffe, puisqu'on essaie de faire en sorte de ne pas faire exister la guerre d'Algérie.

On s'en est rendu compte trop tard ; il y avait déjà une grande discussion entre les pensionnaires, qui buvaient du thé et mangeaient des biscottes en même temps que la discussion.

On a zappé pour mettre un clip des Chaussettes noires (un groupe de l'époque), mais les pensionnaires avaient retenu le reportage sur la guerre.

Madame Chauchois : Mon fils, il est là-bas en ce moment, je pense.

Madame Samama : Pff ! C'est n'importe quoi. Elle est finie, cette guerre.

Monsieur Venti : C'est fini ? Comment ça, c'est fini ? Qui c'est qui a gagné ?

Madame Samama : Oh là là ! C'est n'importe quoi ici, n'importe quoi ! Mais on est chez les fous !

Madame Chauchois : Mon fils, il est mort là-bas, faut dire.

Madame Samama : N'im-porte-quoi.

Octavio : Mais non, Madame Chauchois ! Votre fils vous rend visite tous les mercredis, enfin…

Monsieur Venti : C'est qui ces rigolos, là ? J'en ai rien à fiche moi, de ces guignols ! Repassez nous voir ce qu'ils disent sur les événements.

Octavio : Monsieur Venti, il ne faut pas s'inquiéter de ça.

Monsieur Venti : Pourquoi qu'ils leur tirent pas dans les pattes, à tous ces […] ?

(Je mets des […] pour qu'on n'entende pas les mots racistes que Monsieur Venti emploie à l'égard des gens du Maghreb. Il faut savoir qu'à l'époque de la jeunesse de Monsieur Venti, c'était déjà raciste de dire ça, mais moins qu'aujourd'hui, car plus de monde était raciste donc c'était plus normal d'un côté.)

Madame Chauchois : Mon fils, il s'en est jamais remis, de son service là-bas.

Octavio : Madame Chauchois, vous savez, je ne pense pas que votre fils soit allé en Algérie. Vous n'aviez même pas vingt ans, à l'époque.

Madame Chauchois : Pas vingt ans ! Il est drôle, lui !

Madame Samama : Jésus Marie Joseph ! Mais on est chez les FOUS ! Madeleine, c'est ton *frère* qui était en Algérie, pas ton fils !

Madame Chauchois : Mon *frère* ?

Monsieur Venti : Et de Gaulle, qu'est-ce qu'il fabrique, hein ?

Octavio : Dites donc, regardez la télé : vous reconnaissez Eddy Mitchell ?

Monsieur Venti : Remettez-nous les événements !

Madame Samama : Mais c'est fini la guerre, enfin ! Valentin !

Moi : Oui ?

Madame Samama : Dites à Monsieur Venti et à Madame Chauchois que c'est fini, la guerre !

Moi : C'est fini, la guerre.

Monsieur Venti : Ah ? Et qui a gagné ?

Moi : Je crois que c'est la France, mais je suis pas sûr.

Octavio : [soupir] Monsieur Venti, l'Algérie a obtenu son indépendance en 1962.

Monsieur Venti : [ayant remis son regard sur la télé] Dites donc, il fait sacrément son zigoto, celui-là.

Madame Chauchois : Mon fils, il a fait la guerre en Indochine.

Madame Samama : Non, non, non !

Octavio : Allez, on arrête un peu de parler de guerre, d'accord ?

Madame Samama : Ton fils n'a jamais fait la guerre, enfin ! Madeleine ! Il est né en 70 !

Moi : [à Octavio] Je suis désolé, c'est l'INA qui avait mal étiqueté la vidéo.

Madame Chauchois : Alors là excusez-moi, excusez-moi mais c'est la meilleure ! En 70, mon fils ? *1970* ?

Madame Samama : Ben oui, 1970 ! Quel autre 70 ça serait ? 1870 ? Oh là là. Elle travaille du ciboulot, elle.

Monsieur Venti : 1870, guerre contre les Prussiens.

Octavio : Ah non, mais ça suffit, là, avec les guerres.

Moi : Dorénavant je vérifierai les vidéos, promis.

Madame Chauchois : Je suis fâchée, tiens.

Madame Samama : Ben sois fâchée, tiens.

Madame Chauchois : D'accord.

Madame Samama : D'accord.

Jeudi 4 décembre

J'ai essayé aujourd'hui de réécrire un peu le début de ce que m'a raconté Sola. J'ai remarqué qu'en fait, si je retranscris directement les choses qu'elle m'a dites, au lieu d'essayer de faire que ça réponde exactement aux questions, c'est plus naturel et moins « management d'entreprise corporate à la con ».

Vendredi 5 décembre

J'ai terminé *Le Livre noir des unités Mnémosyne*. Sur RapportDeSerciSansSouci.fr, ils disent : « Montre à tes évaluateurs que tu te renseignes sur ton environnement professionnel ! Décris les documents que tu consultes, et fais preuve d'esprit critique », aussi je vais décrire le livre ici et faire preuve d'esprit critique.

Description de ce que dit le livre :	Critique (de moi)
Que les unités Mnémosyne sont fondées sur une méthode douteuse, exemple : on n'est pas sûr (la science) que ça soit nécessairement mieux pour les personnes âgées atteintes de démence d'être dans des environnements ressemblant à leur jeunesse. « Les études actuelles sont peu concluantes. »	Excusez-moi, mais quand on voit comment les pensionnaires sont heureux de voir des objets, vêtements de leur jeunesse, on n'a pas trop de doute, merci. Pas besoin de « science » ou de conclure les études actuelles.
Que ces environnements de jeunesse ne peuvent pas être parfaitement harmonisés pour l'ensemble des pensionnaires, exemple : si quelqu'un a été élevé dans un HLM, et qu'on le met dans une maison bourgeoise, il ne va pas forcément retrouver sa jeunesse. « Les unités Mnémosyne sont insidieusement classistes dans leur assignation systématique de tous les pensionnaires à des habitats et modes de vie typiques des classes supérieures. »	Je vois pas trop pourquoi ce serait un problème qu'ils finissent leur vie plus riches que quand ils l'ont commencée ! Ça veut dire qu'il faudrait mettre les gens qui sont nés paysans dans des reconstitutions de chaumières à toit de chaume ? C'est un peu n'importe quoi là, franchement.
Que l'État dépense un pognon de dingue dans ces unités qui sont « des gouffres financiers », où les employés sont aussi bien payés que dans les maisons de retraite privées. « Quelle tranche de l'électorat est séduite par de telles mesures ? Les seniors, bien sûr, enclins à une politique redistributive qui leur serait favorable. »	C'est quand même le rôle de l'État de dépenser un pognon de dingue, je trouve, étant donné qu'il a nos impôts exprès pour ça (pas les miens encore mais bientôt) et qu'on sera tous âgés un jour (sauf contre-indication). Après, l'histoire des employés bien payés, c'est censé être mauvais ? Laissez-moi rire. Le coup de l'électorat, je n'ai pas trop compris.

Que ces unités dégagent une pollution monstre, « équivalente à une ville comme Clermont-Ferrand », et sont principalement financées par le Plan Grand Âge qui bénéficie du boom nucléaire actuel en France – parce que, depuis l'interdiction du pétrole en Europe, on a beaucoup eu recours au nucléaire et la France a plein d'atomes alors elle en vend aux autres pays. Ainsi la France est très riche en ce moment (pas comme avant où c'était la crise.)	Je pense que Clermont-Ferrand n'est probablement pas une ville qui fait autant de bien qu'une unité Mnémosyne, alors peut-être que c'est elle qui devrait se regarder dans le miroir ? En plus on recycle dans l'unité, on trie les déchets et on achète beaucoup de choses vintage ou de seconde main, puisque c'est le principe. Quant au nucléaire, je trouve qu'il vaut mieux s'en servir pour acheter des unités Mnémosyne plutôt que des prisons (exemple : États-Unis) ou des armes (exemple : plein de pays).
Que ces unités entretiennent une impression nostalgique du passé, « et paradoxalement, d'un passé qu'aucun·e des employé·e·s n'a connu », et se complaisent dans une « vision esthétisée, narcissique, surconsommatrice, d'un vingtième siècle rincé de toutes ses taches, réimaginé occidental, blanc, rentier, et corne d'abondance universelle ».	Je trouve cet argument tiré par les cheveux.

Samedi 6 décembre

On est tôt le matin (6 h 35), mais je n'arrive plus à dormir. J'ai envie d'essayer d'écrire ce que m'a raconté Sola. Allez, debout.

NOTE RÉTROSPECTIVE
Il me semble que ce samedi-là, je n'ai même pas pris de douche.

Bon, il est 21 h 45 et j'ai passé la journée à tenter de réécrire ce que m'a raconté Sola.

J'ai essayé de le mettre en *Je* (pour « moi, Sola »). C'est étrange parce que ça donne l'impression que j'ai arraché son histoire d'elle, pour la dire avec ma bouche. Pourtant, beaucoup de mots sont les siens, je serais incapable de les inventer moi-même. Mais beaucoup aussi sont les miens, et ça se mélange.

La Biographie de Carrière de Sola Perré
(version 2, en *je*)

Je suis née dans une petite maison de pêcheur, au bord de la mer dans le village de Diguemer, à quelques kilomètres du cap Gris-Nez. La maison avait un nom : Aux Oursins dans les Poches.

Diguemer, c'est joli, c'est posé sur une falaise émiettée, qui aspire la marée comme une éponge. La falaise s'éboule peu à peu, libérant des fossiles – plein de petits monstres de pierre. La plage est faite de sable, de cailloux et, ici et là, de terres gluantes et épaisses, de l'argile (on fait des sculptures avec) et de la tourbe.

La tourbe est ce qui reste d'une vaste forêt qui allait, avant, de la France à l'Angleterre, mais c'était avant que l'on appelle ces pays la France et l'Angleterre. Personne ne donnait de nom aux pays, alors.

Maintenant, à la place de la forêt, il y a la mer, qui est mince. Sur l'horizon depuis Diguemer, on voit un ruban d'Angleterre.

Je n'étais pas prédestinée à être médecin, loin de là. Mon père travaillait au guichet CIC de Marquise, qui est une ville pas trop loin. Ma mère bossait comme secrétaire avant de nous avoir, mais ensuite elle a arrêté. Plus tard, elle reprendrait des études d'assistante sociale.

J'étais très heureuse, petite, à faire des allers-retours libre comme l'air entre les Oursins dans les Poches et la plage, cheveux secs de vent et de sel, pieds polis par le sable, jambes musclées à force de crapahuter dans les galets. Il faisait moche presque tout le temps, puis brutalement il faisait beau et on rissolait comme des poulets.

Si je dois me demander d'où m'est venue cette envie de soigner, ce qui remonte c'est cette histoire-là, qui a la qualité des souvenirs de toute petite enfance : vague, mais très vivement colorée à travers le flou...

J'ai trois ans, je cours dans la tourbe, pieds nus ; tout à coup je trébuche : c'est un os fossilisé, sans doute de bœuf ou de cerf, et il m'a troué la plante des pieds. Je saigne à gros bouillons, et l'eau de mer et le sel empêchent la cicatrisation. Je pleure tout aussi salé.

Alors arrive un grand garçon qui me relève hop par le coude, comme on attrape un léger crabe vert.

Il a treize ans, à ce moment-là. Il porte son bronzage comme un costume, et un short de bain vert/blanc/bleu. Il me soigne le pied avec du mercurochrome et un pansement Nemo, sur un rocher chevelu. Pendant qu'il s'occupe de mon pied, je fais éclater entre mes doigts les cloques des algues noires.

C'est la première fois que je rencontre Marin.

Il me dit :

— Voilà, ta crevaison est réparée, je vais te rendre à tes parents.

Mes parents sont contents de me retrouver réparée. Ils invitent Marin à manger du tourteau à la mayonnaise et du flan aux pruneaux.

Là, je m'interromps (*je* Valentin, pas *je* Sola), parce que je dois expliquer que ce Marin, donc, surgit maintenant dans l'histoire de Sola et qu'il va s'accrocher comme une lampote. Je n'ai pas réussi à l'en extraire, il est là et il faut faire avec.

Sola a l'air de penser que c'est très central pour expliquer son cheminement professionnel.

Dimanche 7 décembre

Aujourd'hui, j'ai testé d'autres stratégies pour raconter l'histoire de Sola, enfin sa Biographie de Carrière. Je continue ici avec la version 3 qui est rédigée en « elle », parce que je voulais tester ce qui se passe si je l'utilise comme personnage plutôt que comme narratrice.

La Biographie de Carrière de Sola Perré
(version 3, en *elle*)

Ce Marin, c'était un nouveau venu à Diguemer.

Marin a expliqué :

— Avec mes parents, on vient de s'installer à la Face-au-Vent.

Les parents de Sola ont dit :

— Oh Dieu merci, ça faisait si longtemps qu'on espérait que cette maison se vende à une gentille famille ! Et apparemment, c'est une gentille famille puisque le fils de treize ans a empêché notre petite Sola de se vider de son sang dans l'eau après s'être percée sur un os préhistorique.

Sola et ses parents étaient donc contents que les parents de Marin aient acheté la Face-au-Vent, qui était la plus belle maison du village. Une grande maison bourgeoise du XIXe siècle avec trois étages, des marches en pierre pour accéder à la porte d'entrée principale, un beau jardin qui descendait sur la mer.

La famille de Marin était riche pour Diguemer mais pas riche pour Lille, d'où ils venaient. Les parents étaient tous les deux professeurs d'histoire-géo ; ils avaient été mutés à Boulogne-sur-Mer et avaient acheté à Diguemer.

C'est ainsi que Sola et Marin ont grandi ensemble. Elle affirme aujourd'hui qu'il y a une importance cruciale de cette relation d'enfance dans son parcours professionnel jusqu'à aujourd'hui.

Là, je m'interromps (*je* Valentin) pour dire que cette version rédigée en *elle* a des avantages, exemple : un peu plus de distance ; mais c'est aussi un problème parce que c'est trop de distance. Exemple : beaucoup de « était », « avait fait », etc.

En plus, je me suis senti obligé du coup de rajouter des appréciations personnelles (« importance cruciale », etc.) qui cassent un peu l'ambiance.

D'un autre côté, je ne sais pas si une Biographie de Carrière doit forcément avoir une ambiance.

Cet après-midi, j'ai écrit une quatrième version. Elle est plus biscornue car elle mélange du *je* Valentin et du *je* Sola, et du *elle* Sola, et même du *il* Valentin et parfois du *tu*. C'est un peu le gros bazar, mais je la mets quand même, et ça termine cette Biographie de Carrière.

Je ne sais pas si ça va me faire gagner des points, finalement. Peut-être que je l'enlèverai en mettant en forme ce rapport de serci à la fin de l'année.

NOTE RÉTROSPECTIVE

Non, on garde. Au point où j'en suis !

La Biographie de Carrière de Sola Perré
(version 4, en *je/elle/il/tu*)

Les souvenirs que Sola a stockés de cette époque, c'est qu'elle apprend à Marin à pêcher des crevettes. Elle dit :

Je me souviens très bien, Valentin, de ces pêches. Lui, Marin, poussant lentement son épuisette le long des plages-miroirs interminables près du cap Gris-Nez… Ensuite il retourne son filet, schlak !, et les mailles sont tissées d'algues, fourmillantes de petits crabes qui galopent, s'échappent, adieu ! ou s'enlisent pour se cacher ! Les crevettes sautillent comme des puces. Il faut les attraper à pleines mains et les jeter dans un panier en plastique vert foncé à trous.

Parfois, Marin dit :

— Oh là attention, elle est méchante celle-là !

C'est une vive. Elle a un air de terreur des profondeurs, c'est un tout petit cauchemar. Sur son dos, elle ouvre un parapluie d'épines. Marin l'attrape sans se faire piquer et j'applaudis de frayeur et d'excitation. Il va la rejeter dans les vagues – plop !

Moi, je lui explique qu'on peut se faire piquer si on marche pieds nus dans la mer sans porter ses méduses. Les miennes, de méduses, sont translucides et incrustées de paillettes. Celles de Marin sont des méduses d'homme adulte, bleu foncé. Dedans il a des pieds d'homme.

Parfois Marin dit :

— Tiens, celui-là il est gentil !

C'est un tout petit carrelet. Il me la pose dans la main. Ma main est à peine plus grande que le poisson plat. Je le regarde sautiller et se débattre, se retourner flip-flap comme les mini-crêpes qu'on fait sur la pierrade crêpe-party familiale à six trous. Dessus, c'est brun chaussure, visage grimaçant aux yeux rapprochés. Dessous, c'est crème, doux, et comme un secret.

On marche jusqu'à la mer pour aller le rejeter. On le mangera plus tard, parce que là c'est tellement petit que ça sert à rien.

Les crevettes, on voit presque à travers. Parfois, il y a une surprise : une crevette rose, géante lourdaude dans une foule de petites demoiselles.

À la maison, on jette les crevettes vivantes dans une poêle d'huile, d'ail et de persil. C'est de la mort qui grésille. J'ai déjà la bouche pleine de salive.

Elles arrivent encore fumantes sur la table du jardin où Papa et Maman ont invité les parents de Marin à prendre l'apéro. L'apéro, c'est bières, cigarettes et crevettes bien salées. Je me brûle le bout des doigts à les décortiquer, ainsi je ressens un tout petit peu de leur souffrance. Ma peau cuit dans le soleil.

Mais Sola, pardon – je t'interromps –, mais je ne vois pas le lien avec ton travail.

Eh bien, tu me demandes d'où je viens alors je t'explique. D'ailleurs, il va bientôt être question d'école. Écoute.

Après l'été, c'est l'école. J'y vais avec Maman à pied.

(Je me prépare à ce que Sola raconte des choses en rapport avec l'école.)

Puis c'est l'été encore.

(Je m'aperçois qu'elle n'a pas raconté de choses en rapport avec l'école.)

Encore la pêche à la crevette, et on se baigne avec Marin, et je sais maintenant nager sans les brassards – c'est dommage, parce que c'étaient des brassards Denver le dernier dinosaure, mais ils iront flétrir dans la remise.

Le lien avec ta carrière ?

J'y viens. Écoute…

Au bout de quelques étés, c'est l'école primaire. J'y vais à vélo.

(Je m'attends à ce qu'elle parle de l'école primaire.)

Pendant les vacances plus froides, on va se promener sur les falaises et faire du cerf-volant.

(Je me résigne à ce qu'elle ne parle pas de l'école primaire.)

Marin m'emmène voir les blockhaus, noirs dedans, froids, pleins de tags et de mégots de cigarette, puant la vieille pisse. On trouve dans la falaise une énorme ammonite, lourdissime spirale crénelée. Elle est fossile depuis beaucoup plus de temps que l'os qui m'a percée, m'explique Marin. Grande comme une roue de mon vélo. Marin la rapporte à la maison.

Les parents font de grands gestes en découvrant notre prise.

— Mais Marin, tu es fou, c'est interdit de rapporter des fossiles des falaises ! On va te mettre en prison, mon grand !

J'ai terriblement peur que Marin aille en prison, mais apparemment la police ne l'apprendra jamais. On expose l'ammonite près de la cheminée à la Face-au-Vent. Et,

Sola, hé, oh !

Sola,

Sola, tu me racontes des choses qui n'ont strictement rien à voir avec ce que je te demande, qui est : comment as-tu stratégisé ta carrière ; qu'est-ce qui a motivé tes choix ; pourquoi es-tu devenue ce que tu es maintenant ?

Écoute, mon chou, je travaille dans le domaine de la mémoire. Tu sais bien à quel point elle est pleine de spirales, la mémoire. Tu ne peux pas m'en vouloir de raconter ma Biographie de Carrière de cette manière.

(Je ne lui en veux pas, mais ça ne me facilite pas la tâche pour la réécriture.)

Sans bouger de l'arrêt de bus, Sola se promène dans sa mémoire.

Il y a d'autres vacances, d'autres étés et d'autres week-ends. Marin l'emmène à Nausicaá et au parc d'attractions de Bagatelle. Elle lui confectionne des petits colliers de marguerites qu'il porte pardessus son T-shirt Sergio Tacchini. Elle lui trouve des verres polis bleu ciel, rouge vif, rose tendre. Il lui rapporte de Belgique du chocolat à la pâte d'amande. Elle lui montre qu'elle sait lire. Il lui trouve des albums à la bibliothèque d'Ambleteuse. Elle lui montre qu'elle a des bonnes notes.

Là, tu vois, ça a un lien ! J'ai des bonnes notes, je commence ma carrière de bonne élève. Il faut avoir une telle carrière pour être médecin. Tu notes ?

Je note.

De l'autre côté de sa vie, Marin va au lycée. J'ai huit ans : il va passer son bac. Ça ne m'intéresse pas le moins du monde. Je sais juste que ça donne lieu à des conversations entre lui et mes parents quand ils viennent prendre l'apéro et que les crevettes font pshit dans la poêle.

Un jour,

Ah ! Tu dis « Un jour » : il va se passer quelque chose.

Oui. Un jour,

Quelque chose de crucial pour ta carrière, j'espère.

Espère toujours.

Un jour, Maman dit, Et alors Marin, tu nous quittes il paraît ?

Marin dit, Va bien falloir, Fanny.

Maman dit, C'est Lille, alors ?

Marin dit, Oui. Je ferai des allers-retours le week-end de temps en temps.

Papa dit, Et qu'est-ce qu'ils ont à Lille qu'y a pas ici ?

Marin dit, Une université, Hervé !

Papa dit, T'entends ça, Daniel ? Et qu'est-ce qu'il va s'embêter à aller à l'université, ton fils ?

Daniel dit, Hé oh, l'en dégoûte pas ! On lui a bien assez fait faire ses devoirs pour que tu nous le décourages !

Quoi ?! Il est parti ?
Tu es très bon public. Oui. Ce jour-là...

Ce jour-là, je ne mange aucune crevette. Plus tard, Marin vient me voir dans ma chambre, où mon lit entier est secoué par moi qui pleure.

Il me dit, Zut, zut, j'aurais dû te prévenir, Sola, je suis trop désolé, mais oui tu sais bien après le bac on part à l'université c'est comme ça, tu sais bien que je voudrais être avocat... Mais je serai à Diguemer très souvent tu sais, presque tous les week-ends, tu verras pas la différence, et tu sais quoi, je te donne ma Game Cube si tes parents sont d'accord...

Cet été-là, c'est comme si le monde s'était étendu côté terre : quand je regarde vers les champs, je comprends qu'il y a Lille derrière, où s'en va Marin.

Cet été-là, on va tous les soirs à la ducasse
La quoi ?!
La ducasse la fête foraine du village quoi
La ducasse qui s'installe l'été
Avec les manèges
Ah bon.

À la ducasse, Marin me prend près de lui dans les auto-tamponneuses et on fait de gros accidents sur ses copains et copines. En secret, j'ai envie qu'il renverse tous ses copains et copines et les écrase jusqu'à ce qu'ils meurent. Au-dessus de nos têtes, le fer gratte les mailles du plafond, mille petits éclairs éclosent.

Marin me gagne une BD de *Titeuf* à la pêche aux canards et ensuite échoue à me gagner une peluche de Donald dans la machine avec la pince : la pince est toute molle, c'est une arnaque.

Mais oui ! C'est fait exprès pour qu'on n'attrape jamais rien.

L'été est sombre et nuageux, c'est peut-être mon souvenir qui l'assombrit et l'ennuage. Marin passe son permis, mais il n'a pas d'argent pour s'acheter une voiture alors ses parents l'accompagneront parfois, et parfois il prendra le bus pour Lille.

La rentrée attrape Marin mieux que la pince de la machine à la ducasse. Il disparaît. À chaque fois que son nom est mentionné, j'ai l'impression qu'on me passe le cœur au taille-crayon. De temps en temps, il revient : un bref week-end de Marin. Mais alors il est accaparé par ses amis restés à Diguemer, par ses parents, par ses frères. Il a le temps pour un apéro. Souvent il m'apporte des jouets, des chocolats, un compas avec lequel il me montre comment faire des rosaces.

Puis il repart le dimanche soir. Debout à l'arrêt de bus avec son sac à dos Eastpak, il attend un bus qui met très longtemps à venir. J'attends près de lui jusqu'à ce que ça soit la dernière fois où il me serre dans ses bras avant de partir.

À chaque fois il dit, À très vite ma belle !

À chaque fois, l'arrêt de bus est l'endroit de ma belle, et de l'au revoir et du serrage dans les bras.

C'est là que tu découvres que l'université est un autre monde au-delà du tien.

Si l'on peut dire.

Et c'est là qu'il te prend l'envie d'entamer des études longues et difficiles.

(Sola n'est pas sûre que ce soit aussi clair et net.)

Est-ce que l'on pourrait dire que cette personne, Marin, a été un modèle pour toi, une sorte d'exemple de personne qui a réussi par les études ?

Non, non, ce serait très exagéré.

Mais alors pourquoi tu me racontes tout ça ? (Je suis frustré.) (Elle le fait exprès on dirait.)

Je fais de mon mieux pour te retracer un parcours. Cette histoire-là, c'est celle qui sort toute seule. C'est donc qu'elle doit avoir sa vérité.

La suite est déstabilisante pour Sola, je le vois dans ses petites danses de doigts sur le banc de l'arrêt de bus. Elle me raconte,

c'est un week-end, un jour d'apéro, elle entend son père dire :

— Et alors Marin, il paraît qu'on a une petite copine ?

Marin dit, Dis donc t'es bien renseigné Hervé.

Papa dit, Et un joli coup si j'ai bien compris.

Sola sourit en regardant ses doigts danser sur le banc, et puis elle raconte qu'elle va vite dans sa chambre pour pleurer. En faisant bien attention à ce qu'on ne l'entende pas, parce que personne n'a le droit de savoir qu'elle pleure, et elle sait qu'elle n'a pas le droit d'être consolée. À neuf ans, on n'a pas le droit d'être triste qu'un garçon de dix-neuf ans sorte avec une fille. Ce n'est pas normal. Ce n'est pas ce que font les enfants.

Alors je vis ce chagrin seule en attendant.

Marin sort donc avec une Astrid qui est la fille d'une grande famille noble de Picardie. Ils ont un château près d'Abbeville. Ils ont des domestiques et des doubles poneys.

Papa dit, T'oublies pas d'où tu viens, hein ! Qu'on te voie pas revenir avec la tête qui passe pas les portes !

Marin dit, C'est pas mon genre Hervé, tu sais.

Mais on ne voit pas Marin revenir avec la tête qui passe pas les portes. On le voit plus revenir du tout.

J'entre en sixième. Je ressemble à un bigorneau avec mon énorme sac à dos. Ça me protège. Bien coquillée, j'ai d'excellentes notes.

J'entre en cinquième. Je suis très forte. Je veux être docteur.

Ah, nous y voilà enfin. En cinquième, alors ?

Oui, déjà en cinquième.

Maman dit, Marin a dû déteindre sur Sola, elle veut être docteur maintenant.

Daniel dit, C'est bien, Sola, faut continuer, c'est important les études.

Papa dit, Je voudrais bien qu'elle soigne les vieux, ça sera utile dans nos vieux jours.

Alors c'est ton père qui t'a dit de faire ça ?

Ah non, ne va pas me faire dire que j'ai fait ça parce que mon père le voulait.

Et Marin, il en dit quoi à ce moment-là ?
Je ne vois plus Marin à ce moment-là.
Hein ? Mais alors qu'est-ce qui se passe ensuite ?

Ensuite,
un jour,
le père de Marin vient nous rendre une visite impromptue.
Daniel dit, J'ai une petite enveloppe pour vous.
Papa dit, Tiens tiens… Et pourquoi que tu l'as pas simplement mise dans la boîte ?
Daniel dit, Ah, c'est pas ce genre d'enveloppe. Ça, c'est le genre qu'on a envie de partager, tu comprends.
Papa dit, C'est un chèque pour qu'on aille aux Caraïbes ?
Daniel dit, Ouvre donc, gros lard !
Papa dit, Oh, j'en étais sûr ! Formidable ! Viens donc voir, Fanny !
Maman dit, Oh ! Mais quelle bonne surprise ! Et on est invités ?
Daniel dit, Bien sûr Fanny, tu crois quoi ?
Maman dit, Dans leur château en baie de Somme !
Daniel dit, Et j'ai une enveloppe supplémentaire pour Sola.
J'ouvre l'enveloppe. C'est une carte *La baie de Somme Côte Picarde*, avec des chevaux des phoques des mouettes. Derrière, il y a écrit :

Chère Sola,
Nous ferais-tu la joie d'être l'une des demoiselles d'honneur d'Astrid ?
Je t'embrasse,
Marin.

Mais attends Sola, pourquoi tu me parles de ça ? Reviens au moment où tu racontes ce que tu faisais en cinquième. Tu étais forte en SVT, en maths, tout ça ?

Chut. Écoute.

J'ai quatorze ans. Je suis en robe blanche parmi cinq autres demoiselles en robe blanche, de cinq ans à dix-sept ans. Je ne leur parle pas. Elles ne m'aiment pas et moi non plus. Ce sont toutes des cousines ou des sœurs d'Astrid.

Astrid est en robe blanche elle aussi : c'est la mariée. Le château est médiéval, massif, mordoré. Sur la photo du mariage, mon sourire est tellement triste que c'est presque drôle de le regarder.

D'accord mais la SVT et les maths en cinquième ?

Papa et Maman ne sont pas vraiment à leur place dans ce mariage. Ils contemplent la cérémonie, un peu perdus. Ils ont mis des vêtements pas moches mais qui jurent bizarrement avec les autres gens. Il y a quelque chose de, la cravate de Papa un peu trop, les chaussures de Maman pas assez, leur manière de se déplacer et de parler pas tout à fait, je ne sais pas.

On est une petite tablée de gens de Diguemer et personne ne sait quel couvert fait quoi. Les crevettes prédécortiquées ont l'air toutes nues. Le trop grand vase de lys au centre de la table nous empêche de nous voir. Les discours sont en français, pourtant c'est comme une langue étrangère. Personne ne parle fort ; on dirait qu'il y a une règle pour les décibels.

Après on dit tous merci infiniment à Marin et Astrid et on rentre tôt en voiture.

Je pense qu'il y avait beaucoup de médecins dans ce mariage-là, et bien plus tard j'ai été à beaucoup de mariages comme celui-là. Maintenant, je sais très bien faire.

(Je note donc que Sola Perré considère qu'elle a appris à être, pas seulement médecin, mais le genre de personne qui est médecin.)

Et ensuite ?

Ensuite ?

Attends, il faut qu'on retourne bosser. Mais ça se raconte vite. Note :

Ensuite, j'ai seize ans. Je passe mon brevet. J'ai dix-sept ans. J'ai un petit copain. J'ai dix-huit ans. On couche ensemble. J'ai dix-neuf ans. Je pars étudier à Lille. J'ai vingt ans. Je réussis le concours. J'ai vingt-trois ans. Je suis interne en gériatrie à Paris. J'ai vingt-six ans. J'ai un copain sérieux. J'ai vingt-huit ans. Nous nous séparons. J'ai vingt-neuf ans. Maman tombe malade. Je m'occupe d'elle. Elle se remet, mais je choisis de rester dans la région.

J'ai trente ans.

On me propose un poste à l'unité Mnémosyne.

Voilà, c'est tout.

C'est tout ?

Tu as tes réponses ?

Euh. Pas vraiment.

Mais si, dit Sola, cherche bien.

Je cherche.

NOTE RÉTROSPECTIVE

C'était brouillon, cette manière d'écrire l'histoire de Sola. Mais à l'époque, je pensais que ça allait être la première et la dernière fois. À l'époque, je ne pensais pas qu'il y aurait une suite. On peut se dire : quand tu as ton poste de médecin, ça y est, t'as réussi ta vie. Sauf qu'en fait il y a encore une histoire derrière.

Vous verrez.

Mardi 9 décembre

Ça fait bizarre de se remettre dans le monde après une grosse période d'écriture. Je sais que ce n'est pas non plus *Anna Karénine*, cette Biographie de Carrière, mais ça m'a demandé beaucoup d'efforts. Ça colle encore au cerveau d'y avoir passé tant de temps – et de l'avoir réécrite et réécrite, on ne pense plus droit.

Heureusement, l'unité est un monde qui accueille bien les gens avec un tas de trucs collés au cerveau et des pensées pas droites, alors j'ai repris le travail cette semaine et ça va.

Jeudi 11 décembre

Aujourd'hui, j'ai reçu un coup de téléphone par l'intermédiaire de Sola. C'était Monsieur Quasi.

Monsieur Quasi : *Allô ? Monsieur Lemonnier ?*

Moi : Lui-même.

Monsieur Quasi : *Oui, dites donc, j'ai trouvé un sosie qui vous irait bien pour Françoise Hardy.*

Moi : Ah oui ?

Monsieur Quasi : *Oui, c'est une chouette petite nana, à la base elle est sosie de Jane Birkin mais bon, c'est exactement la même chose, Jane Birkin et Françoise Hardy. Vous voyez qui c'est, Jane Birkin ?*

Je vois très bien qui c'est, et j'aime beaucoup Jane Birkin, mais je trouve pas du tout que ce soit exactement la même chose.

Moi : Je trouve pas du tout que ce soit exactement la même chose.

Monsieur Quasi : *Si, quand même.*

Moi : Non, quand même pas.

Silence grésillant.

Monsieur Quasi : *Vous voulez pas la voir, juste pour voir ?*

Moi : Bon, d'accord.

Monsieur Quasi : *OK. Si je vous l'amène demain, ça vous va ?*

Moi : D'accord.

J'ai dit ce qu'il avait dit à Sola. Elle était morte de rire.

Sola : Je suis morte de rire. Moi non plus, j'ai jamais pu les différencier.

Moi : Mais ça va pas la tête ! Elles sont pas du tout pareilles !

Sola : C'est juste des meufs à frange qui chantent suraigu.

C'est incroyable d'être injuste comme ça, ou alors d'autant se fourvoyer.

Moi : Tu as tort.

Pour aider Sola à comprendre son erreur, j'ai mis des disques de Jane Birkin et des disques de Françoise Hardy tout l'après-midi dans la salle de soins où elle s'occupait des pensionnaires, ça l'a rendue folle et à la fin j'ai dit :

Moi : Alors t'entends la différence ?

Sola : Nettement. Ça n'a rien à voir.

Moi : C'est vrai ?

Sola : Non, mais je dirai tout ce que tu veux pour que t'arrêtes de m'infliger ça.

J'ai remis un disque de Françoise.

Sola : J'AI COMPRIS MON ERREUR ! JE LE JURE !

Vendredi 12 décembre

Nous avons rencontré la sosie de Jane Birkin pouvant passer pour une sosie de Françoise Hardy. Monsieur Quasi est arrivé dans son cabriolet avec elle. On les a retrouvés sur le parking de l'unité Mnémosyne et on les a emmenés dans la salle du personnel. La sosie est maigre et plutôt grande (vers 1 m 77) avec une frange et des dents.

Monsieur Quasi : Et voilà notre Françoise ! Enfin, notre Françoise-Jane.

Notre Françoise-Jane s'appelle Marlène Labourie et elle vient de Picardie. Elle a vingt-huit ans et dans la vie normale, elle travaille comme secrétaire dans une petite entreprise de contenants en carton (exemple : boîtes de chocolats, boîtes d'allumettes), mais sa passion c'est les années 1960-1970-1980, en particulier Jane Birkin.

Moi : C'est vrai qu'en fait, ce qui est marrant c'est que vous ressemblez à Jane Birkin mais aussi à Françoise Hardy... comme si vous étiez au milieu.

Marlène Labourie : Oui, je suis la triplette manquante.

Ainsi nous avons vu qu'elle avait de l'humour. Sola était déjà pliée de rire car toute la situation lui inspire énormément de rigolade, plus qu'à moi (j'ai l'impression parfois qu'elle ne prend pas beaucoup ses responsabilités au sérieux).

Monsieur Quasi : Et elle est forte, figurez-vous qu'elle va passer les 32e de finale pour La France a un incroyable talent !

Marlène Labourie : En tant que Jane Birkin, pour le coup.

Sola : Bon, Marlène, vous allez nous chanter la chanson pour voir ?

Marlène Labourie s'est éclairci la voix en toussotant et puis elle s'est mise à chanter :

Marlène Labourie : « Quand je me touwne vers mes souveniw, je wevois la maison où j'ai gwandi… »

Moi : Je suis désolé de vous interrompre, mais j'ai remarqué que vous ne prononcez pas les r normalement.

Marlène Labourie : Ah, je suis désolée, j'ai trop l'habitude de faire l'accent anglais.

Moi : Je suis désolé, mais vu que c'est Françoise Hardy il faut faire l'accent français, sinon les pensionnaires vont être désarçonnés.

Marlène Labourie : « Quand je me tourrrne vers mes souvenirrrrs, je revois la maison où j'ai grandi… »

Moi : Je suis vraiment désolé de vous interrompre, mais est-ce que vous pourriez rendre votre voix un tout petit peu plus, je sais pas comment dire – nettoyée ? Parce que Françoise a une voix qui fait moins, vous savez, « kssshpph » sur les côtés que Jane Birkin, si vous voyez ce que je veux dire.

Sola : Valentin est expert en différences entre Françoise Hardy et Jane Birkin.

Moi : C'est juste que si on a l'impression que c'est Françoise Hardy qui chante du Françoise Hardy avec la voix de Jane Birkin, les pensionnaires vont être désarçonnés.

Marlène Labourie : Non, mais je comprends très bien, vous inquiétez pas.

Marlène Labourie : [recommençant avec une voix plus nettoyée] « Quand je me tourne vers mes souvenirs » [c'était beaucoup mieux] « je revois la maison où j'ai grandi… »

Sola : [murmurant] C'est beaucoup mieux.

Marlène Labourie : « Il me revient des tas de choses, je vois des roses dans un jardin… »

À ce moment-là j'attendais très stressé parce que ça part très haut d'un coup dans le vers suivant sur « viVAIENT » et il faut que la voix suive.

Marlène Labourie : « Là où viVAIENT [la voix a suivi] des arbres, maintenant, la ville est là… »

À ce moment-là j'étais rassuré que la voix ait suivi et j'attendais le prochain vers que je trouve particulièrement émouvant.

Marlène Labourie : « Et la maison, les fleurs que j'aimais tant, n'existent plus… »

C'était suffisamment émouvant. Elle a chanté toute la chanson et c'était assez convaincant alors j'ai été assez convaincu. Monsieur Quasi a dit :

Monsieur Quasi : Alors ?

Moi : Merci beaucoup, Madame Labourie, c'était très beau.

Marlène Labourie : Merci, Valentin !

Sola : Eh ben c'est parti !

Monsieur Quasi : Bon, mais attention, le truc, c'est que votre budget de quatre cents euros, il va falloir l'étendre un chouïa parce que déjà, ça a pas été facile facile pour moi de vous trouver quelqu'un qui fasse Françoise Hardy, et en plus Marlène ça va lui demander beaucoup de travail de faire Françoise Hardy au lieu de Jane Birkin, c'est pas du tout la même chose.

Sola : Vous nous avez présenté ça spécifiquement comme étant, je cite, « exactement la même chose ».

Monsieur Quasi : Vous avez bien vu que non, puisque le gamin lui a demandé de changer sa voix.

Moi : J'aimerais bien qu'on évite le conflit.

Marlène Labourie : C'est pas *exactement* la même chose, ça demande un ajustement.

Moi : Ça me semble juste comme description.

Monsieur Quasi : Oui, très juste. Ça demande un ajustement.

Sola : [soupir] Vous voulez combien ?

Monsieur Quasi : [faisant semblant de calculer dans sa tête] Alors pour une chanson qui demande un ajustement plus mes frais, plus transport, blabla coûts de recherche frais de déplacement pour les trois autres que vous avez refusées… à la louche, 900 euros plus la TVA donc 1 000 euros.

Sola : Mille balles ?!

Moi : Ça me paraît raisonnable.

Sola : [levant les yeux au ciel] *Valentin* !

Moi : Mais quand t'y penses, Sola, c'est le même budget que pour les choses qu'on a achetées en Belgique, alors que c'est tout aussi important que les choses, car c'est une expérience de vie ; je dirais c'est le même prix en importance, au moins.

Sola a roulé les yeux qu'elle avait levés au ciel.

Dimanche 14 décembre

Je suis désarçonné car j'ai reçu des messages de Colas et Élise sur le groupe WhatsApp frères et sœur, et ces messages n'étaient pas d'une grande douceur à mon égard.

Colas
dis donc, Valentin
Papa nous a raconté l'histoire avec M quand t'as pas voulu les recevoir
écoute, tu sais bien qu'on est de ton côté etc
mais franchement, là, non, ça se fait pas,
c'est pas sympa ni pour elle ni pour papa
maintenant faut se faire à la situation ok ?
t'es grand, mec, faut bouger là...

Élise
on les verra pour les fêtes à Noël
tu sais moi j'ai bcp parlé à M elle est cool ça va
et balise pas pour maman ça va là elle sort et tout
allez à bientôt frérot 😘

Je suis désarçonné car ça les rajoute tous les deux à la liste de gens (Sola, Serge Quéhen, Vadim, Papa) qui trouvent que la situation est normale. Je trouve cela angoissant venant de Colas et Élise : cela montre qu'ils ont oublié totalement la vraie vie, et la vraie situation normale, dans le sens de la vie/situation d'avant.

Si Colas et Élise ont oublié, c'est assez tragique. Cela veut dire que je suis le seul à m'en souvenir, et donc cela me donne une responsabilité.

Niveau d'angoisse : 7/10.

Lundi 15 décembre

Je n'arrive pas à croire qu'on arrive déjà aux vacances de Noël. Je vais à nouveau devoir quitter Boulogne et l'unité. On doit faire une fête vendredi mais je ne me sens pas d'humeur festive. Cependant Bouchra a joué de la guitare pour nous ce soir et c'était de nature à me tranquilliser. Puis Serge Quéhen a tapé dans ses mains.

Serge Quéhen : Mercredi, je vous emmène tous au marché de Noël de Lille.

Mercredi 17 décembre

Lille était magnifique, tout illuminée de l'intérieur par le marché de Noël. Nous avons acheté des cadeaux de Noël typiques des Hauts-de-France pour nos familles. J'ai acheté :

Pour Maman : de la dentelle de Calais.

Pour Colas : un petit tableau d'un bateau.

Pour Élise : des chocolats spéciaux du Nord en forme de billes de charbon (pour célébrer le passé minier de la région)

Pour tous : des bières de différentes variétés.

Pour tous : de la chicorée (ils ne connaissent pas, en bas).

J'ai hésité sur quoi faire pour la situation Papa/M, me disant que si on les voyait, j'aurais honte de n'avoir aucun cadeau, mais en même temps l'idée de leur offrir un cadeau était extrêmement déplaisante.

Finalement je leur ai acheté une bougie parfumée au maroilles.

Jeudi 18 décembre

Aujourd'hui, j'ai aidé à tout décorer pour la fête de demain. Puis j'ai fait mes valises. Niveau d'angoisse : 8/10.

Vendredi 19 décembre

On a fait le grand repas de Noël rue Georges-Perec, avec une longue table et tous les pensionnaires et tous les employés de la section B, vu que la semaine prochaine, beaucoup seront en vacances. Une chorale est venue chanter des chants de Noël et on a offert des cadeaux à tout le monde.

On a fait un père Noël secret. J'ai reçu de la part de mon père Noël secret : un album de Gaston Lagaffe (je sais pas pourquoi). Mon cadeau secret était pour Octavio et je lui ai offert : un joli marque-page tortue que j'ai trouvé sur le marché à Boulogne, parce que c'est Octavio qui lit les livres aux pensionnaires. Il était très touché.

Les pensionnaires ont chanté *Petit Papa Noël* et d'autres chansons. Souvent ils se rappellent bien les paroles même quand tout le reste est flou.

Sola m'a fait une bise et puis elle m'a pris dans ses bras (mais pas comme une perverse sexuelle). Elle, enfin l'unité Mnémosyne, va me manquer énormément ainsi que le travail et les pensionnaires.

Sola m'a dit qu'elle allait passer ses vacances dans son village de naissance sur la côte d'Opale.

Sola : Deux semaines ! Ça va faire long.

Oui, ça va faire long.

Samedi 20 décembre

Dans le train pour Albi.

Deux semaines.

Vacances de Noël

Idée maline : optimise tes vacances au lieu de buller !

Pour certaines personnes, la vie professionnelle s'arrête au seuil de la porte de chez eux. Pour d'autres, chaque minute de libre est une opportunité d'améliorer certains aspects de leur vie socio-professionnelle. À ton avis, laquelle des deux catégories réussit le mieux dans la vie ? Alors n'hésite pas à expliquer dans ton rapport de serci comment tu as su tirer profit au mieux de tes temps de congé !

(Le Rapport de Serci des Winners, p. 50, « Les Vacances »)

Pendant les vacances de Noël, j'ai travaillé sur plusieurs aspects de ma vie socio-professionnelle.

— J'ai « networké stratégiquement », ce qui veut dire prendre contact avec des gens importants qui peuvent établir des partenariats avec moi dans mon domaine. Je l'ai fait par exemple en : me promenant beaucoup dans les antiquaires, brocantes d'Albi et des environs et en parlant des objets vintage avec les gens qui vendent. Ils étaient assez étonnés que je sache beaucoup de choses, ce qui veut dire que j'ai « affiché mon expertise ».

NOTE RÉTROSPECTIVE

Je laisse tout ce passage parce qu'il a un intérêt du point de vue du rapport de serci, mais je tiens quand même à dire qu'aujourd'hui j'adhère à peu près à zéro pour cent à ce que j'ai dit. Cependant, je considère que cette approche du monde du travail a quand même constitué une étape de mon développement au cours de cette année, que je ne peux pas passer sous silence.

— J'ai « témoigné de ma gratitude aux n+1 », c'est-à-dire ne pas oublier de remercier les chef·fe·s. Exemple : j'ai écrit à Marianne Kasprovitch et à Sola une carte de vœux pour Noël en direct d'Albi.

J'ai aussi envoyé des cartes à Octavio, Magali, Arthur, Philou, Marilou et à plusieurs pensionnaires de l'unité Mnémosyne alors qu'ils ne peuvent pas spécialement m'aider à progresser dans ma carrière, mais cela fait toujours plaisir de recevoir une carte. J'ai aussi écrit à Constance, Bouchra, Victor, Vadim, Camille et Serge Quéhen. Là non plus ce n'était pas utile, mais je n'ai pas non plus gâché énormément de temps à le faire.

— J'ai « étendu mon champ de compétences » : j'ai acheté une belle guitare folk de 1969, bien que je ne sache pas en jouer. Elle ne coûtait presque rien (24 euros) et il n'y avait pas de cordes. J'ai acheté des cordes. J'ai tout facturé à l'unité Mnémosyne et j'ai apporté la guitare à la petite amie de Colas, Nour, qui sait comment mettre des cordes et jouer. Elle m'a mis des cordes et elle m'a montré comment accorder. Puis elle m'a montré 4 accords : D, Em, G, A.

Nour : Avec ça, tu peux faire 95 % des chansons.

J'ai répété quinze fois chaque accord et ensuite je les savais, et puis j'ai fait dix fois chaque enchaînement et ensuite je les savais. Mais j'ai vite vu que ça ne suffisait pas pour les chansons de Françoise Hardy, parce que beaucoup sont tristes et exigent donc des accords en mineur, qui sont donc souvent des accords barrés, qui sont beaucoup plus difficiles puisqu'ils entaillent les doigts, ce qui d'une certaine manière ajoute à la tristesse. J'ai regardé sur YouTube comment faire les autres accords, y compris les barrés. J'ai répété cent fois par jour chaque ancien accord + un nouveau par jour + tous les enchaînements dix fois.

À la fin des vacances, j'en savais plein. J'ai montré à Nour et à Colas.

Nour : Mais t'as putain de géré, c'est incroyable ! Comment t'as appris tout ça en deux semaines ?

Colas : Il est comme ça avec tout, qu'est-ce que tu veux. Il fait chier le monde depuis qu'il est né, ce surdoué à la con ! [pas d'un ton méchant/jaloux]

Ainsi j'ai aussi « affiché mon expertise », et maintenant je sais même presque jouer le début de *Soleil* qui est très compliqué parce que c'est un mélange d'accords et de fingerpicking (pique avec les doigts).

NOTE RÉTROSPECTIVE

Marrant comme on dirait ici que cette idée de guitare sort de nulle part, alors que j'étais, en réalité, absolument obsédé par le désir de m'en acheter une depuis la soirée en Angleterre. Mais je n'en avais pas parlé dans mon journal, parce que parfois on ne mentionne pas certaines choses importantes dans son journal – comme si en oubliant exprès de les écrire, on les laissait moins exister.

— J'ai « aiguisé mon relationnel », c'est-à-dire s'entraîner à parler aux gens, etc. J'ai fait cela en me forçant à dire quelque chose chaque jour à une personne que je ne connais pas, exemple : à la patinoire au vendeur de vin chaud ; dans la queue pour la Poste à une fille qui revendait une sorbetière sur Ebay ; sur un banc du parc à un clochard. Tous ces gens n'avaient pas le même « potentiel d'accélération de ma carrière » (exemple de peu de potentiel : clochard), cependant cela contribuait à « fluidifier mon entregent ».

Il y a des gens qui ont un « potentiel dormant » et d'autres un « potentiel actif » pour accélérer notre carrière. Exemple : le vendeur de vin chaud est dormant, étant donné que pour l'instant il ne sert pas à grand-chose, mais un jour peut-être qu'il se réveillera, par exemple si je dois faire une soirée vin chaud à l'unité et que je lui demande de nous fournir. Bon, c'est un mauvais exemple car cela m'étonnerait qu'il vienne d'Albi jusqu'à Boulogne pour ça, mais c'est juste pour expliquer.

NOTE RÉTROSPECTIVE

Avec toute cette intelligence stratégique, c'est vraiment incompréhensible que je ne sois pas encore devenu multimilliardaire à l'heure actuelle.

— J'ai « évalué la concurrence », c'est-à-dire regardé comment font les gens ici dans mon domaine d'activité. En fait, ceci est arrivé par surprise. J'étais en train de parler au clochard (Luc) de ce que je faisais et il a dit :

Luc : Ah, mais y a ma tante qui est dans un truc comme ça à Toulouse !

Et là, j'ai continué la conversation et appris qu'il y a une unité Mnémosyne à Toulouse, où est la tante de Luc, en années 80-90 (la pauvre, elle a eu une maladie d'Alzheimer précoce), et donc j'ai contacté l'unité de Toulouse pour leur dire bonjour. Là-dessus il s'est trouvé que c'étaient des gens très sympathiques, qui m'ont dit de venir leur rendre visite si je voulais venir visiter leur section 1960-1970.

NOTE RÉTROSPECTIVE

On aurait pu espérer que considérant les faits, j'aurais modifié le commentaire ci-dessus selon quoi le clochard a peu de potentiel, mais je crois que je n'y avais pas du tout pensé.

Alors j'y suis allé. Il faisait très doux dehors à cause du réchauffement climatique. L'unité Mnémosyne à Toulouse n'est pas en forme de terril d'ancienne mine, vu que ça n'a rien à voir avec l'identité de la région ici. Elle est très futuriste et blanche, pour mettre en valeur les industries de pointe qui font la fierté de la région, exemple : fusées, satellites.

C'était vraiment bizarre de visiter une autre unité Mnémosyne. C'était pareil, mais pas pareil. C'est la même disposition exactement, parce que le fournisseur mondial des unités (MnemoTechnics) ne change pas les pièces, etc. : il y a la même rue, qui s'appelle ici rue Michel-Simon, et le même parc, qui s'appelle ici parc Michel-Legrand, et un café aussi qui s'appelle le café ici Michèle-Morgan (ce sont des Michèl·e célèbres). L'ensemble du mobilier médical est similaire, car même quand ils ont l'air vintage, les sofas, fauteuils, etc. sont secrètement articulés pour aider à faire se lever les pensionnaires.

C'est très étrange d'être dans une maison exactement pareille mais différente. C'est comme un cauchemar tiède où le monde aurait changé, pas méchamment mais où personne ne te connaîtrait, où tout le monde aurait oublié comment l'autre version était.

J'ai détesté. J'ai eu une énorme crise d'angoisse dans l'escalier (près de ce qui est chez nous le café Georges Pompidou et chez eux le café Michèle-Morgan). Je n'avais pas eu cela depuis des semaines. J'ai mis ma tête entre mes genoux et j'ai fait toutes les stratégies.

Cependant, il s'est passé quelque chose d'incroyable ensuite, qui a stoppé la crise : il a soudain fait très froid et il a neigé. La Neige. Ils ont la Neige ! J'étais estomaqué. J'ai demandé à une infirmière depuis quand ils avaient la Neige.

Infirmière : On l'a installée il y a deux ans. C'est beau, hein ?

C'était incroyable, surtout que je n'ai jamais vu de vraie neige, de sorte que ma première neige était celle-là.

Moi : Ça coûte combien d'installer la Neige ?

Infirmière : Oh là là, je crois que ça va chercher dans les cent cinquante mille par section, et on l'a installée partout. Alors je peux te dire qu'on la rentabilise, on fait une Neige par semaine entre octobre et mars. Les pensionnaires adorent.

Ils adoraient ça, en effet. Ils disaient « Oh oh la neige », etc.

Moi : Nous, on est en train d'installer les Étoiles.

Infirmière : Ah bon, elles étaient pas installées d'office ? Nous, on les a toujours eues.

Moi : Hein ? Mais alors, ça veut dire que vous aviez d'office l'unité Mnémosyne Premium !

Infirmière : Bien sûr. C'est pas comme ça partout en France ?

Moi : Mais non, nous on a la version standard. Ça veut dire que vous avez la... la section Nature ?

Infirmière : Oui, bien sûr ! Je t'emmène voir.

Ainsi j'ai découvert qu'à l'unité Mnémosyne de Toulouse il y a la section Nature, que j'avais seulement vue en photos sur Internet. C'était une grande émotion. Dans la section Nature, il y a : un Potager ; une petite Forêt avec des balançoires spéciales pour personnes âgées. Et surtout, il y a la Mer.

La Mer est incroyable. C'est petit comme un étang, mais avec des vagues. Les pensionnaires peuvent se baigner en s'asseyant dans des chaises qui descendent doucement en roulant sur des rails. Dans la Mer il y a des bruits de mouettes et une odeur de mer, et dans la Forêt des bruits d'oiseaux et une odeur de forêt. Au Potager, les pensionnaires aident à cultiver des fruits et légumes et des fleurs. En plus, ils se rencontrent entre sections dans cet espace-là et font ensemble des pique-niques.

Infirmière : Du coup ça les maintient actifs, c'est bien.

Moi : Les nôtres aussi sont actifs.

J'essayais de masquer ma tristesse mais j'étais triste que les nôtres n'aient pas de Potager, de Forêt et de Mer. D'ailleurs, je ne comprends toujours pas pourquoi Toulouse a eu droit à l'unité Premium et pas Boulogne. Nous, il faut toujours qu'on ajoute tout en option et c'est super cher.

Ainsi, j'ai « évalué la concurrence » et cela m'a porté un petit coup au moral.

NOTE RÉTROSPECTIVE

J'ai fait des recherches depuis, et j'ai appris que le budget des unités Mnémosyne variait beaucoup selon là où on est. Elles coûtent toutes très cher à l'État, bien sûr, mais celle de Toulouse et celle de Lyon sont en version Premium et celle de Boulogne en Standard. J'ai appris qu'il y a aussi une version Basique et une version Economy qui existent chez MnemoTechnics, qui n'ont pas de rue ni de café etc., mais elles ne sont pas commercialisées en France (sauf qu'apparemment ils envisagent d'en faire une Basique en Martinique).

Et il y a une version Luxe qui est en construction à Paris, avec beaucoup plus de place, des fenêtres dont les écrans intégrés montrent des vues qui changent tout le temps, un mini-musée avec des expositions temporaires, une salle de concert/opéra, un restaurant, et animaux domestiques autorisés.

Pourquoi la France a-t-elle décidé que Boulogne serait Standard et Lyon et Toulouse Premium et Paris Luxe et la Martinique Basique ? Le mystère est total, je n'en ai aucune idée, et probablement vous non plus, Madame/Monsieur le/la professeur·e.

Lundi 29 décembre

Pris la résolution d'apprendre sérieusement la guitare.

Samedi 3 janvier

Papa et M finalement venus tirer les rois. Ça n'a que peu à voir avec mon rapport de serci, alors je vais en parler très factuellement.

Maman était à un spa avec une amie pour ne pas les voir. Elle va rarement voire jamais dans les spas et voit rarement des amis alors j'étais plaisamment surpris. Élise et Colas ont fait semblant d'être sympas avec Papa et M, ce qui donnait une illusion très vraisemblable d'entente. Nous avons mangé la galette. Je suis allé sous la table pour dire quelle part de galette va à qui. J'aurais voulu y rester pour toujours. M a eu la fève. La vie aurait difficilement pu être plus ironique.

J'ai offert à Papa et sa « femme » « enceinte » la bougie parfumée aux maroilles. Ils ont fait semblant de trouver ça très drôle. Peut-être qu'ils ont vraiment trouvé ça très drôle.

Ils m'ont offert un livre qui s'appelle *60-70, L'album de ma jeunesse*. C'est sur les années 1960-1970. Je ne l'ai pas ouvert. Je ne l'ouvrirai pas.

NOTE RÉTROSPECTIVE

Je l'ai lu du début à la fin trois jours plus tard.

Ensuite, Colas m'a dit que je m'étais conduit de manière « exemplaire ». Apparemment, sa vision de ce qui est un « exemple » est de s'employer à faire croire à l'anormalité qu'elle est normale.

« Exemplaire » : donner une impression de vivre-ensemble paisible, faire un décor de famille.

Maman a dit qu'elle avait adoré le spa (massage aux algues), et elle n'adore plus grand-chose alors c'est une bonne nouvelle ; mais peut-être faisait-elle semblant.

Dimanche 4 janvier

Plus qu'un jour et je suis enfin de retour.

ENFIN !

JANVIER

Lundi 5 janvier

Enfin rentré.

NOTE RÉTROSPECTIVE

De relire ça, je dois avouer que je suis jaloux de mon moi qui pouvait rentrer à l'unité Mnémosyne. J'ai au bord des narines l'odeur tiède des lieux et dans les oreilles les cliquetis des portes qu'on ouvre et les conversations aigrelettes avec les pensionnaires. Et les sols mous et doux que les pas ne font pas résonner. Au détour des couloirs, le visage de Sola ou d'Octavio ou de Magali.

Chez moi.

Plusieurs fois, Octavio m'a dit, « C'est pas chez toi, souviens-toi, Valentin ; c'est chez personne, c'est un établissement pour personnes en fin de vie. Au mieux, c'est un purgatoire. »

Je me souhaite beaucoup ce purgatoire.

En janvier, mes retrouvailles avec l'unité ont été ternies parce que j'ai appris en arrivant la mort de deux pensionnaires : Madame Ledoux et Monsieur Saunier. Je n'avais passé que peu de temps avec eux et ils étaient extrêmement diminués, mais j'étais triste quand même. Cela s'était passé au cours de la dernière semaine de décembre, l'un après l'autre, comme des bougies qui arrivent au bout de la mèche.

Les deux places libérées avaient déjà été reprises quand je suis arrivé. Les nouvelles venues étaient deux femmes, plus jeunes que Madame Ledoux et Monsieur Saunier, qui n'étaient pas encore habituées à être là dans cet endroit nouveau-ancien. Elles disaient des choses qui laissaient entendre qu'elles trouvaient ça étrange, ce lieu qui avait un air d'autrefois mais dont elles savaient confusément qu'il était d'aujourd'hui.

Il fallait faire particulièrement attention, avec elles, en traversant les murs.

Au bout d'un moment, cependant, chacun s'habitue.

Mercredi 7 janvier

Jour de visites.

Arthur a fait tomber un pot en porcelaine de Delft (mille morceaux).

Écouté Octavio lire : *Le Ravissement de Lol V. Stein,* Marguerite Duras.

Appris à faire des flans à la vanille à partir de sachets de poudre.

Discuté avec Octavio de ses vacances (Lille avec sa copine).

Accords maîtrisés : 29.

Jeudi 8 janvier

Journée efficace.

Appris à faire des piqûres (dans une orange).

Appris à passer un Swiffer Attrape-Poussière sur les bibelots.

Magali a eu pour Noël un bichon maltais (Gugusse).

Constance s'est fait un piercing au nez. Gros scandale !

Accords maîtrisés : 31.

Vendredi 9 janvier

Appris à recoudre un bouton.

Commande sur Ebay de 200 cartes postales des années 1960-1970 de la Côte d'Opale (8 euros).

Après-midi cinéma : *Le Mépris*, Jean-Luc Godard. Pas aimé : trop de violence larvée et de thématique adultérine.

Dans *60-70. L'album de ma jeunesse*, j'ai vu un article sur Nadia Comaneci, une Roumaine qui avait géré en gym aux Jeux Olympiques en 1972. J'ai cherché la vidéo et je l'ai montrée aux pensionnaires. Gros succès. Elle vole de barre en barre, pif paf pof.

Accords maîtrisés : 32.

Dimanche 11 janvier

Accords maîtrisés : 34.

Total actuel : 5 chansons apprises :

- *Tous les garçons et les filles de mon âge*
- *Ma jeunesse fout le camp*
- *Soleil*
- *Le premier bonheur du jour*
- *L'amitié*

2 chansons en cours d'apprentissage :

- *Et si je m'en vais avant toi*
- *Partir quand même*

Duo de guitares le soir. Les autres impressionnés !

Bouchra : Mec, j'ai jamais vu quelqu'un apprendre si vite. Jamais ! À l'occasion, je veux bien que tu me donnes des cours !

Chanté : *Ma jeunesse fout le camp.*

NOTE RÉTROSPECTIVE

Janvier, c'était calme à l'unité, je continuais à me former, mais ce qui m'accaparait l'esprit et les mains, c'était la guitare. Je rentrais le soir et je répétais mes accords et j'apprenais mes chansons.

Dans le journal, je n'ai pas dit *pourquoi* je faisais tout ça. C'est marrant comme, dans son journal, on se ment. J'ai remarqué ça ; souvent, je fais semblant de ne pas voir que j'oublie des détails importants – par exemple, dans un roman, on n'aurait pas comme ça juste un héros qui apprend la guitare pour le fun ; ce serait forcément dans un but bien défini, qu'on verrait un peu venir en se disant « Hmmmm, je le vois un peu venir. » Là, il y avait un but mais le héros (moi) ne se le définissait pas à lui-même (moi-même).

Et puis d'un coup ça se définit tout seul, et c'est clair que le but était là depuis le début, comme quand un bouton de fleur reste longtemps comme un tout petit poing vert et d'un coup, plof ! Il s'entrouvre, et ça y est, les pétales roses encore froissés sortent.

Mardi 13 janvier

Aujourd'hui, les affiches de la colonne ont été changées. Arthur est venu me voir.

Arthur : Valentin, ça te dit de changer les affiches de la colonne Morris ?

Moi : Avec grand plaisir, merci de ta confiance.

(En ce moment, je prends soin d'étoffer mes réponses aux demandes que l'on me fait. L'idée m'est venue grâce à un encart du *Guide de survie au service civique* (p. 103) qui dit : « Faire preuve de professionnalisme, c'est aussi accepter les tâches qu'on te propose avec enthousiasme et énergie. Au lieu de dire « D'accord ! » ou « OK ! », essaie d'étoffer tes réponses aux demandes que l'on te fait. « Avec joie ! » « Avec grand plaisir ! » « J'en serais ravi/e » « Je vais tout faire pour » « Merci de votre confiance ». Ces petites phrases ne te coûtent rien, mais elles lubrifient les rapports sociaux dans le cadre du travail et entretiennent ta réputation de collègue fiable, positif et dynamique.»)

L'une des deux nouvelles affiches dit :

CATHERINE DENEUVE. GEORGE CHAKIRIS. FRANÇOISE DORLÉAC

Les Demoiselles de Rochefort

un film de JACQUES DEMY

Avec une spirale jaune et orange dessous où deux filles en noir et blanc jouent de la trompette et une sorte de guitare ronde, et des gens qui dansent derrière mal photoshoppés.

NOTE RÉTROSPECTIVE
[soupir]

Tout ça sur fond rose. Et l'autre affiche dit :

CATHERINE DENEUVE
ANNE VERNON

NINO CASTELNUOVO
MARC MICHEL

LES PARAPLUIES DE CHERBOURG

UN FILM DE JACQUES DEMY
MIS EN MUSIQUE PAR MICHEL LEGRAND

Et sur celle-ci, qui est bleue, il y a des notes de musique et un couple sous un parapluie qui se serre dans les bras.

Arthur : On va passer les deux films aux pensionnaires dans quelques semaines.

Moi : Cool.

Arthur : Tu les as déjà vus ?

Moi : Peut-être, je me souviens plus.

En vérité, non. J'ai collé les affiches.

Mercredi 14 janvier

Énorme perplexité aujourd'hui, car message d'un numéro inconnu sur WhatsApp qui dit :

Cher Valentin,
ton père m'a donné ton numéro, j'espère que ça ne te gêne pas !
J'ai pensé à toi aujourd'hui en tombant sur ces listes Pinterest de styles de décoration des années 1960… bises.

Je suis à peu près sûr que c'est M la Marâtre. Je sais pas ce qu'elle fait sur Pinterest au lieu d'être une adulte. Et le copinage, non merci.

En plus, je n'ai pas Pinterest, alors il faudrait que je l'installe pour voir la liste, et ça risque pas d'arriver.

NOTE RÉTROSPECTIVE
C'est arrivé le lendemain.

Jeudi 15 janvier

On a emmené les pensionnaires se promener dans la rue Georges-Perec. C'est un bonheur de se promener dans une rue tiède et ensoleillée, alors que tout dehors est froid et gris.

Monsieur Venti a aperçu les nouveaux posters.

Monsieur Venti : Ils vont nous passer du Demy ! C'est un cauchemar.

Madame Laurel : Mais non, c'est beau comme tout.

Monsieur Venti : Passez-nous *Emmanuelle*, merde !

Moi : C'est qui ?

Madame Laurel : Pfioulàlà ! L'écoutez pas ! C'est un film pornographique, Valentin. Por-no-gra-phique !

Monsieur Venti : Bruce Lee, alors !

Madame Laurel : Deneuve, Deneuve !

Monsieur Venti : C'est un fait qu'elle est mignonne.

Madame Hatem : Je l'ai bien connue, moi, Catherine Deneuve ! J'y donnais des cours de danse.

D'une façon générale, il est impossible de savoir si c'est vrai ou non quand les pensionnaires disent qu'ils ont bien connu des gens. Là, par exemple, je pense qu'il est peu probable que Madame Hatem ait donné des cours de danse à Catherine Deneuve, dans la mesure où elle a deux ans de moins que Catherine Deneuve. Je ne dis pas que c'est impossible, mais je reste dubitatif.

J'ai cherché *Emmanuelle* et Bruce Lee et c'est : du sexe, de la violence. Nous ne pouvons pas cautionner cela ici.

Vendredi 16 janvier

À cause du livre *60-70 : L'album de ma jeunesse* et aussi d'autres lectures et d'inspirations sur certains sites comme Pinterest, j'ai redécoré ma chambre.

J'ai commencé par acheter chez un antiquaire des tas d'anciens exemplaires de *Salut les copains*, or dans plein d'entre eux il y avait des affiches et des photos de Françoise Hardy et d'autres chanteuses et chanteurs et des pubs. Je les ai découpées et je les ai collées dans ma chambre sur les murs.

Ainsi ma chambre n'est plus nue et froide mais chaleureuse et enchantante.

J'ai aussi rapporté du stock de l'unité Mnémosyne (en promettant de les rendre à la fin de mon stage) une lampe orange qui ressemble un peu à un champignon et un tapis multicolore avec des formes concentriques et toute une literie colorée fleurie pour remplacer ma literie moche.

Je me sens beaucoup plus chez moi. Je suis descendu au salon dire aux autres de monter voir ce que j'avais fait de ma soirée. Les autres ont mis en pause leur partie de Skull et ils sont montés voir.

Vadim : Wooow putain. Rétine cramée.

Bouchra : Mais trop vintage, j'adore !

Constance : Vas-y j'ai le droit de l'instagrammer ? Steuplé steuplé.

Moi : D'accord.

Victor : Et la robe là, c'est pour quoi faire ?

Moi : C'est une robe Courrèges blanche. On l'a achetée avec Sola et elle m'a plu, et donc je l'ai gardée.

[J'ai accroché la robe Courrèges blanche à un cintre au mur, en déco.]

Victor : Mais c'est pour quoi faire ?

Moi : Pour faire joli.

Victor : T'es chelou, mec. Tu sais que t'es chelou ?

Moi : Je sais pas.

Victor : C'est chelou d'avoir une robe de meuf dans ta chambre quand t'es un gars.

Constance : C'est moins chelou que d'avoir un poster du Kama-sutra comme dans la tienne.

Bouchra : Surtout vu comme tu pratiques la discipline.

Victor : Vous savez rien de ma vie sexuelle, OK ? Mais on peut se poser des questions sur la sienne, t'as vu.

Vadim avait l'air perplexe mais pas dégoûté par la présence de la robe comme Victor. Je comprends cette perplexité ; moi-même, il y a quelques mois, j'aurais tiqué si j'avais trouvé une robe Courrèges dans la chambre d'un garçon, et je me serais demandé par exemple : « est-ce qu'il la met secrètement ? », même si je sais qu'il a parfaitement le droit.

Vadim : [pas très fort] C'est bon, mec, il peut avoir une robe dans sa chambre, c'est pas illégal.

Constance : Voilà !

Bouchra : Voilà !

Victor : Faut vous faire soigner, tous.

Serge : C'est vraiment très joli, Valentin. C'est ton univers à toi.

C'était vrai (mais en même temps pas totalement, puisque je l'ai pris aux années 1960-1970).

Maintenant je suis au lit et je regarde la robe qui pend.

Dimanche 18 janvier

Journée productive.

Ce matin, j'ai eu une idée et je suis allé la mettre en œuvre malgré sa nature un peu saugrenue, surtout pour moi.

Je suis allé chanter un petit peu dans la rue, avec ma guitare, pour voir si je pouvais récolter de l'argent pour l'unité Mnémosyne.

Il faisait pas trop froid, ça allait. Au début les gens étaient un peu surpris, et puis finalement j'ai récolté plus de 9 euros en 1 heure. Pas mal. J'avais mis la perruque, etc.

NOTE RÉTROSPECTIVE

Exemple typique de mensonge à soi-même : la perruque ? Quelle perruque !? Là, on dirait que le machin tombe du ciel, alors que cette perruque – c'était une perruque à frange, blonde, à cheveux raides – je l'avais achetée sur Ebay la semaine précédente et essayée au moins quinze fois.

Autre exemple : ne pas décrire le « etc. », qui était un pantalon pattes d'eph blanc et un pull bleu marine en mohair que j'avais récupérés à l'unité deux semaines plus tôt.

Autre exemple : rester flou sur l'endroit, comme si c'était en bas de la rue que j'avais chanté ces chansons. En fait, c'était dans la gare de Lille (Europe). J'étais allé à Lille en train, parce que je voulais chanter dans un endroit où on me connaisse pas.

Et puis, pour être honnête, j'avais un peu peur de me faire taper dessus, à Boulogne, en chantant habillé en Françoise Hardy.

À mon retour, le soir, les autres m'ont demandé où j'étais passé.

Les autres : T'avais disparu, on était inquiets !

Moi : Je vous avais dit que je serais pas là pour la journée.

Constance : Et comme par hasard, t'arrives juste à temps pour le début du film alors qu'on a déjà fait tous les pop-corns.

Il faut préciser que nous avons décidé récemment de regarder un vieux film tous les dimanches. C'est Serge Quéhen qui les choisit car il a un goût sûr. Le film, c'était *The Truman Show*, et c'était très intéressant. Ça parlait d'un monde totalement créé, avec un monsieur (Truman) pour qui ce monde était exclusivement créé. C'était tout à fait réaliste (j'aime moins les films pas très réalistes).

Dimanche 25 janvier

Je suis retourné chanter. C'était sympa.

NOTE RÉTROSPECTIVE

C'était à Lille Europe à nouveau, et j'ai gagné à peu près 5 euros ; mais cette fois, je me suis fait jeter par la sécurité, parce qu'il faut avoir une autorisation pour jouer de la musique en public. Alors je suis parti.

Mais un jeune homme avec des dreads et un air de musicien, qu'il portait sur son visage et aussi sur son dos (guitare), m'a conseillé d'aller sous le pont entre Lille-Europe et Lille-Centre, que les policiers ne vérifiaient pas. J'y suis resté deux heures et j'ai gagné une trentaine d'euros. Il faisait plus froid que dans la gare.

Les gens s'arrêtaient pour chanter ; c'est surtout ça qui me reste encore aujourd'hui. Ils chantonnaient ces chansons. Les personnes âgées, surtout. Elles disaient, « Oh Françoise ! » et cela les rendait visiblement heureuses.

Une dame : C'est rare de voir des petits jeunes qui connaissent encore Françoise.

Un monsieur : Vous savez jouer sur la corde sensible, vous.

Moi : Laquelle ?

Le monsieur : La nostalgie, tiens.

Cette fois encore, je suis rentré juste à temps pour le film et les pop-corns. Le film, c'était : *Eternal Sunshine of the Spotless Mind.* Ce film n'était pas réaliste, cependant il m'a bouleversé. Il est question de deux personnes qui ne veulent plus se souvenir qu'elles ont été ensemble alors elles se font effacer la mémoire. C'est un peu comme mes pensionnaires, mais en davantage fait exprès.

Je me suis dit ensuite que si Maman et Sola se faisaient effacer la mémoire, pour Maman de Papa et pour Sola de son amoureux qui est mort, ça arrangerait bien des choses. La morale du film avait toutefois l'air de ne pas être d'accord avec ce constat, mais sans le dire clairement (je préfère quand les films ont une morale claire).

FÉVRIER

Dimanche 1er février

Je suis retourné chanter, c'était cool.

NOTE RÉTROSPECTIVE

Sous mon pont toujours, encore plus froid. J'ai fait 20 euros à peu près. C'était encourageant. Des voyageurs qui tractaient leur valise entre Lille-Europe et Lille-Centre (c'est à dix minutes de marche) s'arrêtaient pour écouter alors qu'*a priori*, ils avaient un autre train.

C'est étonnant. Parfois il se passe dix minutes sans que personne n'ait l'air de remarquer, tout le monde passe, et rien ne se passe. Et parfois, soit que tu aies réussi un accord parfait, soit que l'air soit subitement devenu magnétique autour de toi, les gens s'arrêtent de tourbillonner, pointent tous vers toi comme des petits aimants et écoutent et même chantent. Ensuite, comme ils ont écouté et chanté, ils sont obligés de mettre des euros dans le béret rouge, c'est la règle.

Madame, Monsieur le/la professeur·e, je ne sais pas si ça vous fait cet effet-là en classe quand parfois (miraculeusement), tous les élèves vous écoutent et se concentrent. Il n'y a rien de mieux sur la planète, et je souhaite à tout le monde de le vivre au moins une fois dans sa vie.

Quand je suis rentré de Lille, les autres avaient encore préparé le film et les pop-corns. C'était *Goodbye Lenin !*, ça m'a beaucoup plu. C'est l'histoire d'une femme qui a Alzheimer (comme mes pensionnaires), alors on lui construit un décor ancien pour qu'elle garde le moral. La grosse différence, c'est qu'elle, on lui fait croire que l'URSS existe encore, alors que les nôtres, on essaie de ne pas trop attirer leur attention sur le fait que ça a existé.

C'est très réaliste. Évidemment, il y a le fait que [...] Mais à part ça, j'ai adoré.

NOTE RÉTROSPECTIVE

J'ai mis [...] pour ne pas vous le spoiler, Madame/Monsieur le/la professeur·e, si jamais vous ne l'avez pas vu.

Les autres, quand on terminait les pop-corns en parlant du film, et qu'on était bien fatigués dans les canapés, m'ont posé des questions.

Les autres : Tain Valentin, tu fous quoi de tes dimanches ?

Moi : Je me promène.

Apparemment, ils avaient des difficultés à accepter cette justification.

Victor : [d'un ton bébé] Je crois que Valentin a une petite amoureuse...

Bouchra : Ou un petit amoureux, putain, arrête d'être un gros con de macho.

Constance : Ou alors il peut aussi être asexuel, hein !

Moi : Je n'étais pas avec un ou une petit ou petite amoureux ou amoureuse ni asexuel.

Vadim : [jetant des pop-corns sur les autres] Mais laissez-le tranquille, putain ! Il a le droit de vivre sa vie.

Serge Quéhen : Vous arrêtez de jurer comme des charretiers, tous ?

J'étais heureux, d'un côté, que les autres soient curieux de ma vie : cela montre qu'ils font attention à moi, ce qui n'est pas une impression que j'ai fréquemment. C'était une belle soirée. Là, je suis au lit et je réfléchis à quelque chose dont je viens de me souvenir, qui est que tout à l'heure à Lille, quand je me réchauffais les doigts entre deux chansons, une grosse dame avec des lunettes bleues est venue me voir.

Grosse dame avec des lunettes bleues : Ah là là, Françoise [elle pleurait presque], c'est toute mon adolescence, si vous saviez à quel point on voulait toutes lui ressembler ! Je me souviendrai toujours d'elle sur ces photos que j'avais dans ma chambre, des photos de Jean-Marie Périer vous savez, avec ses petites robes impeccablement coupées, Saint-Laurent, Courrèges...

Et donc, je regarde ma robe Courrèges qui est suspendue à mon mur et je réfléchis.

Je réfléchis à toutes ces choses belles qui ont fui le monde.

Vendredi 6 février

Hier et aujourd'hui, j'ai vu deux films qui vont encore transformer ma vie. J'ai l'impression que ces jours-ci, chaque jour, il y a des choses qui transforment ma vie.

Ces deux films que j'ai vus, c'est : *Les Parapluies de Cherbourg* et *Les Demoiselles de Rochefort* de Jacques Demy, mis en musique par Michel Legrand.

Pendant toute la séance, Monsieur Fertain a répété en boucle « Y a pas à dire, le ciné, c'est quelque chose ! » Madame Chauchois a tellement pleuré pendant *Les Parapluies de Cherbourg* qu'Octavio a dû la faire sortir. Mais en même temps, il y en avait plein qui dormaient et ronflaient plus fort que la voix de Catherine Deneuve. Monsieur Venti revoulait tout le temps des popcorns. Il a dit deux fois qu'il aurait bien aimé baiser Madame Emery (c'est la mère dans *Les Parapluies de Cherbourg*) et ensuite, trois fois, pareil pour Madame Garnier (c'est la mère dans *Les Demoiselles de Rochefort*).

Cependant, j'ai quand même apprécié cette expérience de regarder un film avec eux.

Je ne vais pas raconter les deux films parce que ce serait un peu long et puis j'espère bien que vous les avez déjà vus. L'un est terriblement triste, l'autre extraordinairement gai. L'un parle de guerre et d'amour, l'autre de paix et d'amour. Les deux se passent au bord de la mer.

Mais l'important, c'est la musique et la couleur. Ce sont des films qui partent du principe que le monde normal n'a ni assez de l'une ni assez de l'autre. Avant eux, je ne m'étais pas rendu compte de ce manque. Après eux, j'ai eu l'impression de quelque chose comme un trou dans le monde. Je n'avais jamais vu un univers d'une telle perfection : il gribouille le nôtre en gris, par comparaison.

Entre ces films et Françoise Hardy, et la robe Courrèges, et les choses de l'unité, je commence à me demander : à quoi bon vivre en dehors ?

Quand je suis sorti, j'étais pensif, pas bien, perplexe. J'ai repris ma navette, j'ai retrouvé

Boulogne, j'ai marché le long du port en m'imaginant danser un peu, chantonner. Mon regard s'accrochait à toute trace de couleur possible : une bouée rouge vif sur les vagues, un encadrement de porte bleu ciel, le collier vert pomme d'un petit chien.

J'étais assoiffé de tout ce qui pouvait relever le monde comme un piment, si vous voyez ce que je veux dire. Du musical, du coloré.

Je me suis aperçu à ce moment-là à quel point j'étais triste, tous les soirs, de quitter l'unité. J'en avais déjà eu l'impression mais là, c'était profond et poignardant, tandis que je marchais sur le port gris, sous le ciel gris, dans les sons gris du monde d'aujourd'hui ; je me suis soudain senti comme arraché à mon vrai monde, placé de force dans un monde sans justesse, sans joliesse et sans joie et ça me semblait extrêmement injuste.

Alors j'ai erré, erré et j'ai trouvé un magasin de peinture.

NOTE RÉTROSPECTIVE

Il y a un moment dans *Les Parapluies de Cherbourg* où quelqu'un entre dans la boutique et survient ce très bref échange :

« Le marchand de couleurs, s'il vous plaît ? »

« C'est la porte à côté ! »

Je cherchais avidement cette porte à côté.

Ce magasin s'appelle Chrom'Opale (il y a beaucoup de choses sur la côte d'Opale qui s'appellent « Opale quelque chose », avec des jeux de mots).

Je suis entré. Ça a fait tinter la pièce. Elle était pleine de pots de peinture, qui étaient extrêmement blancs, plus que du blanc naturel, et plus brillant. Cela faisait des myriades de lumières incurvées. En haut des pots, il y avait un rond discret pour signaler de quelle couleur était la peinture à l'intérieur.

J'ai lu les noms. Bleu turquin, Capucine, Flave, Brou de Noix, Fraise écrasée, Nankin, Lapis-Lazuli, Sang de Bœuf, Rouge Feu, Pervenche, Outremer, Zinzolin, Smaragdin, Poil de Chameau, Mandarine, Bleu Givré. Rien que ces noms apportent du bonheur. Même les gris sonnent comme de meilleurs gris que ceux de notre monde : Tourterelle, Gris Perle, Argent, Gris Souris, Anthracite, Gris Ciel, Fumé, Trianon.

J'ai passé beaucoup de temps à lire les noms, à m'imaginer les intérieurs de ces pots blancs. Puis le Monsieur du magasin est sorti de la réserve. Il m'a souri.

Le Monsieur : Je peux vous aider ?

Moi : [sursautant] Merci, je regarde.

Le Monsieur : Hésitez pas à me demander si vous voulez voir un nuancier ou un échantillon.

Je n'étais pas sûr de ce qu'étaient un nuancier ou un échantillon.

Moi : Je veux bien, mais je n'ai pas apporté d'argent.

Le Monsieur : Oh ! C'est pas payant.

Alors j'ai dit d'accord. Le Monsieur a sorti une sorte de petit livre qui était accroché en bas avec une vis en plastique et qui s'ouvrait en éventail. Ce livre est le livre de toutes les couleurs, avec leur nom et leur couleur dans un carré.

J'ai lu ce livre comme un roman, assis sur un tabouret.

Le Monsieur a fini par me dire :

Le Monsieur : Vous pouvez le garder.

Ainsi j'ai ce nuancier avec moi ce soir. Le monsieur m'a ensuite montré des échantillons. Ce sont des tout petits pots de peinture, exactement des modèles réduits des grands, un peu du genre qu'on donnerait à des enfants, pas du tout assez pour peindre un mur. Il y a chez ces pots une sorte de perfection minuscule.

Le Monsieur : Vous voulez voir quelle couleur ?

Moi : Céruléen, Nacarat, Malachite, Mimosa.

Ce sont des nuances de bleu, de rouge-orange, de vert et de jaune. Le Monsieur a ouvert du bout d'un couteau quatre des tout petits pots, pop, pop, pop, pop, comme des yeux de grenouille. J'ai eu une impression bizarre en voyant ces intérieurs, qui était que j'avais envie de les boire.

NOTE RÉTROSPECTIVE

En relisant ces mots, j'ai moi aussi envie à nouveau de les boire, de me remplir de ces couleurs. C'est difficile à expliquer, mais il y a une espèce de soif qui nous prend quand on voit quelque chose d'aussi crémeux/joyeux.

Le Monsieur a plongé dans chaque petit pot une sorte de bâtonnet en bois comme on met dans les esquimaux, ce qui m'a donné encore plus faim. J'ai remué ces couleurs du bout du bâtonnet en bois. Je voulais à la fois les engloutir et m'en recouvrir tout entier.

Le Monsieur : Vous voulez un pinceau ?

Il m'a tendu un pinceau. J'ai pris une pointe de Céruléen que j'ai étalée sur un morceau de carton.

J'ai regardé ce carton gris se recouvrir de cette pâte appétissante, j'ai eu l'impression d'avoir fait, par ce geste simple, quelque chose de très bien pour le monde.

Le Monsieur : C'est pour repeindre quoi ?

Moi : Des surfaces.

Le Monsieur : De quel type ?

Moi : Une bouche d'incendie, un abribus, des chaises, des poteaux, un banc, des portes et des murs.

Le Monsieur : [silence]

Le Monsieur : Ah ouais, gros projet quand même.

Moi : Oui.

Le Monsieur : Et donc des métaux aussi… Elle est en quoi, votre bouche d'incendie ?

Moi : [Je ne savais pas.] En normal.

Le Monsieur : OK, un genre d'acier quoi… Faut que je me renseigne.

Moi : Je peux commander les quatre couleurs ?

Le Monsieur : Oui, enfin attendez deux secondes, faut des peintures spéciales extérieur si c'est exposé au vent et à la pluie.

Moi : Non, mais vous inquiétez pas, c'est peu exposé.

Le Monsieur : C'est pas dehors ?

Moi : Pas techniquement.

Le Monsieur : Mais il risque de pleuvoir dessus, ou bien ?

Moi : Oui mais juste une fois par mois, pendant une heure.

Le Monsieur : [silence]

Le Monsieur : Vous vous foutez de moi ?

Moi : Non.

C'était compliqué, mais finalement j'ai réussi à passer une commande pour des pots de ces couleurs-là, à facturer à l'unité Mnémosyne et à livrer la semaine prochaine. Ainsi je vais pouvoir peindre des éléments de la rue Georges-Perec pour leur donner un côté plus « film de Jacques Demy ». C'est l'idée que j'ai eue pour me garantir l'autorisation d'entrer de nouveau en contact bientôt avec ces couleurs.

NOTE RÉTROSPECTIVE

Apparemment, selon ces pages, je n'avais aucune conscience du fait qu'Arthur et Magali risquaient de ne pas approuver ma décision de commander pour plus de 800 euros de peintures afin de Jacques-Demyser la rue Georges-Perec.

Mercredi 11 février

Ce matin, quand je suis descendu dans le salon, j'ai eu le choc de ma vie.

Tout était décoré de petits cœurs roses, de guirlandes de fleurs type *flower power*, et surtout d'une grande silhouette cartonnée de Françoise Hardy, taille réelle. Il y avait un ballon à hélium accroché à sa main, qui montait vers le ciel et disait HAPPY BIRTHDAY !

Et les cinq autres habitants de la maisonnette ont jailli de dessous les chaises, table, canapés, etc. et ils ont crié :

Les cinq : JOYEUX ANNIVERSAIRE, VALENTIN !!!

C'était vrai que c'était mon anniversaire. On a un calendrier des anniversaires dans la cuisine qui nous permet de nous en rappeler, mais je suis le premier de l'année qui tombe pendant le serci. Bouchra est en août, Constance fin décembre, Vadim et Serge en mai et Victor en juin.

J'étais sidéré et ravi car personne ne m'a jamais préparé de petit-déjeuner d'anniversaire surprise. J'ai dit merci et ils m'ont offert un gros livre sur le mobilier des années 1960-1970, un pin's des années 1970 avec un petit Cupidon qui lance une flèche, et un bouquet de roses roses, parce que mon anniversaire est très proche de la Saint-Valentin et que je m'appelle Valentin, donc ça tombe à pic.

Dans la navette qui allait à Boulogne, les gens me regardaient en souriant avec mes roses roses.

Plus tard, quand je suis arrivé dans la salle du personnel, c'était presque pareil. Il y avait plein de gens du personnel, dont Marianne Kasprovitch qui portait un gâteau aux framboises qu'elle avait acheté chez le traiteur.

Personnel : JOYEUX ANNIVERSAIRE, VALENTIN !!!

C'était incroyable comme tout le monde s'en souvenait. J'ai dit merci et ils m'ont offert encore des roses, blanches cette fois. Ils m'ont aussi offert :

— L'intégrale des livres de René Fallet

— Un livre sur les *100 robes qui ont fait les années 1960.*

— Une BD sur Mai 68

— Le premier tome du journal intime de Jane Birkin.

Bientôt, je vais pouvoir ouvrir une bibliothèque spécialement sur les années 1960-1970.

Sola m'a offert un livre aussi, datant de 1963, qui s'appelle *Petit guide du flirt pour lycéens en mal d'amour*.

Sola : Je t'en supplie, ne suis aucun de ces conseils.

Ces conseils sont par exemple :

« Fumer comme James Dean attire les minettes, alors dégaine les gauloises ! Mais n'oublie pas tes chewing-gums, parce que rouler un patin à quelqu'un qui vient de fumer, c'est comme lécher un cendrier. »

Ou encore :

« Les filles pleurent exprès pour tester les limites. Laisse-la chouiner un peu, fais ton dur, la réconciliation sera d'autant plus douce quand tu lui auras cédé… »

Ou encore :

« Elle t'annonce un polichinelle dans le tiroir, ouille ouille ouille ! Si tu n'as pas l'intention de lui passer la bague au doigt, il serait gentleman de l'aider à payer son voyage en Angleterre. »

(En Angleterre on avortait les gens alors qu'en France, non.)

Toute la journée, des pensionnaires m'ont dit, « Bon anniversaire, Valentin ! » – enfin, ceux qui s'en souvenaient, mais même ceux qui ne s'en souvenaient pas me l'ont dit, poussés par d'autres, et même ils me l'ont dit plusieurs fois, parce qu'ils avaient oublié qu'ils me l'avaient déjà dit une fois et donc on ne m'a jamais autant fêté ma fête qu'aujourd'hui.

Sola : Tu vas fêter ça avec qui ce soir ?

Moi : Avec Françoise Hardy.

Sola : [en même temps] Pardon, je sais même pas pourquoi je pose la question.

En rentrant, pour le goûter, j'ai eu même droit à un autre gâteau, cette fois au chocolat. Là, je suis sur mon lit et je viens de finir de dîner avec Françoise Hardy, qui était : écouter *Voilà,* tout en faisant les accords et en chantant la chanson en même temps, avec les roses roses et blanches dans un vase devant moi, un chocolat chaud et une tranche de pizza.

C'était une très bonne journée.

Jeudi 12 février

Maman, Colas et Élise m'ont enfin écrit pour me souhaiter un joyeux anniversaire, haha. Un peu en retard.

NOTE RÉTROSPECTIVE

Ce haha cache que j'étais plus qu'un chouïa mécontent quand même.

Le 12, j'ai eu droit à

Colas

Hey bro pardooon on a oublié hier

Joyeux anniversaire en retard !

Élise

On est trop nuls pardon !

Maman

On a vraiment pas gardé l'œil sur la date mon bouchon. Tu nous pardonnes ?

Colas

On t'a fait un virement de cent balles pour t'acheter des capotes 😉

Alors que le 11 février, j'avais reçu un message. De Papa et M la Marâtre. Dès 7 heures du matin.

Papa

Hello mon grand. On te souhaite un anniversaire aussi merveilleux, curieux, décalé et sensible que tu l'es. On pense bien à toi dans ta ville d'autrefois, occupé à répandre le bien autour de toi de la manière si particulière qui est la tienne. Ici il fait un grand soleil, on imagine qu'il doit faire plus frais dans ton grand nord, mais on sait que là où tu es, tout se réchauffe.
On t'embrasse fort.
Papa et M.

Ce message était beaucoup trop gentil pour me faire plaisir. J'aurais préféré qu'il soit sec, bref, nul et surtout très en retard.

Ils m'avaient aussi envoyé par la Poste une boîte de cannelés et une bouteille d'huile d'olive d'un pressoir du Lubéron, qui sont arrivées le jour même de mon anniversaire, avec une carte brodée.

J'ai trouvé ça exagéré comme effort.

J'ai trouvé ça exaspérant comme effort.

J'ai trouvé ça touchant.

Samedi 14 février

C'est la Saint-Valentin, alors on m'a encore fêté toute la journée et offert des chocolats. Mais moi, j'ai l'œil rivé sur le travail et pas sur l'amour. Ainsi, j'ai passé toute la journée à réviser mes accords. C'était une très bonne journée.

NOTE RÉTROSPECTIVE
La dernière bonne journée avant longtemps.

Dimanche 15 février

Ce matin au petit déjeuner, Serge Quéhen avait l'air heureux.

Serge Quéhen : T'as dû me porter chance, Valentin, ma *date* d'hier était trop canon !

C'est une *date* qu'il a rencontrée sur Cupidon. com, qui est un site de rencontres.

Moi : Ah, bonne nouvelle.

Serge Quéhen : À mon avis, on va se revoir. Une jolie prof de techno. Elle a déjà deux enfants mais l'ex-mari est pas trop con, apparemment.

J'ai eu une pensée pour ces enfants et pour cet ex-mari qu'il balayait sans complexe d'un revers de manche de pull en maille.

Moi : C'est gentil de sa part.

Bouchra : La chance ! Moi, ma Saint-Valentin, ç'a été de parler sur Insta à un gros bourrin, genre au début je me disais il est mignon et tout, et en fait c'est un loser, il voulait juste pécho.

Victor : T'es bête aussi, tu ferais mieux de sortir avec moi comme je te dis depuis des semaines.

Bouchra : On se demande vraiment pourquoi je le fais pas.

Constance : Moi j'ai fait un dîner aux chandelles avec mon copain.

Constance a un copain qui est en serci à Tours, dans une unité de tri des déchets.

Victor : Oui, vous vous êtes branlés en même temps sur FaceTime quoi.

Serge : Victor, ça suffit les dégueulasseries.

Victor : Rhô, mais Sergio, c'est juste la vie de tous les jours, de nos jours.

Vadim dormait encore, alors il avait dû passer une bonne soirée hier, lui aussi.

Serge : Tenez, je vous montre ma *date*.

Il a sorti son portable et il est allé sur Facebook (il est tout le temps sur Facebook, c'est marrant) et il a montré la photo de profil de la jolie prof de techno.

Serge : Bon, la photo date un peu, mais elle a quasiment pas changé, sauf qu'elle a les cheveux un peu plus longs.

Victor : Waouh, j'avoue, elle est bonne.

Bouchra : Elle-est-trop-mi-gnonne.

Constance : Mais c'est son ex-mari, le mec avec elle sur la photo ?

Serge : Nan, c'est son cousin, enfin c'était, il est mort apparemment. Tiens, regarde, Valentin.

J'ai regardé la photo et j'ai vu que la jeune femme était jolie, enfin normale, quoi.

Mais surtout, j'ai vu, 100 % certain, reconnu directement, que le cousin près d'elle était l'ancien amoureux de Sola. Celui qui était sur la photo avec elle. Celui qui était mort.

Ainsi Serge Quéhen va peut-être sortir avec l'ancienne belle-cousine de Sola. Je ne sais pas si je devrais le dire à Sola ou pas.

Je me souviens qu'elle a dit : « On n'en parle plus jamais. » Alors sans doute il vaut mieux pas.

Coralie Verdriettes, c'est le nom de la cousine. Je n'ai pas de raison d'avoir de curiosité particulière pour cette famille, puisque Sola a dit : « On n'en parle plus jamais », donc je ne vais pas chercher à creuser.

NOTE RÉTROSPECTIVE
Tu parles.

Il est 2 heures du matin, je suis dans mon lit.

J'ai cherché à creuser, malheureusement, car je n'ai pas pu m'en empêcher.

NOTE RÉTROSPECTIVE
Méga surprise.

J'ai googlé le nom de Coralie Verdriettes, ce qui m'a mené à une vieille page de collecte d'il y a trois ans qui dit « Pour la Fondation pour le Cœur en mémoire de Marin Verdriettes ». Cette Fondation incite des gens à donner des euros pour que la recherche sur les crises cardiaques empêche les crises cardiaques, en particulier de gens comme Marin Verdriettes, qui avaient beaucoup d'avenir devant eux à seulement 43 ans.

Ainsi j'ai compris que le Marin de la Biographie de Carrière de Sola, son Marin de Diguemer, est son ancien amoureux.

Ainsi j'ai vu que cet ancien amoureux de Sola, Marin, avait un cœur qui l'a lâché à 43 ans, ce qui est grosso modo encore jeune (ma mère a déjà plus de 43 ans, par exemple).

Et tout de suite après, j'ai vu quelque chose d'autre qui, encore maintenant, me laisse très perplexe. Et chahuté. Enfin, perdu – ou attristé, je ne sais pas. J'ai vu que Marin Verdriettes a laissé derrière lui une femme et trois enfants. C'est deux petits garçons et une petite fille (dans le même ordre que dans ma famille : garçon, fille, garçon).

On voit les cinq de la famille sur la photo du site, « deux semaines avant la tragédie », selon la légende, tous ensemble dans les bras les uns des autres au bord de la mer. J'ai regardé cette photo plusieurs fois, vraiment plusieurs fois, pour voir s'il y a moyen que Sola ait ressemblé à ça il y a trois ans ; mais non, véritablement, c'est impossible, ce n'est pas Sola.

C'est une autre femme que Sola. C'était la femme de Marin Verdriettes.

J'ai fait l'hypothèse que ce soit l'Astrid de l'histoire, celle avec les doubles poneys.

Ensuite, j'ai fait quelques recherches de plus (je n'ai malheureusement pas pu m'en empêcher) et ça m'a confirmé cette hypothèse.

Cette femme s'appelle Astrid, elle vit à Amiens, les trois enfants s'appellent Léonce, Flavie et Théotime (prénoms un peu n'importe quoi, mais c'est parce que c'est une famille riche).

Marin et elle étaient mariés depuis dix-huit ans. Depuis leurs 25 ans.

Ainsi j'ai compris que quand Sola m'a dit « un amoureux », elle ne voulait pas dire « un homme qui était mon amoureux » mais « un homme dont j'étais amoureuse », et si ça se trouve lui-même n'en a jamais rien su, et ensuite il est mort.

Je n'avais jamais pensé à ça avant, qu'on puisse avoir un amoureux sans histoire d'amour. J'ai pensé à la douleur que ça a dû être pour Sola de voir disparaître cet amour-là qu'elle vivait toute seule.

Je l'imagine toute seule, toute seule avec ce drame et j'arrive pas à dormir.

Je ne peux pas dormir.

Je pense à la chanson de Françoise *Et si je m'en vais avant toi*, qui parle du fait de mourir avant son amoureux/se. Je n'avais jamais pensé à cette chanson dans ce qu'elle voulait dire.

Je n'arrive pas à dormir.

5 h 34 du matin.

Ça ne va vraiment pas du tout.

Je viens d'avoir un souvenir que j'avais oublié. C'est que Sola m'a dit qu'elle avait « été avec [son amoureux] pendant trois ans ». Or, je ne suis pas sûr qu'on puisse dire ça (« être avec ») quand on a juste été amoureux mais sans avoir d'histoire d'amour.

Donc ça signifie qu'elle a dû être avec lui vraiment, pas juste imaginairement.

Et puis il y a un deuxième souvenir, qui est que la photo que j'ai vue d'elle sur son téléphone, celle avec Marin, est vraiment une photo d'amoureux, exemple : être dans les bras l'un de l'autre, sourire, bouche à lui proche de sa joue à elle.

Or, pourtant, il y a trois ans – quand il est mort –, il était marié, et il avait trois enfants

(Léonce, Flavie, Théotime) ; et il était marié depuis plus de quinze ans ; donc ?!

Depuis une heure j'essaie de faire des calculs pour comprendre comment Sola a pu être trois ans avec lui sans qu'il soit déjà marié /ait un, deux ou trois enfants, et je n'arrive à caser ces trois ans nulle part dans la vie de personne.

Et ainsi finalement j'ai compris quelque chose, enfin je crois avoir compris, vu qu'il n'y a qu'une seule explication. Mais cette explication est un énorme désarçonnement. Je n'aurais jamais cru ça de Sola, jamais, et ça ne va pas du tout, ça va très mal.

Ça ne va pas du tout.

NOTE RÉTROSPECTIVE
Catastrophe.

Lundi 16 février

Ça ne va pas du tout.

Mardi 17 février

Ça ne va pas du tout.

Mercredi 18 février

Je suis dégoûté de tout. J'ai un nuage noir et beaucoup d'angoisse (8/10). On ne peut faire confiance à personne. À PERSONNE !

Je ne veux plus voir S.P. de ma vie.

Jeudi 19 février

Je ne veux plus la voir je ne veux plus la voir je ne veux plus la voir je ne veux plus la voir je ne veux plus la voir je ne veux plus la voir je ne veux plus la voir je ne veux plus la voir.

S.P. ne comprend pas pourquoi je ne lui réponds pas quand elle me parle et pourquoi quand parfois je suis obligé de lui parler à cause du travail j'ai envie de pleurer/hurler tellement je suis hors de moi JE NE VEUX PLUS LA VOIR.

Les gens mentent et c'est la pire chose du monde ils mentent ils font des choses dans le dos des autres ils trompent les autres gens tout le temps.

Vendredi 20 février

Ça ne va pas du tout.

Samedi 21 février

Ça va très mal. Je n'irai pas chanter demain.

Dimanche 22 février

Aucun chant.

NOTE RÉTROSPECTIVE

On pourrait croire que cela ne peut pas empirer. Mais ensuite, il est arrivé quelque chose d'autre qui a grandement ajouté à mon calme mental...

Lundi 23 février

Je suis dans une situation très anxiogène pour deux raisons en plus de la précédente (donc trois raisons en tout) :

(1) La raison liée à Sola.

(2) Un message de Marlène Labourie qui me dit : « Cher Valentin, je dois t'informer que je suis retenue pour les 16e de finale de La France a un incroyable talent comme sosie de Jane Birkin, et si je suis retenue pour les huitièmes de finale ça tombe pile en juillet alors je ne pourrai pas venir comme prévu... Je te tiens au courant. »

Cela fait monter mon anxiété d'un cran car il faut absolument qu'elle soit là en juillet en Françoise Hardy au lieu d'être à Paris en Jane Birkin ! Je croise les doigts pour qu'elle perde, même si c'est égoïste.

(3) Arthur et Magali n'étaient pas contents du tout en recevant la facture du magasin de peinture.

Du coup, la semaine vire encore plus au tragique.

Mardi 24 février

Octavio m'a défendu. Il a reconnu que j'avais fait preuve d'esprit d'initiative, mais a précisé qu'à l'avenir il serait bon que mon esprit d'initiative leur coûte moins cher parce que bon, entre l'initiative avec Madame Laurel et l'initiative de la peinture, mon serci leur coûtait déjà presque

2 000 euros de budget et qu'il allait falloir débloquer des fonds supplémentaires, et merci bien, les formulaires administratifs c'est pas moi qui les remplis.

Moi : Je veux bien essayer de les remplir, si vous voulez.

Octavio : Alors vraiment pas.

Arthur et Magali, eux, sont toujours assez furieux. Ils ont dit qu'en plus si ça se trouve ça va défigurer la rue, que ce ne sera pas du tout authentique. J'ai dit :

Moi : Mais vous avez dit qu'on cherchait une justesse, pas une vérité pure.

Arthur : Arrête de finasser. Si ça fait moche, je te préviens, tu enlèves tout.

Moi : D'accord.

Mercredi 25 février

Encore une journée horrible.

Apparemment M La Marâtre a eu ce bébé qui est soi-disant de Papa. Ce bébé s'appelle Hortense (prénom ! à ! la ! c... !).

Elle s'appelle même Hortense Lemonnier, puisque apparemment on va devoir avoir le même nom de « famille » qu'elle, et je mets « famille » entre gros guillemets. Même deux : « « famille » » – comme quand on met deux maniques superposées pour ne pas se brûler en sortant un gratin du four. Famille ! Grosse blague.

M La Marâtre et S.P. = même combat. Se fichent des autres, poursuivent leur propre plaisir, ruinent la vie des autres.

Pourquoi certaines personnes ruinent la vie des autres ?! Pourquoi elles se sentent obligées de faire ça ?

Et elles réussissent dans leurs plans, en plus ?!

Je me dis que j'aurais préféré que Papa meure comme Marin Verdriettes et que M La Marâtre reste toute seule comme Sola pour apprendre une bonne leçon.

NOTE RÉTROSPECTIVE

Je ne suis pas fier de cette dernière phrase, mais je la laisse, car je ne veux pas minimiser la souffrance que j'ai eue à l'époque, juste la mettre en note de bas de page, « À ce moment-là, je traversais une crise personnelle » ; je trouve ces expressions horribles vagues hypocrites cruelles. C'est ce qu'on disait de ma mère quand elle n'est pas revenue au travail : « Elle traverse une crise personnelle », mais cette expression ne dit rien des réalités comme : vivre couchée sur son canapé, manger rien du tout, dormir pas du tout, rien derrière le regard, oublier de prendre une douche, etc.

Je pense qu'il est utile pour vous de savoir que pendant ces semaines-là, malgré mon état intérieur, ça allait très bien au travail. Je ne parlais pas du tout à Sola et j'étais toujours tendu/angoissé/au bord des larmes, mais je travaillais bien, très bien même, et j'avais encore plus de compliments que d'habitude.

En vérité, c'était déjà comme ça au collège, quand mon père était parti avec M La Marâtre. Malgré toute l'horreur intérieure, j'avais toujours de très bonnes notes. Ça montre bien que vos élèves qui ont toujours de très bonnes notes, parfois à l'intérieur ils sont comme une forêt en feu.

Jeudi 26 février

S.P. a téléphoné à Serge pour lui demander comment j'allais (!), parce qu'elle trouve que je n'ai pas l'air d'aller bien (!).

Je ne sais pas comment elle a remarqué, étant donné qu'elle est insensible au malheur des autres.

NOTE RÉTROSPECTIVE

Relire cela sans tout effacer demande de faire preuve de beaucoup d'autodiscipline.

J'ai entendu Serge lui parler au téléphone.

Serge Quéhen : Je le trouve aussi un peu patraque. Sa demi-sœur est née samedi dernier, apparemment… Tu crois ?… Hmmm, oui, c'est sûr… Forcément, c'est peut-être ça… Oui, oui, je suis sûr que ça lui ferait plaisir, bien sûr… Oui, à tout à l'heure.

Puis Serge est venu me voir dans ma chambre.

Serge Quéhen : C'était Sola, elle demande comment tu vas, elle te trouve pas en forme ces derniers temps. T'es pas en forme, bonhomme ?

Moi : [je n'ai pas répondu]

Serge Quéhen : Elle a proposé de venir tout à l'heure te voir.

S.P. va peut-être venir tout à l'heure me voir, mais il est hors de question que je descende lui parler.

***

S.P. est venue comme elle avait menacé de le faire. J'ai refusé de descendre lui parler. Elle a gâché du temps et de la salive, tant pis pour elle, mais ce n'est pas la première fois qu'elle gâche quelque chose (exemple : une vie de famille heureuse).

Après, Octavio a essayé de me parler – il avait dû être briefé par S.P., il a dit :

Octavio : Hey, ça va, *flower power boy* ?

Moi : Ça va.

Octavio : T'es sûr ? Tu sais que tu peux me parler si ça va pas.

Moi : Ça va.

Octavio : Parfois tu sais, y a des choses qui se passent dans la vie, on a du mal à gérer... Il faut toujours savoir qu'on peut compter sur des gens à qui on peut se confier.

Moi : Ça va.

Octavio : Tu as des gens à qui te confier ?

Moi : Oui.

Octavio : Qui ?

Moi : Françoise Hardy.

Octavio : Haha... ?

Moi : [je n'ai pas répondu]

Octavio : J'arrive pas à savoir si tu blagues... ?

Moi : [je n'ai pas répondu]

Après ces histoires idiotes, j'ai trouvé Léonce Verdriettes sur Instagram. C'est l'aîné des enfants de Marin, l'équivalent de Colas, mais il a maintenant 15 ans, qui est mon âge. Son profil est privé mais il porte la description « *15 love life travell musiiiiiic* », ainsi j'ai vu qu'il n'est pas complètement brisé, ou au moins sa brisure n'est pas rendue publique.

J'ai trouvé Flavie Verdriettes sur Instagram. C'est l'équivalent d'Élise. Son profil est privé mais il la décrit comme « Flavie [cœur] 13 [fleur] rêveuse [nuage] flâneuse [arc-en-ciel] [cheval] [chat] [chien] », avec plein de @ qui vont vers ses meilleures amies, ainsi j'ai vu qu'elle non plus n'est pas complètement brisée.

Cependant, Léonce et Flavie n'ont jamais su que leur père avait détruit la confiance de leur famille avant de mourir.

(Théotime, qui est l'équivalent de moi, doit être trop petit pour être sur Instagram.)

J'ai décidé de ne plus me préoccuper de tout cela. Je voudrais gommer de mon cerveau tout cela et pelures direct poubelle.

Vendredi 27 février

Aujourd'hui, Arthur est venu m'annoncer que les pots de peinture avaient été livrés. Ils sont tous dans la remise.

Arthur : Ça y est, Monsieur le décorateur, on a les pots. Je peux te dire que t'as intérêt à nous faire ton travail de peinture avant tes congés !

J'ai discrètement sorti mon téléphone portable pour regarder comment on peint des choses. J'ai appris qu'avant de peindre des choses, on doit d'abord enlever la peinture d'avant. C'était une très mauvaise nouvelle. Ça s'est aggravé quand j'ai vu qu'il fallait pour cela utiliser plein de substances que je n'avais pas commandées, exemple : essence de térébenthine, et d'accessoires que je n'avais pas, exemple : ponceuse.

Heureusement, j'ai parlé à des membres de l'équipe de manutention, notamment Philippe (Philou) et Marilou.

Marilou : Ah, toi ! Si t'existais pas, faudrait t'inventer.

Moi : Je sais pas.

Marilou : Bon, on va te trouver ça, va.

Ils m'ont trouvé ça, et ils m'ont même aidé sur leur pause- café à poncer le banc et à enlever la peinture d'avant de l'arrêt de bus et de la bouche d'incendie.

C'était un travail physique extrêmement intense et ma chemise était trempée, mais par bonheur pas abîmée (c'est une chemise que j'ai achetée à Bruxelles et je l'aime beaucoup, elle est jaune paille).

Marilou : Ouh dis donc, t'as vu l'heure ? Tu vas rater ta navette !

J'ai couru pour ne pas rater la navette. À partir de lundi, il va falloir que je passe la semaine à peindre, car ensuite il y a la semaine de vacances.

Lundi 2 mars

Aujourd'hui, j'ai fini de peindre en Mimosa : la bouche d'incendie, certaines chaises, une porte, une gouttière. Et en Céruléen : d'autres chaises, toutes les encadrures de fenêtres, le banc et l'arrêt de bus. J'ai raté la navette et j'ai dû rentrer en stop (à 22 h 34).

Je suis trop épuisé pour raconter exactement comment c'était.

Mercredi 4 mars

Aujourd'hui, j'ai fini de peindre en Malachite : une porte, certaines chaises, la moitié des poteaux.

Comme il est trop tard pour rentrer, même en stop, je vais dormir dans la salle de télévision.

Vendredi 6 mars

Aujourd'hui, j'ai fini de peindre en Nacarat : le reste des chaises, le reste des poteaux, les bouches d'égout. Je vais redormir ici.

Samedi 7 mars

En fait, je dors très bien à l'unité Mnémosyne.

Mais ce matin, alors que j'allais partir pour attraper mon train, il s'est passé quelque chose, qui est que Marilou a dit :

Marilou : Mais t'as passé une seule couche ?

Moi : Une seule couche de quoi ?

Marilou : Ben, de peinture.

Moi : Il faut en passer combien ?

Marilou : Ben, deux.

Moi : Ah, zut.

Je n'avais pas retenu le truc des deux couches (même si en effet c'était écrit en toutes lettres, ainsi que sur des tutos YouTube adjacents à ceux que j'avais déjà visionnés).

Je suis allé voir Octavio.

Moi : Je suis obligé de rester ici pendant les vacances, sinon la peinture sera pas finie.

Octavio : C'est non, Valentin.

Moi : C'est pourtant nécessaire, sinon l'argent du contribuable est gâché.

Marilou : Nan, mais t'inquiète. On le fera à ta place, la deuxième couche, va.

Moi : C'est aussi gâcher l'argent du contribuable, car vous avez mieux à faire.

Ni Marilou ni Octavio n'étaient d'accord. Alors je suis allé frapper au bureau de Marianne Kasprovitch.

Je n'étais jamais allé dans son bureau. C'est un grand bureau blanc contemporain, avec des reproductions d'art contemporain, et Marianne Kasprovitch devant son ordinateur, qui est l'efficacité même.

Marianne Kasprovitch : Oh, Valentin. Drôle de surprise de vous voir ici. Je peux vous aider ?

Elle était un peu froide, sans doute parce que j'avais dépensé pas mal de son budget pour acheter des peintures à la Jacques Demy.

Moi : Je viens vous demander de rester à l'unité pendant mes congés.

Marianne Kasprovitch : C'est impossible, Valentin.

Moi : Non, ce n'est pas impossible si vous me donnez l'autorisation. Écoutez juste ce que j'ai à dire, s'il vous plaît – écoutez.

Elle a accepté de m'écouter à tel point qu'elle a fermé son ordinateur.

Je ne sais plus exactement ce que je lui ai dit mais j'ai dit beaucoup de choses. J'ai dit que j'avais un besoin vital de repeindre la rue, et que si je partais de l'unité, tout allait être gris au lieu d'être coloré. J'ai dit que j'allais prendre du retard sur mes deux missions (mission Françoise Hardy, et mission peinture) si je partais une semaine.

Mes arguments ricochaient sur ses sourires gentils. Alors j'ai parlé de ma situation familiale qui était difficile à cause d'une naissance récente. J'ai même parlé de Maman qui était dans son lit tout le temps avec le regard vide. J'ai parlé d'Albi qui malgré la cathédrale et le soleil est absolument sombre pour moi par rapport à Boulogne-sur-Mer malgré les intempéries. J'ai dit que je traversais une période difficile où quelqu'un en qui j'avais confiance m'avait trahi, et je devais rester ici pour ma santé mentale.

Les boucles blondes de Marianne Kasprovitch ralentissaient leurs rebondissements au fur et à mesure que je parlais.

Le bref du bref de cette histoire, c'est que j'ai le droit de rester ici.

À l'unité.

Une semaine.

Loger ici habiter ici et tout et tout. Être pensionnaire ici.

Vivre ici !

Et repeindre tout ici.

Vivre ici !

Dimanche 8 mars

Hier j'ai appelé à la « maison » entre guillemets (d'Albi) pour leur dire que j'allais rester ici. J'ai été surpris de tomber directement sur Maman, qui n'était ni en forme ni pas en forme, juste normale.

Maman : *T'as fait une bêtise ?*

Moi : Non.

Maman : *Pourquoi t'es collé, alors ?*

Moi : Parce qu'ils veulent que je passe la deuxième couche de peinture sur tout ce que j'ai déjà peint une fois.

Maman : *OK.*

Moi : C'est pour faire une esthétique à la Jacques Demy.

Maman : *OK. Attends une minute. Cocooo !*

Colas : [du salon] *Ouais ?*

Maman : *Y a Valou qui revient pas pour les vacances, alors il pourra pas t'aider au barbecue.*

Colas : *Quoi ? Il craint !*

Moi : Pardon.

Colas : [prenant le téléphone] *Pourquoi tu reviens pas ?*

Moi : J'ai des trucs à repeindre.

Colas : *T'as quoi comme trucs à repeindre ?*

Moi : Des poteaux, des portes, des chaises, un banc, une bouche d'incendie, des bouches d'égout, des encadrures de fenêtres et un arrêt de bus.

Colas : *Y a tout ça dans ton unité Mnémosyne ?*

Moi : Oui.

Colas : *Mais à quoi ça sert ?*

Moi : À faire joli.

Colas : *Mais l'arrêt de bus ?*

Moi : Oui ?

Colas : *Ben, c'est un lieu fermé, non ? Il sert à quoi, l'arrêt de bus ?*

Je n'ai pas eu le temps d'expliquer à quoi servait l'arrêt de bus à Colas car c'était l'heure du petit déjeuner.

Lundi 9 mars

Belle journée de travail.

Deuxième couche sur plein de trucs.

Sola n'est pas là. En vacances, je crois.

Octavio m'a emmené à Boulogne. Nous avons mangé un welsh rarebit. Le welsh rarebit est comme une soupe de fromage à la bière avec du pain à l'intérieur. Ça fait des tas de fils quand on en prend un morceau, comme dans une pub de cheeseburger.

Octavio : Alors, on dort comment à l'unité ?

Moi : Trop bien.

Le front d'Octavio s'est boudiné de rides.

Octavio : Fais gaffe à pas te perdre, mon grand.

Moi : Oh, mais je connais parfaitement l'architecture des lieux.

Octavio : C'est pas ce que je voulais dire.

Je savais que ce n'était pas ce qu'il voulait dire.

Mardi 10 mars

Belle journée de travail.

Deuxième couche sur encore plein d'autres trucs.

Mercredi 11 mars

Belle journée de travail.

Fini la deuxième couche sur tous les trucs.

Je me suis arrangé un petit lit avec une couverture en patchwork dans la salle de télé.

Je me réveille avec l'unité, son Aube, le Soleil derrière le rose du Ciel. Je prends le petit déjeuner avec les pensionnaires, avec Monsieur Fertain qui met plus d'une heure à venir à bout d'un mini-bol de céréales, avec Madame Léthey qui regarde dans le vide sans rien dire jusqu'à ce qu'on vienne la stimuler, et alors elle pouffe un peu, pour la forme, et s'arrête là. Et aussi avec Madame Laurel moulin à paroles, avec qui j'ai chanté :

« Le premier bonheur du jour
C'est un ruban de soleil
Qui s'enroule sur ta main
Et caresse mon épaule... »

Et avec Monsieur Venti qui verse du lait dans son jus d'orange et tartine sa main de beurre en disant : « une bonne tite biscotte ». Et avec les infirmiers et les infirmières du petit matin.

À force, je m'habitue au bruit des livraisons dans la rue, aux préparations de pilules et de piqûres, aux lavages consciencieux, lents, tièdes des pensionnaires avec trente stratégies différentes : en asseoir certains sur un siège de douche, d'autres restant debout, d'autres c'est au gant, d'autres il faut les lever avec une sorte de machine plus forte que des bras humains, tout métal et lanières de tissu, et dans ce harnais le pensionnaire pendouille ; ça fait fragile-mou et émouvant, ces squelettes ramassés dans leur baluchon de peau blanc-rosé-bleu.

Jeudi 12 mars

Belle journée de travail.
Tout est doux.
J'oublie les soucis ici.

Vendredi 13 mars

Belle journée de travail.

Je liste les choses de l'unité qui sont des bonheurs, par exemple :

— Ouvrir les grandes portes de verre du centre, quand on fait ressortir la poignée de la porte qui donne sur la salle de télé avant de la pousser, qu'on entre dans la magie. Là mon ventre et ma poitrine sont pleins d'une sorte de joie presque de bébé, tellement elle est fraîche et rose. Alors vient l'odeur.

— L'odeur, c'est une odeur particulière, quelque chose entre la fleur, la javel, le bois, la poussière, l'odeur du médical aussi, odeur d'aigre et de métal. Et ce parfum qui est partout, celui de la peau et du crâne des pensionnaires, même à travers les cheveux pour ceux qui en ont encore : odeur floue molle sucrée tiède.

— Passer des vinyles, donner des cachets, lire des livres à voix haute, changer l'eau des fleurs, faire la conversation, aider à la toilette, jouer au train électrique.

— Se pelotonner dans un des gros lits profonds.

Impression d'être à la maison, et que tout ira bien.

Dans la rue mes couleurs brillent, tout est bonbon et tendre.

NOTE RÉTROSPECTIVE

Je ne peux pas relire ça sans être « ému aux larmes », comme on dit, parce que je ne peux pas relire ça sans vouloir y retourner.

Dimanche 15 mars

Ce soir je suis à la maisonnette. J'ai été obligé de reprendre le rythme normal.

Octavio : C'est la fin des vacances, mon grand. Il faut que tu reprennes le rythme normal. Et puis, tu vas retrouver Vadim, Victor, Bouchra et Constance ! Et Serge aussi ! Tu dois être content, non ?

Vadim, Victor, Bouchra et Constance étaient contents de se retrouver. Ils ont fait une pizza-party et Serge nous a montré ses photos de Malaga où il a rencontré une chouette petite nana qui malheureusement habite à Besançon, ce qui n'est pas la porte à côté.

Je suis un peu content de les retrouver, mais il y a quelque chose qui manque, dans cette maisonnette et dans le monde du dehors en général. C'est : un sens de la beauté ou de quelque chose de doux, qui est là pour soutenir et protéger au lieu de brusquer et faire souffrir.

Demain matin, heureusement, je retourne à l'unité.

Lundi 16 mars

Je ne suis jamais aussi heureux que quand je marche rue Georges-Perec avec toutes les couleurs autour, qui sont mes couleurs à moi.

Je ne suis jamais aussi malheureux que quand je croise Sola, qui ne comprend pas pourquoi je ne veux pas lui parler, mais garde ses distances.

Je me réfugie dans les couleurs.

Mardi 17 mars

Journée normale travail discussions etc.

Mais ce soir, mauvaise humeur/ tristesse/ angoisse (8/10) car il s'est passé le truc où un patient utilise l'arrêt de bus.

NOTE RÉTROSPECTIVE

J'ai trop retardé le moment de parler de l'arrêt de bus. Il faut que je le fasse maintenant.

Donc : il y a, rue Georges-Perec, un arrêt de bus, celui que j'ai repeint ; celui sur lequel Sola déjeunait tout le temps. Cet arrêt de bus existe aussi dans toutes les autres sections. Quand on m'a expliqué à quoi servait l'arrêt de bus, ça m'a causé une énorme souffrance difficile à expliquer. Y penser aujourd'hui, après tout ce qui s'est passé, continue à me causer de la souffrance et de l'angoisse. Pourtant ce n'est pas si angoissant en soi, et c'est triste sans être triste. Je pense que le bon mot pour décrire de telles choses est : poignant.

Je n'ai pas envie de dire moi-même à quoi sert (/ne sert pas) cet arrêt de bus, alors je mets un extrait que j'ai trouvé dans le livre *Pratique Médicale et Gestion de l'Espace des unités Mnémosyne,* volume 1, destiné aux professionnels. C'est page 409, dans la section Mobilier Urbain :

L'arrêt de bus

Chaque section d'une unité Mnémosyne dispose dans sa rue principale d'un arrêt de bus avec banc, équipé de dossier et accoudoirs.

L'intérêt médico-psychologique d'un arrêt de bus factice dans les établissements de santé pour patients atteints de démence est établi depuis plusieurs décennies. Son principal attrait est la diminution des fugues de patients.

De nombreux patients ont une tendance régulière à chercher à fuir de leurs établissements. Chaque année, à travers le monde, des dizaines de tentatives de fugue réussissent, et les patients échappant à la vigilance du personnel se perdent parfois pendant des heures, voire des jours, se voyant incapables de retrouver leur chemin. De telles fugues causent parfois la mort des patients, notamment en cas de froid, et la mise en œuvre des moyens nécessaires à leur recherche occasionne des frais considérables.

La présence d'un arrêt de bus factice réduit considérablement les risques de fugue et les effets psychologiques associés. On constate que, dans la grande majorité des cas, les patients cherchant à quitter l'établissement, au lieu de partir à pied, viennent s'asseoir sur le banc pour attendre un bus. Quelque temps plus tard, ayant oublié qu'ils désiraient partir, ils rentrent d'eux-mêmes à l'institution.

Je ne vais rien ajouter : je crois que c'est clair pourquoi c'est poignant.

Mercredi 18 mars

Encore une autre difficulté. J'ai reçu un SMS de Marlène Labourie qui disait :

« Hello beau gosse ! » [je ne dirais pas que c'est le cas.] « Guess what, j'ai été prise ! Je vais passer à la télé pour les huitièmes de finale, c'est juste un truc de fou. Je suis désolée mais du coup, je dois me décommander. Rico va t'appeler pour te proposer quelqu'un d'autre. Bises et pardon ! »

J'ai bien senti qu'elle était contente, aussi je n'ai pas voulu la culpabiliser, mais j'étais quand même très dépité et il n'y avait personne avec qui partager ce dépit.

Dans la foulée, Monsieur Quasi a appelé.

Monsieur Quasi : *Allô, Monsieur Lemonnier ?*

Moi : Oui.

Monsieur Quasi : *Alors, vous avez eu les news de ma championne ?*

Moi : Je lui souhaite bien du succès dans ses entreprises.

Monsieur Quasi : *Et moi donc ! Bon, allez, séchez vos larmes, j'ai quelqu'un d'autre à vous proposer.*

Moi : C'est un vrai sosie de Françoise Hardy ? Parce que là, on n'a plus trop de temps pour…

Monsieur Quasi : *À la base, elle est sosie de France Gall, mais elles étaient pareilles, toutes ces minettes…*

Je dois avouer que j'ai raccroché au nez de Monsieur Quasi.

Niveau d'angoisse 8/10.

Samedi 21 mars

Il a fait un temps atroce tout le week-end ; je n'ai pas pu aller chanter. À la place, j'ai cherché sur des sites Internet nationaux des sosies de Françoise Hardy. Il en existe un certain nombre, mais elles sont très chères et habitent loin. De plus, sur les photos, elles ressemblent à Françoise Hardy ni plus ni moins que moi avec une perruque et une robe Courrèges, alors c'est bien la peine.

Pour me concentrer sur quelque chose de productif, je fais des accords de guitare. Je vais essayer d'oublier tout cela.

Dimanche 22 mars

Depuis que j'ai décidé d'oublier tout cela, ça va un peu mieux, je suis allé à Lille rechanter un peu de Françoise Hardy avec ma perruque. J'ai gagné 42 euros en une journée.

Lundi 23 mars

On va inaugurer les Étoiles à la fin de la semaine. Il va y avoir une surboum. Aujourd'hui, on a fait la réunion pour préparer la surboum. Ensuite j'ai passé l'après-midi à m'occuper des décorations pour la surboum, exemple : petits fanions, lanternes chinoises, panneaux qui disent les boissons qu'il y a, etc.

S.P. est venue voir ce que je faisais.

S.P. : Tu veux un coup de main ?

Moi : [je n'ai rien dit]

S.P. : [est partie]

Mardi 24 mars

On a emmené certains des pensionnaires au Café de la Place, car Arthur vient d'ajouter un juke-box importé des États-Unis, et on a maintenant une machine à faire des milk-shakes comme dans les *diners* américains de l'époque.

Octavio : Je pourrais faire joujou pendant des heures avec ce juke-box.

C'est ce qu'il a fait. Nos pensionnaires, eux, n'avaient pas l'air très impressionnés. Je crois que c'est parce qu'ils n'étaient pas adolescents en Amérique dans les années 1960-1970, mais dans des endroits comme : Nevers, Bourg-en-Bresse, Le Havre, Mantes-la-Jolie, et je ne suis pas sûr qu'il y ait eu autant de juke-boxes et de milk-shakes dans ces endroits.

Moi : Octavio, tu peux mettre une chanson de Françoise Hardy ?

Octavio : Non.

Arthur [en même temps] : Non.

Madame Laurel : [slurpant son milk-shake à la fraise] Françoise Hardy va venir nous voir ici, vous savez !

Madame Samama : Mais qu'est-ce que c'est encore que cette histoire ?

Madame Laurel : Si, elle va venir.

Monsieur Venti : Joli p'tit bout de viande, Françoise Hardy.

Madame Samama : Elle est morte, Françoise Hardy.

Moi : Arrêtez de dire n'importe quoi, Madame Samama ! Elle est pas morte Françoise Hardy !

Parfois, Madame Samama m'exaspère.

Madame Laurel : Elle va venir vendredi !

Moi : Non, en juillet, Madame Laurel.

Madame Laurel : Mais on a dit que vendredi on danse ?

Moi : Oui, pour la surboum.

Madame Laurel : Oh là là ! C'est compliqué.

Madame Chauchois : Ça n'a pas bon goût, leur truc, là.

Moi : Mais si, c'est du milk-shake.

Madame Chauchois : C'est pour les vieux qui ont pas de dents !

Moi : Ben non, c'est pour les jeunes à la base.

Madame Chauchois : J'en veux pas !

Arthur : Vous êtes pas obligée de le boire, Madame Chauchois.

Octavio : Qu'est-ce que vous voulez comme prochaine chanson ?

Moi : Franç-

Octavio : À part Françoise Hardy ?

Moi : Jane Bi-

Octavio : À part Jane Birkin ?

Madame Laurel : Elle va venir ici, Françoise Hardy.

Madame Samama : Danielle ! Enfin ! Françoise Hardy ne va pas venir.

Cette conversation était génératrice d'angoisses pour moi.

Moi : Mets Clothilde !

Octavio : Bon, d'accord, on met Clothilde.

Juke-box : *Saperlipopette, se dit la crevette, pourquoi suis-je loin de l'océan ?*

Monsieur Venti : Joli p'tit bout de viande, Clothilde.

Madame Laurel : Elle va venir vendredi, Françoise Hardy.

Madame Samama : Mais non ! Vendredi, c'est-la-sur-boum ! Et je te préviens tout de suite, Danielle : si jamais un jour tu vois venir Françoise Hardy, méfie-toi, ça sera pas la vraie. Oh là là.

Madame Laurel : Pff !

Madame Samama : Quoi, « pff » ? Ils sont capables de tout ici. Capables de te faire croire des choses.

Madame Laurel : Pff ! La folle !

Juke-box : *Bleuet et chiendent, sûr ne poussent pa-a-as, dans le même champ…*

Madame Samama : Ah, c'est moi qui suis folle ? C'est la meilleure. Méfie-toi, hein ! Faudra vérifier que c'est bien la vraie.

Madame Laurel : Ah oui ? Et comment tu vérifies ça, hein ?

Madame Samama : Mais je sais pas ! Pinces-y les fesses pour voir si elle crie avec la voix de Françoise Hardy !

Monsieur Venti : Oooh, pincer les fesses.

Moi : C'est hors de question que vous pinciez des fesses, c'est du harcèlement sexuel.

Monsieur Venti : À la surboum ? On pourra pincer des fesses ?

Moi : Non !

Madame Chauchois : Donnez-moi une autre glace ! Cette glace-là, elle est toute fondue.

Madame Samama : C'est un milqueue-chèque, Marie-Do, c'est fait pour être fondu.

Arthur : Bon, c'était très bien, le café, mais je pense que maintenant on va tous aller calmement lire un livre là-haut.

Octavio : Attends ! Y a encore des chansons qu'on n'a pas essayées.

Arthur : [soupir] Bon, tu feras le DJ à la surboum.

Octavio : Yesssss !

Jeudi 26 mars

On a tout préparé pour l'inauguration des Étoiles et la surboum. On a suspendu des fanions de toutes les couleurs dans la rue Georges-Perec. On a mis une grande table longue en plein milieu de la rue avec une nappe en vichy rose et plein de plats colorés. Dans les plats, on a mis par exemple : chips, bonbons, gâteaux apéros etc. Autour on a mis des bières et du vin. Le juke-box est prêt, avec des enceintes, et on sera tous habillés sur notre trente-et-un.

Moi j'ai décidé que je porterai ma robe Courrèges, parce que je n'ai pas d'autres vêtements qui font bien habillé. Avec des Converse, parce que j'en ai trouvé des nouvelles dans la dernière livraison de vêtements, qui sont à ma taille. Mais pas ma perruque, sinon les pensionnaires ne vont pas me reconnaître (déjà qu'avec mes cheveux de tous les jours, les trois quarts des pensionnaires me reconnaissent pas).

J'ai essayé la robe ce soir avec les Converse, ensuite je suis allé me faire des tartines et j'ai rencontré Constance dans la cuisine qui se faisait aussi des tartines en bavardant avec Victor.

Constance : Oh my god ! Val !

Victor : Tain, mec !

Moi : C'est ma tenue pour demain, parce qu'on a une surboum.

Victor : Mais mec, putain.

Constance : Ça te va trop bien !

Moi : Merci.

Victor : Putain ! Juste ! Mec ?

Moi : Il y aura un juke-box et on inaugurera les Étoiles.

Constance : C'est vraiment beaucoup trop fun, ton stage.

Victor : Mais mec ? sérieux ? Putain mais.

Il s'est mis les mains sur les yeux pour me chasser de sa vie actuelle.

Constance : On a perdu Victor, là.

Victor : Putain.

Constance : Il est juste jaloux parce que lui, il a pas de robe Courrèges.

Victor : Mec.

Bouchra [entrant dans la cuisine] : Canon, Valou. Bouge, Vic, steuplé, t'es devant le frigo.

Victor : Putain mais je suis sur Mars ou quoi ?

Bouchra : J'aimerais bien, tu serais moins devant le frigo.

Vadim [entrant dans la cuisine] : Y a trop de monde dans cette maison. Hey Val, la classe.

Moi : Merci.

Victor : Allô allô, on a des gens normaux ici ?

Vadim : Non, il y a un mec devant le frigo avec un maillot du PSG.

Serge Quéhen [entrant dans la cuisine] : Dites donc, c'est l'heure de pointe. Beau gosse, Valentin. Y en a au moins un qui se fringue un peu classe pour se balader dans cette maison.

Victor : Mais mec ! Mec ?

Moi : Merci. C'est pour une surboum demain.

Victor : Putain. Je vais revenir de c't'année, je te jure, j'aurai vu des trucs, j'aurais pas cru qu'ils existaient avant.

Serge Quéhen : File écrire ça dans ton rapport de serci, tu gratteras peut-être la moyenne.

Vendredi 27 mars

Quelle soirée quelle soirée quelle soirée !!!!!!!

J'adore officiellement les surboums : c'est le meilleur truc du monde

Je peux pas tout raconter – il est trop tard – mais oh là là il s'est passé des choses !!!

Je me suis RÉCONCILIÉ avec SOLA !!!

On a dansé SOUS LES (NOUVELLES) ÉTOILES

L'aaaaaaamour brille sous les étoiles !!!

après Sola m'a dit plein de choses

Trop bizarre soirée. Je sais plus quoi penser de toute cette histoire.

Oulàlà ça bouge ! Mon lit est un bateau le plus beau des bateaux

Alors voilà ce qui s'est passé !:

Pff trop fatigué

J'expliquerai demain 😉

TROISIÈME PARTIE

AVRIL - MAI - JUIN

Samedi 28 mars

Trop mal à la tête.
Je raconterai demain.

NOTE RÉTROSPECTIVE

Je sais que nous ne pouvons pas encourager l'abus d'alcool dans un rapport de serci, cependant je précise que j'avais bu exactement : 1 verre de vin et 1 verre de punch coco.

Ce n'était pas excessif par rapport à, par exemple, Madame Chauchois qui a bu 4 verres de vin, 2 bières, 2 punch coco ; Madame Samama : une bouteille de vin, 1 bière, 1 rhum arrangé ; Monsieur Venti : 3 verres de vin, 3 bières, 1 whisky ; etc. etc.

Les pensionnaires ont bu quatre fois plus que les employés au moins. Pourtant je suis sûr qu'ils n'ont pas eu du tout de mal de tête le lendemain.

Dimanche 29 mars

Alors il faut que je raconte.

NOTE RÉTROSPECTIVE

Non, laisse-moi faire.

Je vais raconter moi-même, parce que les pages de ce journal, à cet endroit, sont pleines de oh et de ah et de points d'exclamation au point que c'en est illisible. J'en citerai des morceaux juste pour la saveur exotique, mais en fait c'était sérieux, cette soirée-là : la soirée des Étoiles, des slows et de Sola. C'est une soirée où j'ai grandi. Je pense que pour en faire une écriture correcte, il faut un peu plus de distance.

Et du présent pour le faire vivre.

Je suis donc en robe Courrèges, et tout le monde est d'accord pour me trouver très beau, sauf quelques pensionnaires qui m'ont dit des insultes homophobes/transphobes, mais sur un ton gentil et sans se rendre compte que c'étaient des insultes,

et puis vers 18 heures, le Soleil se couche, et on rassemble tout le monde rue Georges-Perec. Les fanions claquent dans le Vent, qu'on a fait souffler plus fort que d'habitude. Octavio est déjà aux platines (enfin, au jukebox) et les Beatles résonnent dans la rue, puis Janis Joplin, puis Queen, puis Simon and Garfunkel, et cette fois je me décide à lui dire de mettre un peu de musique française parce qu'on est en France.

Alors il met France Gall, puis *Ma France* de Jean Ferrat, puis *Lettre à France* de Michel Polnareff, puis *Douce France* de Charles Trenet, et finalement tout le monde en a extrêmement ras-le-bol de la France et on vient l'implorer de remettre des choses américaines.

Et il y a Sola.

Sola est très belle dans la robe Mondrian qui la découpe en rectangles, ses cheveux bruns retenus par un bandeau jaune. Il y a ses regards vers moi en forme de points d'interrogation.

Sola : Ah, le petit mot de la directrice.

En effet, Marianne Kasprovitch – en robe rose longue à paillettes, longs gants et cheveux en boule compacte – fait un speech sur la surboum de ce soir. Pas un petit mot, plutôt mille petits mots comme à son habitude. Je l'écoute d'une oreille en regardant Sola d'un œil. Marianne Kasprovitch ne mentionne pas l'inauguration des Étoiles, parce que certains pensionnaires trouveraient ça bizarre, mais elle glisse des indices comme quoi c'est le motif numéro un de la surboum, et une grande source de fierté.

Dès qu'elle a fini, Octavio lance la chanson *C'est ma fête* et on se met tous à danser.

« C'est ma fête et je fais ce qu'il me plaît ce qu'il me plaît ce qu'il me plaît

J'ai décidé ce soir de m'amuser ! »

Les pensionnaires qui arrivent à danser sur leurs jambes dansent sur leurs jambes ; ceux qui arrivent à danser en gigotant sur leurs fesses dansent en gigotant sur leurs fesses ; ceux qui n'arrivent qu'à agiter les bras agitent les bras ; ceux qui n'arrivent qu'à agiter les yeux agitent les yeux.

Même Madame Léthey, qui est normalement complètement amorphe, agite un peu les doigts, de-ci, de-là. Même Monsieur Davrec, qui est venu avec ses crayons de couleur, lève de temps à autre la tête de sa feuille de papier et sourit du bout des paupières.

Monsieur Venti et Madame Chauchois se sont lancés dans un rock impressionnant. Je ne sais pas d'où remonte ce rock, quelque part dans leur corps, défossilisé. Ils sont très gracieux malgré/à cause de la courbure bizarre de leur colonne vertébrale, et finalement tout le monde les rejoint.

Moi, je ne sais pas danser, encore moins le rock, mais comme je porte la robe Courrèges je fais ce qu'il me plaît (ce qu'il me plaît, ce qu'il me plaît).

J'ai décidé ce soir de m'amuser.

Ici, mon journal dit, hystériquement :

Oh là là là c'était tellement fun !!! Octavio a fait danser Marianne Kasprovitch et puis ensuite il y a eu un slow (*And The Way You Look Tonight*) et Magali était près de moi alors j'ai dit :

Moi : Magali, tu veux danser avec moi ?

Ce n'était pas de manière sujette à controverse puisque tout le monde dansait avec tout le monde, et par ailleurs j'ai mis mes mains à peu près à 15 centimètres au-dessus de sa taille, qui n'est pas une zone érogène. C'était très facile.

Je vois Sola qui danse peu, qui s'occupe beaucoup des pensionnaires seuls, relève des têtes et donne des chips, plante des pailles dans des verres de vin pour aider à boire.

Après, j'ai dansé avec Madame Samama qui sentait la lavande comme certains endroits d'Occitanie et de Provence-Alpes-Côte d'Azur, ce qui m'a rappelé ma région. Elle avait une peau extrêmement douce et des bras tout moelleux (je ne dis pas ça de manière sujette à controverse) et ça m'a fait regretter de ne pas avoir eu de grand-mère (même si elle n'aurait pas forcément été moelleuse à la lavande).

Le slow qu'on a dansé était : *As Time Goes By*. C'était une des plus belles chansons que j'ai entendues de ma vie je crois !!!

Ensuite on a encore dansé plein de chansons. À un moment on a fait *Alexandrie, Alexandra* en faisant RHA ! HAAA avec les mains (au début je savais pas mais ensuite je savais) !

Quand je relis ces pages, j'ai l'impression que ce jour-là que j'ai découvert l'existence du point d'exclamation.

Et à un moment, Marianne Kasprovitch a repris le micro et elle a dit :

Marianne Kasprovitch : Et maintenant, le moment que vous attendez tous, Messieurs !

Monsieur Venti : Une pin-up ! Une pin-up !

Marianne Kasprovitch : Presque. Le quart d'heure américain !

Je ne savais pas ce qu'était le quart d'heure américain. Heureusement, Marianne Kasprovitch nous a fourni une explication.

Marianne Kasprovitch : Pour ceux et celles qui ne savent pas ce que c'est que le quart d'heure américain : c'est l'occasion, Mesdemoiselles-Mesdames, de choisir votre partenaire pour le slow qui vient… Alors attrapez le bel homme que vous observez depuis le début de la soirée du coin de l'œil en espérant qu'il va venir vous inviter !

Madame Chauchois est allée directement voir Arthur.

Madame Chauchois : À nous deux !

Et plein d'autres femmes ont choisi plein d'autres hommes.

Note importante : Ce n'était pas égalitaire de la part de Marianne Kasprovitch de ne pas dire « Attrapez le bel homme *ou la belle femme* », mais en termes de 1960-1970 ça aurait été anachronique qu'elle dise cela, car à l'époque on parlait peu des luttes LGBTQ+. De la même manière, le concept de quart d'heure américain est sexiste puisque ça laisse entendre que la chose « normale » est que ce soit les hommes qui choisissent les femmes, mais en termes de reconstitution et authenticité c'était en effet « normal » que ce soit le cas. Donc je dis bien que le reste du temps Marianne Kasprovitch n'est pas homophobe ou sexiste. Là, c'était une occasion spéciale qui la contraignait à l'être.

Et donc c'était le quart d'heure américain et je ne m'attendais pas à être choisi par une femme, mais tout à coup,

mais tout à coup Sola surgit, de nulle part, les yeux agrandis par le maquillage et par cette immense question qu'ils contiennent. Elle me dit, Je t'invite.

Et je suis obligé d'accepter, par respect pour la tradition.

Elle est plus petite que moi, et c'est la première fois que je la prends dans mes bras. Je lutte, au début, contre un mouvement de rejet – je lui en veux toujours puissamment. Elle a drapé ses bras autour de mon cou et je respire l'odeur aiguë et fleurie de son cou et de ses aisselles. J'ai posé mes mains sur ses hanches, d'abord mécaniquement, raidement, comme des mains de Playmobil, mais je m'adoucis, pour ainsi dire, dès que j'entends le début du slow s'élever rue Georges-Perec...

Au bout du téléphone, il y a votre voix...

Ce slow, c'est *Message personnel.* Ma première chanson de Françoise Hardy, et encore et toujours mon premier amour.

Sola murmure,

C'est moi qui ai demandé à Octavio cette chanson-là pour le quart d'heure américain.

... et il y a ces mots que je ne dirai pas...

Sola murmure, Qu'est-ce qui ne va pas, Valentin ?

... la la la la la la la la

Sola murmure, C'est la naissance de ta petite sœur qui te met dans cet état ?

... *la la la la la la la la la la la...*

Sola murmure : J'ai l'impression que tu m'en veux, je ne sais pas pourquoi.

... *la la la la la...*

Sola murmure, Dis-moi ce qui ne va pas.

... *Je veux – je ne peux pas.*

C'est à mon tour de parler.

Je murmure, J'ai découvert quelque chose qui m'a désarçonné.

Je murmure, Quelque chose à ton sujet. Je peux pas te dire comment,

Je murmure, tu m'en voudrais si tu savais comment je le sais.

Je murmure, Tu m'avais dit « Je veux plus qu'on en parle, jamais. »

... *Je voudrais arriver, je reste. Je me déteste...*

Je murmure, J'ai découvert que tu m'as menti sur un truc important.

... *Je n'arriverai pas.*

Je murmure, Je sais que ça me concerne pas personnellement,

... *Je veux – je ne peux pas.*

Je murmure, Mais pourtant,
quelque part,
ça me concerne aussi, c'est un peu mon histoire.

J'ai peur que tu sois sourd

Je murmure, J'ai peur que tu le prennes mal.

J'ai peur que tu sois lâche

Sola murmure, Essaie un peu pour voir.

Je murmure, L'amoureux que t'as perdu, il était pas à toi,

Je ne peux pas vous dire que je t'aime

Je murmure, Tu l'avais pris à sa famille, j'ai appris ça,

Peut-être
Je murmure, Sola, pourquoi ? pourquoi t'as fait ça ?

Au moment où le récitatif s'arrête et où commence la (*Et si tu*) partie chantée (*crois un jour que tu m'aimes*), les Étoiles se sont allumées d'un coup, inaugurées par surprise, et tout le monde a fait, « Ohhh !!!! » en levant les yeux au ciel. C'était un truc de fou !!!!

Sola dit, Oh, Valentin, je ne sais même pas quoi te répondre,
quoi te raconter.

Je ne dis rien car j'écoute Françoise Hardy qui nous tient tous les deux dans sa paume tiède,
Ne crois pas que tes souvenirs me gênent,
Sola continue, Je sais bien qu'à ton âge on peut avoir une certaine cruauté,
Et cours, cours jusqu'à perdre haleine
la cruauté normale de ceux qui ont moins vécu,
Viens me retrouver
mais imagine, juste imagine
Si tu crois un jour que tu m'aimes
juste une chose : cette absence.
Ne crois pas que tes souvenirs me gênent
Imagine un immense amour disparu
Et cours, cours jusqu'à perdre haleine,
et toi seul te souviendrais de son existence.
Viens me retrouver
Personne d'autre, juste toi, juste toi seul, imagine !

Si le dégoût de la vie vient en toi

un monde entier qui a oublié ton amour.

Si la paresse de la vie s'installe en toi

Toi seul t'en souviens. Et même parfois certains jours,

Pense à moi.

tu te demandes, est-ce que je ne l'ai pas rêvé ?

Pense à moi.

Est-ce que c'est vraiment arrivé ?

Le slow continue, flou, et heureusement que Françoise Hardy me maintient encore debout parce que je suis comme un culbuto, toujours à perdre l'équilibre.

Et si tu

Sola continue, Tu vois, depuis que je vis seule avec ces souvenirs,

La la la la la la la la la

Je les ravive, je les alimente, je les entretiens, comme un feu,

La la la la la la la la la la la

C'est mon unique mission, je ne peux rien imaginer de mieux,

La la la la la la la la la la la

rien de pire. Et je suis seule avec ça.

Si le dégoût de la vie vient en toi

Je dis, Ben raconte-moi à moi, on partagera,

Si la paresse de la vie s'installe en toi

je te relaierai parfois pour que tu puisses faire autre chose.

Pense à moi

Sola rit, Je suis pas sûre que j'ose.

Pense à moi

Y a des trucs dans cette histoire qui sont pas pour les enfants.

Je dis, Alors me dis pas tout, fais comme parfois dans les romans,

Lalalalalalalala

trois petits points et on doit imaginer ce qu'il y a dedans.

Lalala lalalalalalalala

Sola rit, Mais ça n'a rien à voir avec notre relation professionnelle !

Lalala lalalalalalalala

Je ris, C'est toujours un peu flou, la frontière entre boulot et vie personnelle.

Lalalalala

Sola dit, Avec toi, le capitalisme a déjà gagné.

Je dis, Alors, tu vas me raconter ?

***

Et c'est ce qu'elle fait.

Une fois le slow terminé, quand on s'installe tous les deux sur le banc de l'arrêt de bus. Elle sort sa cigarette électronique et elle me dit l'histoire, jusqu'à tard, jusqu'à même que les Étoiles s'éteignent dans un clic. Elle continue à me raconter en me raccompagnant en voiture.

Ce n'est pas fini quand on arrive, mais elle me dit « La suite au prochain épisode. »

***

Y a-t-il un rapport avec mon rapport ? Je pense que oui. Parce qu'il est question de souvenirs, et qu'en écoutant Sola me raconter les siens, j'ai compris beaucoup de choses. Par exemple : le pire dans la vie, ce n'est pas la disparition de quelqu'un, une relation qui se délite, un lieu qu'on quitte. Tout cela continue à exister, transmis de tête en tête et partagé autour d'un verre avec des rires, quand on s'en souvient en commun.

Le pire, c'est quand il n'y a personne d'autre pour se rappeler tout ça, personne à part toi.

Exemple : parfois, j'ai l'impression qu'Élise et Colas aussi ont oublié comment c'était avant, avec une famille entière, et que je suis seul avec toute cette mémoire. En même temps, c'est ce qui me donne la responsabilité d'en faire une histoire.

Pareil pour Sola. Sauf qu'elle n'en avait pas la force, ou la motivation, ou l'indécence (elle dit tout le temps : « C'est indécent, ce que je te raconte »). Ou bien elle attendait quelqu'un qui l'aide à rendre à tout cela son existence.

NOTE RÉTROSPECTIVE SUR LA TENUE DES JOURNAUX INTIMES

Ce qui me fait dire que les journaux intimes sont parfois les pires ennemis des souvenirs, c'est que tout ce que je vous ai écrit au-dessus, là, dans mon journal du dimanche 2 avril, je ne le disais que comme ça :

Sola m'a dit des trucs pendant le slow de Françoise Hardy, elle m'a raconté toute l'histoire et puis m'a dit comme quoi il fallait que je comprenne que c'était une grosse souffrance pour elle etc., et j'ai été d'accord à ce moment-là pour concéder que c'était compliqué, parce que par exemple les pensionnaires, eux, ils se souviennent pas de leur vie, etc., mais le reste du monde se souvient d'eux, mais là c'est l'inverse, et d'une certaine manière je sais pas quelle est la pire torture.

Ainsi l'on voit que pour vraiment se replonger dans certains souvenirs et leur rendre justice, et leur rendre leur justesse, il faut les écrire plus comme un roman, paradoxalement c'est plus réel plus vrai et plus vivant. Et quand je revois cette scène, Sola, moi, le slow et les Étoiles, je sens notre balancement, et je vois les carrés vifs jaune rouge bleu de la robe Mondrian contre ma robe Courrèges, blanc étincelant. Je sens le corps maigre de Sola, dans mon nez le jasmin du cou de Sola.

Je sais pas par quel bout prendre ce truc qu'elle m'a raconté. Ce n'est plus vraiment comme une Biographie de Carrière, c'est plus comme une Histoire d'Amour. J'ai commencé à l'écrire un peu, séparément, pas sur mon journal.

D'abord j'ai essayé « elle, Sola », mais comme c'était une histoire d'amour il fallait que ça soit sérieux alors j'ai mis au passé simple, mais ça sonnait vraiment chelou, par exemple : « Tout commença sur le bord de mer. » Ensuite j'ai écrit en « elle » mais au présent, mais ça marche pas tellement non plus. Au futur ce serait extrêmement bizarre. En « Je » ? Mais de qui ?

Je vais tester d'autres trucs dans les jours à venir.

Et finalement, j'ai fait quelque chose de mélangé, vu que tout était mélangé.

Beaucoup des expressions ci-dessous et des manières de raconter sont les siennes, et certaines sont les miennes, et c'est impossible de dire qui a inventé quoi.

Vous pouvez essayer de deviner les moments où j'ai corrigé beaucoup et ceux où c'est sorti tout seul.

Mais à mon avis, vous n'y arriverez pas.

L'histoire de Sola Perré
(PARTIE II)

On avait laissé Sola débutant son poste à l'unité Mnémosyne, à l'âge de trente ans,

et vraiment elle était heureuse.

Elle trouvait ça bizarre mais doux de travailler ici, dans cette mini-ville qui n'existe pas tout à fait, avec ces gens qui ont perdu de grands morceaux de leurs histoires.

Sola : Mais,

un beau jour,

un beau jour, c'est février, il neige, je n'ai presque plus de batterie et, sur la route de Boulogne en revenant de l'unité, je m'arrête à un garage Esso.

Je laisse ma Mini siroter son électricité. Distraitement je regarde l'autre voiture arrêtée près de la pompe à côté, une BMW Gran Tourer familiale chère et bleue. À l'arrière, trois enfants sont endormis tête contre tête, blond contre blond contre blond. À l'avant, une femme siège passager sur son téléphone portable. Ma voiture avale tranquillement son électricité.

Sur l'écran de portable de la femme, un jeu de Scrabble en cours, IDOINE, FRACTURE, TENTANTE.

Je crois que je sais qui c'est.

Je me doute. Mais moi pas, pas à l'époque.

Le profil de cette femme me dit quelque chose, mais je ne fais pas l'effort d'aller chercher le dossier dans la bibliothèque de mes souvenirs – c'est sans doute une ancienne patiente, une passante croisée dans un passé lointain. Clic ! Le plein. Je vais payer à la caisse.

Et là à la caisse tu tombes sur Marin.

Et là à la caisse je tombe sur Marin qui paie la recharge de sa voiture et achète des Tic Tac cerise.

(Elle se souvient des Tic Tac cerise ! On se souvient de toutes ces petites choses.)

Mais Valentin, imagine cette conversation avec Marin dans le garage Esso, imagine attends je te la refais en faisant les voix et les mouvements de mains.

Ça va pas être pratique pour moi à retranscrire ensuite.

Démerde-toi, c'est ton problème. Juste imagine :

Excusez-moi,   oui ?

Marin ?

Oui ?
Je ne sais pas si tu me reconnais ?

Je...   Mais *non* ?
Sola - Sola ! La petite Sola ! Sola Perré ! Ça fait
Ça fait
Ça fait   oh là   ça fait bien quinze ans ?
Qu'est-ce que tu   je suis Je fais c'est mon trajet   Tu es dans, c'est ta voiture dehors ? oui   ça alors mais quelle   et c'est Astrid je l'ai pas reconnue ! oui c'est
et mes enfants   oui comment ils s'appellent Léonce Flavie et Théotime   oh !
mais dis donc ! enfin j'allais dire t'as changé mais bon

je serais un peu inquiet si t'avais pas changé depuis tout ce temps
quinze ans donc t'as quoi vingt... neuf trente ?   trente depuis le   11
tu t'en souviens !
oui bien sûr et donc toi tu vis
Amiens   je suis juge   ah tu voulais être avocat   ben voilà   presque
Oui presque haha
je suis juge d'application des peines
Haha   application des peines quoi
non rien ça me fait rire
comme nom de job
toi tu ?   je suis gériatre je travaille   – enfin là ça fait juste
quelques mois – je travaille à l'unité Mnémosyne je sais pas si Mais si mais si

j'ai entendu un reportage sur France Culture c'est fou tu travailles là ? le truc où ils refont

un monde comme avec des décos vintage, antiques etc. ? c'est fou ce truc

tu travailles là Oui c'est vraiment assez étonnant je bosse dans la section années 1960-1970

Les Trente « Glorieuses »

[guillemets avec les doigts] écoute c'est fou dis donc quel

quel succès la petite Sola !

la petite Sola. Incroyable.

Et tes parents ? Mes parents bien

Il paraît que ta mère a eu Oui mais maintenant elle va très bien elle est guérie

Je leur avais envoyé une petite carte je suis désolé de ne plus repasser tu sais, ça fait des années que mes parents ont déménagé c'est un peu

Bien sûr non mais attends Marin personne ne t'en veut

Mais moi je moi je m'en veux un peu tu sais

J'y pense souvent je regrette

enfin je voudrais bien que mes enfants connaissent Diguemer on va jamais de ce côté-là, là c'est exceptionnel on était à une compétition de danse de Léonce

Ben venez quand vous voulez, venez un week-end

Oui ce serait merveilleux, c'est compliqué on a si peu de temps le week-end

les activités des enfants tout ça
Bien sûr je comprends bien.

La petite Sola. Incroyable.

(Là-dessus ils se regardent, vous pouvez imaginer, comme dans les films.)

Comme le temps passe vite dis donc je sais c'est banal de dire ça mais

Je pense souvent à mon adolescence à Diguemer

tu sais je
TUT TUT KLAXON
Haha Haha la pauvre Astrid
T'inquiète pas elle est juste
TUT TUUUUUUUUUT
Ça va j'arrive nom de nom ! haha.
Tu passes parfois par Amiens ?
non Oui non j'imagine
je vois pas pourquoi tu passerais

T'es sur WhatsApp ? Oui tiens
mon numéro je Attends attends
nouveau contact tabadam hop S-o l-a Per
tends j'ai écrit PIErré merde
je sais plus taper corr Perré voilà
Vas-y 0675120605 je te bipe
ça marche
ça marche Vas-y les pauvres ils t'attendent oui tu me
tu n'hésites pas si tu passes sur Amiens
si et toi si tu viens à Diguemer ou à Boulogne

oui et toi hésite pas, vraiment en plus on a de quoi

on a de quoi te loger si tu es

avec quelqu'un si tu es avec des enfants Haha faudrait d'abord que je les kidnappe

haha non fais pas ça, c'est mal vu Ben ce serait

particulièrement pas malin dans la maison d'un juge

voilà haha

La petite Sola ! j'en reviens toujours pas.

Je peux te ? haha bien sûr

[bise] [bise]

Allez

Peut-être à bientôt

À bientôt peut-être

Moi Valentin : *Et alors, vous vous êtes revus bientôt ?*

Sola : Peut-être.

Lundi 31 mars

Appris de nouveaux accords.

Travaillé.

Rédigé l'histoire de Sola qu'elle m'a racontée hier.

Mardi 1er avril

Corrigé encore un peu l'histoire de Sola (réécriture, etc.) Je ne sais pas si je l'exprime bien, si c'est fidèle à ce qu'elle a vécu. J'aimerais bien qu'elle la lise et se reconnaisse dedans – je ne lui en ai pas parlé.

On déjeune à l'arrêt de bus à nouveau (bonheur).

Moi : Tu me raconteras la suite ?

Sola : Quand ça sortira.

C'est comme si elle parlait d'un prochain numéro de *Mademoiselle Âge Tendre* ou je sais pas quoi. Ça me fait rire.

Mercredi 2 avril

Je dois préparer les affiches pour la venue de Françoise Hardy. Malheureusement, je n'ai toujours pas de Françoise Hardy. C'est un problème non négligeable.

J'ai appelé trois potentielles Françoise Hardy que j'ai repérées sur Internet. L'une d'entre elles était enceinte de beaucoup alors elle a dit non.

Une autre avait déménagé à Chicago, or nous n'avons pas le budget pour un vol transatlantique.

La troisième était plus prometteuse, puisqu'elle habite à Lyon. Elle s'appelle Cindy Henriot et elle fait : Françoise Hardy, Sheila, la blonde du groupe ABBA, Jane Birkin, Charlotte Gainsbourg, Angèle et parfois Carla Bruni.

Moi : Il faut que ça soit le 4 juillet.

Cindy Henriot : [flik, flak de bruit d'agenda]

Cindy Henriot : *Oui, ça tombe pas trop mal : j'aurai été Sheila lundi, Jane mardi, Sheila encore mercredi, ça me laisse le temps de monter sur Boulogne pour vendredi [scritch, scritch].*

Ainsi nous avons établi un accord mutuel.

Moi : Vous pourriez m'envoyer une vidéo de vous chantant *La maison où j'ai grandi* ?

Cindy Henriot : *Top, je vous fais ça sous huitaine.*

Je suis allé voir Madame Laurel, qui était en atelier argile et mettait une touche finale à une très jolie sculpture de teckel.

Moi : Françoise Hardy a confirmé qu'elle viendra nous voir le 4 juillet.

Madame Laurel : C'est que ça me laisse pas un temps fou pour perdre mon petit ventre.

Vendredi 3 avril

Nous avons regardé le film : *Le Ballon rouge* d'Albert Lamorisse. J'ai pleuré discrètement mais pas autant que 75 % des pensionnaires et 90 % des employés. Ensuite, nous avons regardé un deuxième film (le premier était court) ; c'était *Orphée* de Jean Cocteau. Il est question (plus ou moins) d'un homme qui va chercher son amour disparu aux enfers. Ce n'était pas spécialement triste, sauf pour Sola qui n'avait pas du tout pleuré au *Ballon rouge* mais qui s'est bien rattrapée avec *Orphée*.

Je l'ai consolée sur le banc de l'arrêt de bus.

Sola : Ça te dit, demain je t'emmène sur la côte ? Paraît qu'il va faire beau, même.

Je crois que ça veut dire que le reste de l'histoire va bientôt sortir.

Samedi 5 avril

Il a fait beau !

À midi, on a mangé un sandwich de frites dans une baraque à frites. Mon sandwich était : aux maroilles (et aux frites). Le sandwich de Sola était : sandwich américain (aux steaks et aux frites).

On s'est promenés tout l'après-midi sur la falaise.

C'est très beau, la vie sur une falaise.

Dans un magasin sur la falaise au milieu de nulle part, nous avons pris un café (un chocolat pour moi) et Sola a fumé en regardant la mer. J'ai appris la chose suivante dans le livre *Rivages boulonnais* vendu au magasin de la falaise (p. 55) :

Qu'est-ce qu'une falaise ?

Une *falaise* est un versant abrupt taillé dans le continent par l'ablation, marine et/ou continentale. Par définition, donc, une falaise ne peut être figée, mais elle évolue constamment en reculant sous l'effet conjugué des eaux continentales qui y circulent et des eaux marines qui la balaient et la sapent.

Lorsque la mer n'agit plus, la falaise peut évoluer selon les dynamiques d'un versant continental : la pente finit par s'adoucir et la végétation la recouvre. La falaise est dite « morte ».

C'est un livre de géographie, mais j'ai eu l'impression que ces lignes voulaient aussi dire quelque chose de pas forcément géographique. Dedans il y avait comme des réponses – même si je n'étais pas sûr des questions à la base. Je les ai lues à Sola.

Sola : Tu sais, tu as une grande capacité à animer le monde autour de toi de tes pensées et de tes peurs. Je crois que c'est pour ça que tu y lis si souvent des signes.

Moi : On dirait Dumbledore un peu, cette phrase.

Sola : [voix profonde] C'est la preuve d'une grande sagesse, Valentin.

Moi : [j'ai ri]

Sola : [dans un nuage] [voix normale] Tu es quelqu'un de précieux pour le monde.

Cette dernière phrase ne sonnait pas comme Dumbledore, aussi je l'interprète comme étant sincère de la part de Sola.

Tout le long de ces falaises, nous avons peu parlé, ce qui n'est pas grave.

Dimanche 6 avril

J'ai gagné 34 euros au Touquet (en fait, plus, mais je décompte le billet de train). Avec perruque et robe Courrèges. Personne ne m'a agressé. J'aime mieux le Touquet que Lille, les gens sont relax à cause de l'ambiance de vacances (plage).

Une dame a chanté avec moi toute *Ma jeunesse fout le camp*, sauf que pour elle c'était vrai (elle avait à peu près 40 ans) alors que pour moi ça reste hypothétique, ainsi elle la chantait mieux que moi j'ai trouvé (mais j'ai gardé l'argent).

Lundi 7 avril

J'ai reçu la vidéo de Cindy Henriot et c'est un (je n'exagère pas) cauchemar. Elle chante avec une voix de gorge comme une chanteuse américaine d'aujourd'hui.

Je ne comprends pas où est passée la douceur et la pureté des voix d'avant.

Cependant, je ne lui ai pas dit qu'elle était un cauchemar. Je lui ai dit :

Moi : Hélas, nous avons décidé d'annuler l'événement faute de moyens.

Ce n'est pas vrai. Je repars à zéro.

Mardi 8 avril

Quand je suis arrivé ce matin, Monsieur Fertain était mort pendant la nuit. Il a eu un accident vasculaire cérébral.

Il reste ses petits cochons sur la table, qui n'ont pas été essuyés aujourd'hui. Je ne savais pas quoi faire de moi-même alors je les ai essuyés.

Octavio pleurait discrètement, ce qui m'a autorisé à pleurer discrètement.

Octavio : On s'habitue jamais tout à fait à l'idée qu'ils vont nous laisser tomber, hein ?

Moi : [je n'ai pas répondu]

Octavio : Tu veux reprendre le cochon que tu lui as offert ?

J'étais touché, parce que Octavio avait compris je sais pas comment que je voulais vraiment reprendre le cochon mais que je n'osais pas.

Ça a été une journée très en demi-teinte et parcourue de tristesse. Le cochon était dans ma poche, et maintenant il est sur ma table de nuit.

Vendredi 11 avril

Il va y avoir des élections (présidentielles), ce qui signifie que les pensionnaires, en théorie, peuvent voter, cependant c'est compliqué vu qu'ils ne suivent que les infos de 1960-1970, et encore, pas très sérieusement. Donc on leur a plus ou moins dit qu'ils devraient voter ce week-end, et ils étaient très contents, il va y avoir une urne et un isoloir ici ce dimanche, rue Georges-Perec, mais ils vont voir des bulletins dont ils ne connaissent pas les noms, alors comment vont-ils choisir ?

Moi : j'ai peur qu'ils votent pour la candidate de l'extrême-droite juste parce que son nom est trop mignon. [Fleur Capucin]

Octavio : T'inquiète, ils voteront jamais pour une femme.

Moi : Ah, ouf !

Octavio : Ça veut dire aussi qu'ils ne rééliront pas notre présidente.

Moi : Sauf que peut-être qu'ils n'ont pas compris que son prénom est un prénom de femme, étant donné qu'il est un peu exotique.

Octavio : OK, mais ils ne voteraient certainement pas non plus pour quelqu'un dont le prénom est un peu exotique.

Moi : Ah ben oui, je suis bête.

Octavio : Moi, je pense qu'ils vont tous voter pour François Durieux, parce que c'est un bon nom de président.

Moi : C'est qui ?

Octavio : C'est le candidat du Parti Radical Décentralisateur, qui a fait 0,05 % aux dernières élections.

NOTE RÉTROSPECTIVE

Magali, qui aidait les pensionnaires à mettre les bulletins dans l'enveloppe, a confirmé que François Durieux avait reçu les trois quarts des suffrages rue Georges-Perec au premier tour. Il aurait été élu directement Président des unités Mnémosyne, ce qui est assez bizarre comme royaume. Je ne sais pas s'il le sait.

Dimanche 13 avril

J'ai récolté plein d'argent aujourd'hui au Touquet (81 euros en décomptant le billet) parce que c'était jour d'élection et que plusieurs personnes m'ont dit :

Plusieurs personnes : Ah ! Ça fait plaisir d'entendre quelque chose qui n'a rien à voir avec la politique !

Et en effet, Françoise Hardy n'a rien à voir avec la politique. D'ailleurs j'ai essayé de chercher des chansons un peu politiques pour que ça colle avec le thème du jour, mais je n'ai pas trouvé. Tout est sur l'amour, le temps, la perte des choses, etc. Ainsi l'on voit que Françoise Hardy transcende le quotidien et les petits débats mesquins pour s'élever dans l'universel.

Au Touquet, il y avait du soleil, et une équipe de télévision se promenait dans les rues et posait des questions aux gens sur les élections à venir.

Le soir, on a appris que les candidats qui passaient au second tour étaient : notre présidente actuelle et Fleur Capucin. La semaine prochaine, pour le second tour, les pensionnaires n'auront plus la possibilité d'élire un homme. Je pense qu'ils voteront pour le nom mignon et français plutôt que pour le nom exotique.

NOTE RÉTROSPECTIVE

Magali a confirmé la semaine suivante que neuf pensionnaires sur dix ont voté pour Fleur Capucin, et elle pense que ceux qui ont voté pour notre Présidente l'ont fait par erreur.

Jeudi 17 avril

Bouchra et Constance m'ont vu à la télé lundi. Elles me l'ont dit seulement aujourd'hui, mais je voyais bien qu'avant elles faisaient des petits chuchotements de conspiratrices.

Bouchra : Dis donc mec, on t'a vu sur France 3 Régions ! T'étais au Touquet, en train de jouer de la guitare sur la promenade !

Je n'ai pas répondu. J'ai tartiné ma tartine de pâte à tartiner aux noisettes sans huile de palme.

Constance : Vrai ou faux ? Mens pas !

J'ai haussé les épaules.

Bouchra : Fais pas genre c'est pas toi ! On t'a reconnu avec ta perruque et ta robe.

Constance : Le mec, il va jouer au Touquet comme ça, et même pas il nous fait un concert dans notre salon ?

Bouchra : Alors que pardon, mais c'est qui qui a chanté plein de chansons avec toi en Angleterre, hein ? C'est qui qui te soutient depuis le début de l'année ?

Moi : Je ne pensais pas que ça vous intéresserait.

Les filles se sont regardées et leurs regards se sont empoignés avant de se dresser vers le plafond et leurs bouches ont fait : « Rhââââ ! » en même temps.

Constance : Mais vas-y, ça fait combien de temps que tu chantes comme ça ?

Moi : Oh ! Je sais plus.

Bouchra : Sérieux, c'est pour ça que tu te barres tous les dimanches ? Tu vas chanter au Touquet ?

Moi : Oh ! Pas forcément au Touquet.

Constance : Mais whaaaat ! Tu chantes dans d'autres villes ? Pourquoi tu chantes pas à Boulogne ?

Moi : Oh ! Pour changer d'air.

Bouchra : Ce gros rat ! Il va faire profiter d'autres gens et même pas il en fait profiter Boulogne, la ville qui lui a tout donné !

Constance : La ville à qui il doit tout !

Bouchra : La ville qui l'a bercé comme une mère.

Constance : La ville qui l'accueille et le nourrit.

Bouchra : Cet ingrat.

Constance : Mais grave.

C'est ce que je veux dire quand je dis que Constance et Bouchra taquinent mais pas méchamment.

Bouchra : Mec, si tu chantes pas dimanche à Boulogne, on te parle plus, c'est juste pas possible.

J'ai mordu dans ma tartine.

Constance : C'est compris ?

Moi : Hmmph.

Bouchra : Dis « Oui Bouchra et Constance. »

Moi : Oui Bouchra et Conchtanche.

Dimanche 20 avril

J'ai chanté à Boulogne, sur les remparts, près de la tour qui s'appelle : tour Françoise (petite référence-blague). Ça s'est très bien passé. J'ai gagné 73 euros. Je dois dire que Bouchra et Constance avaient rameuté plein de gens que je connaissais, et d'autres que je ne connaissais pas, ainsi beaucoup d'euros venaient de ces gens-là. Même Victor est venu.

Victor : J'avoue, tu taquines.

Ça veut dire « Tu réussis bien à faire quelque chose » (en l'occurrence, de la guitare).

J'étais très heureux de chanter dans cette ville qui est un peu la mienne maintenant. J'ai remarqué que j'ai de l'affection pour Boulogne (beaucoup), exemple : quand je vois le dôme de la basilique Notre-Dame, ou les quais du port, j'ai la même impression de chaleur dans la gorge que quand j'entends la voix de Françoise. Une impression de c'est-chez-moi.

Le soir, on a appris que c'était notre Présidente qui restait Présidente (pour la troisième fois). On l'a vue à la télé.

Notre Présidente : Ensemble, nous allons œuvrer à une France encore plus juste, encore plus redistributive, et à des services publics encore renforcés.

J'étais d'accord. Ensuite elle a dit :

Notre Présidente : Cela ne signifie pas à court terme réduire la part de nucléaire, et cela, mes électeurs et mes électrices l'ont bien compris, puisque c'est grâce au nucléaire que l'État français peut se permettre de dépenser autant d'argent pour le confort de ses citoyens et ses citoyennes.

J'étais moins d'accord. Ensuite elle a dit :

Notre Présidente : Cependant, à moyen et long terme, nous poursuivrons nos efforts pour faire des énergies renouvelables notre nouvelle force dominante pour demain.

J'étais d'accord. Ensuite, nous avons éteint la télévision et je suis allé écouter Françoise Hardy pour me laver la tête des choses politiques, car point trop n'en faut.

Mercredi 23 avril

Je déjeunais avec Sola à l'arrêt de bus et nous avons eu une conversation.

Sola : T'as remarqué que cette année, le 1er mai et le 8 mai c'est tous les deux des jeudis ?

Moi : [je n'avais pas remarqué]

Sola : Ça veut dire qu'on peut faire le pont ! On prend notre vendredi, et hop ! Week-end de quatre jours.

Moi : Mais ça veut dire ne pas aller à l'unité pendant quatre jours.

Sola a eu l'air de réfléchir, en pressant ses ongles sur son menton. Ses ongles sont rongés, et la peau autour.

Sola : Ah oui, c'est vrai que t'aimes pas les vacances, toi. J'allais te proposer de venir avec moi sur la côte, chez mes parents. On part le jeudi, on rentre le dimanche en fin d'aprem... Ça te sortira un peu. Non ?

J'ai hésité, parce que l'idée de rater un jour de travail était douloureuse, mais l'idée d'aller sur la côte avec Sola était plaisante.

Moi : Je peux pas rester le dimanche, je joue de la musique dans la rue tous les dimanches.

Sola : [a eu les yeux écarquillés] *Hein* ? Depuis quand ?

Moi : Depuis janvier.

Sola : Et tu me dis ça seulement maintenant ?

Moi : Oui.

Sola : Eh ben tu en joueras pendant notre week-end !

Moi : Pourquoi pas. Si tu es sage.

C'était de l'humour.

Sola : Il te faut une autorisation pour Serge.

Moi : Je demanderai à mon frère.

Sola : [silence]

Sola : Comment elle va, ta mère ?

Moi : Il y a des hauts et des bas.

Sola : [silence]

Sola : T'auras ta chambre séparée et tout, hein, t'inquiète pas.

Moi : Je ne m'inquiète pas.

C'était vrai.

Vendredi 25 avril

Je suis très surpris ce soir car, quand j'ai appelé à la maison pour demander à Colas une fausse autorisation, je suis tombé sur Maman, et nous avons eu cette conversation qui n'est pas comme les conversations récentes que j'ai eues avec elle.

Maman : *Allô ?*

Moi : Élise ?

Maman : *Non, c'est Maman.*

Moi : [surpris qu'elle réponde au téléphone] Ah, bonjour Maman.

Maman : *Ça va, mon Valou ?*

Moi : [surpris qu'elle me demande comment ça va] Oui oui.

Maman : *Qu'est-ce que tu fais de beau ?*

Moi : [surpris qu'elle me demande ce que je faisais de beau] Plein de choses.

Maman : *Tu nous donnes pas souvent de nouvelles… Raconte !*

Maman avait une voix enjouée, ce qui n'est pas habituel de sa part, aussi j'ai été de plus en plus surpris.

Moi : [de plus en plus surpris] Je travaille avec les pensionnaires, on les a fait voter, on regarde des films, je répare des trucs, je les aide à manger, les dimanches je chante dans la rue… Et à la maisonnette, ce soir, on fait des bruschettas aux poivrons rôtis.

Maman : *Ça a l'air génial, dis donc. Je suis bien contente que tu t'amuses comme ça. J'avais un peu peur que ça soit difficile pour toi, le serci, mon pauvre petit Valou.*

Moi : Non non, ça va.

Maman : [silence]

Moi : Et toi, ça va ?

Maman : *Mais oui, plutôt bien, figure-toi qu'ils m'ont retrouvé du travail – bon, c'est rien de spécial, hein, je vais être à l'accueil pour un groupe électrogène... C'est pas le poste dont je rêve, mais c'est déjà ça, et à dix minutes de marche de la maison.*

Moi : Ah, mais oui, c'est déjà ça, bravo.

J'ai dit « c'est déjà ça » parce qu'avant, l'idée que Maman sorte travailler était difficile, étant donné qu'elle était en arrêt de travail pour des raisons psychologiques (/psychiatriques).

Maman : *Alors pour fêter la nouvelle, je suis sortie samedi dernier avec Nina et Catherine, figure-toi que Nina s'est remise avec son mari, et Catherine est venue avec son frère, je l'avais pas vu depuis des années, il a chaaaangéééé ! Il a divorcé. Il a vieilli, bien sûr, mais pas du tout mal vieilli.*

Moi : [je n'ai pas l'habitude que Maman me parle autant alors je cherchais des mots] Ah, bravo à lui.

J'étais étonnée que Maman me parle d'un homme, car normalement elle parle d'un seul homme : mon père, et c'est pour dire : du mal.

Maman : *Enfin bon, on a échangé nos « zéro-six », comme vous dites, les jeunes.*

(On ne dit pas ça.)

Moi : Ah oui ?

Maman : *Voilà voilà. Alors bon, on verra bien pour le boulot et pour, euh, le reste, je te tiens au courant.*

Moi : Super, bravo.

J'avais les mains mouillées contre le téléphone, qui glissait.

Maman : *Au revoir, mon Valou !*

Moi : Au revoir, Mamounette.

J'ai raccroché. J'ai regardé le téléphone comme si c'était lui qui avait secrètement mis un filtre « bonheur » sur la voix de ma mère.

Ensuite je me suis aperçu que j'avais été tellement surpris par cette conversation que j'avais complètement oublié de lui demander l'autorisation de sortie. Alors je l'ai rappelée et elle a dit d'accord pas de problème amuse-toi bien mon chéri et m'a envoyé l'autorisation par photo.

Ainsi j'ai eu une autorisation avec la vraie signature de Maman, ce qui n'était pas arrivé depuis que j'étais en 5e.

Dimanche 27 avril

Je suis allé chanter et j'ai envoyé une vidéo sur le groupe WhatsApp famille. Maman et Élise ont débordé de compliments, mais pas Colas qui a trouvé ça un peu bizarre, car il partage parfois les critères de Victor sur ce qui est bizarre. Il a dit en conversation privée, juste lui et moi :

Colas
t'es gay donc ?

Moi
je pense pas

Colas
mais pourquoi tu chantes de la musique de meuf alors

Moi
je pense pas que les gays chantent forcément de la musique de meuf ?

Colas
t'es trans ?

Moi
je pense pas

Colas
t'es quoi alors

Moi
rien de spécial je pense

Je pense toujours cela. Ensuite j'ai eu une conversation avec Élise en conversation privée :

Élise
ça fait plaisir de te voir t'épanouir
comme ça mon Valou

Moi
merci

Élise
avec maman en plus au même
moment

Moi
quoi maman

Élise
maman c'est la renaissance
elle est en forme
là elle fait des späztle

J'ai eu une pointe d'acide de larmes dans les yeux parce que la dernière fois que Maman a fait des spätzle, j'avais vers les dix ans donc c'est un gros signe de bonne santé.

Élise
tu sors de ta coquille
et elle de son terrier

Moi
oui mais toi et Colas ça va ?

Élise
nickel comme d'hab
nous on a toujours été
les normaux de la famille

C'est vrai.

Maintenant une nouvelle semaine commence, qui va être courte, parce que dès jeudi je fais le pont avec Sola.

MAI

Samedi 3 mai

Le week-end avec Sola m'a tout agrandi. Les poumons, le cerveau, les muscles des jambes et le cœur aussi, il me semble.

Ça a commencé dans la voiture jeudi, la petite Mini de Sola avec un transistor suspendu au rétroviseur.

Moi : On écoute Nostalgie ?

Sola : On peut pas changer de radio, pour une fois ?

Moi : Peut-être au retour.

(On n'a jamais changé de radio.)

On a chanté sur la route, et la route faisait de petits méandres tout le chemin, qui n'était pas long, juste vingt, vingt-cinq minutes au-delà de Wimereux, à travers les dunes avec leurs grands poils d'herbe, jusqu'à Diguemer.

Diguemer est tout petit, les maisons sont bleu et blanc, il y a une languette de plage, un empilage de rochers, une falaise. La plage devient un peu plus grande lorsque la marée descend.

Sur la plage, il y a une épave.

La rue du Varech, qui est la rue des parents de Sola, mène tout droit à la mer. Ça sent la mer. Un grand vent gifle.

Quand on est arrivés, il faisait nuit. J'ai fait quelques pas vers la mer. Tout clignotait, la lune se reflétait dans l'eau par écailles. Il y avait aussi d'étranges lumières dans le noir ; d'abord j'ai cru que c'étaient des phares, mais il aurait fallu qu'il y ait beaucoup de phares, et tout petits, et qui se déplacent. Ensuite, j'ai cru que c'étaient des lucioles.

Moi : C'est des lucioles ?

Sola : Oui, bien sûr, les fameuses lucioles de mer du Pas-de-Calais.

Moi : C'est vrai ?

Sola : [riant] Mais non !

Moi : Alors c'est quoi ?

Sola : C'est les gens qui pêchent la saligote.

Moi : [j'ai cru que c'était un gros mot] [j'ai cru que c'était encore une blague] [je n'ai rien dit]

Alors du noir ont émergé un homme et une femme qui avaient des rides sur le visage et des lampes sur la tête et des filets à papillons dans les mains.

L'homme : On se disait bien qu'on avait reconnu les phares de ta casserole.

Sola : Bonsoir, Papa.

Ainsi j'ai su que ces gens étaient les parents de Sola. Elle les a enlacés. Ils étaient tous les deux en short et en pull avec des bottes en caoutchouc alors qu'il faisait froid, et trempés et les mollets pleins d'algues vertes. Pourtant ils avaient l'air heureux.

Sola : La pêche est bonne ?

La femme : Ben, on va voir.

Sola : Valentin, mes parents.

J'ai fait la bise aux parents en me cognant un peu le front dans leur lampe torche. Ils sentaient le salé et ils sentaient aussi le parent. On est entrés dans la maison.

C'est une toute petite maison, une ancienne maison de pêcheurs. Les volets sont peints en bleu roi. La maison s'appelle : Les Oursins dans les Poches. Il y a une salle à manger avec un poêle à charbon. Il y a une cuisine où la plupart des choses sont en céramique ou en aluminium. Il y a trois chambres, une en bas et deux à l'étage.

Les parents de Sola : Fais comme chez toi, Valentin !

Mais chez moi ce n'est pas du tout pareil, donc ce n'était pas faisable. Je suis monté ranger ma valise dans ma chambre, qui est : la petite chambre orange. En bas, c'est du carrelage. En haut, c'est du plancher. Tout croustille et craquette quand on marche à l'étage. Sous l'escalier, il y a un gros chien couché dans un panier. Partout, il y a des tableaux représentant des scènes marines, et un bazar de choses ramassées, des coquillages et des cordages, des verres polis et des bois flottés.

Le père de Sola : Pas trop mal pour une petite heure, non ?!

Je suis allé voir dans la cuisine ce qui n'était pas trop mal pour une petite heure et c'étaient des crevettes. Il y en avait plein dans un petit saladier en métal. Elles étaient encore vivantes, elles gigotaient et leurs pattes et leurs carapaces griffaient doucement le métal. Elles étaient gris translucide, comme faites de verre fumé.

Sola : Voilà les saligotes.

Ainsi j'ai appris que saligotes n'est pas un gros mot, juste un mot pour les grosses crevettes qui deviennent rose vif quand on les cuit. Nous les avons cuites. Nous les avons mangées. La mère de Sola m'a appris comment enlever la carapace.

C'est très facile une fois qu'on a compris le truc. Ça se décapsule. Nous avons mangé ces crevettes. Mes impressions ont été : très positives.

Moi : Pourquoi vous êtes allés pêcher la nuit ?

Le père de Sola : C'est comme ça que ça se pêche, la saligote.

Sola : Tu les éblouis avec la torche, tu vois leurs petits yeux qui reflètent la lumière, elles arrêtent de bouger. Tu passes l'épuisette dessous et tu les sors de l'eau, et voilà.

Je ne savais pas si c'était encore une blague ou pas.

NOTE RÉTROSPECTIVE

Ce n'est pas une blague. Je suis allé pêcher la saligote depuis. On voit leurs petits yeux qui brillent comme des têtes d'épingles lumineuses et on fait passer l'épuisette dessous et hop ! on les attrape. Parfois elles s'échappent. Quand elles s'échappent, on est assez contents pour elles, d'un côté.

On les mangeait avec du pain et du beurre. La mère de Sola a servi de la bière.

Sola : Valentin, si tu veux, il doit y avoir du Coca dans le frigo.

Je me suis levé. Sur le frigo il y a des magnets de presque toute la France. Dans le frigo, une boîte de nourriture pour chien, du lait frais de la ferme, du fromage blanc de la ferme, des œufs, un gros poisson entier dans du papier, des Pom'Potes poire-vanille et une petite bouteille de Slim Fast et du Coca.

Les parents de Sola : Après, on va jouer au huit américain.

Le huit américain, c'est un jeu de cartes. On y a joué jusqu'à minuit. C'était à la fois joyeux et concentré. Ensuite je suis allé me coucher. Ensuite c'était vendredi.

Vendredi, Sola m'a emmené me promener sur la falaise. La falaise est ponctuée de blockhaus. On a marché très longtemps. Il faisait froid, avec beaucoup de vent, mais le ciel était de ce bleu très pur qui gèle les yeux quand on le regarde. De l'autre côté, l'Angleterre blanche brillait fort.

Moi : Quand tu étais petite, tu passais plein de temps ici ?

Sola : Oui.

Moi : C'était pareil ?

Sola : Non, il y avait beaucoup plus de falaise. La falaise s'écroule tout le temps.

Moi : Vous avez pas peur pour le village ?

Sola : On n'y pense pas trop.

Moi : [silence]

Sola : « Jamais le cœur si grand qu'en haut d'une falaise. »

Moi : C'est quoi ?

Sola : Un poème.

Moi : Et après ?

Sola : C'est tout, c'est tout le poème.

Moi : Tu vas me raconter la suite de l'histoire ?

Sola : Si tu veux.

Mais elle n'avait pas l'air de vouloir totalement, et à la place on a trouvé une petite statue de Vierge Marie dans une alcôve. Elle avait été un peu mangée par le vent/la pluie. Plein de gens avaient posé des galets autour, avec des dessins et des messages. Certains étaient illisibles, d'autres disaient, *merci pour mon bac, merci d'avoir sauvé Louna, priez pour Cathy, merci pour notre bébé miracle (cœur)*.

Sola a décidé – juste après la Vierge – d'aller s'asseoir sur la plage, enfin sur un morceau de blockhaus qui était tombé de la falaise. Il était comme du sucre. Des algues s'y accrochaient déjà, et les morceaux de fer rouillé avaient tire-bouchonné dans l'arrachement.

À ce moment-là, elle a failli commencer la suite de l'histoire, je crois, mais à la place elle m'a posé des dizaines de questions sur le collège, le lycée, le rapport de serci et les autres personnes de la maison et j'ai compris qu'elle ne voulait pas commencer, ce qui était OK pour moi.

Il me semble que les histoires de ce type, qui sont très personnelles, sont comme la marée : si la lune tire la mer vers l'autre côté de la Terre, on ne peut pas la forcer à monter tout de suite ; ce serait absurde, comme venir prendre l'eau dans une petite cuillère et l'apporter en haut de la plage. De toute façon, au bout d'un moment, la lune repassera du bon côté et alors on aura toutes les vagues à nouveau. Il faut attendre.

Le soir, nous avons mangé au Bon Pichon qui est le seul restaurant du village ouvert avant la pleine saison. L'été il y a plus de choses ouvertes, m'a expliqué Sola, parce qu'alors c'est plein de touristes belges et néerlandais. Le reste du temps, c'est juste le Pichon.

On a mangé : le père de Sola : des moules marinières ; la mère de Sola : du flétan ; Sola : une sole ; moi : des harengs pommes à l'huile. Tout cela avec de nombreuses frites. Les parents de Sola parlaient beaucoup au restaurateur et à la serveuse, qu'ils connaissaient très bien. Le chien, qui s'appelle Saucisse, était par terre sous la table, roulé en boule, et il mangeait parfois une frite qui tombait.

Le lendemain, c'était samedi, et Sola m'a emmené à Wimereux. Comme elle avait été sage, conformément à ma promesse, j'ai chanté Françoise Hardy et j'ai gagné 41 euros. Ensuite on a visité cette ville, qui est pleine de maisons multicolores et étranges, comme construites et peintes par des enfants. Le ciel était plein de cerfs-volants rouges, de mouettes blanches, de nuages blancs.

On est allés faire un minigolf. On a pris des gaufres et on s'est assis devant l'énorme clown en pierre dont la langue tourne pour que la balle du minigolf ne rentre pas facilement.

Et le soir, parce qu'il faut que ce soit la nuit, on est allés pêcher des saligotes, et j'ai appris à passer mon filet sous leurs petits yeux brillants.

Dimanche

Le lendemain, c'était dimanche. Le matin, la maison était pleine de l'odeur de pain grillé, de café et de beurre fondu. Saucisse faisait couiner son hérisson en caoutchouc. On a parlé avec les parents de Sola.

La mère de Sola : Vous voulez venir avec nous ? C'est jour de vide-grenier.

Sola : Tu vas sans doute trouver des trésors pour l'unité.

C'était vrai. Je suis passé de table en table et de rue en rue, et j'ai trouvé des tas de choses des années 1960-1970, des pin's, des bons points, des soldats, des albums de timbres, des canevas pour entretenir la motricité fine des pensionnaires, des publicités, des affiches de film, des vinyles et des albums de BD.

NOTE RÉTROSPECTIVE

Il y a tellement de choses des années 1960-1970 qu'elles débordent partout. Dès qu'on fait attention, on les voit, ces choses, dans tous les coins. Elles ont été créées et maintenant elles restent, elles collent, tout le monde essaie de se les refourguer, on les trouve mignonnes mais aussi un peu encombrantes.

Le père de Sola : Dès que c'est des choses un peu vintage, ça part comme des petits pains. Par contre, la cassette d'*Hélène et les garçons*…

Sola : Hé ! C'est ma cassette de quand j'étais petite !

Le père de Sola : La dernière fois que t'as dû la regarder, c'était en 1993.

Ainsi j'ai appris que les choses des années 1990 n'ont d'intérêt pour personne. Sola m'a montré comment rembobiner une cassette avec un stylo. J'ai rembobiné énormément de cassettes, exemple : Henri Dès, « *La Tartine et autres chansons* » ; « *Le meilleur de Roch Voisine* » et « *Barbra Streisand, le Best Of* ».

Personne n'a acheté ces cassettes (rembobinées ou non). Nous les mettions dans un magnétophone rouge, jaune et bleu Fisher Price pour enfants qui faisait un son atroce. Personne n'a acheté ce magnétophone.

Soudain c'était quatorze heures et Sola m'a dit :

Sola : Tu viens, on va se promener sur la plage.

J'ai cru comprendre que la suite de l'histoire remontait lentement, comme la mer qui était toute douce et plate. Il y avait des gens sur la plage mais pas beaucoup.

Moi : Tu vas me raconter la suite de l'histoire ?

Sola : D'abord on se baigne.

Moi : Mais j'ai pas mon maillot !

Sola : On s'en fout ! T'as bien un calbute.

Moi : Oui, mais ?

Je ne savais pas quoi dire après le mais. Sola a enlevé sa robe, et j'ai vu sans regarder de trop près qu'elle portait une culotte et un soutien-gorge utilitaires (pas en dentelle comme dans les pubs), et ainsi elle s'est jetée dans l'eau. Je l'ai rejointe en calbute (caleçon), cependant l'eau était glacée, j'ai donc passé beaucoup de temps à faire « ah ! ouh ! » pour passer les testicules qui est un endroit très sensible du corps masculin.

Finalement j'étais dans l'eau.

Depuis l'eau, le village semblait très loin. Je ne m'étais pas baigné dans la mer depuis très longtemps. J'ai fait plusieurs fois la planche, pour que tout cela me porte.

Puis je suis remonté sur la plage où Sola était rhabillée en robe – toutefois, sa culotte et son soutien-gorge traînaient sur le sable, en boule dégoulinante comme des méduses, et ainsi j'ai compris qu'elle était toute nue sous sa robe, ce qui est acceptable j'imagine étant donné qu'elle était plutôt longue, et même quand on voit des bouts de seins en transparence ce n'est pas extrêmement grave, après tout les hommes ne cachent pas leurs bouts de seins et il faut être égalitaire de nos jours.

Moi, j'ai dû discrètement me remettre en pantalon sans calbute, ce qui n'est pas extraordinairement agréable.

Sola s'est allongée sur le sable comme on fait quand on veut prendre le soleil, même s'il y avait peu de soleil à prendre. On est restés immobiles et silencieux. J'ai cru que la suite de l'histoire remontait, mais pas tout à fait encore.

Sola : Ça te dit, on va manger des moules à Boulogne ce soir ?

On est allés manger des moules.

Et c'est là, vers le moment où on s'essuie les doigts avec le petit Kleenex mouillé au citron, que la suite de l'histoire est remontée.

Sola : Alors, tu es prêt ?

J'étais prêt et surtout l'important c'est qu'elle était prête aussi.

Ensuite, j'avais du mal à la regarder dans les yeux, car cette histoire me met extrêmement mal à l'aise, mais en même temps je savais qu'il fallait que je l'entende, et d'ailleurs je sais qu'il faudra que j'en entende la fin – il me semble que cette histoire est importante pour mon éducation, et qu'elle fait partie des enseignements de vie que l'on peut souhaiter pour son développement personnel, et qui peuvent avoir des ramifications importantes dans son épanouissement professionnel.

Cette nuit, j'ai terminé de rédiger une première version de la suite de l'histoire de Sola.

NOTE RÉTROSPECTIVE

La voici dans sa version finale, avec beaucoup d'étapes de réécritures et de corrections ensuite.

L'histoire de Sola Perré (Partie II)

À peine deux semaines après l'épisode de la station Esso, Marin et Sola se revoient. Ça se passe dans un café de Wimereux qui donne sur la plage.

Tu n'as qu'à décrire la plage de Wimereux, Valentin, tu y es allé.

La plage de Wimereux est vaste et plane, et il s'y envole des windsurfers de toutes les couleurs.

Sola : Sous les craquements et les claquements d'une rangée de drapeaux au-dessus de nos têtes, Marin commande un kir violette, moi une bière à la cerise.

Avant de se revoir, on a parlé et parlé et parlé par messages, de sorte que ces quinze dernières années ont désormais des contours. Les parents de Marin ont déménagé à Amiens pour être plus près des enfants. Ils se battent poliment avec les parents d'Astrid pour les garder le plus souvent possible.

Ce n'est pas le même style de grand-parentalité. Quand les enfants sont chez les parents de Marin, ils vont au parc ou à la médiathèque. Quand ils sont chez les parents d'Astrid, ils vont faire du cheval et à l'opéra. La nounou espagnole leur parle espagnol. Ils sont donc bilingues, ce qui est une bonne chose de nos jours.

Marin dit :

— Je vais profiter d'être à Wimereux pour rapporter des coquillages à Théotime, pour sa collection.

Plus tard, on ira chercher des coquillages pour Théotime. Marin dit :

— Et Flavie je vais lui prendre des rocamadours pour ce soir, au fromager là-bas.

Quand Marin parle de ses enfants, il s'allume comme une guirlande. Je comprends devant ma bière cerise que ces éclats dans son regard vont chercher quelque chose dans mes très grands abysses, agiter des sables déposés depuis longtemps au fond du fond de moi, et il ne faut pas être expert en psychologie pour comprendre que c'est cette expression qu'il avait pour moi, petite.

Quand on parle d'Astrid : là, il se sculpte un visage de juge d'application des peines, notable d'Amiens, ayant fait un beau mariage. Tout ce qui était rond et bouclé dans son visage devient carré et anguleux. Astrid, donc, est cadre supérieure chez Veolia. Elle est en charge des fermes à éoliennes dans la mer ; toutes les éoliennes qui dansent maintenant si gracieusement lorsqu'on regarde depuis les falaises, c'est grâce à elle. Je l'imagine les déposer là du bout des doigts comme on plante des bougies dans un gâteau d'anniversaire. Je la vois toujours si grande, si belle et si distante qu'elle est au-dessus de moi, façon déesse.

Mais Marin m'entrouvre, de message en message, la porte de leur chambre conjugale, et je vois que cette chambre n'a plus de conjugal que le nom, je vois cette longue et belle femme planteuse d'éoliennes lire le dernier Prix Goncourt près d'un mug de thé au jasmin qui embrume l'abat-jour de la lampe de chevet en verre soufflé, pendant que Marin, sans un mot, tapote sur son ordinateur,

Encore un cas compliqué ce soir ma chérie, éteins de ton côté, je ne te dérange pas.

Il ne sait pas exactement quand les *ma chérie* et *mon chéri* ont cessé de vouloir dire qu'ils se chérissaient, mais les mots continuent à voleter dans l'air par habitude. Il faut dire qu'ils ont beaucoup travaillé ces dernières années, ils ont dû négliger quelque chose. Parfois ils se réservent des soirées en amoureux avec la béquille d'un bon restaurant vue sur la mer pour trouver à se dire des choses, Tiens regarde ça date de quand ce bâtiment à ton avis, Tiens j'aurais jamais cru le mélange algue et thé vert en fait ça rend bien, Tiens la femme là-bas a un sac Birkin. Puis vers 23 heures, on se dit : Il serait temps d'aller libérer la baby-sitter.

Marin rit et dit :

— Ah là là je te peins un portrait bien sinistre de mon couple.

Je lui réponds, J'ai toujours entendu dire qu'à la naissance des enfants c'était temporairement compliqué. Je suis sûre que vous allez vous retrouver.

Marin dit, Oui enfin ça fait cinq ans quand même que Théotime est né.

C'est comme ça. Quelque part dans leur vie pleine de trucs, Marin et Astrid se sont égarés l'un l'autre, comme on se perd de vue dans un supermarché. Ce n'est la faute à personne, il faut le préciser. Je (Valentin) le précise car elle (Sola) me demande de le préciser.

Sola : Je ne veux pas être cruelle quand je raconte cette histoire. Parce que tu sais, personne n'a vraiment rien fait de tout à fait mal.

Moi : Je ne pense pas que ça semble cruel.

Sola : Je tiens vraiment à préciser que c'est la faute à personne.

Moi : Je précise, ne t'inquiète pas.

Sola : C'est important, la précision. Décris encore un peu Wimereux, Valentin, pendant que je réfléchis à ce que je vais dire ensuite...

Le vent sur Wimereux remue les drapeaux, les windsurfeurs, les dames qui passent avec des jupes à fleurs et on peut imaginer une lumière très forte mais fraîche, jaune-bleue, comme souvent dans le Pas-de-Calais. Cette lumière n'est pas comme à Albi, elle ne donne pas de claques blanches, elle ne fait pas ressortir les cernes et les rougeurs. Elle est plus tendre et, sous elle, on discerne le rose aux joues et les petites veines fines. Sola et Marin terminent leurs verres et décident de se revoir bientôt – et avant, ils continueront à se donner des nouvelles, on reste en contact etc.

Vous avez dit un truc genre « C'était un tel bonheur de te revoir », je suis sûr.

On peut rien te cacher.

Ensuite,

on continue à se donner des nouvelles, on reste en contact. D'abord deux trois fois par jour, puis par demi-journée, puis par heure... Il y a tant de choses intéressantes à remarquer et à extraire du monde quand on veut les partager avec quelqu'un, et les blagues et les bons mots éclosent partout comme des fleurs vigoureuses !

On décide de se revoir, on se revoit, une fois, une autre, une autre, à chaque fois kir violette bière cerise ou alors, parfois, pour changer, une bouteille de vin à partager. À chaque fois c'est quelque part pas trop loin de chez moi, de sorte que je ne prends pas ma voiture, il m'accompagne à l'arrêt de bus. On attend le bus ensemble assis sur le banc. On espère silencieusement que le bus arrivera dans très longtemps, toujours en retard ces bus ! et en même temps on a hâte qu'il soit là, parce que quand le bus arrive, on a une – brève – étreinte, avec une bise pour justifier l'étreinte, c'est la seule et unique fois où on s'étreint.

J'imagine ces amoureux :

Quand le bus arrive ils sont tristes/pas tristes à la fois et Sola grimpe vite, signe de main à l'intérieur/à l'extérieur du bus. Elle pense que les autres passagers lisent sur son sourire absolument tout ce qui se passe, qu'ils sont capables de dire quelle est leur histoire très précisément, et jusqu'à quel temps ancien elle remonte.

(C'est ce qu'elle croit ; moi Valentin, je suis plus soupçonneux, je pense qu'elle avait surtout l'impression que tout tournait autour d'eux, de leur petite planète.)

Là, tu vas redire « Un jour, »
pour faire recommencer l'histoire.
Qu'elle prenne un nouveau tour.

Un jour,

Voilà, ça recommence.

Ça prend un nouveau tour.

Un jour, je,

Un jour, je,

Ça devient difficile de raconter cette histoire en je Sola, à un moment où l'histoire prend un tour que je Valentin ne peux vraiment pas imaginer avec facilité, vu que je suis trop jeune et trop garçon, je crois.

Bien sûr, entre Sola et Marin il va se passer quelque chose, on le sait déjà tous, on pourrait abréger.

Il suffirait peut-être de le dire très vite :

il s'est passé quelque chose
pendant trois ans,
et plus tard Marin est mort,
the end.

The end.

Non.

Sola : Ces souvenirs que je te raconte, ils me font la même impression que l'os préhistorique dans la tourbe, tu vois, ça pique, ça ressort de la mémoire, ça émerge quand la marée aspire vague après vague quelques millimètres de tourbe…

Moi : Oh, j'avais pas pensé à cette image. C'est un peu poétique.

Sola : Oui, enfin, c'est une métaphore banale, le coup des souvenirs comme des trucs qu'on trouve dans la terre…

Mais moi je ne l'avais jamais entendue comme métaphore avant, alors elle n'avait pas eu le temps de se banaliser.

Un jour, elle
décide qu'elle ne va plus pouvoir continuer à voir Marin, et ceci pour une raison simple qui est qu'elle est trop amoureuse de lui, mais « trop » dans le sens de « excessivement », pas « trop » genre « wow il est trop beau gosse celui-là ! » (synonyme de « très »).

Non, « trop », dans le sens où :

— se concentrer au travail est devenu difficile. Comprendre : impossible. Comprendre : elle sent venir le moment où elle va accidentellement empoisonner un pensionnaire en remplaçant son infusion à la camomille par une tasse d'eau de javel.

— elle a tout le temps trop chaud, dit-elle, « Et quand je dis trop chaud je veux dire *intolérablement trop chaud*. Comprendre : mon petit corps pourrait alimenter à lui seul tout le chauffage de Boulogne-sur-Mer. Comprendre : tu me poserais un homard sur le ventre, il cuirait plus vite qu'un œuf à la coque, hop on l'ouvre, poivre, sel et dîner aux chandelles. »

Cette image je n'ai pas moyen de la vérifier. Je ne suis pas une femme de trente ans. Elle en rajoute, elle dit des choses comme,

— chaque minute de rien-faire est une minute de penser-à-lui avec des attitudes de penser-à-lui dignes du plus grand cinéma mélodramatique, exemple : soupirer en regardant par la fenêtre ; sourire pour zéro raison ; larmoyer vaguement ; se ronger les ongles.

— le sommeil a dit au revoir à la nuit. La nuit n'est plus qu'un vaste espace de penser-à-lui, avec beaucoup trop de temps, beaucoup trop de noir, beaucoup trop de peau, beaucoup trop de je-sais-pas-quoi-faire-de-mes-mains.

(Je décline toute responsabilité pour ce qui est sous-entendu ci-dessus.)

— le corps semble générer sa propre caféine.

— le téléphone produit sans cesse diverses hallucinations auditives et visuelles. Il a bipé là ou alors il clignote. Ah non. Pourtant j'aurais juré (etc.)

Sola : J'arrête de te décrire, je veux pas te gâcher la surprise pour quand tu seras amoureux aussi.

Moi : Mais j'aurai jamais ça comme ça, ça va pas la tête ?

Sola : Chou.

Alors un soir Sola lui dit, quand ils se voient à un restaurant, Écoute ça ne peut plus durer, Marin, je ne peux plus te voir, je suis désolée, mais stop, parce que cela me rend heureuse sur le moment mais ça me fait souffrir le reste du temps.

Marin dit, Mais pourquoi ?

(mais il comprend très bien pourquoi)

Elle dit, Tu comprends très bien pourquoi.

Marin : Oui, enfin non, je ne sais pas, je ne sais pas si je comprends, ou du moins si j'ose comprendre.

Sola : Il faut que je te fasse un dessin ? Marin, je suis amoureuse de toi depuis ma plus petite enfance et déjà à l'époque, j'espérais que tu tomberais aussi amoureux de moi quand je t'apprenais à pêcher les crevettes mais ça n'a pas marché, malgré mon cool maillot de bain une-pièce Pokémon.

Marin : Mais oui, ton maillot Carapuce !

Sola : [le corrigeant] Tortank.

Marin et Sola sourient pour admettre l'erreur, qui n'est pas grave.

Marin : Moi je ne suis pas amoureux de toi depuis qu'on est petits, parce que ça aurait été bizarre voire franchement inquiétant que je sois amoureux à quinze ans d'une fille de cinq ans, il faut bien admettre,

(Sola admet),

mais depuis le soir où on s'est revus à la station Esso je ne suis plus moi-même – ça a tout chamboulé, j'ai l'impression de revivre – enfin je dis des clichés – pardon –,

(Sola pardonne),

mais Sola, je comprends que tu ne veuilles plus me voir ni me parler car après tout il est vrai qu'il n'y a aucune solution. Astrid et moi, nous avons trois enfants. Je suis engagé auprès des quatre, et c'est comme ça. Ce sera toujours comme ça, il n'y a pas d'autre solution.

Alors Sola dit, Oh Marin, mais je sais, je sais bien.

(Moi, à ce stade de l'histoire, je trouve cela étranglant, cette décision ferme de Marin. Je voudrais croire que c'est quelque chose que chaque père ferait, mais je sais pertinemment que ce n'est pas vrai. Il y a des pères faibles et des pères forts, or Marin appartenait à la seconde catégorie et mon père à la première catégorie.)

Sola : Ce n'est pas vrai, c'est extrêmement cruel de diviser le monde comme ça, ton père a eu beaucoup de courage aussi, Valentin, de quitter une situation qu'il jugeait...

Moi : C'est pas le sujet, continue ton histoire, dis la suite,

La suite,

c'est,   il me raccompagne à l'arrêt de bus. L'étreinte est plus longue que la patience du chauffeur. Il me klaxonne pour que je monte.

Je monte comme soûle. Mon cœur bat tellement fort qu'il fait tinter les vitres du bus. Signe de main à l'intérieur/à l'extérieur. Les autres passagers sont affligés, ils comprennent que c'est le double signe de main de la fin d'une histoire.

Voilà.

On a tous les deux été très raisonnables.

Très vite je me sens bizarrement fière et délivrée.

Et ça dure même pendant quelques jours. Avoir dit non à mon corps le met K-O : il me parle plus. Il boude. Il me laisse tranquille. Je redors. Je remange. Je me reconcentre.

J'imagine Marin tout aussi rasséréné et heureux de retrouver sa famille qu'il avait honteusement délaissée en pensée, et je nous sens calmes et doux, adultes et fiables.

Oui, ça dure pendant quelques jours. Et puis ensuite...

Moi : Tu ne vas pas me laisser en plan comme ça ?
Sola : C'est bientôt l'heure de rentrer.
Moi : Tu peux pas me faire ça !
Sola : [haussant les épaules] On travaille demain.

Mercredi 7 mai

D'habitude, tous les week-ends j'attends le lundi pour retrouver l'unité ; mais là, c'est l'inverse, j'attends le jeudi pour savoir la suite de l'histoire.

Mais à l'unité Mnémosyne tout est normal, Sola ne m'a rien dit de spécial, le midi on a continué à prendre nos déjeuners ensemble à l'arrêt de bus.

Sauf qu'aujourd'hui, quelqu'un est venu nous rejoindre : Madame Samama.

Madame Samama : Vous attendez le bus ?

Sola : [a rigolé]

Madame Samama : J'attends avec vous, alors.

On a rigolé et fait des blagues, Madame Samama n'étant pas du genre à croire qu'il y a vraiment un bus. On pensait qu'elle plaisantait. Mais quelques minutes plus tard, il s'est passé ça :

Madame Samama : Eh bien, il tarde, ce bus !

Sola : Eh oui ! Tous nos rêves d'échappées sont réduits en miettes !

Madame Samama : Il n'y a pas des horaires quelque part ?

Elle s'est levée pour regarder l'arrêt de bus. Elle cherchait les horaires. Son regard s'agitait.

Madame Samama : Ce n'est pas normal, pas du tout normal, il n'y a pas d'horaires !

Sola a arrêté de rire et moi aussi.

Moi : Mais Madame Samama, vous savez bien qu'il n'y a pas de bus.

Madame Samama : Comment ça, pas de bus ?

Sola : [a dit très vite] Pas de bus aujourd'hui. Il y a grève de bus, aujourd'hui.

Madame Samama : Oh là ! Malheur. Eh bien, il va falloir prendre notre mal en patience.

Et elle est repartie lentement vers la maison. Sola m'a regardé brièvement et moi aussi, et on a vu qu'on avait des cloques de larmes dans les yeux, car vraiment on n'avait pas pensé que Madame Samama serait du genre à faire le truc de l'arrêt de bus.

Plus tard, j'ai dit à Octavio :

Moi : Madame Samama a fait le truc de l'arrêt de bus tout à l'heure.

Octavio : Oui, Madame Samama est sur une pente inquiétante.

Moi : C'est peut-être seulement passager.

Octavio : Peut-être.

Je ne comprends pas comment Madame Samama peut passer d'une semaine à débattre de la campagne présidentielle actuelle, à une autre où elle attend un bus imaginaire.

Dimanche 11 mai

Nous avons passé un autre pont chez Sola, et à nouveau il s'est passé les trois jours avant qu'elle me raconte la suite de l'histoire.

D'abord le jeudi on est allés faire une grande randonnée sur les falaises depuis le cap Blanc-Nez jusqu'à Diguemer. Sola n'a pas raconté.

Le jeudi soir on est retournés pêcher la saligote. Sola n'a pas raconté.

Puis le samedi elle m'a emmené jouer à Calais. J'ai gagné 35 euros. Encore une fois, j'ai cru qu'elle allait raconter mais non.

Puis le dimanche on est allés se promener dans les champs. On est allés voir un blockhaus immense, en ruine, dans un petit bois qui a été planté là par les nazis. Il y a un étang parfaitement rond, qui est un ancien trou de bombe. On est descendus vers une ferme entourée de champs de colza. Il s'est mis à pleuvoir énormément et on s'est abrités dans une grange où il n'y avait que nous, un tracteur, des boîtes et de la paille.

Et là Sola a raconté la suite de l'histoire.

Lundi 12 mai

J'ai écrit toute la nuit.

J'ai terminé d'écrire la suite de l'histoire vers 4 h 35 du matin, et ensuite j'ai remanié un peu la première et la deuxième parties de l'histoire pour que ça corresponde.

Je suis crevé.

NOTE RÉTROSPECTIVE

Et puis quand il a fallu compiler tout cela, évidemment j'ai écrit et réécrit. Au bout d'un moment, il faut décider de s'arrêter car on a une deadline (exemple : remise du rapport de serci).

Alors je mets là la version finale de la troisième partie.

L'histoire de Sola Perré (Partie III)

Sola ne se souvient plus exactement qui a repris contact avec qui, mais le contact a repris, et assez rapidement. Car c'était devenu invivable, ce silence soudain et cette soudaine absence qui étaient très différents du silence d'avant et de l'absence d'avant, puisque le silence et l'absence d'avant n'étaient pas une privation, juste un état de fait.

Avant, c'étaient juste leurs vies pâles, qui ne savaient pas qu'elles se manquaient.

Alors donc,

un jour…

Un jour,

bientôt, nous nous revoyons et cette fois, c'est près de Diguemer. Non, je ne sais plus sous quel prétexte, vraiment je ne sais plus. Nous nous donnons rendez-vous à la pointe bleue, qui est une falaise d'où on voit la mer, la terre, l'Angleterre et parfois des phoques.

Marin porte une veste de marin, bleu roi, moi un ciré jaune. On est visibles comme des perroquets sur la falaise quand on s'embrasse,

Valentin, je ne t'en dis pas trop parce qu'un jour, tu verras comme ça fait, je ne veux pas te gâcher la -

Moi : Mais non, dis-moi, vas-y.

Sola : On dirait que tu me dis « Vas-y, file-moi le code du wifi ! »

C'est un peu ça. Mais elle n'en lâche rien ou presque. Au mieux, elle décrit le paysage.

L'odeur de l'iode, blabla, le sel dans l'air et sur la peau, la marée qui monte, le cœur qui bat, blablabla et tout ce qui est intensifié, exemple : couleurs ; cris des oiseaux de mer ; sensation sous les chaussures de la texture d'une perruque d'herbe sur la falaise.

Si, allez, je veux bien te dire une chose : la tête qui sonne comme un gong martelé par un dingue. Et une autre : mon visage exactement conçu, apparemment, pour s'enclencher dans son cou, où mes lèvres rencontrent l'endroit juste avant la barbe, où la peau a la douceur et la blancheur d'une farine tamisée…

On va s'asseoir sur le blockhaus pas loin, pieds qui pendouillent. Comme on n'est pas à un cliché près, on regarde la mer boire le soleil en rotant des jaunes et des roses spectaculaires dans le ciel.

Mais Sola,

À ce moment-là, vous ne parlez pas du tout de l'immoralité ?

De l'immoralité !

Tu as de ces manières de dire les choses, toi.

Mais il faut bien en parler, parce que c'est illégal, enfin illicite… Ça ne vous vient même pas à la bouche, cette discussion ?

Pas à ce moment-là.

J'ai du mal à entendre ça. Ça veut dire que des peaux et des soleils peuvent empêcher les gens de réfléchir aux conséquences de leurs actes, surtout quand d'autres personnes sont potentiellement victimes, exemple : des enfants.

Moi je pense beaucoup à ces enfants, que je ne connais pas, et je me dis : *Que sont-ils en train de faire, pendant que leur père regarde le coucher de soleil avec Sola ? Est-ce qu'ils prennent un bain plein de canards en plastique ? Est-ce qu'ils regardent la télé, est-ce qu'ils dorment déjà ? Plus tard, quand il rentrera (ils dormiront déjà), et qu'il ira les embrasser, est-ce qu'ils sentiront dans son cou une présence pas normale, un fantôme de mer et de lèvres ?*

Je pense à Astrid qui est une maman comme Maman, et mon ventre se tord de fureur contre toi, Sola : je ne peux pas m'en empêcher.

En fait, je...

En fait, on... on peut arrêter d'en parler ?

Sola : Bien sûr, et on n'est pas du tout obligés d'en parler, Valentin, tu sais.

Si, si.

C'est toi qui veux mon histoire pour je ne sais quelle raison.

Je la veux toujours, juste,

On reprendra plus tard, d'accord ?

d'accord.

Et finalement,
en effet,
on reprend plus tard.

Je me raisonne,

Astrid n'est pas comme Maman : (1) elle est très belle, (2) elle est très riche, (3) elle est très froide envers Marin.

Maman, elle, est (dirait-on) (1) commune de visage, (2) elle n'avait pas d'argent à part Papa, et (3) jamais elle n'a été froide envers lui, toujours tendre et pleine de prévenance.

Seulement, Astrid et Maman se fondent dans mon esprit, je vois une moyenne des deux : une femme est *un peu* belle, *un peu* riche, *un peu* chaleureuse.

Qu'est-ce qu'elle fait à ce moment-là, pendant le coucher de soleil, Astrid ? Sola ne se rappelle même plus quand c'était.

Sola : Je n'ai rien noté, j'aurais dû noter mais je n'y ai pas pensé. Je n'ai pas d'agenda presque pas de photos pas de journal pas de lettres, j'ai pfiou. Oui je dois bien avoir des messages, enfin vaporeux comme tous les messages de nos jours, des conversations que je ne préférerais pas déterrer.

Tout ce que je te dis là, c'est de mémoire, et je suis bien placée pour savoir ce que c'est, la mémoire, j'ai dû forcément inventer des trucs, retirer des trucs...

Moi aussi j'en invente et j'en retire en écrivant, j'espère que tu ne m'en voudras pas.

Ensuite ?

Ensuite, c'est rencontre après rencontre.

Chaque rencontre est une petite perfection ronde, qui se détache du lisse et du vitreux de la vie comme une bulle de champagne, s'élève virevolte tourbillonne, et puis éclate doucement à la surface. Rencontres dans des hôtels en ville : Lille, Amiens, Boulogne, Wimereux. Rencontres pour de longues promenades dans les champs, sur les falaises, dans les dunes, sur la plage. Quelques échappées en Belgique et une en Angleterre. Tout le reste de la vie ne semble que remplissage, le coussin rouge velouté qui accueille mollement le petit objet en or.

Ça dure combien de temps comme ça ?

Beaucoup trop. Et pas du tout assez.

La vérité c'est : plus de trois ans. Ce qui est énorme pour des enfants, mais très peu pour les adultes.

Ma mémoire de ces trois ans fonctionne différemment des autres. Elle est tout élastique, granuleuse. Deux jours passés à Lille semblent à la fois éternels et rapides comme l'éclair : ils ont été si pleins, et chaque souvenir ensuite si souvent ressassé, revécu, réinventé, qu'ils pourraient être décrits sur deux cents pages – et en même temps, quand on les vivait, on aurait dit que les horloges jouaient à nous faire des blagues, Oh non c'est impossible, impossible qu'il soit déjà l'heure de se quitter, mon amour…

Tu l'appelles *mon amour* ?

Sola : Je dis toujours la vérité.

Moi : Mais c'est pas la vérité, c'est pas *ton* amour. Il appartient à Astrid et aux enfants.

Sola : Ce n'est pas un *mon* comme ça. C'est pour dire, tout ce que j'ai en moi d'amour est avec toi et tu l'emportes partout où tu vas.

Moi : Et lui, il te dit ça ?

Sola : Non.

Moi : Pourquoi ?

Sola : Parce que lui, son amour est attaché autre part.

Et au bout des trois ans, alors ?

Sola : Alors,

« Un jour » ?

Un jour,

Un jour, alors

oh Valentin,

alors attends,

attends un peu, parce qu'avant, que je peux y repenser, je voudrais juste me rappeler quelques petites choses de cette vie toute grumeleuse, où le temps n'avance pas de façon normale… tu me pardonnes de te livrer cela ? C'est juste que tu t'es porté volontaire pour tout écouter, et moi je voudrais sauver ces choses-là de l'oubli.

(Voilà : c'est ça, le rapport avec mon rapport de serci.)

alors attends,

laisse-moi juste dire encore en bref quelques moments, que tu t'en souviennes pour moi, par exemple, rappelle-toi :

le goût du café bu le matin peau nue dans son gros pull en laine, souviens-toi des savonnages sérieux sous des douches d'hôtel, souviens-toi s'il te plaît de la douceur de se heurter au milieu de la nuit au milieu du lit sans se réveiller ou à peine, comme deux feuilles qui se cognent, note les rires et les caresses sur le bras dans les musées, rappelle-toi les baisers rapides dans des ascenseurs juste avant que la porte ne coulisse sur des halls bondés, consigne les conversations sur le passé et le présent, l'évitement des conversations sur l'avenir ; préserve oh je t'en supplie préserve cet amour d'une nuit d'été sur le toit tiède où le phare de la tour Eiffel venait crayonner nos visages, souviens-toi de nous serrés l'un contre l'autre dès que la foule se disperse ou qu'on trouve un endroit où personne ne respire, garde les soirées cinéma aux films à peine regardés, garde les retrouvailles qui jettent de nouveau nos ancres dans l'existence et stocke quelque part les petits cadeaux de rien – un coquillage dont les couleurs rappellent ceci ou cela, un livre chiné, un stylo rigolo, une boîte de pansements Nemo.

Moi : Mais ces choses-là, c'est des trucs d'histoire d'amour en général.

Sola : En général et en particulier. Ce qui est épuisant, c'est de continuer à les faire exister.

Et un jour ?...

Attends,

encore un peu,

parce que cet amour dure et dure, et plus il dure et plus il devient une source de la plus grande douleur et du plus grand bonheur : il a la capacité à produire ces deux choses-là, et à le faire avec beaucoup d'intensité, de sérieux et de discipline.

Attends.

Il faut une pause avant la dernière partie de mon histoire, il faut une respiration.

Mardi 13 mai

Je trouve cela très difficile de devoir attendre encore pour connaître la suite de l'histoire, même si d'un côté je la connais – je sais ce qui va se passer –, mais j'ai comme une curiosité de savoir exactement *comment* c'est arrivé, et pourquoi. Et surtout, un désir de pouvoir ensuite la rédiger pour la sauver.

Aujourd'hui il a grêlé dehors, mais dedans on a mis la Chaleur, qui est une température de 27 degrés. Cette température va durer jusqu'au 30 août, après ça redescend à 22 degrés. On a appliqué un filtre plus jaune sur le Soleil pour qu'il ait l'air plus du sud. On a enlevé aux pensionnaires leurs vêtements d'hiver, on les a stockés dans de grandes boîtes en plastique, et on a réparti des pivoines, du muguet et des jonquilles dans toutes les pièces pour célébrer le renouveau.

Au goûter il y avait des paniers de cerises, de fraises, de raisins, de framboises et de pêches. On a mangé du melon.

Madame Chauchois : Attention aux guêpes ! Ouh là là ! Attention !

Tout le monde a fait attention aux guêpes (il n'y en avait pas). De nombreux pensionnaires ont été convaincus qu'il y avait des guêpes. Monsieur Venti a été convaincu qu'il avait été piqué par une guêpe.

Madame Samama : Ah, ces pêches ! C'est toi qu'as grimpé sur l'arbre pour les cueillir, Valentin ?

Moi : Non.

Madame Samama : Alors c'est qui ?

Moi : C'est quelqu'un au Pérou.

Madame Samama : Tu me fais bisquer !

Je ne la faisais pas bisquer : c'était écrit sur le cageot. J'ai eu le droit de passer *Soleil* de Françoise Hardy. Ensuite nous avons bu des Perrier rondelle et du pastis. Ceux qui peuvent ont joué à la pétanque.

Madame Chauchois : Et le tiot, il connaît la pétanque ?

(Le tiot, c'était moi.)

Le Tiot (moi) : Oui, parce que je viens du sud, contrairement à vous, Madame Chauchois.

Madame Chauchois : Hé, oh ! Oh là là ! Je viens pas du sud, moi, peut-être ?

Moi : Ben, vous venez du sud des Hauts-de-France, c'est-à-dire de Picardie, mais ça reste le nord quand même, du point de vue d'un gros morceau de France.

Madame Chauchois : Hé ho ! Qu'est-ce qu'il m'escagasse, le pitchoune, là ! Peuchère !

C'était une imitation assez mauvaise d'un gros accent du sud, avec toujours un gros accent picard dessous.

On joue à la pétanque avec des boules en plastique, parce que (1) la plupart des pensionnaires sont trop faibles pour tenir/ jeter les boules en acier, et (2) on ne sait jamais, ils pourraient se les jeter à la tête les uns des autres.

NOTE RÉTROSPECTIVE

Il y a des événements de ce genre que ce journal a en effet passés sous silence.

Par exemple :

Des pensionnaires qui se jettent à la figure : de la nourriture ; des excréments (une fois) ; des télécommandes ; des livres ; des crachats ; des jouets ; des fleurs.

Des pensionnaires qui se hurlent : des insultes ; des gros mots ; des mots qui n'ont pas de sens ; des mots qui ont un sens, mais pas insultants (exemple : « Tracteur ! Duracell ! ») ; des cris d'animaux ; des cris ou pleurs/glapissements d'humains.

Des pensionnaires qui se font : des croche-pattes ; des gifles ; des coups de pied ; des coups de poing ; des tirements de cheveux ; des griffures ; des morsures.

Des pensionnaires qui font aux infirmiers et aux infirmières, aux docteurs et aux aides, à tout le personnel : toutes ces choses-là et beaucoup d'autres encore.

Ce que ces choses-là m'ont appris :

la résilience ; la patience ; l'empathie ; la capacité à ne pas s'énerver tout de suite ou quitter la pièce ou rendre œil pour œil, dent pour dent (déjà qu'il n'y a pas assez d'yeux et de dents pour tout le monde).

On était tellement bien dans la nouvelle Chaleur. On a mis des chants d'oiseaux ; les pensionnaires étaient heureux d'entendre les oiseaux. Ce qui était incroyable, c'est que certains disaient leurs noms, les noms des oiseaux, donc ils arrivaient à lier le chant qu'ils entendaient avec l'oiseau concerné. Pour moi, tous les chants d'oiseaux sont ça : Cuicui indistinct. Et tous les oiseaux que je vois, à part des oiseaux très reconnaissables (exemple : flamant rose, hibou, cygne), je les vois juste comme : Oiseau.

Mais pour eux, c'est par exemple :

Chant : *kshiikshiikshiii-trilili-kshiiikshiikshiii !*

Madame Laurel : Alouette, alouette !

Je connaissais l'alouette mais pas physiquement, juste de réputation, à cause du *je te plumerai* (la queue, la tête etc.), alors que Madame Laurel reconnaissait son chant. C'est incroyable.

Autre exemple :

Chant : [complètement surexcité] *tchitchi-prililililit-tchutchutchutchu-prilililllili !*

Monsieur Roque : Chardonneret !

Ce qui est incroyable, c'est que Monsieur Roque par exemple ne se souvient de rien, mais de rien, par exemple il appelle un yaourt « paquebot ». On lui dit « Qu'est-ce que vous voulez comme dessert, Monsieur Roque ? » et il dit « paquebot », mais par contre il se souvient que le chardonneret fait *tchitchiprilililili*, enfin moi ça m'hallucine.

NOTE RÉTROSPECTIVE

Les pensionnaires emploient souvent un mot pour un autre, un prénom pour un autre, comme s'ils prenaient le premier mot que leur tend leur cerveau pour désigner les choses. Quand ils ne se rappellent plus, ils ne disent pas « Passez-moi le truc », « Où est le bidule ? » Ils disent, « Où j'ai mis mes corneilles ? » (au lieu de lunettes) et « Donne-moi un haricot » (pour un verre d'eau, par exemple), et il faut essayer de les comprendre. C'est à chaque fois une petite devinette, une petite poésie et une petite tristesse.

Vendredi 16 mai

C'est les vacances à nouveau. Je trouve qu'on a beaucoup trop de vacances : il est impossible dans ces conditions de s'investir pleinement dans son travail. Surtout avec les jours fériés, qui ont fait qu'on a moins travaillé entre les deux vacances. Je sais bien que je suis techniquement soumis à cela, étant en théorie élève et non pas travailleur, mais je trouve cette cadence infernale.

Tout à l'heure après le travail, avec les colocs, nous sommes sortis sur le port. Nous avons joué de la guitare et mangé des frites. Nous avons eu une conversation.

Victor : En vrai, j'arrive pas à croire que c'est re-les vacances. Genre dans trois mois c'est fini totalement, le serci.

Bouchra : Sérieux, j'ai trop pas envie d'aller au lycée l'année prochaine.

Constance : Bah, parlez pour vous, les gens ! Parce que moi perso j'ai juste envie de retrouver mon copain et d'être tranquille chez moi à chiller. Parce que les CE2, j'ai eu ma dose, j'avoue. « Constaaance !!! Méline elle a mal fait le T majuscule ! » « Constaaance !!! Zayn il m'a gribouillé mon cahier ! » Je te jure, merci quoi.

Vadim : OK, mais on va te manquer, nous.

Bouchra : Serge au moins, il va te manquer.

Constance : J'avoue, Serge avec ses pulls en tricot il va grave me manquer.

Bouchra : [criant] I love you, Serge!

Constance : I love you toi aussi, bitch.

Bouchra : Moi aussi, I love you !

Vadim : Nous aussi, on love tout le monde. Même Valentin. Hein, Valentin ?

Moi : De quoi ?

Vadim : Tu nous loves.

Moi : Parfois.

Vadim a passé un bras autour de mon épaule.

Vadim : Nous aussi, on te love. Tu vas nous manquer.

Victor : Malgré ta robe Courage, petite pute.

Moi : Courrèges.

Constance : Oh my god !

Bouchra : Mais what Victor, comme tu traites Valentin !? Ça va pas ou quoi ?

Moi : Je suis pas offensé.

Victor : Il est pas offensé.

Bouchra : Ferme ta gueule de gros facho !

(Etc.)

Alors donc on avait cette conversation, et je me disais tout le long que vraiment ça me manquerait en effet de ne plus être avec eux et avec Boulogne-sur-Mer. Et avec l'unité Mnémosyne, qui est maintenant l'un de mes endroits préférés au monde.

Et Sola.

Samedi 17 mai

Dans le train, j'ai terminé une seconde version des trois premières parties de l'histoire de Sola.

Je m'aperçois qu'écrire peut alléger l'angoisse. En effet, les trains sont des espaces très anxiogènes (confinement, fort risque de confrontation à des personnalités non conventionnelles, bruit, chaleur, parfums ambigus). Au début (Boulogne-Paris) j'étais à 8/10 d'angoisse. Mais grâce à l'écriture, à l'arrivée à Paris, 4/10. Transition en métro toujours horrible (8 à 9/10), surtout qu'il y a eu des retards dans le métro à cause d'un incident voyageur, c'est-à-dire : quelqu'un s'est suicidé.

Donc ensuite, au départ de Paris, j'étais à 9/10. Mais avec l'écriture, 3/10 en arrivant à Albi.

Je pense qu'il faut que ce soit une écriture qui compte, exemple : qui ait vraiment des choses à sauvegarder, sinon ça ne marche pas. Mais là, en l'occurrence, je réécris et je corrige plein de fois l'histoire pour que ce soit parfaitement ce que je veux qu'elle soit, et que Sola s'y reconnaisse quand elle la lise.

Ça demande une attention particulière. Je dirais pas que c'est un chef-d'œuvre méritant d'être vainqueur du prix du livre Inter pour passer dans *La Matinale*, ce n'est pas le but, mais c'est quand même un travail important.

Lundi 19 mai

Ce week-end sans Sola était étrange. Durant deux week-ends de suite, j'avais pris l'habitude de Sola, et je voulais ses histoires pour les écrire. Mais c'était un week-end normal, pas férié, un week-end sans histoire.

Aujourd'hui, j'ai regagné de l'argent en jouant à Toulouse.

Je n'ai pas pris le temps encore de regarder si je pouvais trouver une autre sosie.

Dimanche 1er juin

Je n'ai pas optimisé mes vacances en termes de compétences, mais j'ai joué beaucoup de guitare et chanté énormément, et écrit et réécrit l'histoire de Sola pour que ça soit presque prêt.

Côté famille, j'ai fait des choses avec la famille.

Mes impressions de Maman pendant ces vacances ont été : très positives. Elle a retrouvé je ne sais pas où ce qu'elle avait dans le regard avant : une petite joie.

J'ai aussi vu Papa, M et Hortense (c'est un bébé mignon, avec bonnes joues, etc. typiques dans le genre). Ils sont venus en voiture. On est allés au Flunch. J'ai mangé du buffet à volonté.

Mes impressions de Papa et M sont passées de : négatives à neutres. Ils m'ont offert un vinyle remix 1989 de Françoise Hardy. Je leur ai dit que je n'avais pas de platine. À ce moment, ils ont souri et m'ont offert une seconde boîte et c'était une platine. Du coup, maintenant, j'ai une platine. Ce qui est dommage, c'est que je ne l'utiliserai jamais.

NOTE RÉTROSPECTIVE

Devinez si je l'ai utilisée ou pas.

M nous a aussi offert à chacun un dessous-de-plat en argile avec nos quatre prénoms gravés dessous : Colas, Élise, Valentin, Hortense. J'ai regardé ces quatre prénoms et ils ont pour moi zéro sens ensemble, le quatrième n'a rien à voir, c'est l'équivalent de lire « Riri, Fifi, Loulou,

Jeanne d'Arc ». Devoir hocher la tête comme si c'était parfaitement logique était pénible.

Si les gens veulent se mentir, qu'ils se mentent.

Mes impressions d'Hortense ont été : positives, mais bon, c'est un bébé, envers qui les sentiments négatifs sont difficiles vu qu'ils sont fabriqués par la théorie de l'évolution de Darwin pour susciter l'attachement (source : cours de SVT).

Il y a des projets de se revoir cet été, enfin j'ai pas trop compris. Je ne suis pas contre, à la rigueur, surtout que Colas et Élise ont l'air d'y tenir mais je dis : chaque chose en son temps. Pour commencer, il faut me faire à l'idée qu'on arrive à l'été et que le stage va s'achever, ce qui me donne envie de hurler.

Je suis de retour dans la maisonnette, dans ma chambre décorée. Ils vont détruire mes décorations quand je partirai.

Ne pas y penser tout de suite. À chaque heure suffit sa peine.

Lundi 2 juin

Pendant que j'étais en vacances, on a perdu deux pensionnaires : Madame Garbot et Madame Mouchevent. Encore une fois, elles n'étaient pas sur ma liste de préférées (c'est terrible de dire cela mais j'ai un devoir de sincérité). Cependant Monsieur Mouchevent va être dévasté, et je suis vraiment triste pour lui. Madame Chauchois demande souvent à voir Madame Garbot, car elles s'aimaient bien. Madame Chauchois oublie que Madame Garbot est décédée.

J'ai appris comment il faut lui répondre, quand elle demande à la voir.

Madame Chauchois : Où est passée Dorothée ? On a rendez-vous pour la collation du matin.

Octavio : Elle est en déplacement aujourd'hui.

Madame Chauchois : Ah ! Elle aurait pu me le dire.

Deux minutes plus tard, elle demande la même chose et Octavio lui répond la même chose. Au bout d'un moment, elle oublie qu'elle a demandé, et donc elle se calme.

Moi : [à Octavio] Mais c'est un mensonge. Elle n'est pas en déplacement, Madame Garbot.

Octavio : Oui, mais tu sais, on leur dit une ou deux fois que les gens sont morts, on leur laisse faire un petit deuil, mais on ne va pas leur répéter mille fois si on voit qu'ils n'arrêtent pas d'oublier. Ça les bouleverse à chaque fois. Comment tu réagirais, toi, si on t'annonçait tous les jours que ta meilleure amie est morte ?

Moi : C'est clair qu'au bout d'un moment, ça finirait par me soûler.

Mais en fait, je n'arrive pas *vraiment* à imaginer ce que ça ferait d'oublier tout le temps que quelqu'un est mort. Ce qui est bizarre, c'est que Madame Chauchois oublie/n'oublie pas, parce que par exemple, aujourd'hui vers 15 h 45, elle s'est exclamée totalement sans crier gare :

Madame Chauchois : Cette pauvre Dorothée !

Monsieur Venti : Quoi, cette pauvre Dorothée ?

Madame Chauchois : Mais mon bon Monsieur, vous savez bien qu'elle est décédée pas plus tard qu'hier !

(C'était faux, c'était il y a 10 jours.)

Monsieur Venti : Pas possible !

Madame Chauchois : Pauvre Dorothée qui aurait été si heureuse de retrouver notre Valentin.

Ainsi j'ai eu un serrement de cœur car (1) Madame Chauchois a inopinément eu le souvenir de Madame Garbot morte et (2) Madame Chauchois s'est souvenue de mon prénom alors que d'habitude elle m'appelle Boris, Gustave, Lucas, qui sont d'autres garçons qu'elle a connus, ou « le bonhomme, là », « le petit Chinois », « docteur », etc.

Madame Chauchois écrasait des larmes sur ses joues avec un mouchoir William Morris. Octavio dit que dès qu'elle se souvient que Madame Garbot est morte, elle pleure.

Ainsi, mourir quand on est très aimé par une personne atteinte de démence est une mauvaise chose d'un côté, parce que la personne ne se souvient pas très souvent qu'on est mort ; mais c'est une bonne chose d'un autre côté, parce qu'on est pleuré fraîchement à chaque fois qu'elle se souvient, de sorte que notre absence ne devient jamais banale et jamais une habitude.

Mardi 3 juin

À midi, j'ai déjeuné avec Sola sur le banc de l'arrêt de bus.

Sola : Ça s'est bien passé, ces vacances ?

Moi : Ça va. J'ai joué du Françoise Hardy dans la rue et j'ai gagné 239 euros.

Sola : What ?! T'as géré !

Moi : Oui.

Sola : Mais à part ça, t'as trouvé une autre sosie ?

Moi : Non, pas encore. On a encore un mois et un jour pour la trouver.

Sola : Mais t'as cherché ?

Moi : Oui.

(C'était un mensonge.)

Sola : Et t'as vu la nouvelle fille de ton père ?

Moi : Oui.

Sola : Où ça ?

Moi : Dans un Flunch.

Sola : Elle est mignonne ?

Moi : Ben normale, comme un bébé normal.

Sola : Tu as parlé à la maman ?

Moi : Oui vaguement.

Sola : Elle t'a dit quoi ?

Moi : Juste bonjour, comment ça va, voilà un dessous-de-plat, etc.

Évidemment, Sola aime beaucoup M La Marâtre pour des raisons irraisonnées (mais que je peux comprendre si je fais un effort).

Ensuite, Sola a dit :

Sola : À la limite, vu comment tu taquines, question guitare et chant, tu pourrais nous faire Françoise le 4 juillet, non ?

Moi : Whaaaaaaat !

J'ai trouvé que c'était une idée *tellement* n'importe nawak ! Alors j'ai rigolé, mais rigolé !

NOTE RÉTROSPECTIVE SUR LA TENUE DES JOURNAUX INTIMES

Marie-Aude Murail a dit,

« Chaque action a trois motivations : celle qu'on avoue aux autres, celle qu'on s'avoue à soi, et celle qu'on n'ose même pas s'avouer. »

Je dirais même : celle qu'on n'ose même pas avouer à son journal intime.

Je dirais même : chaque *inaction* a ces trois motivations.

Mercredi 11 juin

Pendant qu'on mangeait notre déjeuner sur le banc de l'arrêt de bus, j'ai reçu un message de mon père avec une photo du bébé et de M La Marâtre. La première est sur les genoux de la seconde et les deux sourient.

Mon père dit dans le message : « Ta sœur a vu une photo de toi et voilà le résultat ! »

Je n'ai pas compris pourquoi (1) le bébé sourirait en me voyant (2) on montrerait une photo de moi au bébé (3) on me montrerait une photo du bébé ayant vu une photo de moi.

À l'arrêt de bus, j'ai montré cette photo et ce message à Sola. Sola est devenue pensive. Elle a dit :

Sola : Elle a l'air charmante, ta Mélissa.

Moi : Pas spécialement, c'est juste qu'elle sourit.

Sola : Non, je t'assure. Elle a l'air heureuse de vivre, et vive et intelligente.

Là, j'ai dit quelque chose de pas bien (je crois) :

Moi : Tu t'identifies trop à elle dans mon histoire.

Sola s'est levée et ses pommettes étaient rouges comme des tomates cerises. J'ai voulu rattraper le coup – il ne fallait pas qu'elle m'en veuille au point de ne plus jamais me raconter son histoire.

Moi : Mais c'est normal de s'identifier avec les gens dans les histoires.

Elle reclipsait son Tupperware.

Moi : Moi, je m'identifie aux enfants de Marin aussi.

Elle a arrêté de reclipser son Tupperware et elle m'a regardé fixement.

Juste à ce moment-là sont passés dans la rue Georges-Perec Octavio, Magali, Monsieur Mouchevent en habit de deuil et un diable (la sorte de brouette pour déménager les choses lourdes, pas la créature maléfique). Monsieur Mouchevent venait chercher les effets personnels de sa femme.

Sola s'est rassise sur le banc de l'arrêt de bus, très blême.

Moi : Je crois que tu t'identifies à Monsieur Mouchevent.

Sola : Ah, tu crois ?

Moi : Oui, parce qu'il a perdu sa femme.

Sola : [a plissé les yeux]

Moi : Ça fait longtemps que j'attends la fin de l'histoire, mais je ne veux pas te brusquer parce que l'attente fait partie d'un processus normal avec les traumatismes.

Sola m'a dévisagé avec un sourire un peu sarcastique mais tendre aussi.

Sola : Mais enfin, qu'est-ce que tu en fais, de mon histoire, sale petit vampire ?

Moi : Je la partage.

Sola : Sur Facebook ?

Moi : Ça va pas la tête. J'ai pas Facebook.

Sola : Alors qu'est-ce que tu veux dire, tu la partages ?

Moi : Tu verras.

Sola a regardé le diable qui s'en allait le long de la rue pavée en faisant un gros vacarme, et Monsieur Mouchevent qui partait avec, derrière la pile tremblotante de toutes les affaires de Madame Mouchevent. Des vêtements, une petite radio, un plateau avec des roses, des chaussures vertes, un châle à pompons, des livres, des jeux, une boîte de protections hygiéniques, des biscuits au gingembre et des pots de crème de jour et de crème de nuit.

Je me suis demandé sur le coup ce que Monsieur Mouchevent avait perdu exactement en perdant cette femme qui l'avait oublié depuis si longtemps, qui était partie de ce monde depuis si longtemps ; mais clairement, cette mort avait raclé à la cuillère la moitié de l'intérieur de son corps. Il marchait comme un mouchoir en papier dans une petite brise, en frôlant le sol à peine.

Je me suis dit : *lui aussi, il sera le seul maintenant à se souvenir entièrement de leur histoire*. Mais contrairement à Sola, il y aura aussi des amis, de la famille, des enfants peut-être et des petits-enfants qui confirmeront que cette histoire a existé dans le monde, a occupé un petit emplacement, qu'elle a rempli de sa présence tiède et rouge. Sola et Marin n'avaient pas de tel emplacement, ils n'étaient nulle part à leur place, ce qui m'a occasionné un serrement de cœur.

Sola : J'irais bien me fumer une clope dans le vrai dehors. Tu m'accompagnes ?

Alors j'ai compris qu'elle était prête à me raconter la suite, et qu'on ferait l'unité buissonnière le reste de l'après-midi.

NOTE RÉTROSPECTIVE

Et ça a été le cas.

J'ai accompagné Sola dehors, où il faisait moyen beau, gris pierre avec des moments de bruine, et elle a fumé une cigarette en regardant l'unité avec toutes ses sections.

Puis nous nous sommes mis à marcher, alors qu'il n'y avait rien à voir, c'était la zone industrielle et ensuite les champs de betteraves. Ça semblait vide de toute humanité alors que c'était l'humanité qui avait tout fabriqué.

Je me souviens qu'on marchait entre les entrepôts, les silos, les poulies, les grues et les engins agricoles au fur et à mesure qu'elle me racontait l'histoire. Autant les falaises et la mer avaient été pile-poil le bon endroit pour raconter le début de cet amour, autant il n'y avait pas de meilleur endroit pour la fin de l'histoire que ce monde-là, qui était plein de terre, de fer et d'un ciel très gris.

L'histoire de Sola Perré (Partie IV)

Un jour ?
Un jour, oui. Alors,

un jour, je
non – ça marche plus ce truc de *je*, c'est cassé.

Un jour,
Sola remarque
Non marche pas marche pas, pour cet épisode je peux plus faire semblant que je ne suis pas dans l'histoire, et que la personne qui me raconte cette histoire me la raconte face à face. Ainsi je dois me mettre dans l'histoire, et face à face avec Sola.

Un jour, m'a dit Sola, j'ai remarqué
(Imaginer moi en face qui écoute),
Un jour, j'ai remarqué que cela faisait plusieurs heures qu'il ne m'avait pas écrit, et dans le coin de l'écran ça disait : en ligne il y a 2 heures. Ensuite : en ligne il y a 3 heures et puis, une heure plus tard : en ligne il y a 4 heures.

Sola, je ne te regardais pas quand tu me disais ça, je regardais les betteraves. J'ai réussi à dire des choses qui servaient à relancer la conversation,
Moi : Tu lui as écrit ?
Je savais la réponse,

Sola : Oui, j'ai écrit des petits messages, j'ai envoyé des petits smileys.

Je savais que ça ne l'avait pas relancé,

Moi : Mais ça ne l'a pas relancé.

Sola : Non.

Elle faisait entre les betteraves des pas sûrs et d'autres moins sûrs. Ses chaussures et les miennes accrochaient la boue comme des sabots, ça faisait des paquets. Le monde du dehors (le vrai dehors) est plein de ces choses sales, qui nous opposent de la lourdeur et des obstacles.

(je digresse, parce que comme Sola, j'ai peur de pas bien savoir raconter la suite.)

Sola donc, la suite,

Sola : Je n'étais pas très inquiète, parce qu'on était censés se voir le lendemain soir à Boulogne. On s'était donné rendez-vous devant l'hôtel de ville et...

Sola : [silence]

Moi : [silence questionnant]

Vertige quand une personne n'arrive pas à dire quelque chose.

Moi : T'es pas obligée de raconter,

vraiment ne te sens pas obligée,

mais elle raconte quand même.

Sola : ... et donc je n'étais pas inquiète au début, et puis le soir j'ai commencé à me dire, c'est étrange, mais bon. Je lui ai laissé un message de bonne nuit. Mais le lendemain matin, rien.

Je me dis : bizarre, il m'expliquera tout à l'heure s'il y a un problème, je ne sais pas. Mais il.

Sola : [silence]

Moi : [silence tracassé]

Vraiment, Sola,

Moi : T'es pas obligée si tu veux pas.

Sola : Mais il est pas venu au rendez-vous. J'ai cru à ce moment-là que c'était qu'il me quittait et n'osait pas me le dire. Mais je.

Sola : [silence, larmes qui menacent]

Mégot au milieu des betteraves, ce n'est pas bien pour l'environnement.

Silence. Sola, je ne sais pas si tu te souviens mais je t'ai pris le bras à ce moment-là tellement ce silence a duré longtemps. C'est un geste difficile pour moi.

Moi : Tu as déjà raconté ce souvenir à quelqu'un ?

Sola : Non, à personne, à personne. Tu sais c'était une de ces lumières sur Boulogne très bleu foncé, et il pleuvait énormément. J'errais sur les remparts comme une espèce de fantôme. J'étais sûre à ce moment-là que c'était la fin, je me suis dit qu'il avait dû parler à sa femme ou avoir une révélation ou.

Silence.

Sola : Excuse-moi, j'abrège trop, je devrais développer.

Vraiment,

Moi : Non, non, tu n'es pas obligée de ne pas abréger.

Sola : J'ai attendu le bus mille ans pour rentrer chez moi. À chaque fois que le mien passait, je ne montais pas dedans, j'attendais le sien. Son bus arrivait et il était plein de gens qui n'étaient pas lui.

Et finalement,

Moi : Et finalement tu l'as pris ?

Sola : Même pas. Le dernier bus est passé et je ne l'ai pas pris. Je suis rentrée à pied. Je n'ai pas de souvenir de ce que j'ai fait entre ce soir-là et le samedi suivant. Ma messagerie a montré plus tard que j'avais envoyé une petite dizaine de messages parce que je trouvais ça impoli qu'il me quitte sans oser me le dire. Mais je ne me souviens plus d'avoir envoyé ces messages ni de ce que j'ai fait.

Et ensuite ?

Sola : Ensuite, le samedi suivant, c'était quand j'ai.

Moi : Quand tu as ?

Vraiment,

Moi : Mais ne te sens pas obligée de,

Sola : C'était un message de mon père. Un message tout simple, les filles vous savez quelque chose de bien triste est arrivé…

Silence, vraiment,

Moi : Tu n'es pas obligée de te souvenir.

Sola [une longue et unique larme en travers de la joue] : Je dois encore l'avoir, tiens, regarde.

Non, vraiment ça n'est pas mes affaires,

ne te sens pas obligée de,

Elle a sorti son téléphone et la conversation WhatsApp Famille où il y avait Papa, Maman et elle et ses sœurs.

Regarde (obligé de regarder).

Moi : C'est trop enfoui, je ne vais pas retrouver, il faudrait scroller pour toujours.

Sola : Tape un mot-clef dans la barre de recherche.

J'ai réfléchi mais quoi comme mot-clef ? J'ai fini de réfléchir et tapé *Marin*.

Papa

les filles vous savez quelque chose de bien triste est arrivé

vous vous souvenez de Marin ? le fils de Daniel

je viens de recevoir un message de Daniel qu'il a envoyé à tous ses contacts

Marin est mort mardi il a eu un arrêt cardiaque apparemment

il avait 43 ans

quelle tragédie je me souviens encore de lui tout gamin

il avait trois enfants et sa femme Astrid vous vous souvenez

***

Sola, tu te souviens j'espère que je te tenais le bras à ce moment-là. Qu'est-ce que c'était moche, ce champ de betteraves comme décor pour se souvenir de ça.

Moi : T'as appris ça juste comme ça, d'un coup, cash.

Sola : Ils ne savaient pas, tu comprends. Ils n'avaient aucune idée.

***

Oh non quelle tristesse, disent les autres membres de la conversation, Mais quelle terrible tragédie, Il faudra envoyer une lettre à ses pauvres parents, C'est d'une injustice et ça arrive comme ça sans prévenir, Quel horrible sort, Et la pauvre Astrid avec les trois enfants.

Maman
il était si gentil avec toi
Sola tu te souviens ?

Papa
c'était vraiment un bon garçon

Plus tard,

Sola tu as vu le message de Papa au sujet de Marin ?
Sola tu es là ?

Oui j'ai vu

ah
non parce que tu n'as pas répondu donc on savait pas si tu l'avais vu

si

est-ce que tu veux écrire un mot sur la carte ?

Plus tard,

tu veux écrire sur la carte ?
Sola ?
Sola on va poster la carte demain matin, est-ce que tu veux écrire un mot ?

non

ok...
?
tu leur enverras un petit mot séparément ?
franchement Sola on sait que tu es occupée et que ça fait des années que tu ne l'avais pas revu mais quand même
tu te souviens pas de Marin ?
tu te souviens pas comme il s'occupait de toi ?
tu te souviens que tu étais demoiselle d'honneur à son mariage ?

ça vaut une petite lettre à ses parents/à sa veuve non

bon Sola on n'a pas de nouvelles de toi mais juste pour te dire qu'on va à l'enterrement de Marin samedi prochain
est-ce que tu viens avec nous ? C'est à Boulogne.

Sola tu pourrais répondre ?! tu viens avec nous ou pas ?
???

non

ok
c'est pas très gentil

pas très gentil du tout.

tu nous déçois

***

Sola, je ne sais pas quoi te dire. Je pense pas que je pourrais dire les choses bien même en essayant, parce que je n'ai jamais vécu ça.

Ça t'a fait quoi ? dis-moi,

car je ne sais pas comment rendre cette partie-là de ton histoire. Je ne sais absolument pas quoi dire.

Sola : Comment te dire ? Comment expliquer ? C'était juste noir.

Alors

Moi : Et ensuite ?

Sola : Ben, y a pas de suite. Depuis trois ans, ce noir.

***

J'ai dit à Sola :

Moi : Mais je veux la suite de l'histoire…

Il n'y a pas de suite, Valentin ! Le bus n'est jamais venu.

C'est pour ça que tu es toujours sur ce banc ?

De quoi ?

T'attends toujours le bus. Le bus par lequel il doit arriver.

C'est ça.

Mais non, c'est juste un banc pour manger.

Non, pas juste ça.

Aucun bus ne viendra jamais ici, Valentin.

Je sais bien.

Je sais parfaitement qu'il ne reviendra jamais, ce n'est pas le problème. Je me souviens régulièrement qu'il est mort, figure-toi.

Mais ton corps attend encore.

Qu'il revienne ? Non.

Alors quoi ?

Mais rien Valentin, il n'attend rien mon corps.

Moi je crois que si.

Pas qu'il revienne, en tout cas.

Alors quoi ?

Je sais pas.

De pouvoir partir ?

Fin de l'histoire de Sola.

Vendredi 20 juin

Aujourd'hui, Bouchra et moi, nous avons eu une conversation, dans le couloir vers la salle de bains. On attendait que la salle de bains se libère car il y avait Victor dedans, qui chantait mal du Stromae.

Bouchra : Il va pas gagner la fête de la musique, celui-là.

Victor : [de l'intérieur de la salle de bains, avec des bruits de bulles, d'eau etc.] Fooo-OR-mida-BLEU !

Moi : Ah mais oui, c'est demain la fête de la musique.

Bouchra : Tu vas jouer où ?

Moi : Ben, je sais pas. J'y avais pas pensé.

Victor : Tu étais FORmidableu j'étais FORT minableu…

Moi : Tu vas où, toi ?

Bouchra : [tripotant son gel douche rhubarbe-rose] Je me tâtais pour aller à Lille. Je pense ça vaut la peine. Tu viens avec moi ? Tu vas chanter, j'espère.

Moi : Je sais pas, y aura beaucoup de monde.

Bouchra : Et alors ?

Moi : Et ça sera des musiciens professionnels alors que moi j'ai juste ma perruque.

Bouchra : Et alors ?

Comme il n'y avait pas de « alors », nous avons décidé que nous irions ensemble à la fête de la musique demain à Lille, le soir.

Jeudi 26 juin

La fête de la musique à Lille, c'était… je ne sais même pas comment dire.

Il faut pourtant que je dise, que je décrive, parce que ça fait partie de ma formation d'expression écrite au sein de ce journal – d'autant plus que cette soirée a mobilisé de nombreuses compétences que j'avais développées alors elle est très pertinente.

J'étais tellement épuisé que je n'ai rien écrit pendant cinq jours. C'est comme si la vie prenait le dessus sur l'écriture de ce journal.

Comment dire, comment dire, il y avait mille mondes différents dans ces rues ; un coin de rue c'était de la salsa et le suivant de la samba, le trottoir d'après du rap, l'avenue suivante une valse, un tango sur un autre trottoir, de l'opéra, un truc rythmé genre bachata ou cha-cha-cha juste après, et moi et Bouchra on avançait là-dedans et c'était comme marcher entre des stations de radio…

Bouchra chantonnait les tubes qu'elle connaissait, moi j'en connaissais peu car il y avait peu de yéyé français. À un moment j'ai entendu du Sylvie Vartan, j'étais trop content, j'ai commencé à chanter aussi.

Bouchra : T'es pas possible, toi.

Pourtant, si.

Ensuite on s'est trouvé un coin tout calme, près d'un antiquaire de livres fermé, et on a sorti nos guitares. Quand c'était Bouchra qui chantait, j'accompagnais, et vice-versa, et parfois on harmonisait. On a fait des chansons qui se répondent.

Bouchra a chanté : *Let The Sunshine In* ; moi : *Soleil.*

Bouchra a chanté : *Paint It Black* ; moi : *Mon amie la rose.*

Bouchra a chanté : *House Of The Rising Sun* ; moi : *La maison où j'ai grandi.*

Bouchra a chanté : *I Kissed A Girl* ; moi : *If We Are Only Friends.*

Bouchra a chanté : *All The Beautiful Girls* ; moi : *Tous les garçons et les filles de mon âge.*

La nuit s'est étirée sans nous le dire, étant donné que c'était la plus longue de l'année et aussi de ma vie (je n'avais jamais fait de nuit blanche avant).

Vers l'aube on s'est promenés main dans la main mais pas comme des amoureux, juste comme des musiciens qui ont fait quelque chose ensemble. Il restait des gens qui chantaient des chansons, plus mollement, comme des lambeaux de chansons, et des guitares qui continuaient à jouer des riffs, plus doucement, comme des miettes de riffs.

Vers l'aube, Bouchra a dit :

Bouchra : Et alors, ton sosie de Françoise Hardy ?

Moi : Je l'ai pas encore trouvé.

Bouchra : Mouais.

Moi : Je n'ai plus qu'une semaine. C'est une vraie angoisse.

Bouchra : Mouais.

Moi : 9/10 en niveau d'angoisse.

Bouchra : Tu vas me faire croire que c'est pas toi qui vas chanter la chanson à ton asile de vieillards ?

Moi : Hein ! Mais non.

Bouchra : Mouais.

Moi : Ça s'appelle pas un asile de vieillards, en plus.

On est rentrés à Boulogne par le premier train et j'ai direct enchaîné avec une journée à l'unité et j'ai même pas eu le temps de me démaquiller.

Madame Chauchois : T'as ben l'air d'un clown, toi, tiens.

Moi : Pardon, j'ai pas eu le temps de me démaquiller.

Madame Chauchois : Quand on est une jeune fille, on est fraîche comme une fleur et on n'a pas besoin de se maquiller.

Moi : Ah oui ? Mais je suis pas une jeune fille.

Madame Chauchois : Ben, tant pis pour toi !

J'avais enlevé ma perruque, quand même, histoire de ne pas complètement déstabiliser les pensionnaires, parce que même si les trois quarts ne se souviennent pas de mon prénom d'un jour sur l'autre, ils trouveraient ça quand même un peu étrange qu'un jeune garçon déguisé en Françoise Hardy vienne leur laver les dessous de bras avec un gant de toilette.

Madame Laurel aime qu'on lui lave les dessous de bras avec du savon à la fleur d'oranger.

Madame Laurel : Alors, c'est bientôt le grand jour ?

Moi : Mais oui ! Vous vous en rappelez ?

Madame Laurel : Je me le suis écrit sur le cuissot !

Elle a relevé sa jupe et j'ai vu qu'elle avait écrit : *franç. hardy va venir chanter le 4 juillet pour mon anniversaire*, au bic bleu sur sa cuisse.

Moi : Madame Laurel ! Ça va pas la tête ? Vous tatouer comme ça ? Vous avez demandé l'autorisation à vos parents ?

Madame Laurel : [n'ayant pas compris que je faisais une blague] Mais c'est pas permanent ! C'est au stylo, je le refais de temps en temps. Il est donc nigaud, celui-là.

Moi : Ah, ouf, j'ai eu peur.

Madame Laurel : Vous savez pas ce qu'elle va chanter comme chanson ?

Moi : Dites-moi ?

Madame Laurel : Ah ben ! Si je savais...

Moi : Mais je crois que vous savez.

Madame Laurel : Oh là là ! Mais pas du tout.

Moi : Réfléchissez. Elle vient chanter votre chanson préférée.

Madame Laurel : De quoi ?

Moi : Votre chanson préférée.

Madame Laurel : Eh ben ?

Moi : Elle vient la chanter.

Madame Laurel : Qui ça ?

J'ai reposé le gant de toilette et je me suis mis à peigner les cheveux de Madame Laurel. Elle en a peu, alors on les ratisse doucement et ensuite on met une barrette avec des strass rouges ; elle dit « Mets-moi donc mon diadème en plastoc. »

Moi : Vous vous rappelez de quoi on était en train de parler, Madame Laurel ?

Madame Laurel : Bof ! Pour ce que ça m'intéresse.

Moi : D'une chanteuse.

Madame Laurel : Ouais, ouais, hé ! Mon œil.

(Je connais ces phrases par cœur, maintenant – c'est des phrases que les pensionnaires poussent dans les trous quand tout à coup ils n'ont aucune idée de rien.)

Moi : Relevez votre jupe, pour voir.

Madame Laurel : Ma jupe ?

Moi : Relevez votre jupe.

Madame Laurel : Dites donc ! Vous êtes un drôle de coquin.

Moi : Non, je vous jure, vous allez voir.

Madame Laurel : Tu me racontes des salades, hé !

Moi : Mais non, enfin, faites-le !

Madame Laurel : Hihi ! J'suis pas ta p'tite pute, oh hé, dis ! Hé !

(Je n'ai aucune idée d'où est sortie cette phrase.) Madame Laurel a remonté sa jupe, comme elle l'avait fait dix secondes plus tôt, et elle a dit :

Madame Laurel : C'est un fait que Françoise Hardy vient chanter le 4 juillet !

Moi : Eh oui !

Madame Laurel : Elle vient chanter ma chanson préférée.

Moi : Exactement ! Et c'est laquelle ?

Madame Laurel : Oh ! Je les aime bien toutes.

Moi : [ayant abandonné l'idée de lui faire se souvenir] Et vous êtes contente ?

Madame Laurel : [se redressant d'un coup] Mais dis donc ! Faudrait pas voir à lui préparer une banderole ?

Ainsi il est décidé que, la semaine prochaine, nous allons décorer toute l'unité pour accueillir Françoise Hardy.

Vendredi 27 juin

La fin de l'année arrive comme un train et dès que j'y pense, mon angoisse passe de 3/4 à 8/9. Je ne comprends pas exactement ce que je suis censé faire de ma vie dans un monde où je ne travaillerais pas pour l'unité. Je regarde les colocs et je les vois faire des projets d'été, exemple : aller avec des potes à Biarritz ; aller à un festival de musique ; aller chez leurs grands-parents qui ont une piscine.

Ces plans sonnent normal, et cependant ils sonnent bizarre.

J'ai demandé à Octavio :

Moi : Il n'y aurait pas de possibilité que j'entre en apprentissage ici au lieu d'aller au lycée ?

Octavio : Non.

Moi : Mais j'ai déjà beaucoup d'expérience !

Octavio : Il faut que tu partes d'ici, c'est tout. Reviens avec ton diplôme de médecine dans quelques années, si ça t'amuse. Mais vois le monde réel d'abord.

Moi : Je le vois suffisamment pour qu'il me donne une impression négative.

Octavio : [riant] Vis ta vie, Valentin !

Moi : Mais je ne fais que ça.

Autre chose : j'ai appris qu'un·e nouveau/nouvelle stagiaire de serci allait arriver en septembre, et bien que ce soit un sentiment dont je ne suis pas fier, je suis très jaloux de cette personne car (1) elle va passer toute l'année ici, et (2) si jamais Sola, Octavio, etc. et les pensionnaires la préfèrent à moi ?

Je sais que ce n'est pas difficile de préférer des gens à moi, car je ne suis pas la personne la plus douée de charisme que je connaisse.

Plus encore : qu'ils préfèrent ou non la nouvelle personne, les pensionnaires vont de toute façon m'oublier presque tout de suite. Ils ont très vite oublié Hakima qui était là l'année dernière. Elle a envoyé encore une ou deux cartes et il y a eu zéro réaction chez les pensionnaires. Même Madame Samama, qui se souvenait bien d'elle au début, quand Octavio a montré la carte, elle n'a rien dit. Les autres ont demandé :

Les autres : C'est qui, ça, Hakima ?

Octavio : Mais vous vous souvenez, c'était notre stagiaire de serci de l'année dernière ! C'était notre ancienne Valentin.

Aucune réaction. L'année prochaine, ce sera moi, j'enverrai des cartes et Octavio dira, Mais si, vous vous souvenez bien ! C'était notre ancien Déborah (ou je ne sais qui), et ils resteront là à regarder dans le vide. Alors qu'aujourd'hui encore, c'est moi qui ai joué à Hippos Gloutons avec eux, essuyé leurs yeux et leurs bouches ou ouvert leurs piluliers.

C'est un genre d'amitié que je souhaite à la fois à personne et à tout le monde.

Dimanche 29 juin

Pour le dernier week-end de serci de l'année, tous les stagiaires des Hauts-de-France sont allés camper en baie de Somme. C'était une situation extrêmement peu propice à la tranquillité d'esprit (bruit, proximité, toilettes pleines de papillons de nuit, blagues de sexe et nuit inconfortable), mais j'ai eu la surprise de ne pas trouver cela entièrement atroce.

J'ai joué de la guitare à nouveau. Nous avons mangé des marshmallows grillés, ce qui est un incontournable du camping.

Je n'ai aucune idée de qui va venir faire Françoise Hardy dans quatre jours. Je n'arrive même pas à y réfléchir ; tout mon organisme se contracte d'angoisse. Il faut que je trouve quelque chose – un back-up – un plan B. Dans le monde du travail, il faut *parer à toutes les éventualités*.

Je n'ai pas paré. Je suis très incompétent, c'est une catastrophe.

Lundi 30 juin

Terminé de rédiger l'histoire de Sola. Enfin, je crois. J'en ai imprimé un exemplaire que j'ai glissé dans une pochette vintage psychédélique.

La semaine des au-revoir et de la préparation à la fête de vendredi a commencé. Aujourd'hui, avec les pensionnaires, on a fait des dizaines de guirlandes en papier (motricité fine). Il fallait : couper du papier en bandelettes (moi) ; former des cercles avec les bandelettes et les coller au bout d'un point de colle pour qu'elles forment les maillons d'une chaîne (les pensionnaires).

Madame Chauchois : Ça y est, j'ai fini !

Moi : Ah ben non, Madame Chauchois, vous les avez collées sans les mettre les unes dans les autres !

Madame Chauchois : Qu'est-ce qu'il vient m'embêter, celui-là ?

Monsieur Venti : T'as mal fait, un point c'est tout !

Moi : Vous aussi, vous avez mal fait, Monsieur Venti. Il fallait pas les coller les uns aux autres.

Madame Chauchois : Comprends rien à leurs histoires.

Madame Laurel : Françoise Hardy est arrivée ?

Moi : Non, vendredi.

Madame Samama : On nous fait faire des activités, je vous jure ! C'est la maternelle.

Monsieur Venti : Mmm, la colle.

Moi : Mais ! Monsieur Venti, mangez pas la colle, enfin, ça va pas la tête ?

Il m'a répondu par un air machiavélique de petit garnement dans une publicité pour du chocolat des années 1950, exemple : chocolat Meunier.

Je sens que ça va être une semaine épuisante.

Mardi 1er juillet

À midi, sur le banc de l'arrêt de bus, j'ai donné à Sola la pochette psychédélique.

Sola : C'est quoi ?

Moi : Ne l'ouvre pas tout de suite, ouvre-la ce soir.

Ainsi ce soir, elle lira son histoire. J'espère qu'elle lui plaira, réécrite comme ça.

Nous avons fait une grande banderole, *BIENVENUE FRANÇOISE HARDY !* et heureusement que c'était de la peinture lavable et pas trop toxique, parce qu'il y en a plus sur les pensionnaires que sur la banderole. L'expertise de Monsieur Davrec nous a bien servi, cependant : chaque lettre est impeccablement coloriée.

Octavio : Bon, donc finalement c'est toi qui vas faire Françoise vendredi ?

Moi : Non, non... J'ai peut-être un plan avec une sosie, j'espère que ça va marcher, je croise les doigts.

(C'est un mensonge car j'ai zéro plan et les doigts pas croisés, mais je n'arrive pas à y penser, ça m'angoisse trop, je refuse de me projeter, j'attends une solution tombée du ciel.)

Mercredi 2 juillet

Sola a lu son histoire, je crois. Ce matin, au lieu de me dire bonjour, elle m'a serré dans les bras très très fort et n'a rien dit d'autre.

Nous avons fait des confettis avec des trouilloteuses et du papier coloré. Puis nous avons mis les confettis dans des paniers que nous accrocherons au-dessus de la scène, prêts à se renverser à la toute fin.

Monsieur Venti : [chantant] « Des p'tits trous, des p'tits trous, toujours des p'tits trous ! »

Sola s'est installée avec nous et elle a également fait des confettis. Il y avait quelque chose dans cette tâche répétitive qui était très apaisant. Mon angoisse est passée de 7/10 à 2/10.

Cependant, Madame Chauchois a refusé de le faire.

Madame Chauchois : Je veux pas retourner à l'usine !

Ainsi j'ai appris que Madame Chauchois avait travaillé toute sa vie à la chaîne dans une usine, ce que je n'aurais pas imaginé, parce qu'elle n'en parle jamais.

Je n'ai pas reparlé à Sola de son histoire. On a mangé à l'arrêt de bus et on a parlé de plein d'autres choses de boulot. L'après-midi, on a regardé *Cléo de 5 à 7* au cinéma. Je me suis aperçu que c'était la dernière fois que j'allais au cinéma à l'unité et j'ai pleuré en silence alors que ce n'est pas un film triste, malgré la constante menace de la mort, il n'y a que de la vie dedans.

Jeudi 3 juillet

C'est demain ! J'ai l'impression que tout mon corps est fait de triples nœuds.

Tout est prêt, les décorations les banderoles les bannières. *Bienvenue Françoise Hardy* à l'entrée de la rue Georges-Perec, et on a suspendu des grappes de ballons multicolores ; la scène est peinte en orange et en bleu et en vert, et les confettis sont tous serrés ensemble comme des insectes dans leur panier, prêts à se retourner pour quand ça sera fini…

Tout est prêt sauf Françoise Hardy, mais je ne peux absolument pas y penser.

À midi, j'ai parlé avec Sola mais c'était bizarre et anguleux, comme si on était épuisés par avance d'avoir à se dire au revoir bientôt. Elle a dit des phrases qui sonnent comme dans les séries télé, par exemple :

Sola : Merci de m'avoir redonné mon histoire.
Sola : Je vais pouvoir aller de l'avant, maintenant.
Sola : Faire autre chose de ma vie.

Etc.

Et toutes ces phrases sonnaient en plastique. Mais en même temps, je n'arrête pas de me dire qu'il y avait de la vérité dedans. C'est ça qui est compliqué : on a tous des phrases que les autres ont déjà utilisées quelque part et on les prend pour les mettre sur nos impressions, etc., donc forcément ce n'est pas exactement personnel : c'est du recyclage, en quelque sorte.

Mais est-ce que ça veut dire qu'on n'a pas de sincérité derrière ? Non, je crois juste qu'on n'est pas forts (enfin, la plupart des gens) pour trouver des mots nouveaux à mettre dessus. Ce n'est pas facile, c'est tout un art.

Quand j'ai voulu parler, j'ai dit moi aussi d'autres choses en toc, exemple :

Moi : Je me disais qu'en écrivant ce que tu me disais, c'était comme faire en sorte que ça ne meure jamais.

Moi : Je me suis rendu compte aussi qu'à force de t'écouter, je changeais d'avis sur ma propre histoire. Et ensuite en écrivant, je changeais encore d'avis.

Moi : Je crois que j'ai beaucoup évolué grâce à toi.

C'était terrible comme on était nuls pour se dire des paroles uniques et neuves. C'était une conversation importante, et nous on la ruinait avec nos expressions fabriquées à l'avance par d'autres personnes !

Pourtant, je crois qu'on s'entendait à travers cette façade, comme on entend des musiques venir de l'intérieur d'une maison quand on est juste dehors.

Sola : Bien sûr que tu as beaucoup évolué. Tu t'es transformé cette année, tu as grandi.

Sola : Et tu nous as transformés tous aussi.

C'était ridicule, on aurait pu écrire toutes les chansons yéyé avec ces paroles, ça me faisait rire et pleurer à la fois car il y avait une tendresse dans ce carton-pâte. Une vérité dans ces emballages. On la comprenait quand même, malgré tout.

Et j'ai vu que tout autour de nous, la rue, l'unité, les pensionnaires, on était tous un peu pareils : des vérités dans des emballages.

Sola : Tu devrais écrire des livres.

Moi : Tu rigoles !

Sola : Mais non, je te jure. Tu as un style, même s'il y a des maladresses.

Moi : En attendant, j'ai un problème, qui est que mon rapport de stage est déjà beaucoup trop long.

Sola : Il fait combien ?

Moi : À peu près 230 pages tapées en Word.

Sola : Et c'est combien la limite ?

Moi : 30 pages.

Sola : Ah oui, quand même.

Moi : Mais si j'enlève des trucs, c'est comme les perdre pour toujours, j'arrive pas à sacrifier.

Sola : Tu parles de moi dedans ?

Moi : Un peu.

Sola : Mon histoire, tu l'as mise dedans ?

Moi : Pour l'instant c'est dans un document séparé. Tu voudrais ?

Sola : [a haussé les épaules]

Moi : Ça la partagerait avec une autre personne : un prof du lycée Maylis-de-Kerangal à Albi.

Sola : Dans ces conditions, comment résister à la tentation ?

Moi : Alors d'accord.

NOTE RÉTROSPECTIVE

Voilà comment, Madame/Monsieur le/la professeur·e, j'ai obtenu l'autorisation de Sola Perré de vous donner son histoire en plus de la mienne et tout ce qui va avec. Je préférerais que ça reste confidentiel, après, donc n'allez pas partager des extraits sur Internet – en effet j'ai vu que vous, les profs, vous faites ça parfois, genre « Oh j'ai trouvé une perle d'élève » « Qu'ils sont bêtes ! », et vous mettez des trucs pour vous moquer. Mais là, c'est de l'ordre du privé.

Cependant, j'espère que vous verrez que c'est important et utile comme aspect du rapport de stage, parce qu'il aurait été absolument incomplet sans cela ; il lui aurait manqué quelque chose d'essentiel, et vous auriez eu tout le long un vague malaise.

***

Nuit.

Je viens de recevoir un coup de téléphone de Rico Quasi.

Monsieur Quasi : *Oui allô, Monsieur Lemonnier ?*

Moi : Oui ?

Monsieur Quasi : *Ouais, dites donc. Je suis avec Marlène, là, et en fait, bon, ils se sont mélangé les pinceaux et finalement elle est pas prise aux huitièmes de finale !*

Marlène Labourie : [en sanglots] *Fumiers ! Salauds ! Crevards !*

Monsieur Quasi : *Alors donc, on est de retour, là* [bruit de moteur], *et si ça tient toujours pour demain, les 1 000 euros et tout et tout, on est là, on est prêts, on va chanter La maison où j'ai grossi !*

Moi : Grandi.

Monsieur Quasi : *Grandi.*

Marlène Labourie : [sanglots] *Enflures ! Connards ! Ordures !*

J'ai fait un silence, à moitié fait exprès, à moitié non.

Monsieur Quasi : *Alors, vous en dites quoi ?*

J'ai voulu dire que c'était une super nouvelle et qu'il fallait qu'on se dépêche d'organiser tout cela et que c'était un miracle de dernière minute. J'ai voulu dire cela, mais je n'ai pas dit cela. J'ai dit :

Moi : C'est gentil, Monsieur Quasi et vous, Marlène, mais malheureusement nous avions mis en place un plan B afin de pallier votre absence.

Monsieur Quasi : *M'étonnerait que votre plan B, il soit aussi compétent que Marlène !*

Moi : Peut-être pas, mais il est en place.

J'ai raccroché. Mais bien sûr c'était un mensonge, le plan n'était pas en place, je n'ai pas de sosie de Françoise Hardy.

C'est drôle (ou fou, je ne sais pas). Marlène m'est retombée du ciel comme un miracle et j'ai dit non merci en montrant la porte.

Je n'ai pas de plan. Mais Françoise Hardy va venir.

Vendredi 4 juillet

Réveil. Ce soir, Françoise Hardy vient chanter.

Puis, ce soir, je quitte l'unité.

Ce ne sont là que mixtures de sentiments contradictoires.

Samedi 5 juillet

C'est fini. Tout s'est joué et c'étaient les notes finales.

Sola s'en est allée.

Demain je m'en vais aussi.

[Fin du journal]

NOTE RÉTROSPECTIVE

Alors, puisque j'ai abandonné le journal – j'avais rien pu écrire à l'époque, j'étais tout mou comme les ballons après les fêtes – c'est ma responsabilité maintenant d'écrire ce que je n'ai pas eu la force de raconter, c'est-à-dire cette soirée : la quasi-Françoise Hardy, la maison où j'ai grandi, Madame Laurel et tous ceux qui souriaient si fort,

et Sola à la fin qui,

enfin, j'y viens.

Alors d'abord, il faut imaginer toute la rue Georges-Perec illuminée et dégoulinante de couleurs. Et moi qui me promène là-dedans en rectifiant des choses – lanterne de guingois, guirlande un peu décrochée, câbles électriques pas bien gaffés. Et Magali, Arthur, Marilou, Philou et tous les autres courant de-ci, de-là, avec du scotch et des rires excités. Toute la matinée, on a rappelé aux pensionnaires ce qui allait se passer l'après-midi :

Moi : On va avoir la visite de François Hardy !

Monsieur Venti : Celle-là, si elle me le dit deux fois, c'est que j'ai pas entendu la première !

Octavio : C'est grâce à Madame Laurel, qui a été tirée au sort par *Salut les copains*.

Madame Samama : Hein ? Ça existe encore, *Salut les copains* ?

Moi : Ça dépend ce que vous voulez dire par « existe ».

Madame Samama : Vous nous racontez des salades !

Octavio : Mangez la vôtre, Madame Samama.

Madame Samama : J'en veux pas, de votre corned-beef !

Octavio : C'est du tofu.

Madame Samama : C'est dégueulasse.

Monsieur Davrec : Françoise. Françoise. Françoise.

Moi : Mais oui, Monsieur Davrec, Françoise Hardy !

Monsieur Davrec : Hardy. Hardy. Hardy.

Octavio : Mais vous m'avez dit de pas dire « Hardy » !

(Ceci était une blague en référence à un sketch des Inconnus).

L'ambiance est rose et jaune comme des fleurs, fraîche aussi et pleine de douceur et de cette espèce de marrade tendre qu'on ressent quand on fabrique un mensonge dont on pense qu'il va faire plaisir aux gens.

→ Exemple : ne pas dire à quelqu'un qu'on va le chercher à la gare, et y aller quand même.

→ Autre exemple : faire croire par message qu'on a passé l'après-midi à la bibliothèque, alors qu'en fait on a préparé un gros gâteau au chocolat à sa mère. (C'est ce que j'ai fait la semaine dernière, c'est pour cela que c'est un exemple qui me vient à l'esprit.)

Vers 15 heures, on commence à préparer les pensionnaires.

Monsieur Venti : Vous m'obligerez pas à mettre une cravate, non mais !

Moi : Monsieur Venti, c'est vous qui m'avez demandé de vous mettre une cravate, il y a genre trois minutes.

Monsieur Venti : J'en veux pas, de votre nœud de pendu !

Moi : OK, alors sans cravate. Et vous, Madame Chauchois, ces boucles d'oreilles ça vous va hyper bien. On dirait des soucoupes volantes.

Madame Chauchois : Oh là là ! La science-fiction, c'est pas dans mes cordes.

Madame Samama : Passe-moi mon truc en plumes.

C'est une écharpe en petites plumes bleues qui, drapée sur Madame Samama, lui donne un air d'autruche sauvage.

Monsieur Venti : Dites donc, vous ! Et ma cravate ?

Moi : Monsieur Venti...

Plus la journée avance, moins les pensionnaires oublient que Françoise Hardy va venir. Ou plutôt, c'est comme des dominos : quand l'un d'entre eux oublie, un autre, qui vient de s'en ressouvenir, le redit, et alors ça repart les conversations.

Madame Laurel : Y a pas à dire, c'est notre meilleure chanteuse. Probablement l'une des meilleures chanteuses au monde !

Madame Chauchois : Ouais ouais. Ouais ouais ouais. Bof !

Madame Laurel : Comment ça, bof ?

Madame Chauchois : Ça vaut pas Madonna.

Madame Laurel : Madonna ! Alors là.

Moi : [j'interromps la conversation] Et vous, Madame Chauchois, c'est quoi, votre chanson préférée de Françoise Hardy ?

Madame Chauchois : Si vous saviez comme je m'en fiche !

Toute la journée, Sola, très calme, continue ses missions médicales. Elle prend des températures et fait des piqûres, compte des pilules dans des piluliers et met des pansements sur les bobos des pensionnaires qui se sont coupés. Je la vois et je lui jette un clin d'œil ou un petit signe de la main.

À la pause déjeuner, sur le banc de l'arrêt de bus, elle grignote des tranches de mangue séchée, tirant sur sa cigarette électronique.

Sola : Alors, finalement, il n'y aura pas de sosie ?

Moi : Écoute, j'attends toujours des nouvelles d'un plan de dernière minute, je suis très angoissé.

Sola : Tu n'es pas le moins du monde angoissé.

Moi : J'ai 8/10, là.

Sola : Arrête de mytho.

Moi : J'ai 6/10.

Sola : Tu vas sauter dans ta robe Mondrian et nous chanter la chanson.

Moi : En dernier de chez dernier recours, si rien d'autre ne marche, mais ce serait vraiment une angoisse...

Sola : Tu es à 2/10, là.

Moi : 5/10.

Sola : Je t'accorde un 3.

J'habille les pensionnaires.

La majorité font leur tête normale, leur tête de gens qui ne savent plus trop ce qui se passe. Madame Léthey, Monsieur Davrec et tous les autres, ceux qu'on habille pour la fête et on a l'impression d'habiller une poupée ou un mannequin, on fait passer les bras maigres et plissés dans des manches multicolores, on déroule le T-shirt tout le long du dos cranté par la colonne vertébrale, on essuie un coin de bouche où des miettes se sont accumulées.

Tout le long, on parle :

Moi : On vous fait beau aujourd'hui, Monsieur Corentin, parce que Françoise Hardy vient nous rendre visite cet après-midi.

Monsieur Corentin : [silence]

Moi : C'est pas tous les jours qu'on a une invitée comme ça.

Monsieur Corentin : [silence]

Moi : Comment vous la trouvez, cette broche de ceinture ? Je l'ai récupérée dans une friperie à Boulogne, vous savez qu'elle vous donne un look vraiment cool.

Monsieur Corentin : [silence]

Parfois, je me dis que ces conversations servent plus à moi qu'à eux, mais en fait je n'en sais rien. On n'en sait rien. Peut-être que loin quelque part dans leur cerveau tout rongé, il y a mes mots qui viennent mettre des petites caresses. La recherche ne montre rien de très concluant à ce sujet, c'est difficile de dire ce qui les émeut ou pas, les touche, reste, part.

Vers 17 heures, je mets ma perruque et Magali me peint les pommettes et me maquille et m'enfile la robe Mondrian.

Elle tombe parfaitement, comme si j'étais faite pour la porter. *Fait* pour la porter.

On fait les derniers raccords.

Je suis prêt ; enfin, Françoise est prête.

Magali : Plus sixties tu meurs !

Personne ne meurt. Je regarde depuis la fenêtre les pensionnaires qu'on a mis en place dehors, sur des chaises ou sur leurs fauteuils roulants, dans la rue Georges-Perec. La scène, en face d'eux, scintille dans le petit parc, juste au-dessous de l'arbre plein de couleurs et de lumières. On a réglé le Soleil sur doux et jaune/rose, pour baigner toute la rue de quelque chose de tendre.

C'est alors que j'entends Madame Laurel et Madame Samama qui bavardent juste sous la fenêtre.

Madame Laurel : J'ai hâte, j'ai hâte ! Je me sens redevenue adolescente. Et tout ça grâce à ce concours !

Madame Samama : Vous savez bien que ce n'est pas la vraie Françoise Hardy, Suzanne, on est d'accord ?

Madame Laurel : Oui, mais chut ! je ne crois pas que le tiot soit au courant.

Le tiot, c'est moi. Et ainsi je comprends que Madame Laurel, du moins de temps en temps, sait parfaitement tout ce qu'on s'échine gentiment à lui cacher.

Et qu'elle me le cache à moi, par la même entreprise de gentillesse.

Marianne Kasprovitch monte sur scène, Octavio et Sola à ses côtés. Elle fait un long discours que je n'entends pas ; j'entends juste mon cœur qui gonfle de sang mes tympans.

J'entends seulement la toute dernière phrase, et les premières notes de la musique qui résonnent...

Marianne Kasprovitch : Veuillez applaudir, Mesdames et Messieurs – pour vous ici et aujourd'hui – pour vous chanter *La maison où j'ai grandi*... Mademoiselle Françoise Hardy !

Je voudrais décrire l'arrivée de Françoise Hardy, enfin de moi, de la manière dont elle est entrée en scène, s'est campée devant les pensionnaires, la manière dont elle a ouvert la bouche, tirant vers ses lèvres ses pommettes saillantes, pour chanter a capella le premier vers :

Quand je me tourne vers mes souvenirs...

Mais en fait, je n'ai aucun souvenir clair de la manière dont j'entre en scène, me campe devant les pensionnaires, ouvre la bouche. J'ai un souvenir clair des pensionnaires, qui regardent Françoise. Qui me regardent moi.

Jamais ils ne mourront dans ma mémoire ces regards-là, impossible,

Je revois la maison où j'ai grandi

Il y en a dont les yeux brillent comme jamais, comme si leur crâne contenait une ampoule.

Il me revient des tas de choses

Il y en a qui sont attentifs, mais normaux, polis, comme quand on leur montre un western spaghetti ou un épisode du *Petit Rapporteur.*

Je vois des roses dans un jardin

Il y en a qui passent d'un état à l'autre : d'abord ils remarquent, ensuite ils s'éteignent, et puis ils se rallument, comme des guirlandes de Noël.

Là où vivaient des arbres, maintenant, la ville est là

Il y en a qui n'en ont strictement rien à foutre.

Et la maison, les fleurs que j'aimais tant, n'existent plus

Il y en a, comme Madame Laurel, qui pleurent.

En général, c'est difficile de savoir exactement quand les pensionnaires pleurent parce qu'ils sont tristes, ou heureux, et quand ils pleurent simplement parce que des larmes leur coulent des yeux.

Mais là, ce n'est pas difficile. Madame Laurel pleure des larmes rondes et scintillantes, comme toute joie de voir Françoise Hardy devrait l'être.

Et Madame Samama lui passe des Kleenex et lui murmure des choses. Je vois tout cela depuis ma scène, dans les éclats ronds de la boule disco, dans les spots multicolores qui toupiotent.

Je ne sais pas si Madame Samama est encore en train de rappeler à Madame Laurel que ce n'est pas la vraie Françoise Hardy. J'espère pas. En tout cas, ça n'empêche pas les larmes de Madame Laurel de couler directement jusqu'à son sourire.

Ils savaient rire, tous mes amis
Ils savaient si bien partager mes jeux
Mais tout doit finir, pourtant dans la vie
Et j'ai dû partir, les larmes aux yeux

Je m'aperçois, vers ce moment-là, que je suis aussi en train de pleurer.

Je reviendrai un jour, un beau matin, parmi vos rires...

Oui je prendrai un jour le premier train du souvenir...

C'est une histoire de maison qu'on quitte et qu'on ne retrouve jamais. Je la chante et tout le monde pleure, car qui n'a pas dans sa vie quitté une maison pour ne plus jamais la retrouver ?

Et je vois tous les employés de l'unité qui pleurent, les larmes coulent directement dans leurs sourires.

Et je vois la bouche de Madame Laurel et Madame Samama et même celle de Monsieur Venti qui articulent avec moi les mots suivants :

Je ne sais pas où est la maison,
La maison où j'ai grandi,
Où est la maison ?

Cette chanson répète beaucoup les mots *où est la maison ?*, mais moi je les répète encore plus de fois que nécessaire, et bientôt tous les pensionnaires ensemble les répètent, et c'est le cocktail le plus étrange de triste et de joyeux de toute ma vie !

Qui sait où est la maison ?
Qui sait où est la maison ?
La maison où j'ai grandi,
Où est la maison ?...

Je termine la chanson dans des larmes abondantes et qui font couler tout mon maquillage. Mais bon, les pensionnaires, c'est pire, et puis leurs rides font comme des gouttières.

Ensuite viennent les applaudissements.

Il ne faut pas décrire les applaudissements quand ils nous sont destinés. C'est pas modeste.

***

Je repasse en coulisses, je me change et je retrouve Sola sur le banc de l'arrêt de bus, où elle sirote un verre de kir violette en grignotant des chips de wasabi.

Sola : C'était magnifique, tu sais.

(Je la remercie, etc. Elle me fait des tas de compliments que je ne mets pas là, pour ne pas encombrer, d'ailleurs ce n'est pas la seule à me faire des tas de compliments ce soir-là, si je les mettais tous je déborderais encore plus de la limite des 30 pages.)

Sola : T'es triste de partir, mon grand ?

Moi : [je ne dis rien]

Sola : C'est à la fois très court et très long, une année de serci.

Moi : [je ne dis rien]

Sola : Tu vas me manquer.

Moi : [je ne dis rien]

Sola : On va tous les deux vers quelque chose de nouveau, tu sais.

Moi : Toi aussi, Sola, tu vas me manquer.

Sola : [chantonnant] *Et j'ai dû partir, les larmes aux yeux...*

Et en même temps elle gomme mes larmes du coin de sa manche.

Sola : *Je reviendrai un jour, un beau matin, parmi vos rires...*

Moi : Je savais pas que tu connaissais les paroles.

En disant ça, je regarde droit devant moi les pensionnaires qui bavardent et grignotent.

Sola : Oh, j'ai eu ma période fan de Françoise Hardy, moi aussi.

Et elle continue à murmurer toutes les paroles, vraiment elle les connaît. Sa voix est chuchotante et un peu rêche, pas vulgaire comme celle de Cindy Henriot, mais pas pure comme celle de Françoise. Une voix un peu sablonneuse, marine.

Sola : *Oui je prendrai un jour le premier train du souvenir...*

Moi : [hoche la tête]

Sola : [murmurant] Mais oui, tu reviendras, et moi aussi, promis...

Moi : Comment ça, toi aussi ?

Elle me passe un bras autour des épaules. Ensuite on se tait, on écoute le juke-box qui passe du Marie Laforêt, *Ivan, Boris et moi,* et on observe les pensionnaires, qui continuent à s'éteindre et à s'allumer ensemble, parfois synchro, parfois pas.

Sola : [chantonnant] *Et la maison, où est-elle, la maison, où j'ai grandi ?*

Moi : Comment ça, toi aussi ?

Sola : [coup de menton, sourire] Regarde, Monsieur Venti qui danse.

Je regarde. Monsieur Venti est monté sur scène et il danse à la russe sur la musique de Marie Laforêt. Il jette les jambes de part et d'autre, il plie les genoux, c'est aberrant. Il a toute cette danse en lui.

La musique accélère.

Tout à coup, Madame Hatem le rejoint ; elle danse aussi à la russe, et bientôt ils sont tout un petit comité de valides à jeter des pieds et des mains et à tournoyer comme des toupies.

Moi : Ils vont se casser quelque chose !

Et c'est absurde, mais ils continuent : Octavio met *Nathalie* de Gilbert Bécaud pour les calmer, et pourtant ils continuent tous, ils tourbillonnent, ils ont quinze ans et on est en pleine guerre froide mais ils dansent à la russe,

Moi : Ils sont dingues, faudrait quand même les arrêter...

Même ceux et celles qui ont des cannes se lèvent, même ceux qui sont dans des fauteuils : ils viennent se hisser sur l'estrade et ils dansent de plus en plus vite dans la musique qui accélère accélère,

Et moi aussi je me lève, et le bras de Sola tombe de mon épaule,

je me lève, et je me rapproche de la scène où ces pensionnaires fous tournoient tournoient et lancent leurs jambes grêles ou grosses dans tous les sens,

je monte sur l'estrade – il faudrait que quand même quelqu'un s'occupe de leur santé, mais

Monsieur Venti : Viens donc te joindre, le tiot ! Plus bas sur les genoux !

Alors les vieux et les vieilles m'entraînent dans leur danse dingue, dans la musique slave rapide hachée, entre leurs corps fripés fous, de sorte que je perds de vue l'arrêt de bus, Sola, la vie en général – et la fin de la chanson dure pour toujours, elle continue, elle continue, et tout le monde tourne tourne autour dans une ronde folle,

charentaises en l'air partout,

dentiers exposés,

lunettes vols planés,

il y en a forcément un qui va nous faire une crise cardiaque,

mais non, tout cela finit par s'arrêter, et

ayant perdu la notion de combien de temps exactement on a passé à danser,

j'applaudis,

les pensionnaires applaudissent,

s'applaudissent,

à recommencer à applaudir quand ils oublient qu'ils ont applaudi.

Ceux qui n'applaudissent pas regardent devant eux avec des yeux luisants et ronds, cet éclat mouillé d'œuf de poisson.

Puis les corps retombent dans les fauteuils, ou se rattachent à leurs cannes. La musique est douce, maintenant. C'est le soir. Octavio, Marianne, Magali ont l'air de rêveurs qu'on vient de réveiller.

Moi je me retourne vers l'arrêt de bus pour regarder Sola...

... mais elle n'est pas là.

Le banc est vide.

***

D'abord je crois qu'elle est partie aux toilettes ou ailleurs, s'occuper d'un pensionnaire, chercher le champagne. Je ne m'inquiète pas, sentant encore sur les épaules le poids et la température de son bras. Je veux la trouver pour qu'on parle de la danse folle, de l'énergie de guerre froide de nos pensionnaires,

mais je ne la trouve pas,

et un peu plus tard, alors que le champagne est ouvert et que j'ai déjà fait trois fois le tour des pensionnaires, fait des bises, posé pour des Polaroïds, servi des verres, je m'aperçois que Sola n'a toujours pas réapparu.

Madame Samama : Tu m'as l'air tout chafouin, mon pauvre Valentin.

Moi : Je ne sais pas ce que ça veut dire.

Madame Samama : Y a quelque chose qui te préoccupe ?

Je suis étonné, parce que Madame Samama n'a pas normalement beaucoup de sollicitude. Mais là, son sourire est du côté tendre plutôt que du côté sarcasme et c'est un changement appréciable. Je m'assieds près d'elle.

Moi : Non, c'est juste que je sais pas où est Sola. Elle était avec moi tout à l'heure et maintenant elle est plus là.

Madame Samama : Oh, mais elle a pris le bus.

Moi : Comment ça ?

Madame Samama : Elle est partie en bus.

Moi : Ah bon ? Elle me l'a pas dit.

Madame Samama : Elle l'a dit à personne.

Elle m'a jeté un regard complice.

Madame Samama : Mais moi, je l'ai vue !

Elle met son doigt sous sa paupière pour montrer qu'elle a l'œil pour ce genre de choses confidentielles.

Moi : Vous l'avez vue quitter la rue ?

Madame Samama : Non, non. Elle était sur le banc de l'arrêt de bus.

Moi : Oui, mais après, elle est partie...

Madame Samama : Écoute-moi au lieu de bavasser, tête en bois !

Moi : Pardon.

Madame Samama : Pendant qu'on dansait tous, le bus est arrivé. Je me suis dit, *Tiens ! Enfin le bus ! Dommage qu'il arrive à une heure si peu pratique pour tout le monde !* Toi, tu dansais de tous tes membres comme une tarentule. Hop hop hop ! Mais Sola, elle, elle a entendu le bus et c'est pas tombé dans l'oreille d'une sourde ! Elle s'est retournée vers le bus, elle est montée dans le bus et elle est partie avec le bus.

Je mets ma tête entre mes bras.

Moi : Madame Samama, il n'y a pas de bus.

Madame Samama : Il n'y en a pas maintenant, mais tout à l'heure...

Moi : Arrêtez avec ça ! Il n'y a pas de bus.

Madame Samama : Il y avait un bus !

Moi : D'accord. OK. Si vous voulez.

Je me relève et je continue à errer. Les pensionnaires et les employés mangent des bonbons et boivent du champagne et des cocktails sans alcool. Madame Laurel m'attrape la main au passage, avec cette poigne à la fois très puissante et très douce que peuvent avoir les personnes âgées quand elles veulent absolument vous retenir.

Madame Laurel : Vous avez vu qui est venu nous voir ? Françoise Hardy !

Je me reconcentre sur la réalité du monde.

Moi : Eh oui, c'est pas tous les jours.

Madame Laurel : [clin d'œil] T'as pris son 06 ?

Moi : Madame Laurel, on n'a pas de 06, on est pas au XXIe siècle.

J'avise Marianne Kasprovitch.

Moi : Madame Kasprovitch, vous auriez vu Sola ?

Madame Laurel : Le docteur Perré ? Elle a pris le bus.

Moi : Oh non, vous n'allez pas vous y mettre.

Madame Laurel : De quoi ?

Moi : Arrêtez avec votre bus ! Elle n'a pas pris le bus ! Il n'y a pas de bus ! Il n'y a jamais eu de bus !

Marianne Kasprovitch : Quel bus ?

Madame Laurel : Le bus qui est arrivé à la fin de la chanson. Hop ! Elle est montée dedans. *So long, bye bye*, docteur Perré !

Je repars et ricoche entre les groupes sans trop savoir quoi dire, je crois que par accident je bois une petite coupe de champagne.

Octavio, Magali, Arthur, Marilou – les gens normaux, les adultes je veux dire, enfin les employés – n'ont pas vu Sola, n'ont rien vu de spécial, se souviennent à peine de l'avoir vue à l'arrêt de bus.

N'ont évidemment pas vu de bus.

Vers 21 heures, je vais voir Octavio qui s'occupe de Monsieur Davrec.

Moi : Je vais y aller, je vais rentrer en stop, je suis crevé.

Octavio : Alors à lundi, *winner*.

Il m'ébouriffe les cheveux.

Je tente une dernière fois :

Moi : T'as vraiment pas vu Sola ?

C'est alors que Monsieur Davrec ouvre la bouche, et il dit :

Monsieur Davrec : Bus. Bus. Bus.

***

Je sais ce que vous pensez, Madame, Monsieur le ou la professeur·e. C'est n'importe quoi, les personnes âgées magiques qui voient des bus qui n'existent pas ; Sola a simplement dû s'éclipser et partir sans qu'on la repère, et peut-être même qu'ils s'étaient tous mis d'accord pour me le faire croire.

N'empêche. Je vous jure que j'ai passé et repassé toutes ces possibilités dans ma tête et j'ai fait mille fois replay dans ma mémoire.

***

J'ai envoyé dix messages à Sola, mais pas de réponse. Cependant, je voyais apparaître les petites virgules qui disent que c'est lu, c'était déjà ça.

J'ai résisté à l'envie d'écrire à ses parents. J'avais mes valises à faire. Je les ai faites. Le samedi soir, on a fait une méga teuf à la maisonnette. Les filles ont pleuré ouvertement et les garçons fermement.

Je suis parti de la maisonnette le dimanche. À Albi, on suffoquait. J'envoyais des messages à Octavio. Il m'a dit que,

Le lundi, Sola n'est pas revenue.

Le mardi non plus, et le mercredi idem.

Le jeudi non plus.

Mais le vendredi, une lettre est arrivée. C'était sa démission, très simple. Aucune indication d'où elle était.

J'ai envoyé un message à Sola,

Tu démissionnes ? Pourquoi ? T'es où ?

J'avais extrêmement peur qu'elle se suicide. Même si ça n'avait aucun sens de penser ça, je crois que c'est l'hypothèse qui vient à l'esprit, c'est comme ça quand quelqu'un disparaît,

mais elle a répondu :

en m'envoyant une vidéo de *La maison où j'ai grandi*,

avec le curseur placé pile au moment où ça dit :

Je reviendrai un jour un beau matin, parmi vos rires
Oui je prendrai un jour le premier train du souvenir

Ainsi je ne suis plus triste. Je sais qu'elle reviendra un jour.

ÉTÉ

J'ai eu un mois pour écrire et organiser tout ce rapport, ça me semblait beaucoup mais c'est très peu. Il a filé si vite, et j'ai l'impression qu'il y a encore tellement de choses dont je n'ai pas parlé !

Pas parlé nulle part de minuscules choses importantes, comme la manière dont la peau du dos des mains des personnes âgées, quand on la tire d'un côté ou de l'autre, devient extraordinairement fine et élastique, et se drape sur leurs os et leurs veines, et dessus, les milles petites taches de vieillesse qui oscillent comme des lotus…

Pas parlé assez des moments qui étaient frustrants et horribles, les pots de chambre qui puent, les gens qui se vomissent dessus. Les trous de mémoire qui semblent tellement profonds qu'on se dit, *Mais jamais ils ne sortiront de là*, de ces tunnels qui vont tout droit jusqu'au centre d'eux-mêmes, aucune lumière, aucune lumière.

Pas parlé de tous les petits coups de main entre collègues, les tapes dans le dos, les sourires, les engueulades aussi quand on n'a pas bien préparé un plateau-repas ou quand on s'est trompé de fenêtre dans le pilulier, ou juste quand on est fatigués parce qu'on a fait la fête la veille.

Pas parlé des moments où on est lâche et on fait semblant de ne pas avoir remarqué que Madame X a jeté son yaourt par terre ou Monsieur Y a l'air triste ou qu'il y a une pile d'alèses à plier et ranger.

Pas parlé assez de mes quatre colocs de serci. Je les reverrai peut-être, enfin je sais pas, parce que c'est pas une amitié choisie, qui tient toute seule, mais une amitié de cinq personnes qu'on met dans des chambres les uns à côté des autres, on les presse ensemble comme des cubes et il faut bien qu'ils fassent quelque chose de cette année à partager le même endroit. On a un groupe WhatsApp. Au début, on disait beaucoup de choses, on s'envoyait beaucoup de memes, mais maintenant déjà je vois que ça fait plus d'une semaine que personne n'a rien dit, la conversation s'est enfouie sous les autres, elle a coulé en silence.

Fin juillet est là et j'ai l'impression que j'arrive à la fin de toute mon histoire.

Ainsi je clos mon rapport de serci. J'espère qu'il vous a montré que j'ai appris beaucoup de choses, que je me suis développé en tant qu'individu, que je suis plus confiant en mes aptitudes et que je suis à présent fonctionnel et coopératif, des qualités importantes pour réussir dans la citoyenneté, etc.

J'espère que vous me donnerez une bonne note, mais je ne veux pas vous influencer.

Mais voilà que c'est fin août, et il y a comme une postface ou un épilogue, enfin ce qu'on met parfois après la fin d'un roman, et qui semble superflu mais qui est en fait important.

Ça se passe sur la plage de Diguemer.

J'y suis retourné la semaine dernière. Avec Papa, Mélissa et Hortense. C'est mon père qui a proposé qu'on parte tous les quatre en vacances.

J'ai dit OK, mais alors on va dans les Hauts-de-France.

Mélissa a dit : J'en ai pas un super souvenir, rapport à la dernière fois où j'y étais et que tu nous as pas laissés entrer.

J'ai dit : Raison de plus.

On a loué un Airbnb au Touquet. C'était l'endroit des Hauts-de-France le plus similaire à Antibes que je puisse imaginer, pour pas qu'ils soient trop dépaysés. Il y avait même des gens comme eux, exemple : avec des petits pulls noués autour du cou.

On est restés cinq jours. C'était pas la même ambiance que mon année. Il faisait hyper beau, je n'avais pas à aller au travail, tout était différent. J'ai envoyé des messages à Serge, à Octavio, à Arthur, à Magali, à tous les employés que j'aimais bien. Certains étaient en vacances et d'autres étaient là. Ils m'ont dit, Passe donc nous voir à l'unité !, mais à la réflexion je ne me suis pas senti prêt à y retourner.

Vers la fin, j'ai dit que je voulais qu'on prenne la voiture pour aller dans un endroit en particulier.

Mon père : Diguemer ? C'est un bled tout paumé.

Moi : J'y ai passé deux week-ends et ils ont été importants.

Hortense, avant, était un bébé tout petit, c'est-à-dire avec zéro personnalité et des yeux tout vitreux, mais maintenant elle a presque six mois, elle accroche son regard à des choses et elle fait des petites tentatives de communication. Elle tient sa tête, elle s'agrippe, elle sourit. Quand elle est sur mes genoux, elle ne se plaint pas, elle regarde autour et je lui montre des trucs.

C'est bizarre, ce silence et cette attention de bébé. C'est aussi intense, aussi difficile à interpréter qu'avec mes pensionnaires, mais à l'envers. Avec les bébés, on sait que tout va vers quelque chose ; chaque regard va vers le réfléchi et chaque silence va vers le parlé et chaque présent va vers le futur. Avec les pensionnaires, tout va en direction du silence, point final.

Je n'émets pas de jugement de valeur, je ne dis pas : « Les bébés, c'est mieux que les vieux. » C'est juste deux manières d'exister dans le monde. Et nous, les gens normaux d'un âge normal, on est en sandwich au milieu et on essaie de comprendre.

À Diguemer, la marée était basse, l'épave bien visible, émergeant du sable comme un ossement de dinosaure. On était loin d'être les seuls ; il y avait plein de gens, d'enfants, de chiens. J'ai remarqué que les Oursins étaient fermés. Les parents de Sola devaient être en vacances, vu que pour eux Diguemer c'est pas les vacances, même avec cette température, le sable et les glaces.

Mélissa : Tiens, on va faire patauger la puce dans une flaque.

La flaque, entre trois rochers, était peu profonde, toute velue d'algues vertes et pleine de crevettes. J'en ai attrapé une dans mes mains en coupe pour la montrer à Hortense. Elle a voulu la caresser, mais à cet âge-là, ils ont du mal à caresser les choses, elle menaçait d'écraser la tête de la crevette alors je l'ai rejetée à la flotte.

Moi : Quand elle sera grande, faudra qu'on revienne et je lui montrerai comment on en pêche.

Le soleil commençait à se coucher et la plage à se vider, et bientôt Hortense dans son petit maillot de bain bleu azur avec sa couche imperméable dessous allait commencer à avoir froid, alors on a réuni tout notre barda pour partir.

***

C'est là que j'ai vu une scène, au loin, une scène d'une autre famille.

Sur le sable flasque, près de la mer, trois enfants couraient – enfin, deux adolescents et un enfant. Je crois que j'ai reconnu les deux grands. Ils ressemblaient à leur photo de profil sur Instagram.

La femme grande et mince qui marchait près d'eux était leur mère. Je l'ai reconnue elle aussi. Elle marchait lentement, et sa main venait parfois s'enrouler autour de celle d'un homme qui marchait là près d'elle.

Je ne peux pas être sûr, parce que la lumière était dans mes yeux et qu'ils étaient loin, mais je crois bien que c'étaient eux.

Je les avais imaginés sombres, encombrés de leur passé. Pourtant il me semble que cette famille était tout à fait heureuse, cet après-midi-là, à Diguemer.

En tout cas, les trois enfants, qui couraient dans les vagues et puis ressortaient et puis se jetaient des poignées d'algues, avaient l'air bien en place, ici, et ici uniquement, sur cette plage, près de cette mer, dans le présent.

Remerciements

Les personnes remerciées dans mes romans précédents ne sont pas oubliées.

Pour celui-ci, dont j'ai écrit la première version en grande partie durant trois retraites d'écriture, je tiens à remercier tout particulièrement les personnes qui étaient avec moi ces semaines-là :

Merci à Maman, qui, comme toujours, a lu, aiguillé, encouragé ; à Papa, docteur ès Pas-de-Calais, qui m'a tout appris de la côte, de l'éblouissement de saligote à l'extraction d'ossements de la tourbe ; à ma sœur adorée, qui est comme les falaises ; et merci à ceux et celles d'Audresselles.

Merci à Ninon, Frédéric et Octave de m'avoir si généreusement accueillie, emmenée au château de Joséphine Baker, montré des photos d'époque et biberonnée de Bordeaux dès que je quittais mon antre après mes matinées d'écriture.

Merci à celui à qui j'ai chanté *Message personnel.*

Mes quatre grands-parents étaient souvent dans mon esprit pendant l'écriture. J'aurais aimé qu'ils me racontent leurs Trente Glorieuses. J'ai aussi beaucoup pensé à Natasa, Claudette, et à toutes ces femmes qui se sont occupées de mes grands-parents maternels pendant de nombreuses années avec tant de douceur, de patience et de minutie.

Merci à Marianne et Roger de m'avoir confié si généreusement leurs souvenirs, et à Babeth d'avoir depuis mon enfance nourri mon imaginaire du temps où elle était Clothilde. Merci à toutes les personnes qui, sachant que j'écrivais un truc « bien sixties, bien fleuri, avec plein de Françoise Hardy », m'ont expédié des documents, magazines, lettres, livres, articles, posts Facebook ou Instagram pertinents. Merci à Philippe pour Françoise-Jane. Merci à Pascal pour René Fallet. Merci à Monsieur Sauzay pour les souvenirs de la visite de Giscard à la reine d›Angleterre.

Merci à ma famille d'avoir archivé autant de choses – objets, livres, lettres, photos, journaux, etc., des années 1960-1970 (entre autres), qui depuis longtemps me fascinent, et envers lesquelles nous avions, tous les cousins, pris une responsabilité muséale de grande ampleur (big up à Marine, co-conservatrice du Mini Old Musée).

Clin d'œil à Ilona, ma stagiaire de troisième, qui a lu ce roman tout en écrivant son propre rapport de stage. J'espère que tes impressions ont été : très positives, que ton niveau d'anxiété est resté en dessous de 5/10, et que tu as développé beaucoup de compétences transversales.

Toute la Sarbateam : merci plus que jamais. Fred m'avait offert un vinyle remix 89 de Françoise Hardy, qui est sous mes yeux quotidiennement depuis des années. Incommensurable merci à Anaïs, à qui je dois le temps et la tranquillité d'esprit qui m'ont permis d'écrire ce livre en 2019.

Julia, merveilleuse éditrice et non moins merveilleuse amie, tu as débloqué mon retravail : merci. Et à Tom : merci pour tes mots rassurants, ton enthousiasme, ta sensibilité et ta gentillesse.

Et enfin, merci à Tibo, editor extraordinaire devenu écrivain (*of course !*). Nos deux romans ont poussé en même temps, et par-ci par-là, je crois, ils se répondent.

Pensées pour Michel Legrand et Marie Laforêt. Et ça paraît bête de dire merci à Françoise Hardy, mais quand même, évidemment : merci à Françoise Hardy.

Notes

La citation sur les falaises de la page 286 est tirée du livre *Rivages boulonnais* du géographe Olivier Lazzarotti, dont l'imagination métaphorique dans l'écriture est loin d'être accidentelle.

Le poème sur les falaises de la page 300 est tiré du merveilleux recueil de Mélanie Leblanc, *Des falaises*, publié chez Le Cheyne éditeur.

Les unités Mnémosyne n'existent pas en tant que telles. Cependant, il existe dans le monde des résidences pour personnes atteintes de démence qui reconstituent leurs environnements de jeunesse, à l'échelle d'une pièce, d'un immeuble, voire de tout un village. Si vous en avez la curiosité, allez lire l'article du *New Yorker* « *The Comforting Fictions of Dementia Care* », par Larissa MacFarquhar, qui en est une excellente introduction et m'a donné l'idée de ce livre, et regardez des vidéos, par exemple, sur l'établissement Lantern, dans la (bien étrangement nommée) Chagrin Valley aux États-Unis…

13513

Composition
NORD COMPO

Achevé d'imprimer à Barcelone
par CPI Black Print
le 2 mai 2022

Dépôt légal : mai 2022
EAN 9782290360965
OTP L21EPLN003134N001

Éditions J'ai lu
87, quai Panhard-et-Levassor, 75013 Paris

Diffusion France et étranger : Flammarion